insel taschenbuch 4895

Damhnait Monaghan

Neuanfang in Little Cove

»Machen Sie sich bereit, vom Charme dieses wunderbaren Romans verzaubert zu werden.« *The Globe and Mail*

Weil die Französischlehrerin mit dem Priester durchgebrannt ist, sucht Little Cove nun eine neue Lehrkraft. Rachel O'Brien vom Festland bekommt den Job: theoretisch Katholikin (immerhin getauft), theoretisch Lehrerin (immerhin abgeschlossenes Studium). Nach dem Tod ihres Vaters braucht sie dringend einen Neuanfang – und den möglichst weit weg.

Dass ihre Schülerinnen kein Französisch lernen wollen, überrascht Rachel nicht. Dass sie deren Englisch kaum versteht, schon. Und doch ist sie fasziniert von der Kultur und Musik der Insel. Mit ihrem Kollegen Doug geht sie zum Fischen und ins örtliche Pub. Während sie sich in Little Cove zunehmend wohler fühlt, kommt sie auch Doug immer näher. Doch der ist vergeben … Als sie einer Schülerin mit einem vermeintlich guten Ratschlag zur Seite steht und damit die sehr katholische Moral einiger Dorfbewohner verletzt, steht ihr neues Leben wieder auf der Kippe. Ist sie zu weit gegangen? Gibt es für sie eine Zukunft in Little Cove – und vielleicht auch mit Doug?

Damhnait Monaghan wuchs in den kanadischen Provinzen Ontario und Neufundland auf. Sie ist preisgekrönte Autorin von Flash-Fiction. *Neuanfang in Little Cove* ist ihr Debütroman, inspiriert von ihren eigenen Erfahrungen als Lehrerin.

Monika Köpfer war zunächst Lektorin, bevor sie sich 2001 als Lektorin und Übersetzerin aus dem Englischen selbstständig machte. Sie lebt in München.

DAMHNAIT MONAGHAN

Neuanfang in Little Cove

Roman

Aus dem Englischen von Monika Köpfer

INSEL VERLAG

Die Originalausgabe erschien 2021 unter dem Titel
New Girl in Little Cove bei HarperCollins Canada, Toronto.

Dieses Buch wurde klimaneutral produziert.
Klimaneutral
Druckprodukt
ClimatePartner.com/14438-2110-1001

Erste Auflage 2022
insel taschenbuch 4895
Deutsche Erstausgabe

Umschlaggestaltung: zero-media.net, München
Umschlagabbildungen: FinePic®, München
Satz: Dörlemann Satz, Lemförde
Druck: CPI books GmbH, Leck
Printed in Germany
ISBN 978-3-458-68195-3

www.insel-verlag.de

Neuanfang in Little Cove

Für meine Mutter, Gabrielle Monaghan,
die uns nach Neufundland gebracht hat
und die Insel genauso liebt wie ich.

1

September 1985

Little Cove: 389 Einwohner

Das verbeulte Schild tauchte auf, als ich mit meinem Wagen eine Hügelkuppe auf der Schotterstraße erreichte. Nur 389 Einwohner? Verdammt! Ich hielt am Straßenrand an, stieg aus und atmete die feuchte Luft ein. Unten in der Bucht schaukelten Boote im Wind. Eine große Kirche beherrschte das Tal, daneben duckte sich ein niedriges rotes Gebäude mit dunklen Fenstern, die wie eine Reihe verfaulter Zähne aussahen. Das war höchstwahrscheinlich St. Jude's, die Schule, in der am nächsten Tag meine Lehrerlaufbahn beginnen sollte.

»Verirrt?«

Ich wirbelte herum. Ein hagerer Mann um die sechzig war mit seinem Fahrrad neben mir zum Halten gekommen und stützte sich mit den Beinen seitlich ab. Er trug einen blauen Arbeitsoverall, das weiße Haar war ordentlich aus der Stirn gekämmt

»Probleme mit dem Wagen?«, fragte er weiter.

»Nein«, antwortete ich. »Es ist nur …« Meine Stimme versagte. Ich konnte mit diesem Fremden wohl kaum meine Bedenken teilen. »Ich bewundere die Aussicht.«

Er sah an mir vorbei auf den kühlen Nebel, der sich jetzt in der Bucht ausbreitete. Leichter Regen setzte ein, und schon begann mein sorgsam glatt gekämmtes Haar, sich zu lauter kleinen Schnecken zu kräuseln.

»Das Kompliment heben Sie sich mal besser für einen schönen Tag auf«, sagte er. Er hatte einen starken, aber angenehm trällernden Akzent. »Nicht für so 'ne Nebelsuppe wie heute.«

»Nebel… was?«, fragte ich, denn er sprach mit starkem Akzent.

»Nebelsuppe!« Er machte eine ausladende Geste. Dann verschränkte er die Arme vor der Brust und nahm mich genauer unter die Lupe. »Also«, sagte er dann. »Was macht eine junge Frau hier draußen?«

»So jung bin ich gar nicht«, gab ich zurück. »Ich bin die neue Französischlehrerin.«

Ein Lächeln überzog sein zerknittertes Gesicht. »Ach, extra aus Kanada angereist, was?«

Soweit ich wusste, gehörte Neufundland nach wie vor zu Kanada, aber ich nickte.

»Phonse Flynn«, sagte er und streckte mir eine schwielige Hand entgegen. »Ich bin der Hausmeister von St. Jude's.«

»Rachel«, sagte ich. »Rachel O'Brien.«

»Hab schon gehört, Sie wohnen bei Lucille. Ich zeig Ihnen, wo das Haus ist.«

Mit erstaunlicher Beweglichkeit schwang er sich vom Sattel und ließ sein Fahrrad behutsam auf den Boden sinken. Dann deutete er auf einen Punkt jenseits der Bucht. »Lucille wohnt da drüben, sehen Sie?«

Oberhalb eines Anlegestegs schlängelte sich ein Pfad durch felsiges Gelände zu ein paar Häusern hinauf. Die Vorstellung, in einer Pension zu wohnen, hatte mich fasziniert – hatte irgendwie etwas von einem Dickens-Roman. Doch jetzt beschlich mich ein ungutes Gefühl. Was, wenn es doch ganz schrecklich war?

»Und Ihr Fahrrad?«, fragte ich, als ich sah, dass Phonse zur Beifahrertür meines Wagens ging.

»Ah, das liegt hier ganz gut«, erwiderte er. »Ich hol's irgendwann ab.«

»Schließen Sie es nicht ab?«

Ich dachte an all die verwaisten Vorderräder in Toronto, die mit Schlössern an Fahrradständern festgemacht waren. Jake war stinkwütend, als sein Rennrad gestohlen worden war. Doch an Jake wollte ich jetzt nicht denken, ganz und gar nicht.

»Hier muss man nichts abschließen«, erklärte Phonse.

Ungeschickt versuchte ich, den Schlüssel ins Türschloss zu stecken – es war mir plötzlich peinlich, dass ich den Wagen aus reiner Gewohnheit abgeschlossen hatte.

»Soll ich Ihnen helfen?«

»Das Schloss klemmt ein bisschen«, erwiderte ich. »Aber ich bekomme den Dreh schon noch raus.«

Phonse wartete geduldig, während ich vergeblich mit dem Schlüssel kämpfte. Schließlich kam er zu mir herum und streckte die Hand aus. Ich gab ihm den Schlüssel, er steckte ihn ins Schloss, drehte ihn um und sofort sprang der Knopf an der inneren Türleiste heraus.

»Tja, Hausmeister eben«, sagte er. »Es braucht 'n bisschen Öl, mache ich gern, wenn Sie wollen. Aber wie gesagt, kein Grund, hier abzuschließen. Außerdem – bei der Farbe, wer würde den denn klauen?«

Ich hatte das Auto telefonisch gekauft, zum einen wegen des Preises, zum anderen wegen der Farbe. Grün war Dads Lieblingsfarbe gewesen, und als der Verkäufer sagte, der Wagen sei moosgrün, hatte ich mir ein üppiges, dunkles Grün vorgestellt. Doch stattdessen erinnerte die mit Rostflecken verzierte Karosserie an eine Schüssel Minz-Schokosplitter-Eis. Trotzdem schien er genau hierherzupassen. Im Vorbeifahren musterte ich die Häuser: grellorange, leuchtend grün, schreiend gelb. Vielleicht war irgendwo ein Farbenausverkauf gewesen.

Als wir an der Kirche vorbeikamen, bekreuzigte sich Phonse, seine Finger glitten von der Stirn zur Brust, dann zu jeder Schulter. Ich dagegen ließ beide Hände fest auf dem Lenker.

»Wo ist denn der Ortskern von Little Cove?«, fragte ich.

»Genau hier.«

Da war nichts außer einer Tankstelle und einem Takeaway-Imbiss namens MJ's; davor hing eine Gruppe rauchender Teenager herum. Ein großer, dunkelhaariger Junge deutete auf meinen Wagen, woraufhin sich alle umdrehten und ihn anstarrten. Ein Mädchen in einer Holzfällerjacke hob die Hand. Ich winkte zurück, bis mir klar wurde, dass sie mir den Stinkefinger zeigte. Peinlich berührt sah ich zu Phonse hinüber. Falls er etwas davon mitbekommen hatte, ließ er es sich nicht anmerken.

Auch wenn Phonse mein Fahrgast war, musste ich an die Szene aus *Anne auf Green Gables* denken, in der Matthew Cuthbert Anne Shirley auf dem Weg nach Green Gables durch Avonlea kutschiert. Nicht dass ich die Besonderheiten dieser Gegend mit romantischen Namen belegen würde wie die junge Romanheldin. Annes Kirschbaum, den sie »Schneekönigin« nannte, oder ein »See der glitzernden Wasser« waren weit und breit nicht zu sehen. »Verkümmerte Fichte« oder »See der grauen Wasser« passten deutlich besser. Außerdem war ich keine Vollwaise; es fühlte sich nur so an.

Auf einer Anhöhe deutete Phonse nach rechts zu einer schmalen Schotterauffahrt. »Da isses.«

Ich hielt vor einem kleinen violetten Haus, das von einem schiefen Holzzaun umgeben war. Ein verrosteter Öltank lehnte schutzsuchend gegen das Haus. Als ich ausstieg, rümpfte ich wegen des fischigen Geruchs die Nase. Phonse kam zu mir ans Wagenende, um mein Gepäck aus dem Kofferraum zu holen.

»Heiliger Strohsack«, knurrte er. »Was haben Sie denn da alles reingepackt? Backsteine?« Meine Hilfe schlug er aus, und so humpelte er vollbeladen vor mir her auf das Haus zu.

Der Inhalt meiner beiden Koffer musste für das ganze Jahr reichen, aber jetzt fing ich an zu zweifeln: Badeanzug und Schwimmbrille? In diesem Meer würde ich wohl kaum meine üblichen Bahnen schwimmen. Ich sah auf meine schlammverklebten Turnschuhe hinab und bedauerte, die in Seidenpapier eingeschlagenen Wildlederstiefel eingepackt zu haben. Aber ich wusste, bei anderen Dingen hatte ich goldrichtig gelegen: bei dem Regenmantel, dem tragbaren Kassettenrekorder, den selbstgemixten Kassetten, dem Haarglätter und dem Bücherstapel.

Phonse schob die Haustür auf und rief: »Lucille? Ich

hab dir die neue Lehrerin mitgebracht. Bestimmt ist sie müde von der langen Reise.« Während er meine Koffer in den Flur stellte, erschien eine untersetzte Frau in Blümchenschürze und Pantoffeln im Eingang: Lucille Hanrahan, meine Pensionswirtin.

»Phonse, mein Junge, sei so gut und bring die Koffer nach oben«, sagte sie.

»Ich kann sie selbst hinauftragen«, warf ich rasch ein, aber Lucille scheuchte mich buchstäblich in den Flur, indem sie mit ihrem Küchentuch wedelte. »Ach was, Mädchen«, sagte sie. »Sie müssen fix und fertig sein nach der langen Fahrt von Kanada. Erst müssen Sie einen Happen essen, bevor Sie in die Schule zu Mr Donovan rübergehen.«

Patrick Donovan, der Rektor, hatte das Vorstellungsgespräch telefonisch mit mir geführt. Ich konnte es kaum erwarten, ihn persönlich kennenzulernen.

»Oh, hat er angerufen?«, fragte ich.

»Nein.«

Lucille strich die Schürze über dem Bauch glatt und rief dann die Treppe hinauf, ob Phonse auch eine Tasse Tee wolle. Man hörte langsame, schwere Schritte die Stufen hinab. »Nee, heute nicht«, erwiderte dieser. »Aber Lucille, dieser Zaun muss endlich gerichtet werden.«

Lucille machte eine abwinkende Handbewegung in seine Richtung. »Ach, bleib mir weg mit dem Zaun«, sagte sie. »Wenn's nach dir geht, wär er schon vor zwanzig Jahren zusammengefallen.« Aber nachdem sie ihn hinausbegleitet hatte, standen die beiden noch eine Weile zusammen und sprachen über eine mögliche Reparatur.

Sie gestikulierten und deuteten mal hierhin und mal dahin, offenbar unbeeindruckt von dem Regen.

Ein Schlammklümpchen hatte sich von meinem Turnschuh gelöst, also hockte ich mich auf die unterste Treppenstufe und zog die Schuhe aus. Kurz darauf kam Lucille zurück, packte sie, klatschte sie vor der Tür zusammen, um den restlichen Schlamm abzuklopfen, und stellte sie dann neben ein Paar robust aussehender Stiefeletten.

Ich folgte ihr den Flur entlang in die Küche und zählte die Lockenwickler auf ihrem Kopf, rosa Außenposten auf einem schwarz-grauen Feld.

»Setzen Sie sich da drüben hin, Schätzchen«, sagte sie und deutete auf einen Tisch mit Stühlen am hinteren Fenster. Beim Klang ihrer Stimme zuckte ich zusammen – ein typisches Zwei-Packungen-Zigaretten-pro-Tag-Krächzen.

Der Nebel war dichter geworden, daher war vor dem Fenster nichts zu erkennen; wie graues Bildrauschen nach Sendeschluss. In der Tischdecke aus PVC gab es das ein oder andere Zigarettenbrandloch und im Linoleumfußboden hie und da eine abgeschabte Stelle. An der Wand hing ein Kirchenkalender, auf dem der heutige Tag rot umkringelt war. Das Pin-up des Monats September war die Jungfrau Maria, deren Schleier die gleiche Farbe hatte wie Lucilles Haus. Ich bin in einem erzkatholischen Landstrich, wurde mir klar. Und hoffte, ich ginge noch immer als Katholikin durch.

»Haben Sie weitere Pensionsgäste?«, fragte ich.

»Ich nehm immer nur einen«, erwiderte Lucille. »Sie sind die Erste vom Festland.«

Der Holzherd gab eine beständige Hitze ab, und der Duft frisch gebackenen Brots überlagerte beinahe den schalen Zigarettengeruch, der in der Luft hing. Lucille ließ einen Teebeutel in einen Becher fallen, hob einen großen Wasserkessel hoch und goss kochendes Wasser darüber. Dann knallte sie den Becher vor mich hin, zusammen mit einer Dose Kondensmilch. Die kannte ich nur vom Sehen.

»Zucker?«

Ich schüttelte den Kopf, folgte Lucilles Beispiel und träufelte etwas von der Milch in meinen Becher. Ich nahm einen vorsichtigen Schluck und wand mich innerlich vor dem eklig süßen Geschmack.

»Zu heiß, was?«, fragte Lucille.

Ich nickte.

Als sie ein paar Scheiben von einem großen, weißen Brotlaib abschnitt, knurrte mein Magen zustimmend. Dann schob sie ein Glas mit hausgemachter Heidelbeermarmelade und einen Becher Margarine herüber, bevor sie sich hinsetzte und sich eine Zigarette ansteckte, den Kopf drehte sie zur Seite, um den Rauch auszupusten. Die vertraute Geste und der Zigarettenrauch waren wie eine Ohrfeige für mich. Es war viel zu wenig Zeit vergangen seit Dads Tod. Aber ich war nun einmal in Lucilles Haus, und sie konnte nichts von Dad wissen, also spülte ich meine Empörung mit Tee herunter.

Ich war bei meiner zweiten Scheibe Brot angekommen, als Lucille sagte: »Sie wissen ja bestimmt, was mit der letzten Französischlehrerin passiert ist?«

»Nein.«

Einen Moment lang presste sie die Lippen zusammen, dann sagte sie: »Sie ist mit dem Pfarrer durchgebrannt.«

»Wie bitte?« Ich mochte zwar eine abtrünnige Katholikin sein, aber ein Pfarrer, der mit einem weiblichen Mitglied der Gemeinde durchbrennt, ist immer ein Skandal. Ich musste alle Details erfahren, und sei es nur, um Sheila bei unserem nächsten Telefonat haarklein davon erzählen zu können.

Aber Lucille stemmte sich vom Tisch hoch und meinte dann, es sei allmählich Zeit, dass ich zur Schule fuhr. »Wir haben nicht nur Sie als neue Lehrerin gekriegt«, fuhr sie fort, »sondern auch einen neuen Pfarrer. Kommen Sie ja nicht auf dumme Ideen – er ist schon Ende sechzig.«

Ich setzte zu einer feierlichen Erklärung an, keinerlei Interesse an einem Mann Gottes zu haben, egal welchen Alters, doch als Lucille mir belustigt zuzwinkerte, ließ ich es sein.

Auf der Fahrt zur Schule musste ich die ganze Zeit an den durchgebrannten Pfarrer denken. Kein Wunder, dass Patrick Donovan mich während des telefonischen Vorstellungsgesprächs über meinen katholischen Hintergrund ausgefragt hatte. Gleich zu Beginn hatte er betont, wie wichtig es sei, dass Lehrer an einer katholischen Schule gläubig seien. Dann hatte er hinzugefügt: »Sind Sie römisch-katholisch?«

Ich kreuzte zwei Finger hinter dem Rücken, bevor ich antwortete. »Getauft und gefirmt. Ich habe katholische Schulen besucht, und mein Vater hat dreißig Jahre lang an einer katholischen Highschool unterrichtet.«

Ich hatte seine Frage zwar nicht direkt beantwortet, aber auch nicht wirklich gelogen. Während er mir die frei gewordene Lehrerstelle beschrieb, ging ich zum Buchregal in der Küche hinüber, sodass sich die Telefonschnur hinter mir spannte. Ich blätterte rasch durch die abgenutzten Seiten von Dads altem Atlas, bis ich eine Karte von Kanada fand. Ich fuhr mit dem Finger die Strecke von Toronto nach Kingston nach, dann weiter nach Montreal und Québec City – östlicher war ich noch nie gewesen. Mein Zeigefinger tauchte in den St.-Lorenz-Strom und trieb weiter nach Neufundland, Kanadas zehnte Provinz, ein Ort, an den ich bislang kaum einen Gedanken verschwendet hatte, abgesehen von abgenutzten alten Witzen nach dem Muster: »Die Welt geht um zehn unter, in Neufundland um zehn Uhr dreißig.«

Jetzt war ich in Neufundland, auf dem Weg zu meinem ersten Treffen mit dem Mann, der mich hierhergeholt hatte. Die Clique vor dem MJ's-Takeaway hatte sich zerstreut, nur wenige Menschen waren unterwegs. Als ich auf den Schulhof einbog und neben einem roten, von Straßenstaub bedeckten Pick-up parkte, tauchten zwei Mädchen auf. Sie waren schätzungsweise dreizehn und schlenderten untergehakt die Straße entlang. Während ich ausstieg, rief eine der beiden: »Hallo, Miss O'Brine«, ehe sie kichernd davonliefen.

Oh-Bri-en, sagte ich in korrekter Aussprache vor mich hin und betonte dabei alle drei Silben.

Ein großer Mann Anfang vierzig stand am Eingang der Schule, seine stämmige Gestalt füllte beinahe den Türrahmen aus. »Patrick«, sagte er und streckte mir die Hand entgegen. »Schön, Sie kennenzulernen. Hab Ihren

Wagen gehört, als Sie auf den Kiesparkplatz eingebogen sind.«

Ich folgte ihm in die Eingangshalle, wo eine Geruchsmischung aus Bleichmittel und Matrizendruckerflüssigkeit in der Luft hing. Weiter vorn stand in einer Nische die Statue eines Heiligen mit einer Flamme auf dem Haupt. Er trug die obligatorische braune Kutte und Sandalen.

»Unser Namenspatron höchstselbst«, sagte Patrick, als er meinen Blick bemerkte. »Ich versuche schon, seit ich diesen Posten übernommen habe, ihn loszuwerden, aber bislang erfolglos.«

Ich beäugte den heiligen Unscheinbaren. In meinen Augen war nichts an ihm auszusetzen, wenn man mit dergleichen etwas anfangen konnte.

»Kommen Sie«, sagte Patrick und ging mit großen Schritten weiter den Flur entlang. »Ich führe Sie ein bisschen herum.«

Es war eine kleine Schule: das Lehrerzimmer, ein paar Klassenzimmer, das war's. Am Ende des Korridors, wo sich die Bibliothek befand, blieben wir stehen. Patrick zeigte sie mir.

»Als ich die Schule übernommen habe, gab es noch keine«, sagte er. »Das hatte für mich oberste Priorität.«

»Ich werde bestimmt ausgiebig Gebrauch davon machen«, erwiderte ich. Aber der Raum hatte kaum etwas mit den gut ausgestatteten Bibliotheken zu tun, die ich von zu Hause kannte. Ich konnte mir nicht vorstellen, in den halb leeren Regalen irgendetwas Interessantes zu finden.

Die Führung endete in meinem künftigen Klassenzimmer. Patrick setzte sich auf ein Schülerpult und bedeutete mir, es ihm gleichzutun. Ich musterte verstohlen seine abgeschabte Cordhose und abgewetzten Arbeitsstiefel und zwang mich dann, mich auf das zu konzentrieren, was er sagte. Er zeigte mir Klassenlisten, Blätter mit Richtlinien und Regeln, und einen riesigen Zeitplan.

»Ich hoffe, es gefällt Ihnen bei uns«, sagte er. »Die meisten Kids lernen gern. Ein paar von ihnen wohnen in Little Cove, aber die meisten kommen mit dem Bus aus den kleinen umliegenden Dörfern. Vierundsiebzig Schüler verteilen sich auf die sechs Klassen. Nach der Neunten dürfen sie Französisch abwählen, da gibt es einen großen Knick, aber ich bin mir sicher, Sie werden dafür sorgen, dass sich das ändert, stimmt's?«

Mein erstes Etappenziel schien also bereits festzustehen.

»In der neunten Klasse haben wir dieses Jahr ein paar schwarze Schafe«, fuhr Patrick fort. »Wenn es Probleme gibt, kommen Sie lieber gleich zu mir, bevor es zu spät ist. Und nehmen Sie sich vor Calvin Piercey in Acht – er kann eine richtige Nervensäge sein. Er wiederholt gerade die Neunte.«

»Calvin Piercey«, murmelte ich und notierte mir den Namen.

»Noch etwas.«

Ich wartete, den Stift schreibbereit. Patrick schwieg eine Zeitlang und rieb sich den sandfarbenen Bart, während er aus dem Fenster sah.

»Es gibt hier nicht viel Ablenkung für einen jungen Menschen wie Sie.«

Das war mir bereits klar geworden, ich sagte aber nichts.

»Und viel Privatsphäre hat man hier auch nicht«, setzte er hinzu. »Ich weiß zum Beispiel schon, dass Sie an der Tankstelle nach dem Weg gefragt haben. Und dass Sie ein paar Ansichtskarten gekauft haben.«

»Wer …? Wie bitte?« Ich war so perplex, dass ich nicht einmal eine richtige Frage zustande brachte.

Patrick lachte laut auf. »In Little Cove gibt es nur wenige Geheimnisse, meine Liebe. Bevor man sich die Zähne geputzt hat, wissen die Leute schon, was man zum Frühstück hatte.« Er wedelte mit dem Zeigefinger. »Also, schön brav bleiben, ja?«

Ich errötete. Hielt er mir etwa eine Moralpredigt? Aber dann erinnerte ich mich daran, was Lucille mir von der Französischlehrerin und dem Pfarrer erzählt hatte, und ich beschloss, es nicht persönlich zu nehmen.

»Haben Sie Verwandte hier in Neufundland?«, fragte Patrick dann.

Ich umklammerte den Kugelschreiber etwas fester. »Nun … nein, ich kenne ehrlich gesagt niemanden hier.«

Wir schwiegen eine Zeitlang, das Prasseln des Regens gegen die Fensterscheiben war das einzige Geräusch. Ich konnte die Frage hören, die im Raum hing; wusste, dass er darauf brannte, zu erfahren, warum ich diese Stelle so weit weg von zu Hause angenommen hatte.

Nach einer Weile räusperte er sich und sagte: »Nun, ich kenne Ihre persönlichen Umstände nicht, aber vielleicht tun sie ja auch nichts zur Sache. Ich freue mich jedenfalls, dass jemand mit Ihren Referenzen zu uns gestoßen ist.«

Er stand auf und pochte mit den Fingerknöcheln auf den Tisch. »Dann bis morgen.« An der Tür drehte er sich nochmals um und sagte: »Schon als ich Ihren Namen gelesen hab, war mir klar, dass Sie die Richtige sind. Meine Frau hieß vor unserer Heirat auch O'Brine.«

Allein im Klassenzimmer, ging ich zwischen den Stuhlreihen umher und blickte aus dem Fenster. Dann setzte ich mich an den großen Lehrerschreibtisch – meinen Schreibtisch. Das Holz war narbig wie das Gesicht des Mädchens, das mir den Stinkefinger gezeigt hatte. Hatte meine Vorgängerin dort gesessen und von ihrem Pfarrer geträumt? Beim Gedanken daran schauderte ich.

Während ich die leeren Schülerpulte betrachtete, versuchte ich mir die jeweiligen Gesichter zu den Namen auf der Klassenliste vorzustellen.

Belinda Corrigan.

Cynthia O'Leary.

Calvin Piercey.

Erneut nahm ich meinen Kugelschreiber zur Hand und kringelte den letzten Namen ein. Er wusste es noch nicht, aber Calvin »Nervensäge« Piercey war im Begriff, zu meinem Projekt auserkoren zu werden. Dad hatte es mehr als einmal gesagt: Immer wieder begegnet man Schülern, bei denen es aussichtslos scheint, doch wenn man irgendwann Zugang zu ihnen bekommt, entdeckt man hinter dem ein oder anderen Störenfried einfach nur eine verlorene Seele. Und bei denen lohnt es sich, dranzubleiben, pflegte Dad zu sagen. Das sind diejenigen, die einen am meisten brauchen.

Dad. Wenn ich nur mit ihm hätte reden können. Ihm

von der Schule erzählen, meinem Schreibtisch, Patrick. Ich griff in die Tasche meiner Cargohose und holte Dads silbernes Feuerzeug heraus. Ich fuhr mit den Fingern über die eingravierten Initialen: J. O'B. – Joseph O'Brien. Nachdem seine Kollegen ihm das Feuerzeug geschenkt hatten, bemerkte Mum, dass sich die Initialen auch als »Job« lesen ließen und eine Anspielung auf Dads unerschöpfliche Geduld mit seinen Schülern sein könnte. Seit seinem Tod trug ich es immer bei mir wie einen Talisman, in der Hoffnung, ein bisschen was von Dads Geduld würde so auf mich abfärben. Aber ein Teil von mir hasste das Feuerzeug, denn damit hatte Dad jeden Tag seine Zigaretten angezündet, und das Rauchen hatte ihn letztendlich umgebracht. Ich ließ es kurz aufflackern, dann steckte ich es wieder in meine Hosentasche.

Ich stand auf, schrieb in meiner sorgfältigen Lehrerhandschrift meinen Namen an die Tafel und drehte mich zu meinen unsichtbaren Schülern um. Sie waren außerordentlich aufmerksam, aber noch konnte ich keine Persönlichkeiten hinter ihren reglosen Mienen erkennen. Auch das Klassenzimmer machte einen öden Eindruck: Die einzigen Spuren von Leben waren winzige Nadelstiche in den Pinnwänden und vereinzelte Papierschnipsel an den Wänden. Die Kartons, die ich aus Toronto hierhergeschickt hatte, waren ordentlich in einer Ecke gestapelt: Es war an der Zeit, dass der Raum meine Handschrift bekam.

Eine Stunde später sorgten herbstlich bunte Schaubilder und bebilderte Vokabelposter für eine lebendige Atmosphäre. Doch dann entdeckte ich direkt über meinem Schreibtisch ein verirrtes rosa Band, das sich wie ein Schweineschwänzchen hoch oben an der Decke und außerhalb meiner Reichweite kringelte. Ich ging zum Unterrichtsschrank auf der hinteren Seite des Zimmers und blickte mich suchend darin um, fand aber nur Notizblöcke, Lineale, Radiergummis und, aha, einen Zeigestock. Damit würde ich dem störenden Band zu Leibe rücken, beschloss ich.

Ich kletterte auf meinen Schreibtisch und schlug etwas ungeschickt danach wie nach einer Piñata, aber das Band blieb hängen, als wollte es mich verhöhnen. Ich legte den Zeigestock weg und stieg mit einem Fuß auf den Stuhl. Als ich den zweiten Fuß auf der Kreideleiste der Tafel aufsetzen wollte, wackelte er gefährlich. Ich konnte mich gerade noch rechtzeitig auf die Leiste retten, bevor der Stuhl mit einem Krach umkippte, der in der Stille widerhallte. Mit gespreizten Armen und Beinen an der Tafel hängend, hatte ich keinen Schimmer, wie ich wieder hinunterkommen, geschweige denn dieses verflixte Band erwischen sollte.

Kreidestaub kitzelte mich in der Nase. Was, wenn ich jetzt niesen musste? Würde ich dann rückwärts von der Tafelleiste stürzen? Über mir tickte die Uhr im Sekundentakt. Ich spürte, wie mir der Schweiß über den Nacken lief. Sollte ich einfach springen und riskieren, mir den Knöchel zu verstauchen? Oder könnte ich – nach Ninja-Art – elegant auf meinem Schreibtisch landen?

Ein fröhliches Pfeifen ertönte, und gleich darauf Schritte aus dem Flur. Phonse? Ein Hausmeister hatte eine Leiter. Aber wollte ich, dass mich irgendjemand, und sei es nur ein älterer Herr wie Phonse, wie eine zerquetschte Fliege an der Tafel klebend sah?

Die Holzleiste ächzte unter meinen Füßen und rückte die Prioritäten zurecht.

»Entschuldigung?«, rief ich.

Die Schritte kamen näher, dann dröhnte eine tiefe Stimme: »Ach herrjemine, was machen Sie denn da oben, junge Frau? Spielen Sie Spiderwoman?«

Es war nicht Phonse, doch egal, wer es war, ich hasste ihn bereits jetzt. »Ich falle gleich runter!«

Sofort spürte ich zwei mich sanft stützende Hände an den Hüften. Die Wärme, die von ihnen ausströmte, drang durch mein T-Shirt und mir wurde heiß.

»Gut, jetzt können Sie loslassen«, sagte er.

Aber es fühlte sich an, als klebte ich an der Tafel fest. »Ich kann nicht.«

»Entspannen Sie sich, ich hab Sie.«

Ich atmete tief ein und ließ los. Während er mich sanft an sich hinabgleiten ließ, roch ich Seife, Wolle und das Meer. Als ich mit den Füßen sicher auf dem Boden stand, löste er seinen Griff. Ich drehte mich um und sah als Erstes einen roten Pullover. Ich musste weit hinaufschauen, bis ich ein Gesicht entdeckte. Seine blauen Augen hielten meinem Blick stand, bis ich nach unten schaute und Kreidespuren von T-Shirt und Hose wischte.

»Arbeiten Sie hier?«, fragte ich.

»Ja, ab morgen.« Er hielt mir die Hand hin. »Doug Bishop. Lehrer für Naturwissenschaften und Sport.«

»Rachel O'Brien«, erwiderte ich. »Französischlehrerin.«

»Ah, die vom Festland«, sagte er. »Was, um Gottes

willen, haben Sie denn da oben gemacht?« Er deutete in Richtung Tafel.

»Ich bin die neue Lehrerin, das hier ist mein erstes Klassenzimmer.«

Doug nickte, als wäre das eine einleuchtende Erklärung, und sagte: »Ich bin auch neu hier, hab aber keine Mitteilung erhalten, in der steht, dass ich die Stabilität der Tafelleiste überprüfen muss.«

Als ich ihn auf das nervige geringelte Band aufmerksam machte, stellte er meinen Stuhl wieder auf, stieg darauf und zog das Band herunter. Dann verbeugte er sich tief und überreichte es mir mit theatralischer Geste. Als ich die Hand danach ausstreckte, streifte ich beinahe seine schwarzen Locken.

Er drehte sich um, winkte und rief mir über die Schulter zu: »Und Klettern ab jetzt nur noch mit Sicherheitsnetz, okay, Spidey?«

Hoffentlich bleibt der Spitzname nicht hängen, dachte ich.

Als ich in die Pension zurückkam, wartete auf dem Tisch ein Teller mit kaltem Abendessen, zusammen mit einer Notiz von Lucille. Ich solle nicht auf sie warten, sie sei zu einer Nachbarin gegangen. Ich entfernte die Klarsichtfolie, unter der Hähnchenbrust, Kartoffelsalat und Krautsalat mit Mayonnaise zum Vorschein kamen. Das Radio lief leise; eine Countrysängerin sang mit klagender Stimme über einen Mann, der ihr Unrecht getan hatte, und ihr Song war der Soundtrack zu meinem einsamen Abendessen. Ich konnte sie nur zu gut verstehen.

Anschließend räumte ich Teller und Besteck in die

Spüle und ging hinaus. Ich dachte an all die Straßengeräusche, die nicht zu hören waren, ganz anders als zu Hause in Toronto. Irgendwann fuhr eine blaue Limousine vorbei, der Fahrer winkte. Auf dem Beifahrersitz saß ein Junge, der den Hals reckte und mich anstarrte, bis die Rücklichter des Wagens hinter der Hügelkuppe verschwanden.

Irgendwo läutete das Telefon. Ich folgte dem Geräusch ins Wohnzimmer, wo zwei mit Blümchenstoff bezogene und mit Spitzendeckchen übersäte Sofas standen. Die Lampenschirme steckten noch in ihren original Plastikverpackungen.

Ich nahm ab. »Hallo?«, sagte ich.

»Rachel? Hier ist Sheila.«

Ich setzte mich. »Kenne ich eine Sheila??«

Sie spielte mit. »Ich helfe Ihnen auf die Sprünge. Beste Freundin? Seit dem Kindergarten?«

Einen kurzen Moment lang war ich wieder das schüchterne kleine Mädchen, das sich an Dads Hand klammerte, bis Sheila Murphy mich in die Verkleidungsecke des Raums zog, einen alten Schleier über mich warf und mich fragte, ob ich sie heiraten wolle. Ihr Teddybär führte die kurze Zeremonie durch.

»Ach so, ja, diese alte Schreckschraube!«

Sheila lachte. »Und, wie ist es?«

Ich erzählte ihr von Little Cove und dem recht überschaubaren Freizeitangebot. Und dann vom getürmten Dorfpfarrer.

»Wow! Ich wette, er sieht großartig aus. Unwiderstehlich.«

Typisch Sheila. In der zwölften Klasse hatte sie einen jungen Seminaristen angeschmachtet; und vor noch nicht langer Zeit hatten wir die Miniserie *Dornenvögel* zusammen angeschaut. Das hatte Sheilas Schwärmerei für Priester wiederbelebt und mich in meiner Abneigung gegen deren Scheinheiligkeit bestärkt.

»Woher soll ich wissen, wie er aussieht?«, fragte ich. »Er ist doch abgehauen.«

»Stimmt«, sagte sie, »genau wie du.«

Da ich nicht darauf einging, redete Sheila weiter.

»Morgen ist dein großer Tag. Bist du bereit?«

»Ich bin nervös«, sagte ich. »Nein, ich habe regelrecht Angst. Außerdem habe ich PMS.«

»Perfekt! Dann kannst du die fiese neue Lehrerin geben, die alle Kinder hassen.« Sie unterbrach sich kurz, ehe sie fragte: »Hast du was von deiner Mutter gehört?«

»Nein, aber das liegt bestimmt am Zeitunterschied.«

»Ich kann nicht glauben, dass sie wirklich nach Australien gereist ist.«

»Sie hat meinem Vater versprochen, dass sie ein Sabbatical nehmen wird«, sagte ich.

»Trotzdem.«

»Am Sterbebett, Sheila.«

»Ich weiß. Trotzdem.«

Meine Mutter war Juraprofessorin, arbeitete nebenbei aber auch als Anwältin. Ich wusste, Sheila hielt sie für egoistisch, weil sie so bald nach Dads Tod in ein Sabbatical ging, und teilweise stimmte ich ihr zu. Aber Dad hatte ihr (und mir) ein Versprechen abgenommen. Und nichts war mir so wichtig, wie Dads Wünsche zu respektieren.

Nachdem Sheila sich verabschiedet hatte, drückte ich den Hörer an die Brust, als könnte ich so die Verbindung noch ein wenig aufrechterhalten. Dann legte ich auf und ging nach oben, um auszupacken.

In meinem Zimmer herrschte eine penible Ordnung. Auf dem schmalen Bett lag eine schwere Patchwork-Tagesdecke, in deren Quadraten sich das Motiv eines immergrünen Baums wiederholte. Auf dem handgeknüpften Teppich auf dem Boden war ein Boot auf See abgebildet. Die Decke und der kleine Teppich waren die hübschesten Accessoires in dem Zimmer. An der Tür war ein Haken mit ein paar Kleiderbügeln angebracht, und ich hängte ein paar Sachen daran auf. Den Rest meiner Garderobe verstaute ich in der Kiefernkommode.

Als ich unter die Decke schlüpfte und mich in dem fremden Bett hin und her drehte, war Lucille immer noch nicht zurück. Mondlicht umschmiegte die Vorhänge, und in der Ferne bellte ein Hund. Ich schloss die Augen und versuchte mir vorzustellen, wie ich vor einem Klassenzimmer voller Schülerinnen und Schüler stand, die eifrig die Hände reckten. Aber stattdessen sah ich nur, wie ich unsicher auf der Tafelleiste balancierte und den Körper an die Tafel presste und von Doug gerettet werden musste. Ich hoffte inständig, er würde es nicht herumerzählen. Andererseits war ich nach dem, was ich im vergangenen Sommer mit Jake erlebt hatte, an öffentliche Bloßstellung gewohnt.

2

Am nächsten Morgen wurde die Bühne der Sporthalle von einem leichten Beben erschüttert, als die Schüler zur Vollversammlung hereindrängten. Ich versuchte, ein paar Gesichter auszumachen, sah jedoch nur verschwommene Umrisse mit Sommersprossen. Ich bemühte mich, nicht herumzuzappeln, sondern eine inexistente innere Ruhe auszustrahlen. Ich schlug die Beine übereinander, doch als mein Rock dabei hochrutschte, stellte ich sie schnell wieder zurück. So unauffällig wie möglich zog ich den Stoff hinunter. Als ich den Rock anprobiert hatte, war er mir nicht so kurz vorgekommen. Andererseits war es Sheila gewesen, die mich überredet hatte, ihn zu kaufen, und die war nicht gerade eine Expertin für züchtige Kleidungsstücke.

Judy Doyle, die stellvertretende Rektorin, saß zu meiner Rechten; sie trug eine Hose und eine Bluse mit riesigen Schulterpolstern. Ich hatte sie vor der Versammlung kurz kennengelernt. Sie war selbstsicher und zurückhaltend, im Gegensatz zu der gewissen Offenherzigkeit, die ich auszustrahlen schien. Ein Blick zu meiner Linken bestätigte meine Befürchtungen. Eine Nonne beäugte, die Lippen verächtlich zusammengepresst, meine Oberschenkel. Das Verhältnis von Rock und nackter Haut schien ihr ganz klar zu missfallen. Wie stellte es sich ungefähr dar? Zwei Drittel Schenkel zu einem Drittel Rock? Verhältnisrechnung war noch nie meine Stärke gewesen.

Patrick begab sich zum Mikrofon – er hatte den gestrigen Freizeitlook gegen Anzug und Krawatte ausgetauscht. Die Schüler sollten sich doch bitte setzen, sagte er; schnell folgten sie der Aufforderung und hockten sich im Schneidersitz in ordentlichen Reihen hin. Ein paar ältere Jungen fläzten sich weiter hinten auf den Boden, aber als Patrick rief: »Ein bisschen mehr Haltung, Jungs, wenn ich bitten darf«, richteten sie sich auf. Dann hieß Patrick alle willkommen, insbesondere die Siebtklässler, die Neulinge an der Highschool. Er war der geborene Redner, selbstbewusst und witzig.

»Es gibt ein paar kleine Personalveränderungen im Kollegium«, sagte er. »Mr Bishop kennt ihr ja alle. Er wird unsere Sportmannschaft in null Komma nichts auf Hochform trimmen.«

Ich war verwirrt. Doug hatte gesagt, er sei neu, genau wie ich. Aber Patrick machte bereits weiter. Er fing meinen Blick auf, ehe er sich wieder an die Schüler wandte. »Und dieses Jahr haben wir zum ersten Mal eine Kollegin vom Festland. Jaja … Miss O'Brine kommt von weit her«, sagte Patrick. »In Toronto wächst man nicht gerade in die Höhe, was?«

Meine Wangen fingen an zu glühen, woraufhin er hinzufügte: »Sie ist erst gestern hier angekommen, also weiß ich noch nicht allzu viel über unsere junge Kollegin, nur dass sie leicht rot wird.«

Woraufhin mir erst recht das Blut in die Wangen schoss. Judy drehte sich zu mir und rollte mit den Augen. Die Nonne umklammerte den Rosenkranz, der an ihrem Gürtel befestigt war; mein erster Tag hier, und schon betete sie für mich.

Patrick erwähnte nebenbei, dass ich beide Hauptfächer, Französisch und Pädagogik, als auch mein Referendariat mit Auszeichnung abgeschlossen hätte, sprach dann kurz das eine Jahr an, das ich in Québec verbracht hatte, und schließlich die begeisterten Empfehlungsschreiben meiner Universität. Ich ließ den Blick über die Schülerinnen und Schüler schweifen. Fragten sie sich, wie ich in Little Cove gelandet war, wo ich doch so viel mehr draufhatte? Oder ging es nur mir so?

Nachdem er der Reihe nach das restliche Kollegium vorgestellt und zum Ende gekommen war, verließen wir Lehrer vor den Schülern die Halle. Judy berührte mich im Vorbeigehen am Arm. »In der Mittagspause plaudern wir ein bisschen«, sagte sie. »Viel Glück, Rachel.«

Ich wusste, dass ich das bestimmt gut gebrauchen könnte. Meine allererste Unterrichtsstunde war Französisch in der neunten Klasse, genau die, vor der Patrick mich gewarnt hatte. Es gab nur zehn Schüler in dieser Klasse, aber dem Lärm nach zu urteilen, den sie auf dem Weg zum Klassenzimmer veranstalteten, hätten es auch hundert sein können. Mit einem tapferen Lächeln stand ich an der Tafel, während sie hereinkamen, sich setzten und einfach weiterredeten.

Das Klassenbuch in meiner Hand zitterte. Vergeblich versuchte ich, Blickkontakt mit jemandem herzustellen.

»Peter Cahill«, sagte ich.

Niemand antwortete.

»Peter Ca…« Ich unterbrach mich. Niemand passte auf. Die meisten saßen grüppchenweise zusammen, flüsterten, ein paar blickten verstohlen über die Schulter zu mir. Von Sekunde zu Sekunde stieg der Lärmpegel analog zu meinem sich beschleunigenden Herzschlag.

Ich beschloss, es nochmal zu versuchen. »Peter!«, rief ich. Im selben Moment schoss von links ein Papierflieger heran und landete auf dem Klassenbuch.

»Wer war das?«, fragte ich und wünschte sofort, ich hätte es nicht getan. Natürlich übernahm niemand die Verantwortung. Ich warf den Flieger in den Papierkorb, ging zur Tür und machte sie zu.

»Ruhe bitte!«, rief ich laut, dann: *»Silence, s'il vous plaît.«* Meine Ermahnung entsprach der kanadischen Richtlinie für die Einhaltung der Zweisprachigkeit, doch die Reaktion meiner Schüler schien widerzuspiegeln, was viele Kanadier von dieser Richtlinie hielten: gar nichts.

Schließlich stieg ich auf meinen Stuhl. »Hey!«, schrie ich und pfiff dabei nicht nur auf die Zweisprachigkeit, sondern wahrscheinlich auch auf den letzten Rest meiner Selbstkontrolle. »Haltet endlich die Klappe, und zwar sofort! Oder ihr sitzt alle nach!«

War ich überhaupt dazu berechtigt, sie zum Nachsitzen zu verdonnern? Und hatte ich tatsächlich in meiner allerersten Unterrichtsstunde »Haltet die Klappe« zu meinen Schülern gesagt? Sheilas Prophezeiung hatte sich erfüllt: Ich war die fiese neue Lehrerin. Aber es funktionierte. Sie setzten sich alle ordentlich hin, drehten sich zu mir um und öffneten Mäppchen und Hefte. »Lächeln Sie nicht vor Weihnachten«, pflegte einer meiner Pädagogikprofessoren zu sagen. Das würde mir angesichts dieser Klasse auch gar nicht schwerfallen.

»Peter Cahill.«

»Hier, Miss.« Ein magerer Junge mit Zahnlücken.

»Trudy Johnson.«

»Jo.« Die Mundwinkel bogen sich nach oben, als wollten sie die Aknenarben auf ihren Wangen erreichen. Sie hatte einen Schal um ihr Haar geschlungen, trug Leggings aus Spitze und unzählige Armreifen um die Handgelenke, ganz offensichtlich eine Huldigung an Madonna. Kurz fragte ich mich, wo sie in dieser Gegend solche Klamotten herbekommen hatte.

»Calvin Piercey.«

Niemand antwortete, aber ein großer Junge reckte die Hand in die Luft, den Mittelfinger ausgestreckt. Schockiert schaute ich zur Seite. Als ich wieder hinsah, war die Hand wieder nach unten gewandert, genau wie er – er fläzte sich so tief auf seinen Stuhl, dass er sich praktisch in der Horizontalen befand.

»Würdest du dich bitte aufsetzen!«

Er murmelte etwas Unverständliches, woraufhin ein paar Schüler kicherten. Hatte er mich gerade beleidigt? Aber wie sollte ich das herausfinden – bei seinem Akzent? Ich ließ es dabei bewenden. Wenn ich Calvin helfen wollte, die neunte Klasse zu schaffen, würde ich ein paar pädagogische Prinzipien über Bord werfen müssen.

»Miss«, sagte der Junge hinter ihm. »Darf ich Sie fragen, wie man etwas auf Französisch sagt?«

»*Oui!*«, rief ich aus.

Meine erste Gelegenheit, Wissen zu vermitteln und zu zeigen, wie wichtig es war, eine Fremdsprache zu lernen! Wer sagte, dass die Neuntklässler schwierig waren?

»Wie heißt *Robbe* auf Französisch, Miss? Wie in *Robbenjagd*?«

Sofort hatte ich Bilder von lauter kleinen Robbenbabys im Kopf, die flehend in die Kamera blickten. In den Wochen, in denen ich mich auf meine Stelle in Neufundland vorbereitet hatte, war ich immer wieder mit dem Thema Robbenjagd konfrontiert worden. Einige meiner Freunde fanden sie barbarisch, andere verteidigten sie, weil es für die Neufundländer nun einmal ein wichtiger regionaler Wirtschaftszweig sei. Doch wie auch immer, ich kannte das französische Wort für Robbe nicht. Ich war in Französisch immer gut gewesen, weswegen ich mich auch zum Französischstudium entschlossen hatte, aber in all den Jahren war mir diese Vokabel nie begegnet.

Einen Moment lang wusste ich nicht weiter. Dann erinnerte ich mich, dass Dad gesagt hatte, man solle als Lehrer keine Angst davor haben, eine Wissenslücke zuzugeben. Niemand könne immer eine Antwort parat haben, auch das sei eine wichtige Lektion fürs Leben.

»Ehrlich gesagt bin ich mir nicht ganz sicher«, sagte ich. »Aber wir können es ganz einfach nachschlagen.« Ich nahm mein *Collins-Robert French Dictionary* zur Hand und blätterte darin, bis ich den betreffenden Eintrag fand: seal 1. *n*. phoque *m*.

In anderen Worten, ein männliches Nomen, das auf Englisch wie *fuck* ausgesprochen wurde.

Der kleine Mistkerl hatte das ganz offensichtlich gewusst, als er die Frage stellte, aber nicht mit mir. Etwas weiter oben auf der Seite entdeckte ich den Eintrag für *Seelöwe* und ergriff die Gelegenheit.

»*Lion de mer*«, sagte ich und schrieb es sicherheitshalber an die Tafel, während ich die höhnischen Einwände hinter mir ignorierte. »Das stimmt nicht, Miss«, riefen ein paar der Schüler.

Irgendwie gelang es mir, die restliche Stunde zu überstehen. Über ihr Geplapper hinweg stellte ich den Plan für das kommende Schuljahr vor und sagte ihnen, was ich von ihnen erwartete. Gleich im Anschluss hatte ich eine Stunde in der siebten und danach in der achten Klasse – und die machten es mir zum Glück nicht ganz so schwer.

Zur Mittagszeit war ich trotzdem geschafft und ausgehungert. Beim Frühstück hatte Lucille erwähnt, dass Patrick das Kollegium am ersten Schultag immer auf einen Mittagsimbiss aus dem Takeaway einlade. Und tatsächlich, aus dem Lehrerzimmer wehte mir der Geruch von Backfisch entgegen. Was hätte ich nicht für einen Burger gegeben!

Meine Kolleginnen und Kollegen saßen bereits um den Tisch herum, griffen nach den viereckigen Pappkartons und reichten Ketchup- und Essigbeutel herum. Doug deutete energisch auf den Stuhl neben sich und schob mir einen Karton hin. Musste ich mich neben ihn setzen?

»Richtig guter Schnellfraß, was?«, sagte er.

Ich legte den Kopf schief, ein wenig schockiert von Dougs Ausdrucksweise. Judy, die auf der anderen Seite des Tischs saß, sagte: »Sie werden sich schon noch an die vornehme Neufundland-Sprechweise gewöhnen.«

»Ach ja, das ist also der berühmte *Newfoundland*-Dialekt«, sagte ich.

»Es wird *Newfundland* ausgesprochen«, berichtigte mich Doug. »Wie ›understand‹. ›Understand Newfundland.‹«

Ich nickte, öffnete dann meinen Karton und stach mit einer Plastikgabel in den Fisch. Er war weich und zartblättrig und, wie ich sogleich entdeckte, der beste Fisch, den ich je gegessen hatte.

Judy beobachtete mich. »Schmeckt es?«

Da ich einen vollen Mund hatte, konnte ich nur mit einer zustimmenden Geste antworten.

»So gut, dass es Ihnen die Sprache verschlagen hat?« Als sie lächelte, blitzte ein Goldzahn auf.

Ich schluckte meinen Bissen hinunter und sagte: »Ich habe das Gefühl, im Fischhimmel gelandet zu sein.«

Von rechts hörte ich nur ein *tsss*. Es war die Nonne von der Vollversammlung. Ihr schwarzer Schleier rahmte ein strenges Gesicht mit einer eckigen Brille ein. Schon der zweite Rüffel von ihr an diesem Tag, dabei war es gerade einmal Mittag. Gut, dass meine provokanten Oberschenkel unter dem Tisch verborgen waren. Ich legte mein braves katholisches Schulmädchenlächeln auf und stellte mich ihr vor.

»Also, es ist ja offensichtlich, wer Sie sind«, sagte sie.

Ich hatte ausnahmslos schlechte Erfahrungen mit Nonnen gemacht, und diese reihte sich offenbar nahtlos ein. Warum schienen so viele Bräute Christi unglücklich in ihrer Ehe zu sein?

Judy griff über den Tisch nach einem Ketchupbeutel. »Schwester Mary Catherine ist Klassenlehrerin der Siebten und unterrichtet natürlich Religion in allen Klassen«, erklärte sie.

Die Tür des Lehrerzimmers ging auf, und Patrick kam, sich die Hände reibend, herein. »Ich bin so hungrig, dass ich glatt einen Schenkel vom Lamm Gottes verspeisen könnte.«

Mein Lachen erstarb, als ich von rechts wieder ein *tss* hörte.

»Ermuntern Sie ihn bloß nicht, Rachel«, sagte Judy. »Vor allem nicht zu Fisch-Wortspielen, da ist er nicht mehr zu bremsen.«

Dad war ebenfalls ein großer Wortspieler gewesen, und ich war mir sicher, dass ich alle Fisch-Wortspiele kannte.

»Normalerweise lasse ich mich ungern ködern«, sagte ich, »aber bei einem Wortspiel muss ich einfach anbeißen.«

Patrick langte nach einem Backfisch-Karton, hielt aber mitten in der Bewegung inne. »Sie haben den Rochen gebraten.«

»Meine liebe Scholle««, erwiderte ich.

Judy gab Patrick einen Klaps auf den Arm. »Pass auf, sie hat wahrscheinlich mehr lustige Fisch-Sprüche auf Lager als du, Pat.«

»Da kannst du Hecht haben«, sagte er.

»Apropos Hecht«, warf Doug ein, »du bist wohl schon wieder auf dem Sprung, oder was?«

»So isses.« Patrick schob eine braune Tüte zu Doug hin. »Der Fisch ist so frisch, der ist wohl zum Takeaway geschwommen, was?«

Ich hatte Doug immer wieder verstohlen von der Seite gemustert, und plötzlich fing er meinen Blick auf. Dann sagte er: »Eins würde mich interessieren, Rachel.«

Vielleicht lag es daran, dass die Nonne neben mir saß, jedenfalls hoffte ich inständig, er würde die Spiderman-Episode nicht erwähnen. Er tat es nicht. Stattdessen fragte er: »Was verschlägt eine Festlandbewohnerin wie dich in diese Gegend?«

Seine Frage war mitten in eine Gesprächspause hineingeplatzt; nun sahen mich alle erwartungsvoll an. Als wäre ihnen in diesem Moment aufgefallen, dass ich nicht so recht in die Runde passte. Ich nahm einen großen Schluck von meinem Getränk.

»Ach, ich liebe die Herausforderung: Aaler Anfang ist bekanntlich schwer.«

Ich machte mir die allgemeine Heiterkeit zunutze, stand auf und ging auf die Tür zu. Während ich den Pappteller in den Papierkorb warf, nahm ich mir vor, eine bessere Antwort parat zu haben, sollte wieder jemand diese Frage stellen. Dieser Job war meine einzige Option gewesen, aber das musste ich den Leuten ja nicht auf die Nase binden.

Auf dem Nachhauseweg von der Schule machte ich an der Tankstelle halt. Am Morgen hatte ich kurz mit dem Gedanken gespielt, zu Fuß zur Schule zu gehen, aber der Regen hatte mich umgestimmt. Nun war ich froh, meinen eigenen kleinen abgeschiedenen Raum in meinem Auto zu haben, sei es nur für ein paar Minuten.

Ich war hinter einem riesigen Pick-up hergefahren, der jetzt vor mir die Zapfsäule blockierte. Dessen Schmutzlappen hatten offenbar kapituliert. Ich war erst vor vierundzwanzig Stunden angekommen, aber schon war mein Auto von einer dicken Schmutzkruste überzogen, wie die meisten Fahrzeuge in Little Cove.

Durch das Fenster des Tankstellenhäuschens sah ich, wie sich der Fahrer des Pick-ups, ein untersetzter Mann in Jeansjacke und mit Baseball-Cap, über den Tresen beugte, sodass sein Gesicht nur wenige Zentimeter von dem der Kassiererin entfernt war. Als ich die Tür aufschob, kam das Bimmeln der Glocke über mir kaum gegen seine dröhnende Stimme an.

»Gestern Abend hat die Kasse nicht gestimmt«, sagte er. »Du schuldest mir drei Dollar.«

Die Frau hinter dem Tresen, die Hände in die Hüften gestemmt, wich vor ihm zurück. »Hat nix mit mir zu tun, Junge«, sagte sie. »Hab gestern gar nicht gearbeitet.«

Ich räusperte mich, woraufhin der Mann schnell den Kopf in meine Richtung drehte. »Was zum Teufel wollen Sie?«

»Benzin«, sagte ich. »Aber Ihr Pick-up blockiert die Tanksäule. Würden Sie ihn bitte wegfahren?«

»Was erlauben Sie sich, in diesem Ton mit mir zu reden?«

»Wie bitte?«

»*Wie bitte?*«, äffte er mich nach. »Miss Trägt-die-Nasehoch, die von weit her kommt und uns die Jobs wegnimmt.«

»Oh, sind Sie etwa Französischlehrer?«, stieß ich hervor, bevor ich es mir anders überlegen konnte.

Die Frau hinter dem Tresen hielt sich die Hand vor den Mund, um ihr Grinsen zu verbergen.

Mindestens eine Minute lang starrte er mich an, dann wandte er sich wieder der Kassiererin zu. Schließlich rauschte er viel zu nah an mir vorbei und knurrte:

»Kommt vom Festland hierher und hält sich für was Besseres.«

Er schlug die Tür so heftig zu, dass die Glöckchen aufgeregt bimmelten. »Puh«, sagte ich, »da hat aber jemand schlechte Laune.«

Draußen heulte ein Motor auf, dann sah ich, wie der Pick-up auf die Straße hinausbog und eine Staubwolke hinter sich herzog.

Die Frau zuckte die Schultern. »Das war Roy Sullivan, nur damit Sie den Namen schon mal gehört haben«, sagte sie. »Ein trotzigerer Kerl als der ist Ihnen bestimmt noch nie über den Weg gelaufen.«

Sie machte sich daran, Schokoriegel aus einem großen Karton in das Gestell vor der Kasse zu räumen. »Dann sind Sie also Miss O'Brine«, sagte sie. »Haben Sie meine Cynthia schon kennengelernt? Sie ist ganz begeistert von Französisch.«

Von den Schülerinnen und Schülern, die ich an diesem Tag unterrichtet hatte, schien das auf niemanden zuzutreffen, andererseits hatte ich einen Großteil des Unterrichts für Organisatorisches aufwenden müssen. Ich sagte ihr, ich würde meine Schüler noch nicht wirklich kennen, würde aber nächstes Mal nach Cynthia Ausschau halten.

»Pumpen Sie selbst?«, fragte sie.

Es dauerte eine Weile, bis ich begriff, was sie meinte. Ich bejahte, ging hinaus, steckte den Zapfhahn in die Tanköffnung und fragte mich dabei, ob auch Roy Sullivan schulpflichtige Kinder hatte. Dann bemerkte ich ein Stück Papier, das unter den Scheibenwischer geklemmt war und das im Wind flatterte. Ich zog es hervor. In großen schwarzen Lettern stand darauf: »Sie sind hier nicht willkommen. Gehen Sie wieder nach Hause.«

Ich ließ mich gegen den Wagen sinken. Hier war jetzt mein Zuhause. Jedenfalls für dieses eine Jahr. Und wer hatte mir diese Nachricht hinterlassen? Roy Sullivan war sofort weggefahren. Er hatte nicht die Zeit dafür gehabt. Außer mir war niemand im Tankstellenbereich zu sehen. In den dunklen Fenstern der Häuserreihe auf der anderen Straßenseite war ebenfalls niemand zu erkennen. Ich knüllte das Stück Papier zusammen, steckte es in die Jackentasche und ging in das Tankhäuschen, um zu bezahlen.

3

»Und, wie war Ihr erster Tag?«, rief Lucille aus der Küche, noch bevor ich die Haustür zugemacht hatte.

Nicht schlecht, abgesehen von dem netten kleinen Hassbrief, dachte ich, sprach es aber nicht aus.

Sie drehte gerade Bettlaken durch eine Kaltmangel, das Gesicht rot vor Anstrengung. Ich hatte so ein Gerät bislang nur im Museum gesehen.

»Bin gleich wieder da«, sagte sie. »Es geht gerade ein so schöner Wind, da will ich die Laken schnell aufhängen.«

Ich bot ihr meine Hilfe an, aber sie lehnte ab und deutete auf den Tisch, wo eine Tasse Tee und ein Heidelbeer-Muffin auf mich warteten. Nach einer Weile kam sie wieder herein, setzte sich mir gegenüber, zündete sich eine Zigarette an und wandte sich ihrem halb gelösten Kreuzworträtsel zu.

»Und, Unterricht war gut?«, fragte sie.

Ich überlegte, ob ich ihr von der Robbenepisode erzählen sollte, aber dann fragte ich mich, ob sie mir nicht auch eine Fangfrage gestellt hatte. Hatte Patrick nicht gesagt, dass alle in Little Cove immer über alles Bescheid wussten? Im Übrigen war der Übeltäter, wenn mich nicht alles täuschte, ihr Neffe. Also würde ich mir diese Anekdote lieber für Sheila aufsparen. Und vielleicht auch für Doug, obwohl ich mir bei ihm auch noch nicht sicher war. Also erschien es mir fürs Erste am sichersten, zu beteuern, alles sei so weit gutgegangen. Lucille musste ja nicht wissen, dass in der Familie O'Brien »so weit gutgegangen« das Codewort für »Ich möchte jetzt nicht darüber reden« war.

»Tja, wen wundert's, mit Pat Donovan am Ruder«, sagte sie. »Mit ihm auf der Kommandobrücke ist das Schiff sicher, auch bei hoher See. Ach, wollte Ihnen noch was zeigen, Augenblick.« Sie drückte die Zigarette aus und verschwand in ihrem Schlafzimmer, das neben der Küche lag, um kurz darauf mit einem gerahmten Foto wieder zurückzukommen. Sie rieb mit dem Schürzenzipfel über das Glas, dann reichte sie mir das Bild.

Es zeigte eine jüngere, schlankere Version von Patrick und eine Lucille ohne Lockenwickler, mit dunklem, kurzem Haar und einer Urkunde in der Hand.

»Das ist meine Linda«, sagte Lucille. »An dem Tag, als sie ein Stipendium für die Uni gekriegt hat. Sie war in dem Jahr die Einzige, die zur Uni gegangen ist. Jetzt ist sie Lehrerin, genau wie Sie. Oben in Labrador.«

»Ach ja? Wie alt ist sie?«, fragte ich.

»Fünfundzwanzig. So alt wie ich, als ich sie bekommen hab.«

Ich verbarg meine Überraschung hinter einem Husten. Lucille war im gleichen Alter wie meine Mutter, sah aber gut zehn Jahre älter aus.

»Dann ist sie zwei Jahre älter als ich«, sagte ich und warf einen letzten Blick auf das Foto, ehe ich es Lucille zurückgab. Ich hatte ein ähnliches Foto von meiner Abschlussfeier auf der Kommode oben in meinem Zimmer stehen. Nur Sheila und ich sind darauf zu sehen. Dad war bereits gegangen, und Mum war an diesem Tag in Washington, wo sie auf einer Konferenz eine Rede hielt.

Lucille legte das gerahmte Foto auf den Tisch und wandte sich wieder ihrem Kreuzworträtsel zu.

»Fünf waagrecht«, sagte sie. »Das ist was für Sie.« Sie schob das Heft in meine Richtung und deutete mit ihrem gelben Finger auf die zugehörige Frage: »Bedeutung von Schulterzucken (Französisch, 2,2,4,4).«

»Je ne sais quoi.«

»Sche ne sä was?«

Ich nahm ihr den Kugelschreiber aus der Hand und trug die Lösung in die Kästchen ein. Als sie sich mürrisch der nächsten Rätselfrage zuwandte, sagte ich: »Ich glaube, ich gehe ein bisschen spazieren.«

Lucille griff nach der Handtasche, die an der Rückenlehne ihres Stuhls hing. »Wenn Sie links die Straße runtergehen, kommt da ein kleiner Laden. Seien Sie so nett und bringen mir eine Dosenmilch mit.«

»Behalten Sie Ihr Geld, Lucille«, sagte ich.

Während ich meine Jacke vom Treppengeländer schnappte, fragte ich mich, ob es in dem Laden wohl auch frische Milch gab. Ein paar hundert Meter weiter die Straße hinunter kam ich an einer Frau vorbei, die Laken von der Wäscheleine abnahm.

»Hallo, Miss O'Brine!«, rief sie. »Schöner Tag, um Wäsche aufzuhängen. Wo wollen Sie hin?«

Als ich sagte, ich sei auf dem Weg zum kleinen Lebensmittelladen, rief sie mir zu, wo genau er sich befand, und kurz darauf kam ich an dem großen braunen Haus an, das sie weitaus besser beschrieben hatte als Lucille. Im

Fenster hing ein Schild, das in handgeschriebenen Lettern verkündete: »Teebeutel erst wieder am Donnerstag.« Vor dem Laden standen ein paar Jugendliche und rauchten.

»H'llo, Miss«, sagte einer der Jungen.

Ich erwiderte den Gruß und ging die Stufen hinauf, während die Teenager hinter meinem Rücken tuschelten. Die Kasse war verwaist, aber die Tür dahinter war offen und führte anscheinend in eine Küche. In den wenigen, weiß gestrichenen Regalen fanden sich ein paar bunt zusammengewürfelte Lebensmittel: Toilettenpapier neben Dosensuppen; ein paar Pappkartons mit Kartoffeln, Karotten und Steckrüben. Außerdem gab es Zigaretten, Streichhölzer, Nähgarn und Schokoriegel. Ich hatte insgeheim gehofft, ein Magazin zu ergattern, vielleicht sogar eine Boulevardzeitung, aber es gab keine Zeitschriften, und ein Kühlregal mit frischer Milch war auch nirgends zu sehen. Also nahm ich seufzend eine Dosenmilch aus dem Regal. Als ich zur Kasse ging, betraten mehrere Mädchen laut lachend den Laden.

»Was kaufen Sie denn, Miss?«, fragte Trudy Johnson.

Ich suche Tampons, Trudy. Kannst du mir vielleicht eine bestimmte Marke empfehlen? Ich wedelte mit der Kondensmilch. Würde das jetzt das ganze Jahr so weitergehen? Würde ich auf Schritt und Tritt beobachtet und jeder meiner Einkäufe kommentiert werden? Ich betätigte die Tischglocke, woraufhin eine Frau aus der Küche trat und die sommersprossigen Arme verschränkte, als sie mich erblickte.

»Ah, Sie sind bestimmt diese neue Französischlehrerin

vom Festland«, sagte sie. Aus dem Augenwinkel sah ich, wie Trudy mit dem Ellbogen ihre Freundin anstupste.

»Auf diese Stelle gehört eigentlich jemand aus Neufundland«, fuhr die Frau fort.

»Tja, dann hätte meine Vorgängerin halt nicht mit dem Pfarrer durchbrennen sollen.« Ich zuckte innerlich zusammen, wünschte, ich könnte meine Worte zurücknehmen.

Ich stellte die sogenannte Milch auf den Tresen, die Frau schnappte meinen Fünf-Dollar-Schein und gab mir das Wechselgeld heraus. Dann langte sie nach einem Besen und fegte damit vor sich her, während sie hinter der Kasse hervorkam; der Staub, den sie aufwirbelte, trieb mich noch schneller zur Tür hinaus.

Missmutig stapfte ich zu Lucilles Haus zurück. Der Wind hatte aufgefrischt und wehte mir Sand in die Augen. Ich blinzelte heftig. Zuerst dieser Rüpel Roy Sullivan, dann der Zettel mit der netten Botschaft unter dem Scheibenwischer und nun diese schreckliche Frau. Warum nur hatte ich diese Stelle angenommen?

Auf der Hügelkuppe angekommen, blieb ich stehen, um Atem zu holen. Hinter mir hörte ich eine Fahrradklingel.

»Ah, wen haben wir denn da«, sagte Phonse und hielt neben mir. »Wie geht es ihr denn so?«

Ich wandte schniefend den Blick ab und sah in die Ferne.

Sich mit den Füßen links und rechts abstützend, balancierte er auf dem Fahrradsattel und griff in die Brusttasche seines Pullunders. Wie ein Magier brachte er ein sauberes weißes Taschentuch zum Vorschein.

»Ach, es ist nur der Wind«, sagte ich schluchzend und tupfte mir die Augen ab.

»Ja, Mädel, heute weht 'ne steife Brise.« Er sah an mir vorbei auf den Ozean hinaus, während er mit seinen knotigen Händen die Lenkergriffe umklammerte.

»Kann ich Sie was fragen, Phonse?«

»Nur zu.«

Ich blickte auf meine Füße hinunter.

»Schießen Sie los!«

»Haben die Einheimischen etwas gegen meine Anwesenheit?«

Er strich sich über das Kinn. »Ein paar vielleicht.«

»Was ist mit der Frau im Laden?«

»Bertha?« Er schnitt eine Grimasse. »Achten Sie nicht auf die. Sie mag Leute vom Festland nicht, wegen ihrem Sohn.«

»Hat er seinen Job wegen jemandem vom Festland verloren?«

»Schlimmer.« Er grinste jetzt so breit, dass seine Augen nahezu zwischen den Falten verschwanden. »Er hat eine vom Festland geheiratet. Er ist vor vier Jahren in den Westen gezogen und seither nicht mehr zurückgekommen.«

»Und ist das meine Schuld?«

Phonse stellte einen Fuß auf ein Pedal und radelte wieder los. »Scheint fast so!«, rief er über die Schulter zurück. »Kopf hoch, Mädchen.«

Zurück in Lucilles Haus, fragte ich mich, wo ich die Dosenmilch hinstellen sollte. In den Kühlschrank wohl kaum. Lucille telefonierte im Wohnzimmer. Ungefähr alle fünfzehn Sekunden sagte sie: »Ich weiß, meine

Liebe.« Nachdem sie irgendwann aufgelegt hatte, kam sie zu mir in die Küche.

»Jesus, Maria und Josef«, sagte sie. »Das war Bertha Peddle. Sie hat mir glatt mit Ladenverbot gedroht. Sie wären frech zu ihr gewesen, hat sie gemeint.«

»Aber ich … sie …« Ich brach den begonnenen Satz ab, weil es in der Tat keine Entschuldigung für meine barsche Antwort gab.

Doch dann sagte Lucille: »Das soll sie mal versuchen, mir Ladenverbot erteilen!« Sie nahm mir die Dosenmilch ab und stellte sie in ein Regal. »Die hat mehr Dreck am Stecken als ein Schwein in den Borsten. Setzen Sie sich doch endlich, um Himmels willen. Wir müssen heute früher essen als sonst. Ich geh nachher zu einem Treffen in der Kirche.«

Sie ging zum Herd und verteilte den Inhalt einer schmiedeeisernen Pfanne auf zwei Teller. »Fischfrikadellen«, erklärte sie und stellte einen Teller vor mich hin. Die Aussicht, schon zum zweiten Mal an diesem Tag Fisch zu essen, begeisterte mich nicht gerade. Doch die goldgelben, knusprig gebratenen Fischküchlein entpuppten sich als köstliches Gemisch aus Kartoffelbrei und Fisch. Ein warmes Gefühl strömte von meinem Magen aus in die Gliedmaßen. »Der Backfisch vom Takeaway heute Mittag war wirklich gut, aber diese Frikadellen hier« – ich zeigte auf meinen Teller – »sind ein Gedicht.«

Sie machte eine wegwerfende Handbewegung. »Ach wo.« Aber ein flüchtiges Lächeln huschte über ihr Gesicht. Sie nahm eine Packung Zigaretten vom Regal über dem Herd und zündete sich eine an. Dann hob sie mit einem

Schürhaken den kleinsten Ofenring der Herdplatte hoch und warf das Streichholz in die Glut.

»Erzählen Sie mir 'n bisschen von Ihrer Familie«, sagte sie und setzte sich auf die Tagesliege an der gegenüberliegenden Wand.

Während sie eine lange blaue Rauchfahne in Richtung Decke blies, erschien mir dieser Moment nicht gerade geeignet, ihr zu erzählen, dass mein Vater vor wenigen Monaten an Lungenkrebs gestorben ist.

»Ach, Lucille, vielleicht ein andermal. Erzählen Sie mir doch lieber ein bisschen von meiner Vorgängerin an der Schule.«

Sie kratzte sich zwischen zwei Lockenwicklern am Kopf und seufzte. »Brigid Roche. Ihr Mann, Paul, ist letztes Jahr gestorben. Er war erst achtundzwanzig.«

»Oh Gott, was ist ihm denn zugestoßen?«

»Er ist mit Ron Drodge, Brigids Bruder, auf dem Heimweg von Mardy gewesen, und der ist gegen einen Baum gefahren. Ron hat nicht einen Kratzer abgekriegt, aber Paul ist auf der Stelle tot gewesen. Es heißt, Ron hätte an dem Abend getrunken, aber beweisen konnte man es nicht. Die Polizei ist erst Stunden nach dem Unfall hier eingetroffen.«

»Die arme Brigid«, sagte ich. »So jung und schon verwitwet.«

Lucille stand auf und räumte den Tisch ab, nachdem sie zuvor ihre Zigarette in einem Ketchupklecks auf meinem Teller ausgedrückt hatte. »Viele in unserer Gegend sind jung Witwe geworden, ich gehör auch dazu. Aber bin ich deswegen mit einem Pfarrer abgehauen?«

Sie kam mit einem Spüllappen zurück und wischte mit energischen Bewegungen den Tisch ab.

»An Ostern war Brigid völlig am Boden. Und alle sagten, Father Jim wäre ihr eine große Hilfe, würde sie in ihrer Trauer begleiten.« Sie schnaubte abfällig. »Ein Pfarrer als Trauerbegleiter? Pff! Man beerdigt seinen Mann, übergibt ihn Gott und macht weiter mit seinem Leben.«

Ich dachte an Mum, wie sie noch Wochen nach Dads Tod in seinem Ledersessel saß und immer wieder über die abgewetzten Armlehnen strich, taub gegenüber allen Versuchen, sich mit ihr zu unterhalten.

Lucille wischte nochmals energisch über den Tisch, auch wenn keine Krümel mehr zu sehen waren. Dann warf sie den Lappen in die Spüle.

»Glauben Sie, Brigid wird irgendwann wieder zurückkommen?«, fragte ich.

»Ich glaube, das wird sie schön bleiben lassen. Sie hat zu viel Schande auf unsere Pfarrgemeinde gebracht.«

Sie griff nach dem Schal auf der Tagesliege und wickelte ihn um den Kopf. »Ich gehe jetzt zu Father Frank«, sagte sie. »Er hat ein paar Flausen im Kopf, die man ihm wieder austreiben muss, und zwar besser gleich.«

Nachdem Lucille gegangen war, ging ich nach oben und holte Dads Sweatshirt mit dem Logo seiner Schule aus einer Schublade meiner Kommode. Ich zog es an, legte mich aufs Bett und dachte, dass Trauerbegleitung durchaus etwas Sinnvolles war.

4

»Bonjour, Mademoiselle.«

Ein Mädchen in Jeans und Sweatshirt streckte den Kopf in mein Klassenzimmer herein. Ich trank gerade eine Tasse Kaffee, also winkte ich sie zu mir. Auf dem Weg zu meinem Schreibtisch redete sie munter drauflos und erzählte mir in fließendem Französisch, sie heiße Cynthia und besuche die zwölfte Klasse.

»Bonjour, Cynthia«, sagte ich. »Ich glaube, ich habe schon deine Mutter kennengelernt. Sie arbeitet an der Tankstelle, stimmt's?«

Sie nickte. »Ja, sie hat es mir erzählt. Oh, ich liebe Französisch, Miss«, sprudelte sie hervor. »Es ist mein absolutes Lieblingsfach.«

»Da haben wir was gemeinsam.« Wir lachten beide.

»Ich möchte auch Französischlehrerin werden«, fuhr sie fort. »Ich möchte versuchen, ein Stipendium für die Uni zu kriegen, so wie Doug.« Sie schlug sich die Hand vor den Mund. »Mr Bishop, meine ich. In der Schule dürfen wir ihn nicht Doug nennen.«

»Moment«, sagte ich. »Ist Do… stammt Mr Bishop aus Little Cove?«

Sie nickte. »Seine Familie wohnt zwei Häuser weiter. Aber ich komm bestimmt nicht nach Little Cove zurück, so wie er. Ich möchte die Welt sehen.«

Die Pausenglocke ertönte, und ich sagte zu Cynthia, wir würden uns dann später im Unterricht sehen. »Kann es nicht erwarten, Miss«, erwiderte sie.

Während ich auf meine Neuntklässler wartete, überflog ich den Unterrichtsplan. Ihr Lachen und lautes Rufen kündigten sie an. Der Lärm ebbte auch nicht ab, als sie ihre Stühle im Klassenzimmer einnahmen. Calvin hatte sich wieder halb waagrecht auf seinen Stuhl gefläzt, und Trudy formte gerade eine überdimensionale Kaugummiblase. Ich wünschte, sie würde platzen und ihr ganzes Gesicht zukleben, aber Trudy zog sie geräuschvoll in den Mund zurück.

»Trudy«, sagte ich. »Wirf deinen Kaugummi weg!«

Betont langsam ging sie an mir vorbei zur Ecke, beugte sich über den Papierkorb und spuckte den Kaugummi hinein. Mit einem lauten Plopp traf der Klumpen auf dem Metallboden auf.

»Miss«, sagte Trudy. »Darf ich was sagen?«

Anscheinend hatte sie das Zeug zur Lehrerin, denn im Handumdrehen hatte sie die Aufmerksamkeit aller erlangt.

»Ja, was denn?«

»Bertha Peddle hat gesagt, Sie sind ein richtiges Luder.«

Ich hörte selbst mein empörtes Schnauben, während gleichzeitig wieherndes Gelächter ertönte, und als ich mich umsah, erblickte ich lauter aufgerissene Münder.

»Raus mit dir«, sagte ich mit bebender Stimme.

»Aber Miss …«, protestierte sie.

»Jetzt. Sofort.« Ich deutete auf die Tür, die Hand ausgestreckt wie ein Degen. »Du gehst sofort zu Mr Donovan, und wag es ja nicht, hinter dir die Tür zuzuknallen.«

Ich drehte mich zur Klasse um und knurrte: »Holt eure Bücher raus und macht ein paar Übungen.«

»Welche?«, fragten ein paar der Schüler.

»Ist egal. Fangt einfach an zu arbeiten. Ich will jetzt kein Wort mehr von euch hören. Von niemandem.«

Ich mochte ja gut in Französisch sein, aber mit diesen ungezähmten Teenagern wurde ich nicht fertig. Ich setzte mich an meinen Schreibtisch und starrte auf das Blatt, auf dem ich am Vorabend so sorgfältig ein Lernziel ausgearbeitet hatte. »Die Schüler werden lernen, die Verneinung richtig zu bilden.« Also, in dieser Hinsicht hatte Trudy eigentlich eine gute Note verdient.

Es klopfte an der Tür, und Judy trat, die Hand auf dem Türknopf, ins Klassenzimmer. »Miss O'Brine, kann ich Sie kurz draußen auf dem Flur sprechen?« Ihre Stimme hatte einen spröden Klang, doch als ich hinausging und die Tür hinter mir schloss, schlug sie einen weicheren Ton an.

»Patrick möchte Sie in fünf Minuten in seinem Büro sehen«, sagte sie im Flüsterton. »Ich übernehme so lange Ihre Klasse.«

Ich machte einen Umweg über die Toilette. Meine Wangen waren gerötet, Tränen quollen mir aus den Augen. Ich spritzte mir Wasser ins Gesicht und rieb es mit einem Papiertaschentuch trocken. Dann atmete ich tief ein und begab mich in Patricks Büro, bereit, meine Ehre zu verteidigen.

Er stand hinter seinem Schreibtisch auf und wies auf den Besucherstuhl; dann reichte er mir einen dampfenden Becher Tee, der auf einem Nebentisch bereitgestanden hatte.

»Wo ist Trudy?«, fragte ich in der Hoffnung, er hatte

sie nach Hause geschickt oder, noch besser, der Schule verwiesen.

»Sie ist wieder in der Klasse«, sagte er. »Aber ich habe ein Wörtchen mit ihr gesprochen, und um fair zu sein: Sie hat nur wiederholt, was Bertha Peddle gesagt hat.«

Ich stellte den Becher auf den Schreibtisch, um nichts zu verschütten. »Dann ist es also okay, wenn eine Schülerin mich ein ›richtiges Luder‹ nennt?«, fragte ich mit gepresster Stimme.

Patrick verschluckte sich und prustete aus Versehen ein wenig Tee auf den Schreibtisch. »Heiliger Strohsack«, sagte er. »Jetzt dämmert mir, warum Sie sich so aufgeregt haben.«

»Tja, soll ich mich darüber freuen?«

Patrick stellte seinen Becher hin. »Ich verstehe jetzt, warum Sie sie hinausgeworfen haben, aber das war ein Missverständnis, junge Frau. Bertha hat es nicht so gemeint, wie Sie denken: Im hiesigen Dialekt bedeutet das Wort einfach nur eine garstige Frau.«

Das war auch nicht viel besser.

»Das bin ich auch nicht, wenn jemand garstig war, dann diese Bertha.«

»Das mag ja sein«, sagte er. »Aber Sie müssen sich hier anpassen, nicht umgekehrt.«

Hinter Patricks Schreibtisch stand ein Sideboard, auf dem ein paar ordentliche Papierstapel lagen. Darüber hing eine Pinnwand mit einem Jahresplaner und einer To-do-Liste, und einer der Punkte war, wie ich erkennen konnte: »Probezeitgespräche mit Rachel und Doug«.

Ich konnte mir vorstellen, wie sein Fazit bislang lautete: »Ist schnell beleidigt; hat Schwierigkeiten, ihre Schüler zu verstehen; hat ihre Klassen nicht unter Kontrolle.« Ich vergrub das Gesicht in den Händen.

»Kopf hoch, junge Frau. Die ersten paar Wochen sind schwer, aber Sie bekommen den Dreh schon noch heraus, Sie werden sehen.«

»Aber was sage ich in unserer nächsten Stunde zu Trudy?«

»Gar nichts, um Himmels willen.«

»Und wenn sie mich nochmals auf die Sache anspricht?«

Patrick trank geräuschvoll seinen Tee aus. »Glauben Sie, Sie sind die erste Lehrerin, die wegen einer Lappalie in die Luft gegangen ist?«

Ich dachte an meine eigene Zeit als Teenie, daran, dass ich selbst oft einen frechen Spruch auf den Lippen hatte. Um ehrlich zu sein, hatten die Nonnen, wenn sie wegen Sheila und mir ausgerastet waren, meistens einen triftigen Grund.

Nachdem der Glockenton das Ende des Schultags verkündet hatte, blieb ich noch lange an meinem Schreibtisch sitzen. Die Schülerinnen und Schüler polterten laut schwatzend über den Flur, manche in Eile, um ihren jeweiligen Bus zu erwischen, der sie in die umliegenden Dörfer brachte. Allmählich verebbten die Schritte, Autotüren wurden zugeschlagen, Motoren angelassen, und dann trat wohltuende Stille ein. Ich legte den Kopf auf den Schreibtisch und ließ in Gedanken das Gespräch mit Patrick Revue passieren. *Sie müssen sich hier anpassen,* hatte er gesagt. Ja, aber wie?

Irgendwann wurde mir bewusst, dass ich mit dem Fuß den Takt zu einer Musik klopfte, die entfernt zu hören war. Ich hob den Kopf. Es klang wie eine Geige, aber die Melodie war viel munterer als die Stücke, die ich kannte. Sie steigerte sich zu einem Crescendo, dann fuhr der Bogen nochmals beherzt über die Saiten, und es wurde still. Hatte ich es geträumt? Doch gleich darauf setzte eine langsame, melancholische Melodie ein – der Soundtrack zu meiner Stimmung. Ich folgte ihr den Flur entlang und um eine Ecke herum bis zu einer Tür, die mir bislang noch nicht aufgefallen war.

Ich spähte in einen kleinen Raum, kaum größer als ein begehbarer Schrank. In einem ausgeblichenen, aber blitzsauberen grünen Overall saß Phonse auf einem Stuhl, die Augen geschlossen, während sich sein Spielarm hin- und herbewegte. Wischmopps, Eimer, Besen und andere Putzutensilien standen ordentlich aufgereiht um ihn herum. Als die Melodie endete, klatschte ich behutsam, worauf er die Augen aufriss.

»Heiliger Jesus«, sagte er, »haben Sie mich erschreckt, Mädchen. Ich dachte, alle wären weg.«

»Ich wusste nicht, dass Sie Geige spielen«, sagte ich.

»Tue ich auch nicht.« Er hob sein Instrument hoch und zeigte es mir. »Das ist eine Fiedel.«

»Wie auch immer, jedenfalls spielen Sie wunderschön.«

Er neigte den Kopf nach unten. »Na ja, ich hab's schon als kleiner Knirps auf Vadders Knien gelernt. Spielen Sie auch ein Instrument?«

Ich dachte an all die Tränen und Wutanfälle, die meine Geigenstunden begleitet hatten. Diese Stunden am Donnerstagnachmittag musste ich noch lange ertragen, obwohl ich längst keine Lust mehr auf das Instrument hatte.

»Na, Sie sind mit Ihren Gedanken wohl ganz woanders«, sagte Phonse.

Ich schüttelte den Kopf, um meine Erinnerungen zu vertreiben. »Tut mir leid. Ja, ich habe früher Geige gespielt.«

Er drückte mir die Fiedel in die Hand. »Die Schwester der Geige«, sagte er. »Versuchen Sie's doch mal.«

»Haben Sie Noten?«

Phonse tippte sich mit dem Bogen an den Kopf. »Alles hier drin, Mädchen.«

Dann reichte er mir den Bogen und sagte: »Probieren Sie's aus.«

Ich fuhr mit dem Bogen über die Saiten und verzog das Gesicht angesichts des schrillen Gekrächzes, das ich hervorbrachte.

»Klingt, als würde einem Huhn der Hals umgedreht«, sagte Phonse.

Ich wollte schon aufgeben, aber dann erinnerte ich mich an Patricks Worte, dass ich versuchen müsse, mich anzupassen. Also versuchte ich es erneut, und das Gekrächze verwandelte sich allmählich in eine Melodie. Und plötzlich war es mir wieder gegenwärtig: der »Frühling« aus Vivaldis *Vier Jahreszeiten*, das letzte Stück, das ich gelernt hatte, bevor ich mit dem Geigespielen aufgehört hatte. Ich schloss die Augen und konzentrierte mich, spielte schneller und machte immer weniger Fehler.

Als ich fertig war, ließ ich die Augen noch einen Moment lang geschlossen und rief mir in Erinnerung, wie

Dad in seinem Sessel saß, die Zeitung neben sich, und meinem Spiel lauschte. Phonse' leises Klatschen holte mich in die Gegenwart zurück.

»Das Lied kenne ich gar nicht«, sagte er, »aber es ist wunderschön.«

Ich spürte, wie ich leicht errötete, während ich ihm seine Fiedel zurückgab. »Mein Vater hat es geliebt, ich hab's für ihn gespielt.«

»Also ein Hoch auf unsere Väter«, sagte Phonse. »Ich glaube, wir haben uns jetzt eine Tasse Tee verdient. Leisten Sie mir Gesellschaft?«

Dad pflegte immer zu sagen, dass Hausmeister unsere wichtigsten Verbündeten seien, und mir kam der Gedanke, dass er Phonse bestimmt gemocht hätte.

In einer Ecke stand auf einem wackeligen kleinen Tisch eine Heizplatte und daneben eine Dosenmilch. Als der Wasserkessel zu pfeifen begann, nahm er ihn von der Platte und goss das heiße Wasser in zwei Becher, in die er zuvor je einen Beutel getan hatte. Er reichte mir einen, und ich entdeckte den Spruch, der darauf stand.

»Der großartigste Lehrer der Welt«, las ich laut vor.

»Na, nun werden Sie mal nicht übermütig«, sagte Phonse. »Das ist Ihre erste Woche.«

Am Abend rief Mum aus Australien an, wobei es für sie ja bereits der nächste Tag war. Sie berichtete mir von ihrem Leben in Sydney – von den Kursen, die sie gab, dem Viertel, in dem sie wohnte, und von den Macken ihrer Wohnung. Sie stellte mir allerhand Fragen zu Little Cove, und ich versuchte, sie so neutral wie möglich zu beantworten, da Lucille in der Küche war und alles hören konnte. Es war keine besonders ergiebige Unterhaltung, aber es war ein Schritt, unsere Beziehung, die nach Dads Tod gelitten hatte – nicht zuletzt wegen meines in ihren Augen enttäuschenden Verhaltens in den Wochen danach –, auf eine neue Grundlage zu stellen. Bevor wir uns auf Wiedersehen sagten, versprach sie mir, mich regelmäßig anzurufen.

5

Ich lag auf dem Bett, hörte *No Surrender* von Bruce Springsteen und spürte, wie mein Bauch im Takt zur Musik grummelte. Warum strömten eigentlich keine verlockenden Abendessensdüfte von der Küche herauf, wie sonst immer um diese Uhrzeit? Ich nahm die Ohrstöpsel heraus und ging hinunter; Lucille, in Mantel und einem Kopftuch über den Locken, war im Begriff, das Haus zu verlassen.

»Wollte gerade zu Ihnen hochrufen«, sagte sie. »Habe heute Morgen vergessen, es Ihnen zu sagen. Am Freitag koche ich nie. Da habe ich meinen Damenabend.«

»Okay.« Ich fragte mich, ob sie erwartete, ich würde mir selbst etwas kochen.

»Im Kühlschrank ist Aufschnitt«, fuhr Lucille fort. »Oh, aber Sie könnten sich natürlich auch Backfisch mit Pommes aus dem Takeaway holen.«

Ich musste nicht lang überlegen. In Sachen Essen war ich ein Pawlow'scher Hund. Ich sah zu, wie Lucille hinausging und sich auf den Weg machte, und fragte mich, wie lange sie wohl wegbleiben würde. Es war mein erstes Wochenende in Little Cove, und ich würde den Freitagabend allein verbringen. Dad sagte immer, fang so an, wie du weitermachen willst, aber ich hoffte nicht, es würde das ganze Jahr so weitergehen.

Ich überlegte, zu Fuß zum Takeaway zu gehen, beschloss dann aber, zu fahren, damit das Essen warm bliebe.

Ein ungefähr sechzehnjähriges Mädchen, das Haar zu einem unordentlichen Knoten geschlungen, stand über den Tresen gebeugt da, das Kinn in eine Hand gestützt. Ihr zierlicher Körper verschwand in einem viel zu großen karierten Männerhemd. Dunkler Eyeliner hob die merkwürdige Schwellung unter ihren Augen hervor. Ich gab meine Bestellung auf, und sie schrieb sie auf einen Notizblock. Ihre Nägel waren abgekaut.

»Sie sind Miss O'Brine«, sagte sie. »Meine Schwester, Belinda, ist in der Neunten. Ich heiße Georgie.«

»Ich habe dich noch nie in der Schule gesehen, Georgie. Dann hast du wohl kein Französisch?«

»Hatte ich mal«, sagte sie sanft, »aber ich musste es aufgeben.« Sie drehte sich um und schob den Zettel durch die Durchreiche; erst da fiel mir auf, dass sie schwanger war.

Überrascht und unsicher, was ich in so einer Situation sagen sollte, schwieg ich lieber. Ich drehte mich vom Tresen weg und setzte mich in eine der Nischen.

»Ich warte hier«, sagte ich. Dann sah ich aus dem Fenster, plötzlich fasziniert von den Wildblumen, die aus der verrosteten Wagenkarosse auf dem Feld jenseits der Straße wuchsen.

»Ihr Essen ist fertig!«, rief Georgie ein paar Minuten später. Aber als ich nach der braunen Tüte auf dem Tresen greifen wollte, ließ sie sie nicht los. Auf der Tüte zeichnete sich ein Fettfleck ab, und sie zitterte ein wenig in ihrer Hand. »Finden Sie das fair?«, fragte sie mit bebender Stimme.

»Was denn?«

»Dass ich von der Schule abgehen musste, als ich schwanger wurde. Aber ich war daran nicht allein beteiligt, soweit ich weiß, ist dieses Kunststück bislang nur der heiligen Jungfrau Maria gelungen.« Sie gab ein bitteres Lachen von sich. »Charlie, mein Freund, der geht noch zur Schule.«

Sie ließ die Tüte los, und während sie zwischen uns auf dem Tresen stand, breitete sich der Fettfleck auf dem Papier immer weiter aus.

»Natürlich will ich nicht, dass sie Charlie von der Schule werfen«, fuhr Georgie fort. »Er braucht den Abschluss.« Sie reckte das Kinn, einen trotzigen Ausdruck im Gesicht. »Aber ich brauch auch einen Abschluss. Es ist nicht fair.«

Jenseits der Durchreiche hob eine Frau mit einem rosa Haarnetz einen Korb Pommes frites aus der Fritteuse. »Die Pommes sind fertig, komm und tüte sie ein, Georgie, statt zu schwatzen!«

Georgie sah mich geradezu flehend an.

»Du hast recht«, sagte ich und ergriff die Tüte. »Es ist nicht fair. Ach was, es ist zum Kotzen.«

Sie lächelte matt. »Danke, Miss. Belinda meint, Sie wären echt cool.«

Als ich aus dem Laden trat, stand Calvin Piercey schräg vor den Eingangsstufen neben meinem Wagen. Er starrte auf seine Handfläche, auf der ein kläglicher Rest Kleingeld lag.

»Hast du Hunger?«, fragte ich.

Als er nicht antwortete, drückte ich ihm einfach meine Tüte in die Hand. »Hier, nimm. Ich habe keinen Appetit mehr.«

Dann bemerkte ich unter meinem Scheibenwischer erneut einen Zettel. Ich schnappte ihn mir und setzte mich hinters Lenkrad. Meine Hände zitterten, und ich fluchte leise, als ich die Druckbuchstaben sah – es war dieselbe Handschrift wie die der letzten Nachricht. »Mach die Flatter.« Wer schickte mir solch drastische, hasserfüllte Botschaften? Etwa Calvin?

Jemand klopfte an die Scheibe, und erschrocken knüllte ich den Zettel schnell zusammen. Als ich erkannte, wer es war, entspannte ich mich.

»Hey!« Ich kurbelte das Fenster herunter.

Doug beugte sich zu mir in den Wagen und drückte die Scheibe mit seinem Gewicht noch ein bisschen mehr hinunter.

»Und, wie geht's so?«, fragte er.

»Dem Wagen? Dem geht's, glaube ich, ganz gut.«

Er grinste. »Nee, ich meinte, wie's so geht. Allgemein.«

»Puh, ich muss noch viel lernen«, sagte ich. »Dabei bin ich doch angeblich Lehrerin. Aber die neunte Klasse scheint da ihre Zweifel zu haben.«

»War wohl 'ne anstrengende Woche, was?«

Ich kämpfte gegen die Tränen und ließ schnell den Motor an. »Muss los«, sagte ich und versuchte, meiner Stimme einen möglichst selbstbewussten Klang zu verleihen.

»Warte. Hast du morgen Vormittag schon was vor?«

»Nein, ich glaube nicht.« Ein Blick in meinen Terminplan erübrigte sich zwar, aber das musste ich ja nicht an die große Glocke hängen.

»Gut. Dann nehme ich dich mit zum Jiggen.«

»Jiggen? Ist das ein Volkstanz?«

Er lachte. »Ach, Rachel, du bist zu komisch. Nein, Kabeljau-Jiggen.«

Ich war immer noch verwirrt. Er erklärte es mir, lauter und indem er jede Silbe betonte: »Fi-schen. Drau-ßen … auf … dem … Meer.«

»Ach so«, sagte ich und bemühte mich, meine Angst zu verstecken. »Kann ich vielleicht einfach nur zuschauen?«

»Nein, mitgefangen, mitgehangen. Der Anlegeplatz ist direkt hinter Lucilles Haus.« Er richtete sich auf, und ich legte den Rückwärtsgang ein. »Dann bis morgen um sechs am Steg.«

»Sechs Uhr früh? An einem Samstag?«

»Wenn wir später aufbrechen, sind die Fische alle weg.«

Ich war mir nicht sicher, ob er mich vielleicht auf den Arm nahm, versicherte aber, ich würde um sechs dort sein.

Den restlichen Abend verbrachte ich mit Haarewaschen und -glätten und überlegte mir dabei, was ich am nächsten Morgen anziehen sollte. Am Ende entschied ich mich für die praktischste Lösung und legte eine Jeans und einen Pullover heraus. Wir hatten schließlich kein Date, außerdem würde es garantiert kalt und nass werden.

Es war noch dunkel, als ich aufstand, aber Lucille machte sich bereits am Herd zu schaffen. »Ich habe Speck gebraten«, sagte sie. »Draußen auf dem Wasser kriegt man Hunger.«

Offenbar hatten sich meine Pläne für den heutigen Morgen bereits zuverlässig über den Dorfklatsch verbreitet.

Sie gab mein Frühstück auf einen Teller und trug ihn zum Tisch, blieb aber unterwegs stehen. »Was ist denn mit Ihrem Haar passiert?«

»Wieso, sieht es so schlimm aus?« Ich lief zu dem Spiegel im Flur. Meine Haare hatten sich über Nacht wieder gelockt – na toll.

»Nein, nur anders«, sagte Lucille, deren Kopf mit den obligatorischen Lockenwicklern hinter mir im Spiegel auftauchte. Wie konnte sie mit diesen Dingern am Schädel schlafen? Taten die nicht weh? Wir sahen aus wie zwei ungleiche Zwillinge. Ich, die versuchte, meine Locken loszuwerden, und sie, die um jeden Preis welche wollte. Nach dem Frühstück rannte ich hoch, band die Haare zu einem Pferdeschwanz und setzte mir sicherheitshalber noch eine Baseballkappe auf.

»Ich freu mich, dass Sie Doug beim Angeln Gesellschaft leisten«, sagte Lucille. »Geri geht ja nie mit.«

Bevor ich fragen konnte, wer Geri war, schob Lucille mich auch schon zur Tür hinaus, damit ich nicht zu spät kam. »Und dass Sie mir ja ein großes Exemplar mitbringen.«

Hinter dem Haus begann ein Pfad, der direkt zum Meer hinunterführte. Allmählich wurde es hell. Ich konnte den Anlegesteg sehen, und jenseits davon ankerten kleine hölzerne Fischerboote in der Bucht. Ungefähr dreißig Meter vom Ufer entfernt machten sich ein paar Männer in Overalls auf einem größeren Boot zu schaffen –

als gelbe Farbkleckse in dem blauen Boot. Einer winkte mir zu, und ich winkte ebenfalls.

Doug war noch nicht zu sehen, also setzte ich mich auf den Rand des Stegs und ließ die Füße baumeln, während ich auf ihn wartete. Um mich herum stapelten sich Hummerfallen, dazwischen lagen Stücke alter Seile und Plastikbehältnisse. Ein Tuckern war zu hören, kurz darauf sah ich ein kleines gelbes Fischerboot mit rot gestrichenem Dollbord. Auf den letzten Metern stellte Doug den Motor aus und ließ das Boot seitlich an den Steg herangleiten.

»Hier, nimm«, sagte Doug und warf mir eine kleinere Version seiner eigenen grünen Latzhose zu. »Die dürfte dir passen.«

»Ach, die brauche ich nicht.«

»Du willst bestimmt nicht in Jeans angeln.« Mein Blick fiel auf das Blut, das Gedärm und andere auf dem Steg verstreute Abfälle. Ganz Unrecht hatte er offenbar nicht. Ich stieg umständlich in die Latzhose, zog die Hosenträger über die Jacke und vervollständigte mein Outfit mit einer unförmigen orangen Rettungsweste. Mit einem Mal schien mein ungebändigtes Haar keine Rolle mehr zu spielen.

Ich beäugte das Boot misstrauisch. Im Vergleich zu den geschmeidigen Motorbooten, die auf dem See bei uns zu Hause fuhren, wirkte es winzig.

»Ist das sicher?«

»Hab es selbst gebaut.«

»Und das soll mich beruhigen?«

»Hör auf, Zeit zu schinden.«

Wortlos setzte ich mich wieder auf den Rand des Stegs und ließ mich ins Boot gleiten; schnell hielt ich mich am Dollbord fest, als es schwankte.

»Ich halte dich, keine Angst«, sagte Doug.

Er umklammerte meinen Oberarm und führte mich nach vorn zu der Holzbank. Dann warf er den Motor an, und wir tuckerten aus der Bucht hinaus, zunächst langsam, doch allmählich nahmen wir Fahrt auf, während die bunten Häuser von Little Cove zu einem Regenbogen verschwammen, der kleiner und kleiner wurde, bis er irgendwann ganz verschwand, als wir um einen Felsen bogen. Hier herrschte höherer Wellengang, aber wir fuhren immer schön an der Küste entlang. Aus Felsen sprossen immergrüne Bäume hervor; hoch oben auf einem Ast entdeckte ich einen Weißkopfseeadler.

Doug rief mir etwas zu, aber ich konnte ihn nicht verstehen. Er hob den Daumen, und ich nickte. Als das Boot an Geschwindigkeit zulegte, klammerte ich mich am Dollbord fest. Wir entfernten uns jetzt von der Küste und steuerten auf das offene Meer hinaus. Nach einer Weile wurden wir wieder langsamer, und Doug stellte den Motor aus. Die Wellen klatschten gegen das Boot, das wie ein Betrunkener hin und her schwankte; ich hielt mir den Bauch und sah zum Horizont. Irgendwann legte sich das Schwanken ein wenig, oder ich gewöhnte mich daran. So weit ich auch blickte, egal in welche Richtung, da war nur noch Meer.

»Hat 'n Affenzahn drauf, wenn es will, was?«, sagte Doug.

»Hm, stimmt.«

Er zog eine Thermosflasche aus seinem Rucksack und schenkte Kaffee ein; er reichte mir den Becher, ohne auch nur einen Tropfen zu verschütten.

»Kommst du aus einer Fischerfamilie?«, fragte ich.

Seine Miene verdüsterte sich, und er presste die Lippen zusammen. Doch dann schüttelte er leicht den Kopf, und sein gewohntes Lächeln kehrte zurück. »Fast alle in dieser Gegend fischen«, sagte er. »Das liegt uns im Blut.«

Ein Boot schoss vorbei, dessen Insassen uns über die Wellen hinweg etwas zuriefen, aber ihre Worte verwehten im Wind.

»Die tragen keine Rettungswesten«, sagte ich.

»Viele haben keine an.«

»Warum nicht?«

Er rieb abwesend über die Thermoskanne. »Womöglich aus Gewohnheit. Außerdem, wenn man hier draußen ins Wasser fällt, meilenweit von der Küste entfernt, ist es vielleicht besser, wenn man gleich untergeht.«

Schweigend tranken wir unseren Kaffee. Während ich ihm meinen leeren Becher zurückgab, fragte ich, wo er die Angelruten versteckt habe.

»Ruten?«, fragte Doug theatralisch, und sofort herrschte wieder eine heitere Stimmung. »Das wäre ein Sakrileg.«

Er zog eine Jutetasche heran und holte zwei Holzspulen mit aufgewickelten Angelschnüren heraus. An jeder war am Endstück ein großer Haken befestigt.

»Pass auf, dass er dich nicht beißt«, sagte er. Vorsichtig nahm ich eine der Spulen und hielt sie weit weg von mir.

»Spule die Schnur jetzt komplett auf und wirf sie hinaus«, sagte Doug. »Ist ganz schön tief da draußen.«

Er warf seinen Haken über Bord und bewegte die Spule vor und zurück, sodass die Schnur langsam ins Meer floss wie Wasser aus einem Hahn. Ungeschickt versuchte ich, seine Bewegungen nachzuahmen. Aber dabei beobachtete ich mehr seine Schnur, statt auf meine zu achten. Bald hatte sie sich um meine Füße verheddert. Doug, dem das noch nicht aufgefallen war, rief mir weitere Anweisungen zu.

»Jetzt zieh sie langsam ein; du musst sie dabei immer wieder ein bisschen zupfen, so wie ich, alle paar Sekunden. Das nennt man Jiggen.« Plötzlich jauchzte er: »Ich hab einen dran.« Schnell zerrte er an der Schnur und hielt kurz darauf einen großen Fisch hoch.

»Ist das ein Kabeljau?« Mir hatte eher die Größe des Backfischs aus dem Takeaway vorgeschwebt.

»Ja, habe aber schon größere gefangen.« Er entfernte den Haken und legte den Fisch in den blauen Plastikeimer neben sich. Dann warf er den Haken wieder über Bord und ließ die Schnur zwischen den Fingern hindurchgleiten, um kurz darauf den gleichen Vorgang zu wiederholen und einen weiteren Fisch hochzuziehen. Während Doug mit seinem Fang beschäftigt war, gelang es mir, meine Schnur zu entwirren und sie auszuwerfen.

»Schon einen gefangen?«, fragte er nach einer Weile.

»Nein, vielleicht gibt es keine Fische mehr in dieser Gegend.«

»In diesem Teil des Meeres gibt es mehr Fische, als du dir vorstellen kannst.«

Ich ruckelte alle paar Sekunden an meiner Schnur – *jiggte* sie –, bis meine Finger steif gefroren waren trotz der Handschuhe, die ich auf Dougs Rat angezogen hatte. Plötzlich fühlte sich die Schnur schwerer an.

»Du hast einen dran!«, rief Doug. »Hol ihn raus.«

Als der Fisch aus dem Wasser auftauchte, beugte ich mich über das Dollbord und hievte ihn ins Boot. Ich konnte ihn gerade noch auf den Boden legen, bevor ich mich erneut über das Dollbord beugen musste, um mich zu übergeben. Dann ließ ich mich auf die Bank zurücksinken und hielt die Hände vors Gesicht. Doug kümmerte sich überaus rührend um mich. Er sagte, ich solle den Kopf zwischen den Beinen hängen lassen und tief einatmen, bis die Übelkeit verschwunden sei.

»Wir haben jede Menge Fische an Bord«, meinte er dann. »Wir können jetzt also nach Hause fahren, wenn du nichts dagegen hast.«

Auch wenn er ganz offensichtlich log, konnte es mir nur recht sein. Ich nickte, woraufhin Doug den Motor anließ und das Boot langsam zurücksteuerte. Unterwegs redete er ununterbrochen, und zwar so, dass ich ihm nicht antworten musste. Zurück am Steg, kämpfte ich mich mühsam aus Rettungsweste und Latzhose und setzte mich anschließend auf den grasbewachsenen Hügel, während Doug die Fische ausnahm, säuberte und munter vor sich hin pfiff. Dann reichte er mir einen davon; ich fragte ihn nicht, woher er wusste, dass das meiner war.

»Schaffst du es allein nach Hause?«, fragte er.

Ich nickte, murmelte ein Dankeschön und stapfte den Hang hinauf in Richtung Lucilles Haus.

»Rachel!«, rief er hinter mir her.

Als ich mich umdrehte, sagte er: »Du hast dich tapfer geschlagen.« Er unterbrach sich kurz, um dann hinzuzufügen: »Für jemanden vom Festland.«

6

Lucilles Badewanne war ein großes klauenfüßiges Ding. Mit den Zehen am Wasserhahn ließ ich zweimal heißes Wasser nachlaufen, und ich versuchte, möglichst langsam zu lesen, um länger etwas von meinem Roman zu haben. Wenn ich nicht schleunigst eine Bibliothek auftrieb, würde ich bei meinem Lesetempo bald auf die Bibel zurückgreifen müssen. Erst nachdem Lucille mehrmals nach mir gerufen hatte, zog ich den Stöpsel aus der Wanne. Als ich hinunterkam, lauerte Unsere Frau des Immerwährenden Qualms auf dem Flur und kaute geradezu auf ihrer Zigarette.

»Jesus, Maria und Josef«, sagte sie mit aufgeregter Stimme. »Was machen Sie denn so lang da oben? Wir sind schon viel zu spät dran.«

»Wofür?«

Sie sperrte die Augen auf und vergaß ganz, den Rauch auszustoßen. Nach einem ausgiebigen Hustenanfall krächzte sie: »Für die Messe!«

Ich sah zuerst Lucilles rote Rüschenbluse und den schwarzen Rock an und dann meine ausgeleierte Jogginghose und lief schnell wieder hinauf. Mist! Dads Beerdigung war das erste Mal seit fünf Jahren gewesen, dass ich eine Kirche von innen gesehen hatte. Aber selbst einer abtrünnigen Katholikin wie mir hätte klar sein müssen, dass man in einer so kleinen Gemeinde wie Little Cove dem Herrn nicht entrinnen konnte.

Lucille rief die Treppe hinauf: »Los, beeilen Sie sich. Wir müssen gehen!«

Ich schnappte mir meinen Trenchcoat. Ein Kleidungsstück, das alle möglichen Sünden verbergen kann, wie Mum zu sagen pflegte. Und ich hatte weiß Gott etliche zu verbergen, jedenfalls nach den Maßstäben der Kirche.

In Little Cove waren alle Wege kurz, daher fuhr ich langsam. Dennoch umklammerte Lucille mit der einen Hand den Haltegriff und stemmte sich mit der anderen am Handschuhfach ab. Ich sah verstohlen auf ihre Frisur. Die Lockenwickler waren verschwunden und hatten einer toupierten Lockenfrisur Platz gemacht, auf der das Haarspray glänzte wie Morgentau. Selbst ein Tornado würde ihr nichts anhaben können.

Die Holztür der Kirche stand offen, und der kleine Parkplatz davor war belegt. Als wir auf Höhe der Kirche ankamen, bekreuzigte sich Lucille und deutete dann zu einer kleinen Haltebucht am Straßenrand.

»Parken Sie hier. Wo die Nachzügler stehen. Nächsten Sonntag trödeln wir aber nicht so herum.«

Dann eilten wir die Stufen hinauf und schlüpften genau in dem Moment durch die Tür, als Phonse sie schließen wollte. »'n Abend, die Damen«, sagte er zwinkernd. Lucille funkelte ihn an, und ich schämte mich ein bisschen, weil ich sie so in Verlegenheit gebracht hatte.

Die Steinplatten im Mittelgang waren ziemlich abgewetzt, und ich sah, dass die Bänke zu beiden Seiten fast voll waren. Deshalb wollte ich mich in die letzte Reihe setzen, aber Lucille zog mich weiter nach vorn bis zur ersten. Überall verteilt saßen Schüler, die jüngeren bei ihren Eltern, die Teenager dicht an dicht weiter hinten. Ich blickte stur geradeaus, aber aus dem Augenwinkel konnte ich sehen, wie Ellbogen in Rippen gestoßen wurden und sich Köpfe in unsere Richtung drehten.

Als wir ganz vorn ankamen, fürchtete ich schon, Lucille wolle geradewegs bis zum Altar eilen, um die Messe zu lesen. Aber dann schob sie mich in die linke vorderste Bank. Sie kniete sich ächzend nieder, also machte ich das ebenso. Ich hatte meine Stelle angenommen, weil ich, als Dad erkrankte, die Jobsuche auf Eis gelegt und so den Rekrutierungsprozess für das neue Schuljahr in der Provinz Ontario verpasst hatte. Den katholischen Aspekt hatte ich dabei mehr oder weniger ausgeblendet und jedenfalls nicht damit gerechnet, dass zu meinen Pflichten auch der regelmäßige Besuch des Gottesdiensts gehören würde. Ich wusste nicht, ob ich das ein Jahr lang ertragen könnte, und beugte den Kopf, um für eine Lösung des Problems zu beten.

Der oder die Organistin stimmte ein mir vage bekanntes Kirchenlied an, und wie auf Kommando erhoben sich alle. Ich erkannte in den beiden Ministranten, die feierlich den Mittelgang entlangschritten, zwei unserer Schüler. Hinter ihnen tauchte Schwester Mary Catherine auf, die die Bibel wie einen Schild vor sich hertrug. Der beleibte Pfarrer in vollem Priesterornat bildete die Nachhut.

Während der Messe murmelte ich bei den Gebeten und Antworten, so gut ich mich erinnerte, mit. Hin und wieder sah ich mich verstohlen um. In der zweiten Reihe auf der anderen Seite des Gangs entdeckte ich Doug. Judy saß in der Reihe dahinter und grüßte mich mit einer unauffälligen Geste.

Zwar reihte ich mich in die Schlange für die heilige Kommunion ein, war jedoch weit entfernt vom Stand der Gnade. Aber es schien mir sicherer zu sein, den Zorn des Allmächtigen heraufzubeschwören, als mir Ärger und Tadel von Lucille einzuhandeln.

»Der Leib Christi«, intonierte der Pfarrer und sah mich eindringlich an, als wollte er meine Sünden erforschen.

»Amen«, krächzte ich und rückte den Kragen meines Trenchcoats zurecht, ehe ich mich wieder umdrehte.

Als ich in die Bank zurückkehrte und mich hinkniete, um die obligatorische Danksagung zu murmeln, kamen Erinnerungen an Dads Beerdigung in mir hoch. Er war ein überaus beliebter Englischlehrer und die Kirche voller Schüler gewesen, einige der Mädchen hatten geweint, die Jungen sich um Fassung bemüht. Mum und ich waren von alldem überwältigt gewesen. Ich zwickte in die Haut an der Innenseite meines Handgelenks und zählte lautlos rückwärts, um diesen Anflug von Traurigkeit zu verscheuchen.

Nach dem Gottesdienst wisperte Lucille mir zu: »Hochwürden Frank möchte mit Ihnen sprechen. Er hat gesagt, Sie sollen hier auf ihn warten. Wir sehen uns dann später zu Hause.«

Ich fragte mich, wie der Pfarrer diese Mitteilung bei der Hostienvergabe untergebracht hatte. Wie auch immer, ich setzte mich wieder und wartete, während sich die Kirche leerte. Durch die Buntglasfenster hinter dem Altar strahlte die Sonne herein. In einer Nische auf der rechten Seite flackerten Opferkerzen. Ich spähte verstohlen zur Eingangstür hinter mir, aber von dem Pfarrer war nichts zu sehen. Allmählich dachte ich, er hätte mich vergessen, doch dann trat er unvermittelt aus der Tür rechts vom Altar; er hatte sich umgezogen, trug jetzt sein schlichtes schwarzes Alltagsgewand.

Er kam auf mich zu, und sein stattlicher Bauch wölbte sich wie aufgequollener Hefeteig über seinen Gürtel. Abgesehen von ein paar spärlichen grauen Haarbüscheln war er nahezu kahl.

»Miss O'Brine«, sagte er und streckte mir die Hand entgegen. Er trug einen breiten Goldring mit einem Rubin am Ringfinger, und einen Moment lang fragte ich mich, ob ich ihn küssen müsste.

»Rachel«, sagte ich und ergriff seine feuchte Hand.

Er setzte sich neben mich in die Bank und faltete die Hände im Schoß. »So, dann sind Sie also die neue Französischlehrerin«, sagte er. »Aber nun erklären Sie mir bitte eins: Wozu sollen die Kinder im abgelegenen Neufundland Französisch lernen?«

Bevor ich etwas sagen konnte, beantwortete er seine Frage selbst. »Also ich weiß nicht so recht, wozu das gut sein soll. Mir scheint, es gäbe sehr viel Wichtigeres, was man den Schülern beibringen könnte.«

»Ja, was denn?«

»Gutes Benehmen, zum Beispiel. Und Gottesfürchtigkeit.«

Er legte die Hände wie zum Gebet aneinander und hielt sie vor sich. »Als Lehrerin an einer katholischen Schule erwartet man von Ihnen, Miss O'Brine, ein einwandfreies moralisches Verhalten und dass Sie den jungen Gemeindemitgliedern ein Vorbild sind.«

»Ja, Pater.«

»Ein Problem, das mir zunehmend Verdruss bereitet, ist auch die nachlassende Enthaltsamkeit unter den jungen Leuten.« Er betonte das letzte Wort und bohrte seinen Blick in meinen, als suchte er dort das Eingeständnis meiner eigenen sexuellen Verfehlungen. »Wussten Sie, Miss O'Brine, dass es in unserer Gemeinde Mädchen gibt, die schwanger wurden und deswegen die Schule verlassen mussten?«

»Das ist in der Tat schockierend«, erwiderte ich absichtlich zweideutig.

Er sah mich scharf an, aber ich lächelte. Wenn mich all die Jahre meiner katholischen Schulerziehung eins gelehrt hatten, dann, wie wichtig es war, sich beim zuständigen Pfarrer einzuschleimen.

»Sie sind jung, Miss O'Brine«, fuhr er fort. »Daher werden sich ein paar der Mädchen an Sie wenden, weil sie in Ihnen eine Vertraute sehen.« Er richtete den Oberkörper auf. »Aber das ist *meine* Rolle in der Gemeinde. Sollte eins der Mädchen Sie aufsuchen, um Ihnen ein sexuelles Fehlverhalten zu beichten, müssen Sie sie unbedingt zu mir schicken.«

Nur wenn die Hölle zufriert, dachte ich bei mir.

»So, das hätten wir. Haben Sie irgendwelche Fragen bezüglich Ihrer Lehrerstelle?«

»Nein, Mr Donovan hat mich ausführlich über meine Aufgaben unterrichtet«, sagte ich und stand auf. »Wenn es sonst nichts mehr zu besprechen gibt, Herr Pfarrer, würde ich jetzt gern gehen, weil ich Lucille nicht länger warten lassen möchte.« Das war nicht ganz gelogen. Sie wartete wirklich auf mich, wenn auch zu Hause.

Vor der Kirche standen noch ein paar versprengte Grüppchen herum; Frauen, manche mit kleinen Kindern, die an ihren Händen zerrten, plauderten miteinander. Ich ging über die Straße zu meinem Wagen und seufzte tief, als ich wieder einen Zettel unter dem Scheibenwischer im Wind flattern sah. War es zu viel verlangt, wenigstens am hochheiligen Sonntag keine Hassbotschaften zu hinterlassen?

Aber auf dem Blatt stand nicht das, was ich erwartet hatte: »Hoffe, dass es nicht an der Begleitung lag, dass Dir schlecht wurde. Du wirst schon noch seetüchtig werden. Doug.«

Auf dem Weg zu Lucilles Haus schien über dem Hügel die Sonne aufs Meer, und ich sah ein Boot, das aus der Bucht hinausglitt; die Kielwasserfahne, die es hinter sich herzog, sah aus wie ein Brautschleier. Mit einem Mal schob sich eine Wolke vor die Sonne, und plötzlich erinnerte mich das Kielwasser an ein Totentuch. Mir fiel wieder ein, was Doug über die Rettungswesten gesagt hatte, und ich erschauderte.

7

Nach ein paar Wochen kannte ich meinen Stundenplan auswendig, einschließlich der unerfreulichen Tatsache, am Montagmorgen in der ersten Stunde die neunte Klasse unterrichten zu müssen. Ich hätte mir eine erfreulichere Art vorstellen können, die Woche zu beginnen, und kaum trat ich vor die Klasse, rief Calvin Piercey in breitestem Dialekt: »Kann ich aufs Klo?«

Ich knallte meinen Bücherstapel auf den Schreibtisch. Kein »Bitte« – in keiner der beiden offiziellen kanadischen Landessprachen. Obwohl ich gleich am ersten Tag auf die goldene Regel gepocht hatte, dass jeder, der auf die Toilette wollte, auf Französisch um Erlaubnis bitten musste, und zwar ausnahmslos. Wir hatten diesen Satz weiß Gott zig Mal geübt, sodass sich die gesamte Klasse in dieser Hinsicht sogar in Frankreich hätte durchschlagen können, ohne auch nur einmal in Verlegenheit zu kommen.

Aber Calvin hatte seine eigenen Regeln, und eine schien zu lauten: Ich sage rein gar nix auf Französisch. Sie können mich nicht dazu zwingen.

»En français, s'il te plaît, Calvin«, sagte ich zwischen zusammengepressten Zähnen hindurch.

Seine wie immer finstere Miene verdüsterte sich noch mehr. »Nun seien Sie nicht so, Miss, sonst platz ich gleich.«

Plötzlich sauste es in meinen Ohren, und ich musste

mich stark zurückhalten, um nicht schreiend aus dem Klassenzimmer und schnurstracks zu Patrick zu rennen, um auf der Stelle zu kündigen. Es war alles so frustrierend. Gegen Calvin und seinesgleichen kam ich nicht an. Dad hatte sich geirrt. Manchmal war ein Störenfried einfach nur ein Störenfried.

Ich war drauf und dran, Calvin zu sagen, er solle meinetwegen gehen, doch dann ließ ich den Blick durchs Klassenzimmer schweifen. Ausnahmsweise waren alle Augen auf mich gerichtet. Trudy grinste, sie freute sich schon auf meine Niederlage. Aber andere hatten einen wohlwollenden oder peinlich berührten Gesichtsausdruck. Belinda, die Spaß an Französisch zu haben schien, nickte kaum merklich, als wollte sie sagen, Sie schaffen das, Miss.

Ich atmete tief durch und zählte stumm von drei rückwärts.

»So, du platzt gleich?«, sagte ich in süßlich giftigem Ton. »Du liebe Güte, ich hoffe, es passiert nicht hier im Klassenzimmer.« Dann wiederholte ich meine Aufforderung. »En français, s'il te plaît.«

Grollend stand Calvin auf und murmelte mit gesenktem Blick etwas in sich hinein. Ich hatte keine Ahnung, was er sagte, und er vermutlich auch nicht. Gut möglich, dass er mich aufgefordert hatte, künftig auf Hausaufgaben zu verzichten oder mich bei Sonnenuntergang als Opfer darbringen zu lassen. Vielleicht hatte er mich auch gebeten, ihn zum Abschlussball zu begleiten. Welche Worte auch immer aus seinem Mund gekommen waren, aus der Ferne klangen sie immerhin französisch genug, dass ich mir, edelmütig wie eine Königin, ein Lächeln abrang und ihm großzügig seine Bitte gewährte.

Als ich nach dem Unterricht in Richtung Lehrerzimmer ging, hörte ich aus der Turnhalle Dribbelgeräusche. Ich stellte mich auf die Zehenspitzen, um durch das kleine Fenster in der Doppeltür zu spähen. Doug spielte mit einem Schüler Basketball. Dieser steuerte auf den Korb zu, den linken Arm hochgerissen, um Dougs Versuch, ihm den Ball abzuluchsen, zu vereiteln. Doug drängte ihn vom Korb ab, und der andere drehte sich um, dribbelte in die andere Richtung.

Dieses Spiel wiederholte sich noch mehrmals unter lautem Gelächter und Gejohle. Dann schnappte sich Doug beim Dribbling des Gegners den Ball. Nach einer gelungenen Finte zog er an ihm vorbei, setzte zu einem beeindruckenden Korbleger an und traf. Jubelnd riss er die Arme hoch. Ich schob einen Türflügel einen Spalt breit auf und verzog angesichts des Schweiß- und Testosteronaromas, das mir entgegenschlug, das Gesicht.

Doug mimte jetzt einen Sportreporter: »Dieser Treffer verhilft Bishop zu zwei Punkten Vorsprung. Die Zeit rennt. Tja, sieht nicht gut aus für Piercey. Wird ihm nochmal ein Comeback gelingen?«

Piercey? Hatte Calvin einen Zwillingsbruder? Das schien mir die einzig plausible Erklärung, denn ich kannte diesen energiegeladenen, enthusiastischen – ich wagte es kaum zu denken: voller Freude spielenden – Teenager jedenfalls nicht.

Doug warf Calvin den Ball zu und begann sofort, ihn zu blocken. Calvin dribbelte den Ball jetzt langsamer, als ließe er sich absichtlich Zeit. Anmutig arbeitete er sich in einem Bogen um den Korb herum, dann gelang ihm ein schneller Wurf an Doug vorbei – Treffer. Sofort schnappte er sich den Ball wieder und ließ ihn auf dem Boden aufprallen. Dann spannte er angeberisch seinen Bizeps an und tänzelte im Halbkreis um Doug herum.

Ich betrat die Turnhalle und klatschte. Kaum hatte Calvin mich bemerkt, ließ er die Arme fallen und sein Lächeln verschwand. Doug hob den Ball auf und dribbelte damit in meine Richtung. Dann warf er ihn mir grinsend zu.

»Schauen wir mal, was Sie draufhaben, Miss O'Brine.«

Als ich den Ball auffing, brannten meine Hände, aber ich hielt ihn sicher. Calvin hatte sich auf eine Bank an der Wand sinken lassen, aber ich sah aus dem Augenwinkel, dass er mich beobachtete.

Gut, dass ich flache Schuhe trug. Ich dribbelte den Ball in Richtung Korb. Doug streckte blitzschnell einen Arm nach mir aus, doch ich wich mit einem Schlenker nach links aus. Er lief mir nach, also hielt ich mitten in der Bewegung inne und zielte. Der Ball segelte durchs Netz, und mit dem vertrauten *Wusch* dankte ich Dad insgeheim für die vielen Sonntagnachmittage, die wir auf Hinterhof-Basketballplätzen zugebracht hatten. Ich drehte mich theatralisch um und streifte wie ein Model das Haar mit einer affektierten Geste zurück. Dann summte ich die Titelmelodie von *Rocky*.

Doug stand noch immer wie ein begossener Pudel da und kratzte sich am Kinn, doch Calvin war jauchzend aufgesprungen.

»Gut gemacht, Mädel!«, rief er.

»Mädel« schien mir nicht gerade eine passende Bezeichnung für die eigene Lehrerin zu sein, aber ich nahm das Lob aus Calvins Mund gern an, egal in welche Worte es verpackt war. Ich hob den Ball vom Boden auf, bereit, Calvin herauszufordern, aber er war schon auf dem Weg zum Ausgang und rief nur über die Schulter zurück: »Bis dann!«

»Tut mir leid, ich wollte euch nicht unterbrechen«, sagte ich, als die beiden Türflügel vor- und zurückschwangen.

»Nein, bist gerade im richtigen Moment aufgetaucht. Seine Mutter macht ihm die Hölle heiß, wenn er nicht gleich nach der Schule nach Hause kommt. Puh, habe ich vielleicht Durst! Lust auf ein Bierchen?«

»Wie, hier in Little Cove?«

»Patrick hält immer einen Vorrat im Lehrerzimmer parat. Als ich noch Schüler war, haben wir manchmal versucht, ihn zu plündern.«

»Ist es nicht komisch, Lehrer an der früheren Schule zu sein?«, fragte ich, während wir durch den verwaisten Flur gingen.

»Nein, eigentlich nicht. Meine Schulzeit liegt ja ein paar Jahre zurück, und seitdem hat sich manches geändert.«

Wir betraten das Lehrerzimmer, und während ich einen Teil des Tischs für uns freiräumte, begab sich Doug zu dem Minikühlschrank in der Ecke und ging davor in die Hocke. »Donnerwetter, er hat sogar *Black Arse*«, hörte ich ihn sagen.

»Wie bitte?«, fragte ich.

»Patricks Lieblingsmarke.« Mit einem gekonnten Schwung schob er mir eine Flasche Bier längs über den Tisch zu, sodass sie direkt vor mir zum Stehen kam. Als ich das Etikett las – *Black Horse* –, löste sich meine Irritation auf und ich musste grinsen.

»Ist es eine besondere Marke?«

»Sie wird in Neufundland gebraut! Hast du nicht gehört, dass die Brauereiarbeiter streiken? Deshalb gibt's zurzeit nur amerikanisches Gebräu zu kaufen. Aber Patrick, das Schlitzohr, hat offenbar einen Vorrat angelegt.«

Ich nippte an meinem Bier. Meines Erachtens schmeckte es wie jedes andere auch, aber das behielt ich wohlweislich für mich.

»Warum bist du an den Ort deiner Kindheit zurückgegangen, um hier zu unterrichten?«, fragte ich Doug.

»Mein Vater ist gestorben, und ich hatte das Gefühl, dass meine Mutter mich braucht. Aber dass ich mein Studium abbreche, hat sie nicht zugelassen. Zufälligerweise wurde eine Stelle frei, als ich fertig war, und ich habe mich dafür beworben.«

Ich stellte die Flasche auf den Tisch. »Ich wusste nicht, dass dein Vater gestorben ist«, sagte ich leise.

Doug zuckte die Schultern. »Na ja, darüber redet man nicht einfach so.«

»Nein. Das stimmt. Mein Vater ist auch vor Kurzem gestorben, im April. Von ihm habe ich übrigens das Dribbeln und Körbewerfen gelernt.«

Doug rückte mit seinem Stuhl näher zu mir hin. »Das

ist ihm gelungen. Darf ich fragen, woran er gestorben ist?«

»Lungenkrebs. Er konnte einfach nicht mit dem Rauchen aufhören, auch nicht nach …« Ich unterbrach mich mitten im Satz und sah eine Weile aus dem Fenster. »Und dein Vater?«

»Er ist ertrunken«, antwortete Doug mit wegbrechender Stimme.

Ich rief mir das Boot in Erinnerung, das an uns vorbeigebraust war, als Doug mich zum Fischen mitgenommen hatte. Gern hätte ich gefragt, ob sein Vater eine Rettungsweste getragen hatte. Aber ich wusste, wie schmerzhaft solche Fragen sein können. Stattdessen streckte ich die Hand über den Tisch hinweg aus und legte sie auf Dougs, und eine Weile saßen wir schweigend da, während es allmählich dunkel wurde.

8

Nachdem ich am Vortag den Kampf mit Calvin um die französische Toilettenpause gewonnen hatte, wollte ich mich jetzt auf den Rest meiner aufsässigen Neuntklässler konzentrieren. Vor Unterrichtsbeginn ging ich zu Patrick, um ihn um Rat zu bitten, wie ich am besten vorgehen sollte. Er riet mir, jeden Störenfried ein Arbeitsblatt ausfüllen zu lassen. Das widersprach allen pädagogischen Methoden aus dem Lehrbuch, aber die Elfenbeinturmtheoretiker hatten sich ganz offensichtlich noch nie mit Schülern vom Kaliber einer Trudy Johnson abmühen müssen.

»Und sagen Sie ihnen, sie müssen die Arbeitsblätter in meinem Büro ausfüllen«, fügte Patrick hinzu. »Sie werden sich wundern, wie schnell sie die Lektion gelernt haben werden.«

Ich stellte mich an den Matrizendrucker und machte Abzüge von Arbeitsblättern zu allen möglichen Themenfeldern, die einer Französischlehrerin so einfielen: Vokabular, Tempus, Verneinung. Während mir die berauschenden Dämpfe in die Nase stiegen, hoffte ich, sie seien der Vorgeschmack eines weiteren Triumphs.

Als ich später das Klassenzimmer betrat, schwenkte ich den Blätterstapel über dem Kopf und erläuterte den Schülern das Verhalten, das ich in Zukunft von ihnen erwartete, und mit welchen Strafen alle rechnen müssten, die nicht mitmachten. Trudy war die Erste, die ich aufrief, doch sie ignorierte mich einfach. Ich wiederholte die neuen Regeln und dass sie, sollte sie mir nicht antworten, ein Arbeitsblatt von mir bekäme.

Auch nachdem ich meine Frage nochmals auf Französisch gestellt hatte, antwortete Trudy nicht, also ließ ich ein Aufgabenblatt auf ihren Schreibtisch segeln.

»Das mache ich nicht«, sagte Trudy.

Ich legte ein zweites Blatt darauf, woraufhin sie etwas Unverständliches brummte. Wir wiederholten diese Arbeitsblattnummer ein drittes Mal. Dann nahm ich alle drei Blätter und schob sie demonstrativ zu einem ordentlichen kleinen Stapel zusammen.

»Oh«, sagte ich und lächelte süß, während ich ihn auf ihren Schreibtisch platzierte. »Ich hatte ganz vergessen zu erwähnen, dass die Aufgaben in Mr Donovans Büro ausgefüllt werden müssen. Er meinte, er kann es nicht erwarten zu erfahren, wer ihm wohl als Erstes Gesellschaft leisten wird. Nun, das bist offensichtlich du, Trudy.«

Das Mädchen wurde mit einem Mal ganz blass. »Ja, Miss«, sagte sie, »ich meine, oui.«

Es war das erste Mal, dass in meinem Beisein ein französisches Wort aus ihrem Mund kam. Ich hoffte, es war nicht das letzte Mal.

Durch kleine Etappensiege wie diese, die ich teils aus eigener Kraft erreichte, teils mit Patricks Hilfe, überstand ich den ersten Monat an der St. Jude's irgendwie. Ich fand heraus, dass Patrick überhaupt zu unkonventionellen Methoden neigte. Statt der üblichen Elternabende hielt die Schule am letzten Freitag eines jeden Monats eine informelle Zusammenkunft ab.

»Wir locken sie mit Tee und Kuchen her«, erklärte Patrick und rieb sich die Hände wie ein Zauberer, der Böses im Schilde führt. »Und wenn sie da sind, entkommen sie uns nicht mehr, dann reden wir einfach mit ihnen über ihre Kinder.« Judy hatte mir erzählt, dass die Eltern meist nur mit den Lehrern der Hauptfächer, vor allem Mathematik und Naturwissenschaften, sprechen wollten, die Teilnahme jedoch auch für die anderen Lehrer verpflichtend sei.

Am ersten dieser Freitagabende stand ich allein in der Cafeteria herum, während sich die Eltern und ein paar Schüler um Doug, Judy, Patrick und sogar Schwester Mary Catherine scharten. Mein Namensschild, das ich am T-Shirt befestigt hatte, hing lose herunter, als wollte es ebenfalls nichts mit mir zu tun haben. Während ich es wieder zurechtrückte, fragte ich mich, wozu ich eigentlich ein Namensschild tragen musste, wo doch alle im Umkreis von achtzig Kilometern zu wissen schienen, wer ich war, auch wenn sie meinen Nachnamen nicht richtig aussprechen konnten.

Als der wütende Roy Sullivan von der Tankstelle den Raum betrat, sträubten sich mir die Nackenhaare, und ich atmete auf, als er schnurstracks auf Doug zusteuerte und die beiden sich sogleich in eine angeregte Unterhaltung vertieften. Im Geist ging ich die Namen meiner Klasse durch. In der zehnten war ein Sam Sullivan, ein schüchterner Junge. Konnte dieser Kerl dort sein Vater sein? Nein, bestimmt nicht. Dann entdeckte ich auf der anderen Seite des Raums Calvin, der leicht vorgebeugt dastand und aufmerksam einer Frau in mittleren Jahren lauschte. Irgendwann sah er zu mir herüber und wandte schnell wieder den Kopf ab. Aber die Frau war seinem Blick gefolgt, und schon kam sie, ihren Sohn im Schlepptau, zu mir herüber.

»Miss«, sagte Calvin. »Meine Mutter möchte mit Ihnen reden.«

Ohne Umschweife kam sie zur Sache. »Sagen Sie, benimmt sich mein Sohn im Unterricht?«

Calvin sah verschämt auf die Spitze seines abgewetzten braunen Schuhs hinab, mit der er auf dem Boden herumstocherte. Unschlüssig betrachtete ich kurz den ordentlichen Rock seiner Mutter, die robusten Schuhe und die ausgeblichene, aber sorgfältig gebügelte Bluse. Schließlich gab ihre hoffnungsvolle Miene den Ausschlag.

»Nun, Calvin gibt sich Mühe«, sagte ich. Vergeblich, hätte ich am liebsten hinzugefügt.

Er hob den Kopf, sah mich erstaunt an und formte mit den Lippen ein lautloses »Danke«.

»Calvin, sei so gut und lass uns kurz allein«, sagte seine Mutter. »Du musst ja nicht alles mitbekommen, was wir zu besprechen haben.«

Wir beobachteten, wie er davontrottete, dann sagte Mrs Piercey: »Calvin ist das letzte meiner Kinder, das noch in die Schule geht. Und nun sagen Sie mir, Miss O'Brine, wird es dieses Jahr heißen, aller guten Dinge sind drei?«

»Ich weiß nicht, was Sie meinen«, erwiderte ich.

»Na, dass er wieder sitzenbleibt. Calvin ist jetzt schon zum dritten Mal in der neunten. Und Französisch ist eines der Fächer, an denen er immer wieder scheitert.«

»Wie alt ist Calvin?«

»Siebzehn.«

Wie brachte sie ihn nur dazu, weiter die Schule zu besuchen, während er bei mir nicht einmal *Bonjour* sagte? Mrs Piercey verfügte ganz offensichtlich über eine große Überzeugungskraft.

»Mr Donovan wollte ihn eigentlich dieses Jahr in die Zehnte versetzen, aber ich bin der Meinung, der Junge muss das aus eigener Kraft schaffen.«

Mir schien, als wäre Calvin schon vor langer Zeit die Kraft ausgegangen.

»Mrs Piercey.« Ich rang um die richtigen Worte. »Glauben Sie, es ist in Calvins Interesse, dass er weiter die Schule besucht? Einen besonders glücklichen Eindruck macht er nicht.«

»Glücklich?« Sie runzelte die Stirn. »Glücklich oder nicht – das hilft ihm auch nicht, einen Job zu kriegen. Calvin geht zur Schule, bis er endlich diesen Wisch in der Hand hat, was anderes kommt nicht infrage.« Sie fasste mich am Arm. »In unserer Straße wohnt ein junger Kerl, der die Schule geschmissen hat, und wissen Sie, was der jetzt macht?«

Ich schüttelte den Kopf.

»Er transportiert Holz, tagein, tagaus. Nee, aus Calvin soll mal was Besseres werden.«

Ich bewunderte sie für ihre Entschlossenheit, aber zum ersten Mal tat mir Calvin leid. Ein Highschool-Abschluss schien einfach unerreichbar für ihn, und mir fiel auch kein einziger anspruchsvoller Beruf ein, für den er qualifiziert wäre. Aber ich versprach ihr, alles in meiner Macht

Stehende zu tun. Sie verabschiedete sich und ging wieder zu Calvin, der auf der anderen Seite des Raums auf sie wartete. Lächelnd sah er zu ihr hinab, hängte sich bei ihr ein und führte sie wie ein richtiger Gentleman hinaus.

Als Nächstes tauchte Cynthia auf, im Schlepptau die Kassiererin von der Tankstelle, die ich bereits kennengelernt hatte. Cynthia stellte uns in fehlerfreiem Französisch vor, und wir Frauen strahlten sie an.

»Ich habe keinen Schimmer, was sie gesagt hat«, meinte Mrs O'Leary lachend. »Aber alle Lehrer haben mir versichert, sie sind sehr zufrieden mit ihr. Scheint, als wäre dieses Stipendium tatsächlich in Reichweite, deswegen gehen wir jetzt feiern.« Als sie den Arm um Cynthia schlang, musste ich unwillkürlich an meine Mutter denken und daran, dass sie jetzt in Australien war, und das machte mich traurig. Ein Jahr ohne sie schien mit einem Mal sehr lang. Ich beschloss, ihr bei unserem nächsten Telefonat von Cynthia und ihrer Mutter zu erzählen.

»Wir fahren zu Tony's in Clayville, Miss.« Cynthia strahlte übers ganze Gesicht. »Da machen se die beste Pizza.«

»Machen *sie*«, sagte ich.

»Was?«

»*Sie* machen die beste Pizza.«

»Das habe ich doch gesagt, Miss.«

In der Abschlussklasse gab es mehrere gute Französischschüler, aber Cynthia war ganz klar die Beste. Sie hatte eine gute Aussprache und beherrschte die Grammatik. Ihr Englisch dagegen stand wie bei den meisten

Schülern hier auf einem anderen Blatt. Was hatte sie gesagt: *Da machen se die beste Pizza.*

Ich wünschte den beiden einen schönen Abend und verabschiedete mich dann von ihnen, aber in Gedanken war ich bereits bei etwas anderem. Als die letzten Eltern gegangen waren, hielt ich nach Doug Ausschau und traf ihn an seinem Schreibtisch an, wo er einen Apfel aß.

»Und, wie geht's ihr so?«

»*Ihr* geht's so ganz gut.«

Er grinste. »Hey, du lernst wirklich schnell.« Dann schnipste er das Kerngehäuse in den Papierkorb, schob seinen Terminkalender beiseite und hievte ein paar Stapel Schulhefte auf den Schreibtisch, offenbar machte er sich bereit, nach Hause zu gehen.

»Kann ich kurz was mit dir besprechen?«, fragte ich.

»Schieß los.«

»Ich habe darüber nachgedacht, vielleicht eine Englischgruppe zu gründen. Damit die Schüler weniger Fehler beim Reden machen, du weißt schon. Und beim Schreiben.«

Doug legte den letzten Stapel Schulhefte auf den Schreibtisch und schenkte mir dann seine volle Aufmerksamkeit. »Hast du schon mit Patrick darüber gesprochen?«

»Nein, noch nicht. Meinst du, er hält es für eine gute Idee?«

»Klar doch, sie ist großartig.« Doch da war ein schneidender Unterton in Dougs Stimme, den ich gar nicht an ihm gewohnt war. Er stand auf und schob mit einer heftigen Bewegung seinen Stuhl unter den Schreibtisch. Die Stuhlbeine schabten über den Boden.

»Ich dachte, du fühlst dich inzwischen wohl hier, Rachel. Ich dachte, du hättest es verstanden.«

»Was meinst du damit?«, fragte ich. »Was verstanden?«

Er machte den Mund auf, klappte ihn dann aber wieder zu, als hätte er Angst, die Worte auszusprechen.

»Doug, was verstanden?«

Er hob eine Hand, als wollte er meine Frage wegschieben. Und mich auch. Schließlich begann er in ruhigem, kontrolliertem Ton zu reden.

»Mir ist jetzt klar, wie du wirklich drauf bist. Die schlaue Festländerin, die uns armen dummen Neufundländern helfen will, ordentliches Englisch zu sprechen, stimmt's?«

Prickelnde Hitze schoss mir in Brust und Gesicht. »Doug«, setzte ich an, »ich weiß nicht, was …«

Aber er fiel mir ins Wort. »Ich wette, du kennst unsere linguistische Geschichte nicht, weißt nicht, dass unsere Sprache in irischem und schottischem Gälisch wurzelt? Oder dass unser Dialekt Gegenstand akademischer Forschung von namhaften Ethnologen ist? Oder dass …«

»Doug, bitte.« Ich schlug die Hände vors Gesicht, und er hörte auf zu reden.

Stille breitete sich aus, hing schwer im Raum. Ungefähr nach einer Minute spähte ich zwischen meinen Fingern hervor. Doug stand mit ausgebreiteten Armen an die Tafel gelehnt da und sah auf den Boden. Ich nahm die Hände herunter, und er sah auf. Als sich unsere Blicke begegneten, bat er mich, ihm zu folgen.

»Komm, ich will dir was zeigen.«

Mit klopfendem Herzen ging ich hinter ihm den Flur entlang, ich musste fast rennen, um nicht zurückzubleiben. Als ich an der Bibliothek ankam, war er bereits hineingegangen und stand am Regal mit den Nachschlagewerken. Er zog ein Buch und eine Aktenmappe heraus und legte beides auf einen Tisch.

»Setz dich«, sagte er.

Ich tat es.

»Lies.«

Und bevor ich etwas erwidern konnte, war Doug zur Tür hinausgegangen, ohne sich zu verabschieden.

Als Erstes nahm ich das schwere, in gelbes Leinen gebundene Buch mit dem Titel *A Dictionary of Newfoundland English* zur Hand, überrascht, dass es für diesen Dialekt sogar ein eigenes Wörterbuch gab. Ich blätterte durch die Seiten und las den einen oder anderen Eintrag. Der zu *arse* – Arsch – zog sich über zwei Spalten, der für *seal* – Robbe – und damit verwandte Wörter und Ausdrücke nahm mehr als sieben Seiten ein. *Bazz* war ein Schlag oder eine Ohrfeige. *To blear* hieß, sich ausgiebig über etwas zu beschweren. *Blearing* – war es das, was ich tat, wenn ich über Little Cove und seine Bewohner sprach?

Ich las und las, und je länger ich mich in die Lektüre vertiefte, desto mehr staunte ich über die merkwürdigen, wunderbaren Worte. Nach einer Weile stand ich auf, nahm die beiden Werke mit in das verwaiste Lehrerzimmer und machte mir eine Tasse Tee, nachdem ich verblüfft festgestellt hatte, dass es schon nach zehn Uhr abends war. Aber das war egal, Lucille hatte ihren Damenabend und wartete nicht auf mich. Ich hätte das Wörterbuch von vorn bis hinten durchlesen können, so interessant fand ich es, aber irgendwann legte ich es zur Seite.

Bei dem anderen Werk handelte es sich um eine verblichene Aktenmappe, laut Beschriftung eine Masterarbeit, die an der Memorial University of Newfoundland eingereicht worden war. Eine Fußnote erklärte, dass der Anstoß für diese Arbeit ein in Toronto verbrachter Sommer gewesen sei, wo man sich unermüdlich über den Dialekt des Autors lustig gemacht hatte. Das Vorhaben zusammengefasst: »Ich beschloss, anhand einer ausführlichen Geschichte des Neufundländer Dialekts aufzuzeigen, dass unsere Art zu sprechen weder von Ignoranz zeugt noch falsch ist, sondern das Ergebnis unserer besonderen Geschichte, Kultur und Geografie. Unsere Sprache hat Bewunderung statt Spott verdient.«

Die Masterarbeit war eine anschauliche Analyse des einzigartigen Dialekts Neufundlands. Sie war gut und eingängig geschrieben; der Stolz des Autors auf die Kultur seiner Heimat sprach aus jedem Satz. Ich blätterte zur Titelseite zurück, um den Namen des Autors zu erfahren. Es war Patrick Donovan.

Als ich mir vorstellte, wie Patrick reagiert hätte, wenn ich ihm einen Englischtreff als eine Art Förderkurs vorgeschlagen hätte, überkam mich ein Gefühl der Scham. Langsam, als würde sich nach und nach der Nebel über der Bucht lichten, fiel es mir wie Schuppen von den Augen, was mein Dilemma war: Meine leichtfertige Abneigung gegen die hiesige Sprechweise und meine mangelnde Anerkennung für den einzigartigen Dialekt der Neufundländer war kein bisschen anders als die Arroganz gegenüber dem Québecer Französisch. Ich war keinen Deut besser als die französischen Touristen, die sich, als ich vor ein paar Jahren in den Sommermonaten in einer Bar in Québec gejobbt hatte, über den Québecer Akzent mokiert hatten. »Ça vient du nez«, hatte ein Pariser abfällig gemeint. »Das klingt, als käme es aus der Nase.«

Damals wusste ich nicht, was ich ihm hätte erwidern sollen. Jetzt schon. Und das Gleiche galt für den Akzent und den Wortschatz von Neufundland. »Non. Ça vient du cœur. Es kommt von Herzen.«

9

Übers Wochenende versuchte ich mir die richtigen Worte zurechtzulegen, um mich bei Doug zu entschuldigen, aber als er am Montagmorgen vor mir auf den Parkplatz einbog, war ich mir immer noch nicht sicher, was ich sagen sollte. Ich beschloss, einfach zu improvisieren. Ich stieg aus, doch er war bereits am Schuleingang.

»Guten Morgen, Doug!«, rief ich, lief zu ihm und fasste ihn am Arm. »Hör zu, ich habe Patricks Masterarbeit gelesen und …«

Er schob meine Hand weg. »Ich habe jetzt eine Besprechung mit Patrick und bin schon spät dran.«

Er ging den Flur entlang und bog in die andere Richtung ab als die, die zu Patricks Büro führte. Ganz offensichtlich war er immer noch wütend auf mich. Ich musste mir etwas überlegen, wie ich die Sache wieder zurechtbiegen konnte.

Für eine so kleine Schule wie St. Jude's gab es erstaunlich viele Möglichkeiten, sich zu verstecken. Und Doug musste jeden Winkel kennen. Jedenfalls bekam ich ihn fast die ganze Woche über nicht zu sehen, und die wenigen Male, die wir uns begegneten, schien er mitten in einer angeregten Unterhaltung zu sein oder es eilig zu haben. Und sein Mittagessen nahm er auch immer auswärts ein. Am Freitag berief Patrick für die Mittagspause eine kurze Lehrerkonferenz ein. Ich legte meine Handtasche auf den Stuhl neben mir, um ihn für Doug zu reservieren, aber er setzte sich nicht, sondern aß sein Sandwich mit dem Rücken an die Wand gelehnt im Stehen.

Als am Nachmittag der Schlussgong ertönte, eilte ich so schnell ich konnte zu Dougs Klassenzimmer, aber es war niemand mehr da. An Anschauungsmaterial war nur ein Poster mit der menschlichen Anatomie zu sehen, das an der Pinnwand in der Nähe seines Schreibtischs befestigt war. In einer großen, kühnen Handschrift war eine Biologieaufgabe an die Tafel geschrieben worden.

Ich blickte in beide Richtungen des Flurs, aber da war niemand. Also ging ich zu Dougs Schreibtisch. Er war auffallend ordentlich, der Wochenplaner bereits zum kommenden Montag umgeblättert, und in den einzelnen Feldern hatte er stichwortartig den Unterrichtsplan notiert. Ich dagegen musste meine Stunden erst noch vorbereiten.

Auf der Fahrt zu Lucilles Haus versuchte ich, irgendeinen Radiosender hereinzubekommen. Kurz ertönte knisternd »Do You Really Want to Hurt Me« von Culture Club, und als ich das Radio ungeduldig ausschalten wollte, hielt ich plötzlich den Sendereinstellungsknopf in der Hand. Zur Hölle mit Doug! Hatte er noch nie einen Fehler gemacht? *Richtet nicht, auf dass ihr nicht gerichtet werdet. Wer unter euch ohne Sünde ist, der werfe den ersten Stein.* Mit der Religion mochte ich es nicht so haben, aber in Sachen Bibelzitate konnte ich locker mithalten.

Wütend machte ich die Haustür auf und hätte ums Haar Lucille umgestoßen.

»Du lieber Himmel, Mädchen«, sagte sie. »Sie kommen vielleicht krumm daher. Was is'n passiert?«

Krumm? Ich betrachtete mich im Spiegel im Flur und straffte die Schultern.

»Schlechten Tag gehabt?«, fragte sie.

Ich murmelte irgendetwas, dann schob ich mich missmutig an ihr vorbei und eilte die Treppe hinauf und in mein Zimmer, wo ich mich aufs Bett warf. Kurz darauf hörte ich Lucille im Wohnzimmer telefonieren. Bestimmt, um die ortswichtigen Instanzen vor meiner miesen Laune zu warnen.

Einige Zeit später, als es bereits dunkel war, klopfte es sanft an die Tür, und Lucille steckte den Kopf herein, um mir zu sagen, dass sie ausgehe.

Ich fragte mich, wie ich einen weiteren Freitagabend allein überstehen sollte. Ich setzte mich so abrupt auf, dass das Bett gefährlich wankte.

»Wohin gehen Sie freitagabends immer, Lucille?«

»Zum Knüpfen«, sagte sie. »Wollen Sie mich begleiten? Würd' Ihnen vielleicht guttun, wenn Sie 'n bisschen rauskommen.«

»Lucille, was knüpfen Sie denn so?«

»Wir knüpfen Teppiche und Läufer, auf traditionelle Weise.«

»So wie den da?« Ich tippte mit der Fußspitze auf den gemütlichen Bettvorleger.

»*Yis*. Und Quilts machen wir auch, wie die da, auf dem Sie sitzen.«

»Wer ist wir?«

»Die Putzengel.«

»Die *was*?«

Lucille lachte. »Na, das sind wir Frauen, die die Kirche

zusammen putzen«, sagte sie. »Keine Ahnung, woher der Name kommt, aber ich gehöre schon seit zwanzig Jahren dazu.«

»Sie machen das umsonst?«

»Die Kirche kümmert sich um uns. Da ist es nur recht, dass wir auch ein bisschen was für sie tun.«

Ich sagte, ich würde sie gern begleiten, und so marschierten wir im Dunkeln los. Lucille stürmte voraus, und ich trödelte hinter ihr her, weil ich immer wieder die zahllosen Sterne am Himmel bewundern musste, die wie Pailletten auf einem schwarzen Samtcape schimmerten.

Schließlich drehte sich Lucille um und rief den Hang hinauf: »Nun beeilen Sie sich, wenn Sie mitkommen wollen.«

Ich lief schneller und holte sie kurz darauf ein. »Tut mir leid«, sagte ich aus unerfindlichen Gründen im Flüsterton. »Aber in Toronto haben wir nicht einen so schönen Sternenhimmel.«

»Sterne sind Sterne«, sagte sie.

Während ich immer wieder den Kopf in den Nacken legte und fasziniert den Himmel betrachtete, musste ich Lucille innerlich vehement widersprechen. Diese Sterne waren wie die über unserem Sommer-Cottage. Sie hatten etwas Magisches.

Vor einem kleinen orangen Haus mit weißem Lattenzaun blieben wir stehen.

»Und da drinnen wird bitte schön nicht geschmollt«, sagte Lucille. »Diese Frauen sind meine liebsten Freundinnen, fast wie Schwestern.«

Bei ihren Worten zuckte ich kurz zusammen – Lucille

hatte mir gerade die Leviten gelesen. Wobei ich zugeben musste – ein bisschen hatte ich es verdient.

Ich folgte ihr zum Nebeneingang; ohne anzuklopfen, schob Lucille energisch die Tür auf und trat ein. In der Küche saßen drei Frauen inmitten von bunten Wollfäden und Stoffstreifen. Jede hatte einen hölzernen Knüpfrahmen auf dem Schoß.

»Hallo, ihr Gänse«, sagte Lucille. »Ich hoffe, ihr habt heute viel Geduld, denn ich hab euch Rachel mitgebracht.«

»Das ist aber nett von dir«, erwiderte die Frau neben der Tür in breitestem Akzent. Eine Seite ihres Gesichts war von einem riesigen violetten Muttermal überzogen, das an Gorbatschows Feuermal erinnerte, aber was mir am meisten an ihr auffiel, war ihr einladendes Lächeln. »Hallo, Rachel«, sagte sie, »ich bin Biddy Cormack, und ich wohn' hier. Lucille und ich ham zusammen die Schulbank gedrückt. Lassen Sie sie einfach reden.«

Lucille zog ihren Mantel aus und hängte ihn an einen Haken. Ich tat es ihr gleich. Dann stellte mir Biddy die anderen beiden Frauen vor, Flossie und Annie, die, wie man unschwer erkennen konnte, Schwestern waren.

»Gut, Rachel«, sagte Biddy. »Wollen Sie was eigenes anfangen oder uns erst mal zuschauen und 'n bisschen mit uns plauschen?«

Ich erwiderte, ich wolle erst mal zuschauen, und setzte mich neben Lucille auf das Tagesbett. »Wie geht das denn?«, fragte ich und sah interessiert auf ihren Knüpfrahmen.

»Zwischen Unter- und Oberseite ist ein Stück Sackleinen, sehen Sie?« Sie berührte das gitterartige Gewebe, das auf ihren Rahmen gespannt war. Das untere Drittel war mit verschiedenen Blauschattierungen bedeckt, dazwischen hie und da ein grauer Tupfer. Im oberen, noch unbearbeiteten Bereich war die große Skizze eines Anglers zu erkennen, der mit dem Rücken zum Betrachter in einem kleinen Fischerboot stand.

»So, und jetzt schön aufpassen«, sagte Lucille. »Ich nehm den Knüpfhaken, sehen Sie?« – sie hielt ein Werkzeug mit hölzernem Griff und Metallhaken hoch –, »und halt ihn wie 'n Bleistift oder, in Ihrem Fall, wie 'n Stück Kreide. Mit der anderen Hand halte ich ein Stück Wollfaden unten drunter.« Ihr Ton wurde noch ein bisschen herrischer. »So, Rachel, Mädchen, und nu kriechen Sie mal unter den Rahmen und schau'n sich die Sache von unten an.«

Ich kniete mich auf den Boden und spähte unter den Rahmen. Durch die winzigen Löcher in dem Gewebe schien das Licht. Als die Hakenspitze durch eines der Löcher fuhr, sagte Lucille: »Ich führ den Haken durch das Loch, sehen Sie? Und zieh ein Stück des Wollfadens auf die Oberseite.« Lucille war eine fantastische Köchin, und nun konnte ich mich davon überzeugen, dass sie auch eine ausgezeichnete Lehrerin und Kunsthandwerkerin war.

Ich setzte mich wieder neben sie. Mit der linken Hand hielt sie den Wollfaden und führte ihn geschickt zwischen ihren knotigen Fingern hindurch. Flink stach sie mit dem Haken durch das nächste Loch und brachte erneut eine Wollschleife zum Vorschein, und so ging es in rasantem Tempo weiter. Als sie am Ende des Wollfadens angekommen war, legte sie einen neuen unter den Rahmen und knüpfte eine weitere Reihe. Lucille arbeitete schnell und methodisch; während ihr Knüpfhaken von Loch zu Loch hüpfte, entstanden ordentliche, ebenmäßige neue Reihen.

»Ich nehme an, das ist das Meer?« Ich deutete auf den unteren Teil des Läufers.

»So isses.« Sie fuhr mit der Rückseite ihres Werkzeugs über die skizzierten Umrisse des Fischers. »Und das ist mein John in seinem Boot.«

»Möge seine Seele in Frieden ruhen«, murmelten die anderen Frauen prompt.

»Es ist ein Geschenk für Linda«, sagte Lucille. »Zu Weihnachten.«

»Sie hat ihren Dad sehr geliebt«, warf Biddy ein.

Ich wusste, wie sich das anfühlte. Ich rutschte auf dem Tagesbett weiter nach hinten und lehnte mich an die Wand.

»Er war so ein guter Mann«, sagte Lucille. Sie unterbrach ihre Arbeit und drehte ihren Ehering hin und her. »Er hat Linda jeden Morgen vor der Schule die Zöpfe geflochten, wisst ihr noch?«

Die anderen drei Frauen nickten. Dann sagte Biddy: »Er behauptete, er würde dabei Seemannsknoten üben, aber natürlich hat er es gemacht, damit sein Mädchen die hübscheste Frisur hatte. Ihre Zopfmuster waren immer die kompliziertesten von allen.«

Lucille seufzte. »Nach seinem Tod musste ich ihr die Haare abschneiden, sie bestand darauf.«

»Er musste viel zu früh gehen«, sagte Biddy.

»Wie ist es passiert?« Ich sagte es so leise, dass ich mir nicht sicher war, ob man mich überhaupt gehört hatte.

»Er ist eines Morgens zum Fischen hinausgefahren und nicht mehr zurückgekommen«, antwortete Lucille in sachlichem Ton. »Genau wie sein Vater und sein Bruder vor ihm.«

»Wie zu viele«, fügte Biddy hinzu.

»Wie Dougs Vater«, sagte ich.

Die vier Frauen tauschten Blicke aus, und aus dem Augenwinkel sah ich, dass Lucille kaum merklich den Kopf schüttelte.

»Mein Vater ist dieses Jahr gestorben«, sagte ich und war selbst überrascht von meinen Worten.

»Ach, armes Kind.« Lucille legte ihre Handarbeit hin und zog mich an sich. »Warum haben Sie denn nie was gesagt? Ich dachte, er wäre mit Ihrer Mutter in Australien?«

Ich sagte nichts, denn ich spürte, wie die Tränen in mir hochkamen.

»Erzählen Sie doch 'n bisschen von Ihrem Vater«, fuhr Lucille fort und tätschelte mir die Schulter. »Trauer erträgt man am besten, wenn man sie mit anderen teilt. Ein bisschen so wie Lachen und Musik, nehm ich an.«

»Er war auch Lehrer«, sagte ich.

»Ist es nicht schön, dass Sie in seine Fußstapfen getreten sind?«, fragte Biddy. »Er sieht jetzt bestimmt auf Sie hinunter und ist mächtig stolz.«

Es fühlte sich wirklich gut an, mit diesen Frauen über Dad zu sprechen, wenngleich nur kurz. Bald nahm Lucille ihre Handarbeit wieder auf. Biddy fing meinen Blick auf und nickte mir zu, als wollte sie sagen: »Hier sind Sie sicher.« Ich stand auf, um mir auch ihre Läufer und die der anderen beiden Frauen anzusehen.

Flossie und Annie saßen nebeneinander, und ihre Knüpfhaken tanzten nahezu synchron über ihre jeweilige Arbeit. Flossie knüpfte ein Muster, das ein kleines Haus mit dem obligatorischen Meer im Hintergrund zeigte. Das Muster von Annies Läufer war wesentlich detaillierter: Eine Frau in einem roten Kleid und weißer Schürze stand in einem grasbewachsenen Hinterhof und hängte Laken auf. Flossie und Annie gingen genau wie Lucille vor: Sie knüpften Reihe um Reihe. Nur Biddy pflegte einen eigenwilligen Stil. Ihr Muster zeigte eine Frau, die im Wald Blaubeeren sammelt. Ich bewunderte, wie sie ihren Knüpfhaken mal hierhin und mal dahin wandern ließ.

Als ich eine Bemerkung zu ihrer unkonventionellen Arbeitsweise machte, sagte sie: »Ach so, ja. Ist ja egal, wie man das Muster ausfüllt. Die Hauptsache, es wird fertig. Mir gefällt es einfach, mal hier ein bisschen zu knüpfen und dann dort.«

Während die Frauen wieselflink weiterarbeiteten, konnte ich dabei zusehen, wie sich ihre Muster entfalteten. Es erstaunte mich, dass sie aus einem Sackleinengewebe und mit Resten recycelter Wolle und ausgedienter Kleidungsstücke derart lebendige kunsthandwerkliche Arbeiten fertigen konnten. Und das sagte ich ihnen auch, aber sie wischten mein Lob einfach beiseite.

»Ach was«, sagte Lucille. »Ist doch nichts weiter als ein Fleck, auf dem man die Füße ausruhen lassen kann.«

»Reine Übung«, meinte Flossie.

»Das kann doch jeder«, fügte Biddy hinzu.

»Also, ich bestimmt nicht«, sagte ich. »Die geben großartige Weihnachtsgeschenke ab. Ich könnte Ihnen allen ein Stück abkaufen.«

»Ich hab 'n ganzen Haufen davon oben«, sagte Biddy. »Die können Sie alle haben, wenn Sie wollen.« Sie legte ihren Rahmen beiseite. »Kommen Sie mit, ich zeig sie Ihnen.«

»Gut, kleine Zigarettenpause«, sagte Lucille. Ich zuckte unwillkürlich zusammen, aber dann fiel mir wieder ein, dass ich nicht erzählt hatte, woran Dad gestorben war. Lucille steckte je eine Zigarette für Annie, Flossie und sich selbst an; sie sog den Rauch tief ein und blies ihn mit einem zufriedenen Seufzer wieder aus.

Ich war froh, Biddy in den ersten Stock hinauf folgen zu können. »Rauchen Sie nicht?«, fragte sie.

»Nein. Und Sie?«

»Nein. Das hat meinen Bruder umgebracht. Lungenkrebs.«

Ich umfasste den Handlauf. »Meinen Vater auch.«

Biddy blieb mitten auf der Treppe stehen. »Es ist ein schrecklicher Tod. Das tut mir sehr leid.«

Sie ging weiter, und ich folgte ihr.

»Macht es Ihnen nichts aus, wenn hier geraucht wird?«, fragte ich.

»Doch, schon. Aber sie haben ja so wenig Freude im Leben«, erklärte Biddy. »Sie sind alle verwitwet.«

»Sie aber nicht?« Unwillkürlich musste ich an die Liebeskomödie *Drei Münzen im Brunnen* denken.

Sie wartete am oberen Treppenabsatz auf mich und berührte das Muttermal auf ihrer Wange. »So ein Gesicht, wie ich es hab, liebt nur die eigene Mutter«, sagte sie. Aber das stimmte nicht, ich hatte es bereits ins Herz geschlossen.

Rechts vom Treppenabsatz ging ein kleines Zimmer ab, das fast ganz von einem schmiedeeisernen Bett eingenommen wurde. Auf einer rosa Chenille-Tagesdecke türmte sich ein Stapel selbstgeknüpfter Läufer. Ich besah einen nach dem anderen, fuhr mit der Hand über die verschiedenen Muster – Fische, Vögel, Fischerboote und ländliche Szenen.

»Einer schöner als der andere!«, rief ich aus.

»Lassen Sie sich ruhig Zeit«, sagte sie. »Sie können ja nächsten Freitag wiederkommen, wenn Sie nichts anderes vorhaben.«

Was soll ich denn vorhaben?, hätte ich beinahe geantwortet.

Wir gingen wieder die Treppe hinunter. Diesmal ging ich voraus, und Biddy tätschelte mir sanft den Rücken. »Sie können immer zu unseren Treffen kommen, wann immer Sie mögen.«

Wieder in der Küche bei den anderen Frauen, sagte Biddy in die Runde: »Und, wie kommt ihr voran? Zeit für ein Tröpfchen, oder was meint ihr?«

Nachdem ihr alle beigepflichtet hatten, holte Biddy eine Flasche Sherry aus dem Küchenschrank und stellte sie auf ein Tablett, auf dem bereits ein paar Gläser standen. Sie klirrten, als sie das Tablett über den Tisch schob. Lucille schenkte sich einen großzügigen Schluck ein und kehrte mit ihrem Glas zu ihrem Platz zurück. Flossie goss Sherry in zwei Gläser, indem sie vorsichtig zwischen den beiden Gläsern hin- und herwechselte, um sicherzustellen, dass in beiden gleich viel drin war. Dann reichte sie eins davon Annie. Biddy hielt mir die Flasche hin. »So, und jetzt genehmigen Sie sich einen ordentlichen Schluck.« Ich nahm die Flasche und ein Glas und bemühte mich, ein gutes Mittelmaß zu treffen, weder zu bescheiden noch zu großzügig zu sein, dann stießen wir an.

Ich nippte an dem Sherry und versuchte nicht zu schaudern, als ich von dem süßen Getränk probierte. Beim zweiten Schluck bekam ich es schon gut herunter.

»Und wie geht es Ihnen so in der Schule?«, fragte Biddy.

Da ich nicht wusste, in welchem Verhältnis die Frauen zur Schule standen – ob irgendwelche Großnichten oder Großneffen sie besuchten, antwortete ich ausweichend und beschränkte mich auf Allgemeines. Ich sagte, es sei gut, endlich die ganze Theorie, die ich mir am College angeeignet hatte, in der Praxis auszuprobieren. Weder erwähnte ich meine Schwierigkeiten noch, wie einsam ich mich fühlte, vor allem, seit Doug mich zu hassen schien. Ich erwähnte auch nicht, wie frustrierend es war, jemanden wie Calvin zu unterrichten, und mit welcher Freude mich Cynthias bezauberndes Französisch erfüllte.

Als eine kleine Gesprächspause entstand, kam mir in den Sinn, dass Calvin und Cynthia in der Tat das Yin und Yang meines Lehrerinnenalltags waren. Calvin waren Französisch, die Schule und ich zuwider, während Cynthia all das liebte. Calvins Weg war ungewiss, während Cynthia in eine goldene Zukunft blickte.

Plötzlich war ich wieder ganz Ohr. Flossie sagte gerade, sie habe gehört, jemand habe Brigid Roche in St. John's gesehen – was, wenn sie nach Little Cove zurückkommen wolle?

»Es würde mich nicht wundern, wenn es sie mit ihren irischen Zahnschmerzen wieder hierher verschlagen würde«, sagte Annie und fuchtelte mit dem Glas in meine Richtung, weil sie es gern nachgefüllt haben wollte.

Biddy schnalzte tadelnd mit der Zunge. »Also Annie, wirklich. Achten Sie nicht auf sie, Rachel.«

Lucille sagte: »Rachel, ich würde auch noch einen Schluck nehmen.«

Ich schenkte Annie nach, aber Flossie und Biddy lehnten ab, als ich fragend die Flasche in ihre Richtung hielt.

»Was sind denn irische Zahnschmerzen?«, fragte ich, während ich mir ebenfalls nachgoss.

Lucille stieß einen Schwall Rauch aus. »Ein Braten in der Röhre.« Sie beschrieb mit der Hand einen überdimensionalen Bauch.

»Aber was wird dann mit Rachel, wenn Brigid zurückkommt?«, fragte Flossie beharrlich.

Lucille drückte ihre Zigarette aus und griff erneut nach dem Knüpfhaken. »Rachel hat einen Einjahresvertrag«, antwortete sie für mich. »Wenn Brigid zurückkommt, wird sie wohl warten müssen, bis Rachels Jahr vorbei ist.«

»Apropos Braten in der Röhre«, sagte Annie. »Bei Georgie ist er fast gar.«

»Wie konnte sie nur so eine Sünde begehen!«, sagte Lucille.

Wut kam in mir hoch, und ich fragte mich, ob ich

diese Frauen wohl falsch eingeschätzt hatte, die mich so freundlich aufgenommen hatten. Aber dann sagte Biddy: »Ja, ja. Sie muss die Schule verlassen, und Charlie darf bleiben. *Das* ist eine Sünde.«

»So war's schon immer«, meinte Annie.

»Und wird's immer sein«, erwiderte Flossie.

»Aber das sollte es nicht«, sagte ich, mehr zu mir selbst.

10

Die Frauen wandten sich wieder ihren Knüpfarbeiten und Plaudereien zu. Währenddessen lag ich mehr auf dem Tagesbett, als dass ich saß, und sinnierte über das Sherrytrinken. Meine Mutter hatte mir erzählt, wie sie, noch unverheiratet, mit ihrer Mutter manchmal auf der Veranda Sherry getrunken hatte. Mit einem Mal kam mir dieses Getränk gar nicht mehr so harmlos vor. Ich fragte mich, wie spät es jetzt in Australien war und was meine Mutter in diesem Moment tat.

Schon merkwürdig, dachte ich. Mum und ich waren beide weit weg von zu Hause und ganz allein mit unserer Trauer. Lucille hatte recht – Trauer sollte man am besten teilen. Ich hoffte, meine Mutter hatte in Australien jemanden gefunden, mit dem sie über ihre Trauer reden konnte. Ich nahm mir vor, sie bei ihrem nächsten Anruf danach zu fragen. Wenn wir an unserer Beziehung arbeiten wollten, würden wir irgendwann auch über die wunden Punkte reden müssen.

Im Hintergrund war schon seit einer geraumen Weile ein schwaches Pochen zu hören, aber als keine der Frauen reagierte, beschloss ich, es musste ein Ast sein, der an ein Fenster schlug. Doch dann war es erneut zu hören, lauter diesmal.

»Wer klopft denn da an die Tür?«, sagte Lucille plötzlich.

»Niemand, der gute Nachrichten bringt, klopft an die

Tür«, erwiderte Flossie. »Muss 'ne schlechte Nachricht sein, sonst wär derjenige schon längst eingetreten.«

Sie diskutierten noch immer, was davon zu halten und wie zu reagieren war, als die Tür aufging und ein Windstoß hereinwehte.

»Geraldine!«, rief Biddy und erhob sich erstaunlich flink aus ihrem Schaukelstuhl, um die blonde Frau, die in der Tür stand, zu umarmen. »Du bist wohl schon zu lange in St. John's, Liebes, wenn du dir so komische Sachen angewöhnst. Also wirklich, bei der eigenen Tante anzuklopfen, statt einfach hereinzumarschieren!«

Biddys Nichte war schön. Ja, schön war genau das richtige Wort. Ihre Haare waren fast unwirklich glatt, ihr Teint makellos, ihr Lächeln einnehmend.

»Du musst unbedingt die Tür reparieren lassen«, sagte Geraldine. »Sie klemmt nämlich.«

»Ja, ja, ich werd irgendwann mal mit Phonse darüber reden«, sagte Biddy. »Aber nun komm endlich rein und lass dich anschauen.«

Ich kämpfte mich aus den Tiefen des Tagesbetts in eine aufrechte Position und wartete darauf, vorgestellt zu werden. Währenddessen scharten sich die Frauen um Geraldine und bewunderten lautstark jede Einzelheit an ihr.

»Was für einen hübschen Mantel du hast«, sagte Annie. »Du hast halt Geschmack, Mädel.«

»Und, wie ist es im Krankenhaus?«, fragte Lucille. »Hast du dich schon eingewöhnt?«

Die Frauen stellten eine Menge Fragen, und es wurde viel gelacht.

Dann holte Geraldine einen Stuhl aus dem Flur und setzte sich neben ihre Tante.

»Ich bleib nicht lang«, sagte sie. »Mum wartet bestimmt schon auf mich.«

»Meine kleine Schwester kann ruhig 'n bisschen warten«, erwiderte Biddy. »Sie ist ständig in der Stadt und kann dich dort treffen. Ich hab dich seit Wochen nicht mehr zu sehen gekriegt.«

Ich stand auf und stützte mich zur Sicherheit an der Wand ab. »Ich glaube, ich sollte jetzt besser gehen.«

Biddy schnalzte ärgerlich mit der Zunge. »Wo hab ich bloß meine Manieren gelassen. Das hier«, sagte sie und berührte Geraldines Wange, »ist meine liebe Nichte Geraldine; sie arbeitet als Krankenschwester in St. John's.«

»Ach, nennen Sie mich doch Geri«, sagte sie. »Bitte. Dann lässt sich vielleicht auch Biddy endlich davon überzeugen.« Sie lächelte und tätschelte ihrer Tante die Hand. »Ich bitte sie ja erst seit sechs Monaten darum. Und Sie müssen Rachel sein. Doug hat mir von Ihnen erzählt.«

»Ach ja?«

»Sicher. Er ist doch froh über seine junge Kollegin – dass er nicht der einzige Neuling ist.«

»Ist Doug Ihr …?«

»Ja, er ist ihr Freund«, sagte Biddy.

Geri verzog kurz das Gesicht und schien etwas erwidern zu wollen, überlegte es sich jedoch anders. Aber vielleicht hatte ich mich ja auch geirrt; mir war schwindelig vom Sherry. »Gut, dann geh ich mal, wir sehen uns dann zu Hause, Lucille.« Ich winkte allen zum Abschied und ging leicht taumelnd hinaus.

Während ich die Straße zu Lucilles Haus hinaufwankte, schob sich eine Wolke vor den Mond, und mit einem Mal wurde es dunkler, sodass ich noch langsamer vorankam. Als ich vor dem Haus eintraf, brauchte ich eine Weile, um den Riegel des Gartentors aufzuschieben. Drinnen machte ich mir erst gar nicht die Mühe, den Flurlichtschalter zu finden, sondern tastete mich an der Wand entlang ins Wohnzimmer. Ich warf mich auf das nächststehende Sofa und brachte die Spitzendeckchen ordentlich durcheinander. Mit zittriger Hand langte ich nach dem Telefon und wählte Sheilas Nummer. Als sie abhob, rief ich in den Hörer hinein:

»Er hat eine Freundin.«

»Wer? Jake?«

»Nein! Doug.«

»Wer ist Doug?«

»Mein Kollege.«

»Der, der dich zum Fischen mitgenommen hat?«

»Ja. Aber jetzt ist er wütend auf mich, wegen meines Vorschlags mit dem Englischtreff. Und er hat eine Freundin, sie heißt Geraldine.«

Sheila schwieg.

»Und nett ist sie auch noch«, fügte ich hinzu.

»Wer?«

»Geraldine! Hörst du mir eigentlich zu?«

Wieder entstand eine lange Pause, dann sagte Sheila: »Sag mal, Rachel, hast du getrunken?«

»Nur ein bisschen Sherry – mit den Knüpffrauen«, sagte ich schniefend.

»Knüpffrauen? Was faselst du denn für ein Zeug, Rachel?«

Ich schloss die Augen, spürte, wie sich mein Griff um den Hörer lockerte, während meine Gedanken abdrifteten. Sheila wartete vergeblich auf weitere Details. Nach einer Weile hielt sie es nicht mehr aus.

»Okay. Doug hat also eine Freundin. Magst du ihn denn?«

»Nicht wirklich.«

»Warum spielt es dann eine Rolle? Und was ist mit diesem Englischtreff? Ich dachte, du unterrichtest Französisch?«

Ich erzählte ihr von meinem Fauxpas.

»O Mann, da bist du wieder mal ins Fettnäpfchen getreten.«

»Ja, ich weiß.«

»Wie schlimm ist es?«

»Ich glaube nicht, dass Doug es weitererzählt. Aber er ist immer noch wütend auf mich. Ich habe Kopfweh. Ich muss mich mal hinlegen.«

»Okay«, sagte Sheila. »Aber hör zu: Geh nicht so hart mit dir ins Gericht. Du hast in letzter Zeit so viel mitgemacht – dein Vater, Jake, der Umzug in dieses gottverlassene Nest und so weiter.«

Nachdem ich mir die diversen Entschuldigungen angehört hatte, die Sheila zu meinen Gunsten vorbrachte, wünschte ich ihr eine gute Nacht und legte auf.

Ich schwankte die Treppe hoch, legte mich in voller Montur aufs Bett und wickelte mich in Lucilles Steppdecke ein. Im Geiste ging ich sämtliche Gespräche durch, die ich seit meiner Ankunft in Little Cove mit Doug geführt hatte, und der Sherry half mir, unser letztes, bei dem es um den Englischtreff ging, auszulassen. Warum hatte Doug oder sonst jemand Geri nie erwähnt? Doch dann erinnerte ich mich wieder an Lucilles Bemerkung, Geri gehe nie mit Doug zum Fischen, aber damals hatte ich »Gerry« für einen Mann gehalten.

Was hatte die perfekte Geri heute Abend noch mal gesagt? Doug sei froh, dass es außer ihm noch eine Berufsanfängerin an der Schule gebe. Ich war für ihn eine Teamkollegin, zumindest, bis er mich auf die Strafbank verwiesen hatte. Ich musste irgendwie eine Möglichkeit finden, mich bei ihm zu entschuldigen. Doug war jedenfalls der Einzige, mit dem ich mich an diesem Ort anfreunden wollte. Und jetzt hatte ich das durch meine eigene Dummheit vermasselt.

Meine Gedanken wanderten zu Jake. Als Sheila vorhin seinen Namen erwähnte, hatte ich sofort wieder die schreckliche Szene an dem Abend meiner Abschlussfeier vor Augen gehabt. Mum hatte darauf bestanden, meinen Uniabschluss mit einer Party zu begehen, obwohl uns beiden so kurz nach Dads Tod nicht nach Party zumute war.

»Dein Vater hätte gewollt, dass du diesen Meilenstein feierst«, hatte sie gesagt. Und ich hatte nachgegeben.

Die Party hatte gut angefangen. Es war ein warmer Abend Ende Mai; die im Innenhof aufgehängten Laternen raschelten in der sanften Brise im Takt der Musik. Grüppchen von Freunden und Verwandten plauderten, ein Glas Champagner in der Hand, miteinander. Mein Cousin Pete stand hinter der behelfsmäßigen Bar, und Onkel Scott hatte sich hinter dem Grill positioniert und war bereit, loszulegen. Jake und Sheila unterhielten sich am Rand des Pools, und ich weiß noch, dass ich dachte, wie glücklich ich mich schätzen konnte, diese beiden Menschen in meinem Leben zu haben: meine beste Freundin seit der gemeinsamen Kindergartenzeit und den nettesten, aufmerksamsten jungen Mann, der mir je begegnet war. Beide hatten mich und meine Mutter in den Monaten, nachdem mein Vater seine Diagnose erhalten hatte und sich sein Zustand zunehmend verschlechterte, und in der Zeit nach seinem Tod immer wieder aufgemuntert.

Ich fragte, ob Pete an der Bar noch etwas brauchte. Er hielt eine leere Flasche Champagner hoch, woraufhin ich Nachschub holen ging. Gerade als ich die Kühlschranktür aufmachte, hörte ich, wie Mum an der Haustür mit jemandem redete. Also, meine Mutter redete, die andere Person schrie.

»Tut mir leid«, sagte Mum, »Sie scheinen wirklich sehr aufgebracht zu sein, aber ich kenne Sie nicht; wenn Sie bitte hier warten würden, dann rufe ich Rachel.«

Mit der Champagnerflasche in der Hand ging ich in den Flur, aber die junge Frau hatte sich schon an Mum vorbeigeschoben und kam auf mich zu. Sie starrte mich mit wildem Blick an, und ich wich automatisch an die Wand zurück. Sie rauschte an mir vorbei, folgte den Partygeräuschen in Richtung Terrassentür und schrie laut nach Jake. Mum nahm mir die Champagnerflasche aus der Hand, und wir folgten ihr schnell hinaus. Die Frau war auf der Terrasse stehen geblieben und ließ den Blick über die Menge streifen. Auf ihrem roten Tank Top zeichnete sich am Rücken ein feuchter Fleck ab, und auf ihrer linken Schulter hatte sie ein Muttermal.

Ich berührte sie. »Hey«, sagte ich.

Doch sie hatte Jake bereits erspäht und schoss auf ihn zu. Er stand mit dem Rücken zu uns, aber Sheila nicht. Als die junge Frau auf Jake zustürmte, gefror Sheila das Lächeln im Gesicht.

»Du verdammter Scheißkerl!«, rief die junge Frau. »Du hast gesagt, du machst mit ihr Schluss.«

Jake drehte sich um, sein Mund wie schmerzverzerrt. Er sah von ihr zu mir, und da wusste ich, dass diese Frau nicht log. Einige der Gäste starrten uns an und tuschelten hinter vorgehaltener Hand. Plötzlich versetzte die Fremde Sheila einen Stoß, die das Gleichgewicht verlor und in den Pool fiel.

Ein kollektives Lufteinziehen war zu hören und Jake, der rief: »Das ist sie doch gar nicht!« Als hätte das etwas geändert. Ich erinnere mich noch genau, dass im Hintergrund *I Want To Know What Love Is* lief und dass ich dachte: Ich hab's irgendwie gewusst.

Jake und Pete fassten die Frau an den Armen und eskortierten sie aus dem Hinterhof hinaus. Als sie an mir vorbeikamen, sah ich sie nicht an. Sheila war inzwischen tropfnass aus dem Pool gestiegen, und Mum reichte ihr ein Handtuch.

»Du hast dir hoffentlich nicht wehgetan?«, fragte ich sie.

»Nein, du weißt doch, ich mag es, wenn es richtig platsch macht«, erwiderte sie grinsend.

Ich rang mir ein Lächeln ab, und dann begann ich unvermittelt zu zittern. Mum legte den Arm um mich, und nach und nach kamen meine Freunde, murmelten irgendwelche abgedroschenen Worte, um mich zu trösten, und verabschiedeten sich, obwohl Mum sie bat, noch zu bleiben und wenigstens etwas zu essen.

Sheila ging in mein Zimmer, um sich ein paar trockene Sachen von mir anzuziehen. Dann sammelten die wenigen, die noch dageblieben waren – Mum, Sheila, Onkel Scott und Pete –, Flaschen und Gläser ein. Onkel Scott bestand darauf, dass wir wenigstens ein bisschen von dem aßen, was er auf den Grill gelegt hatte. Also setzten wir uns, aber ich stand immer wieder auf und ging in die Küche, um etwas zu holen: weitere Servietten, einen Krug Wasser, Ketchup. Als ich wieder nach einem solchen Ausflug zurückkam, zog mich Sheila auf den Stuhl neben sich und rieb mir den Rücken. Während wir in unserem Essen herumstocherten, bog Jake plötzlich um die Hausecke.

»Der hat vielleicht Nerven«, sagte Sheila.

Onkel Scott stand auf und trat Jake entgegen. Er ließ sich jedoch nicht beirren, sondern kam mit erhobenen Händen, wie um ein wildes Tier zu besänftigen, auf den Tisch zu. »Rachel, lass es mich dir erklären, bitte.«

»Ich möchte dich nicht mehr sehen!«, rief ich. »Es sei denn, du kannst mir versichern, dass diese Frau eine Irre ist und nichts zwischen euch läuft!«

Unterdessen war Pete zu Onkel Scott und Jake getreten. Kurz darauf verließen die drei den Hinterhof. Ich stand auf, sagte, ich sei müde und wolle ins Bett gehen, doch dann blieb ich eine Ewigkeit unter der warmen Dusche und weinte, bis nur noch kaltes Wasser kam. Und jetzt, während ich kurz vor dem Einschlafen war, fragte ich mich, ob Jake und diese Frau noch zusammen waren. Nicht dass es mich interessierte.

11

Als ich am frühen Morgen ins Klassenzimmer kam und die zusammengefaltete Notiz auf meinem Schreibtisch sah, erschrak ich. War mein Widersacher mir bis zu meinem Arbeitsplatz gefolgt? Doch als ich das Blatt auseinanderfaltete, erkannte ich Patricks krakelige Handschrift: Er bat mich, in der Pause wegen des ersten Probezeit-Gesprächs zu ihm zu kommen. Ich bekam ein mulmiges Gefühl, denn das Wort »Probezeit« fühlte sich für mich so an, als wäre ich bereits durchgefallen.

In der Pause ging ich also in Patricks Büro und sah, dass Doug bereits auf einem der beiden Stühle saß. Ich begrüßte sie und zog mir den anderen Stuhl heran. Während Patrick redete, sah Doug die ganze Zeit stur geradeaus, nur ich riskierte hin und wieder einen verstohlenen Blick in seine Richtung. Doug schien geradezu fasziniert von Patricks langweiligen Ausführungen zu sein. Ich versuchte, ihn mir mit Geri zusammen vorzustellen.

»Also, passt Ihnen dieses Datum, Rachel?«, hörte ich Patrick wie aus der Ferne sagen.

Ich errötete. »Entschuldigung, können Sie das bitte wiederholen?«

Patrick nannte einen Termin in ein paar Wochen und meinte, Judy werde auch Hospitationen durchführen, um zu sehen, wie Doug und ich zurechtkämen.

Als wir hinausgingen, wollte ich Doug fragen, wie er sich auf sein erstes Probezeit-Gespräch vorbereiten wolle.

Aber er steuerte schnurstracks auf die Herrentoilette zu – ganz offensichtlich lief er vor mir davon. Das war wirklich nicht der ideale Ort, um ihn abzupassen. Es schien, als würde ich mich allein vorbereiten müssen.

Am Samstagabend erwähnte ich Mum gegenüber die bevorstehende Unterrichtsbeurteilung.

»Bist du nervös?«, fragte sie.

Jetzt schon, dachte ich.

»Du wirst deine Sache bestimmt gut machen, warte nur ab. Denk immer dran, dass du die Schüler mitnehmen musst. Vermeide, zu viel vorzutragen und den Inhalt aus den Lernmaterialien zu wiederholen.«

»Mum, ich unterrichte Französisch an der Highschool.«

Sie hörte gar nicht zu. »Ach ja, und bitte die Schüler am Ende der Stunde um ein Feedback.«

Das war wieder typisch für Mum. Lauter prima Ratschläge, aber keiner davon auf meine Situation anwendbar. Ich unterrichtete Highschool-Schüler und keine Studenten an der Universität. Und nie im Leben würde ich Calvin Piercey und Konsorten um eine Beurteilung bitten. Ich wünschte, ich könnte mit Dad darüber reden, aber ich wusste, was er gesagt hätte: »Bereite dich gut vor, aber hab auch Spaß dabei.«

Ich beschloss, spezielle Arbeitsblätter und Unterrichtspläne vorzubereiten. Am Sonntag nach dem Gottesdienst sagte ich zu Lucille, ich würde in die Schule gehen, um ein bisschen zu arbeiten.

»Also wirklich«, sagte sie, »der Sonntag ist zum Ausruhen da. Sie müssen sich am Wochenende erholen. Sie sehen richtig schlapp aus. Ich hab gute Lust, Pat Donovan anzurufen und ihm zu sagen, dass er Ihnen zu viel Arbeit aufbrummt.«

Ich wusste, sie hatte das Herz am rechten Fleck und meinte es nur gut, aber manchmal machte sie zu viel Aufhebens und mischte sich in Dinge ein, von denen sie nichts verstand.

Auf dem Schulparkplatz herrschte gähnende Leere, aber als ich die Eingangstür aufschloss, hörte ich Phonse Geige spielen. Ich deponierte meine Tasche in meinem Klassenzimmer und ging zum Hausmeisterraum, um ihm zu lauschen. Phonse trug ein Karohemd und eine Jeanslatzhose. Das schien seine Wochenendkluft zu sein. Er lächelte mir zu und spielte weiter; während der Bogen flink über die Saiten strich, tanzten die Finger seiner Linken über das Griffbrett. Mit dem linken Fuß klopfte er den Takt; sein Spiel war wie ein Tanz. Mit einem energischen Bogenstrich beendete er das Stück und wischte sich, den Bogen noch in der Hand, mit dem Handrücken den Schweiß von der Stirn.

»Wow, was für eine Melodie, die macht richtig Laune!«

»Oh, von der Sorte hätte ich noch viele auf Lager. Da hält es niemanden mehr auf dem Stuhl, hat mein Vadder immer gesagt.«

»Könnten Sie es mir vielleicht beibringen?«

»Ich könnt's zumindest versuchen.« Phonse holte eine zweite Fiedel aus dem Schrank, reichte sie mir und nahm seine wieder zur Hand; das glänzende Holzinstrument hob sich von seinem Hemd wie eine überdimensionale Brosche ab.

Ich nahm die Position ein, die mir von dem jahrelangen Geigenunterricht von früher noch immer vertraut war. Phonse schnalzte missbilligend mit der Zunge.

»Nee, nee, Mädchen«, sagte er. »Sehen Sie, wie sie an meiner Schulter liegt? Ganz locker, aber gleichzeitig, als wär sie ein Teil von Ihnen.«

Ich ahmte seine Pose nach und bemühte mich, die Geige lockerer zu halten. Phonse spielte ein paar Takte und führte die Bewegungen dabei übertrieben langsam aus. Ich beobachtete ihn aufmerksam. Dann deutete er mit seinem Bogen auf mich. »So, und jetzt Sie.«

Langsam, so wie Phonse es vorgemacht hatte, fuhr ich mit dem Bogen über die Saiten. Wir wiederholten die Sequenz ein paar Mal und arbeiteten uns so durch das Lied. Sobald ich ein paar Takte beherrschte, wiederholten wir sie. Zuerst Phonse, dann ich. Notenzeile für Notenzeile. Wenn er spielte, klang es weich, flüssig und leichtfüßig. Bei mir klang es abgehackt, angestrengt und schwerfällig.

»Das krieg ich nie im Leben so hin.«

»Sie haben Talent«, sagte er. »Aber Sie sind steif wie ein Brett, Mädchen. Machen Sie sich locker.«

Während er das sagte, spürte ich selbst, wie ich die Schultern hochzog und wie steif mein rechter Arm war. Ich machte Kreisbewegungen mit den Schultern, um sie zu lockern, dann begann ich nochmal von vorn. Phonse legte seine Fiedel beiseite und ließ den Kopf zwischen die Knie sinken, um meinem Spiel zu lauschen. Ich war froh, dass ich sein Gesicht nicht sehen konnte.

»Schon besser«, sagte er, als ich geendet hatte. »So, und jetzt gleich nochmal.«

Ich schloss die Augen, konzentrierte mich und wiegte

mich im Rhythmus der Musik. War es jetzt noch ein bisschen besser? Vielleicht. Als ich zum Ende des Stücks kam, ertönte ein langes, beifälliges Pfeifen, und ich errötete, freute mich, dass mein Spiel Phonse gefallen hatte. Aber als ich die Augen aufschlug, sah ich Doug am Türrahmen lehnen, den Blick auf mich geheftet.

Ich drückte Phonse meine Geige in die Hand. »So, das reicht für heute.«

»Es war großartig. Gut gespielt, und in Ihre Wangen ist auch wieder Farbe gekommen. Zeigt, dass Sie 'ne gute Fiedlerin sind.«

Er reichte mir das Instrument zurück. »Behalten Sie sie vorerst, ich hab noch 'n paar.«

»Nun, Sir«, sagte er zu Doug. »Kriegen wir Sie heute Abend zu sehen?«

»Gut möglich«, erwiderte Doug.

»Was ist denn heute Abend?«, fragte ich. An den letzten Samstagabenden war ich immer schon vor zehn im Bett gewesen. Höchste Zeit, dass sich das änderte.

»Phonse und die anderen Jungs spielen im Pub«, erklärte Doug. Es war das erste Mal, dass er nach einer gefühlten Ewigkeit mit mir sprach.

Phonse sagte, er trete regelmäßig mit »'n paar Kumpels« im Pub auf.

»Moment. Es gibt einen Pub in Little Cove?«

»Nee, in Mardy, dem Nachbarort.«

»Kommen Sie doch auch«, sagte Phonse. »Die Jungs sind wirklich gut. Ich muss mich ganz schön ins Zeug legen, um mit ihnen mitzuhalten.«

Doug widersprach heftig. »Nun kommen Sie schon,

Phonse. Sie sind derjenige, der den Ton angibt.« Er wandte sich an mich. »Kommst du auch?«

»Klar doch«, sagte ich und freute mich, als ich ihn kurz lächeln sah.

»Dann sehen wir uns vielleicht dort«, sagte Doug.

Als er weg war, fragte ich Phonse noch ein bisschen über den Musikabend in dem Pub aus. Schließlich sagte ich: »Gut, wenn ich heute Abend ausgehen will, sollte ich mich jetzt besser an die Arbeit machen.«

»Ja, man muss sich immer ranhalten«, erwiderte er.

»Auch wenn es mir manchmal sinnlos erscheint, sich Mühe zu geben«, sagte ich. »Ich meine, wenn man es mit Schülern wie Calvin Piercey zu tun hat …« Ich zuckte in gespielter Ratlosigkeit die Schultern in der Hoffnung, Phonse' Mitleid zu erregen.

Aber stattdessen runzelte er die Stirn. »In Calvin steckt mehr, als man auf den ersten Blick meinen könnte, Rachel. Er hat andere Talente.«

Wieder wurde ich rot. Es versetzte mir einen Stich, Phonse zu enttäuschen, das war ich nicht gewohnt.

»Vielleicht haben Sie recht«, sagte ich. »Also, dann bis später.« Während ich zu meinem Klassenzimmer ging, dachte ich, dass auch in Phonse womöglich mehr steckte, als man auf den ersten Blick erkennen konnte.

An meinem Schreibtisch nahm ich mir die Unterrichtsplanung für die nächsten paar Wochen vor und gab mir besonders viel Mühe dabei. Als ich fertig war, fuhr ich zu Lucilles Haus zurück und fragte sie, ob sie Lust hätte, mich in den Pub in Mardy zu begleiten. Sie sah von ihrem Kreuzworträtsel auf.

»Um den Jungs zuzuhören?«

Ich nickte. »Phonse hat mich gefragt, ob ich komme.«

»Ach, ich weiß nicht.« Sie streckte die Beine aus und wackelte mit den Füßen, die in flauschigen Pantoffeln steckten. »Hab mir's grad so gemütlich gemacht. Außerdem müsste ich mir die Haare aufdrehen.«

»Das müssen Sie doch sowieso für den Kirchgang morgen früh.«

Aber sie war bereits wieder in ihr Kreuzworträtsel vertieft. »Drei waagrecht, fünf Buchstaben, Ort der Folter und Bestrafung.«

»Messe«, sagte ich.

Lucille hob den Blick und starrte mich mit aufgerissenem Mund an.

»Das war nur ein Witz, Lucille. Hölle, die Antwort lautet Hölle.«

»Dort wirst du enden, wenn du so weitermachst«, sagte sie.

Ich kam noch mal auf den Pubbesuch zurück. Allein wollte ich nicht gehen, und auch wenn Lucille nicht die ideale Abendbegleitung war, kannte sie sich doch in der Gegend aus. »Wenn Sie sich heute Abend die Haare machen, Lucille, müssen Sie morgen nicht so früh aufstehen. Und wir bleiben auch nicht lange, das verspreche ich Ihnen.«

»Ja, ja, das sagen alle. Okay, aber nur dies eine Mal.«

Wir zogen uns in unsere Zimmer zurück, um uns fertig zu machen. Bevor wir aus dem Haus gingen, betrachteten wir uns noch einmal gegenseitig. Lucille hatte ihre Lockenwickler rausgedreht und sich das Haar mit Unmengen von Spray zugekleistert, ich im Gegenzug hatte meine Haare geglättet. Jede schien mit dem Aussehen der anderen zufrieden.

Es war nicht weit bis Mardy, dennoch war ich froh über Lucilles Anweisungen, vor allem, weil sie mich auf das ein oder andere Schlagloch aufmerksam machte.

»So, und jetzt einen scharfen Schlenker nach links, junge Frau«, sagte sie irgendwann und griff mir sogar ins Lenkrad. »Die Leute nennen das Loch ›den Killer‹. Das hat noch kein Reifen überlebt.«

Es fühlte sich an, als wäre ich seit Jahren nicht mehr in einer Bar gewesen. Ein Schwall warmer Luft, Rauch und lauter Musik schlug uns beim Betreten des Pubs entgegen. Lucille marschierte voraus und winkte den Leuten zu wie eine Würdenträgerin, die diesem Ort ihre Aufwartung machte. Und das war sie vielleicht sogar. Ich blieb stehen, um Phonse zuzusehen, der auf der Bühne in sein Spiel vertieft war, die Augen geschlossen, während seine Finger über die Saiten flogen. Zwei weitere Fiedler standen neben ihm, und auf der linken Seite der Bühne hantierte ein riesiger Mann mit einem langen Bart schwungvoll mit einem Akkordeon.

Lucille winkte mir von der anderen Seite des Raums zu, und zeigte an, dass sie einen Tisch ergattert hatte. Kaum war ich bei ihr, holte sie ihre Zigaretten aus der Handtasche, zog sich den Aschenbecher heran und schickte mich zum Tresen, um Getränke zu holen. Dort standen Doug und Geri, aber Doug saß mit dem Gesicht zur Bühne auf einem Barhocker; Geri hingegen hatte den Musikern den Rücken zugedreht. Doug bewegte das rechte Knie im Takt zur Musik, und als er mich bemerkte, hob er grüßend die Bierflasche in meine Richtung. Geri plauderte mit dem Barkeeper. Ich schlüpfte zwischen zwei Barhocker neben sie und gab meine Bestellung auf.

»Hi, Rachel«, sagte sie. »Bei Biddy konnten wir uns ja leider kaum unterhalten.« Sie deutete mit einer abfälligen Geste zur Bühne. »Und, wie gefällt dir dieses Gedudel?«

»Ich finde es großartig.«

Sie zog ungläubig die Augenbrauen hoch. »Ich finde es fast genauso schrecklich wie Fischen. Ich stehe mehr auf Wham!, Madonna, Simple Minds und so weiter. Ich wünschte, ich wäre übers Wochenende in der Stadt geblieben, aber Mum wollte, dass ich nach Hause komme.«

Der Barkeeper stellte meine Getränke vor mich auf den Tresen, und ich verabschiedete mich von Doug und Geri und kehrte an unseren Tisch zurück, wo ich Lucille ihre Rum Cola reichte. Ich nippte an meinem amerikanischen Bier, während ich ein Paar bewunderte, das geschmeidig über die Tanzfläche glitt. In einer Ecke tanzte ein älterer Mann ganz allein. Die Arme hatte er fest am Körper, aber er bewegte die Füße so schnell, dass einem beim Zusehen schwindelig wurde. »Das ist Ambrose«, erklärte Lucille. »Er ist schüchtern wie 'ne Fledermaus, hat aber Rhythmus in den Beinen wie kein anderer.«

Um uns herum saßen die Leute an den Tischen und lauschten der Musik. Viele sangen kräftig mit, als wären sie Teil der Band. Der Sänger auf der Bühne hatte eine klare, kräftige Stimme; die Texte kreisten vorwiegend um das Seemannsleben. Nach einer Pfeifsequenz sang er über einen Koch, der auf einem Handelsschiff anheuerte:

I can handle a jigger, I cuts a fine figure
Whenever I gets in a boat standing room
We'll rant and we'll roar like true Newfoundlanders
We'll rant and we'll roar on deck and below
Until we strikes bottom inside the two sunkers
When straight to the channel to Toslow we'll go.

Ich hatte keine Ahnung, was »Toslow« oder »sunkers« bedeuteten, aber das spielte keine Rolle. Und an das überflüssige »s« bei konjugierten Verbformen wie in *I cuts* (statt *cut*) und *gets* (statt *get*) hatte ich mich längst gewöhnt. Ich hatte es kapiert. Verdammt, es gefiel mir sogar. Als der Chor zum zweiten Refrain ansetzte, stimmte ich mit ein:

We'll rant and we'll roar like true Newfoundlanders
We'll rant and we'll roar on deck and below

Gegen Ende des Shantys war der Großteil des Publikums aufgestanden, mit den Drinks in den Händen, und die Leute grölten mehr, als dass sie sangen. Nachdem die Band noch ein paar Lieder zum Besten gegeben hatte, verkündete der Sänger, dass sie jetzt eine Pause einlegen würden. Auf dem Weg zur Bar blieb Phonse an unserem Tisch stehen.

»Lucille Hanrahan – ist 'ne Ewigkeit her, dass ich dich zuletzt in diesem Pub gesehen hab.«

Lucille nickte in meine Richtung. »Sie hat mich mitgeschleppt.«

»So isses recht.«

Mir dröhnten noch die Ohren von der Musik. »Phonse«, sagte ich. »Ich liebe diese Musik! Würden Sie mir Unterricht geben, damit ich solche Lieder spielen kann? Ich bezahle natürlich für die Stunden.«

»Nein, werden Sie nicht«, sagte er. »Es wäre mir ein Vergnügen.«

Ich stand auf und küsste ihn spontan auf die Wange. Er lächelte peinlich berührt. »Ich hol mir jetzt besser was zum Trinken, muss gleich wieder auf die Bühne.«

Lucille schnalzte mit der Zunge. »Nicht dass du dir Hoffnungen machst. Phonse ist ein eingefleischter Junggeselle.«

Sie zog mich natürlich auf.

Oder etwa nicht?

12

Am nächsten Morgen wurde ich vom Regen geweckt, der gegen das Fenster und auf den Dachvorsprung prasselte. Vom Badfenster aus sah ich ein grau aufgewühltes Meer. Die Sonntage waren immer besonders hart in Little Cove; einen verregneten wollte ich mir erst gar nicht ausmalen. Ich zog mich schnell an und ging hinunter. Lucille saß schon am Küchentisch und trank Tee.

»Ich bin ganz schön fertig von gestern Abend«, sagte sie. »Aber ich habe mich amüsiert, Mädchen.«

Ich sagte Lucille, dass ich kein Frühstück wolle und den ganzen Tag unterwegs sein würde.

»Und was ist mit der Messe?«, rief sie mir nach, aber ich war bereits zur Tür hinausgehuscht.

Eine Stunde später sah ich – genau in dem Moment, als es zu regnen aufhörte – das Hinweisschild für Clayville. Der Ort hatte 4500 Einwohner, also wesentlich mehr als Little Cove. Kurz nach dem Schild verwandelte sich die Schotter- in eine Teerstraße. Ich fuhr über die Nahtstelle, und das Geruckel hörte auf. Ich hatte es auf das Alter des Wagens zurückgeführt, aber jetzt schnurrte er gleichmäßig durch das Städtchen. Als ich mich einer Ampel näherte, schaltete sie auf Rot, und ich bremste gerade noch rechtzeitig: Es war zu lange her, dass ich an einer Ampel halten, geschweige denn durch lebhaften Verkehr fahren musste.

Ungefähr zwanzig Minuten lang kurvte ich durch

Clayville, bis ich mich endlich zurechtfand und das berühmte Tony's Pizza gegenüber einem Café ausmachte. Eine Parallelstraße weiter gab es einen Lebensmittelladen und eine Bibliothek – man stelle sich vor, eine Bibliothek! Beides war geschlossen, aber ich wusste, ich würde bei nächstbester Gelegenheit wieder nach Clayville kommen.

Ich fuhr in einem Bogen zurück und parkte vor dem Café. Es war klein, hatte nur fünf oder sechs Tische, und drinnen roch es nach frisch gebackenem Brot und Zimt. Ich ging zum Tresen und sah mir die Backwaren genauer an.

»Ein Dattelquadrat und einen Kaffee bitte«, sagte ich zu dem mittelalten Mann hinter der Theke. Er trug eine makellos weiße Schürze und ein Haarnetz.

»Sie sind nicht von hier, stimmt's?«

Allmählich fragte ich mich, ob ich vielleicht eine Schärpe mit der Aufschrift »Festländerin« tragen sollte.

»Ich wohne in Little Cove und bin mit dem Auto hergekommen.«

»Sind Sie auf Urlaub hier?« Er blieb hartnäckig.

»Nein. Ich arbeite hier. Als Lehrerin.«

Es hätte mich nicht weiter gewundert, wenn er mich mit »Miss O'Brine« angesprochen und mir erzählt hätte, er sei Cynthias Onkel oder Calvins Bruder, dass er schon viel von mir gehört habe, und mich zum Schluss nach Lucilles Wohlergehen gefragt hätte. Aber er nickte einfach nur, dann schenkte er mir Kaffee ein, holte ein Dattelquadrat aus der Vitrine, gab den Betrag in die Kasse ein und druckte den Bon aus.

Ich setzte mich an den Tisch, der am nächsten zum Fenster stand, und nippte an meinem Kaffee. Er war köstlich. Ich schnupperte genüsslich daran und nahm einen weiteren Schluck.

»Entschuldigen Sie bitte!«, rief ich zur Theke hinüber. »Ist das frische Milch in meinem Kaffee?«

»Ja. Hätten Sie lieber die hier gewollt?«, fragte er und hob die allgegenwärtige Dosenmilch hoch.

»Um Himmels willen, nein!«, entfuhr es mir. »Ich frage mich nur, wo Sie die herhaben.«

Er sah mich misstrauisch an, als wollte ich ihn auf den Arm nehmen. »Aus dem Laden an der Ecke.«

»Dem Lebensmittelladen?«

»Nein, aber da kriegen Sie sie auch.«

»In Clayville?«, fragte ich hoffnungsvoll.

Wieder ein misstrauischer Blick. »Hmhm.«

Meine Geschmacksknospen jubelten.

Ich klappte meine Handtasche auf, holte mein Buch, *Der Report der Magd,* heraus und machte es mir für eine ausgiebige Lektüre gemütlich. Gelegentlich sah ich aus dem Fenster. Draußen auf der Straße fuhren immer wieder Autos, die in entgegengesetzter Richtung unterwegs waren, aneinander vorbei. Ein banaler Vorgang, aber hatte ich ihn je in Little Cove beobachtet? Und dann, und das schwöre ich, hörte ich ein Hupen. Zwei Männer in Anzügen waren auf dem Bürgersteig in ein angeregtes Gespräch vertieft. Eine Frau in einer hellgelben Regenjacke ging vorbei. Sie hatte eine Zeitschrift in der Hand, und die Titelschlagzeile lautete: »Madonna heiratet Sean«. Okay, diese Nachricht war schon ein paar Wochen alt, aber immerhin war es eine Nachricht. Und sie sah aus, als könnte man mit ihr Spaß haben. Die Frau da draußen, nicht Madonna. Unwillkürlich musste ich an Sheila denken. Was sie wohl gerade tat? Dann rief ich mir die Zeitverschiebung in Erinnerung. Vermutlich schlief sie noch oder war, das würde ihr ähnlich sehen, nach einer durchfeierten Nacht gerade auf dem Nachhauseweg.

Ich hatte das Café ganz für mich allein und war bereits bei meiner zweiten Tasse Kaffee, als eine Familie hereinkam. Nachdem sie bestellt hatten, setzten sie sich an den Nachbartisch. Zwei Mädchen, ungefähr sechs und acht, schlürften heiße Schokolade und erröteten, als ihre Eltern leise über das geringe Arbeitslosengeld und die hohen Ratenzahlungen für ihr Hausdarlehen zu reden begannen. Nach einer Weile stand die Familie auf, im Weggehen streifte der Mantel der Frau über eine Ecke des Tischs und fegte dabei eine Broschüre zu Boden. Bis ich mich gebückt und sie aufgehoben hatte, um sie ihnen nachzutragen, waren sie bereits zur Tür hinaus. Es war ein Informationsblatt über die Gottesdienste in der Holy Redeemer Catholic Church in Clayville: »Sonntagsgottesdienst: 10 Uhr«.

Meine Gebete waren erhört worden. In Zukunft würde ich sonntagmorgens dem Ruf Gottes nach Clayville folgen, ich würde die Kirche links liegen lassen und meine Andachten im Café abhalten. Ich steckte das Blatt in meine Handtasche. Von nun an würde es gut sichtbar die ganze Woche über auf dem Armaturenbrett meines Wagens liegen.

Ich dachte gerade über einen dritten Kaffee nach, als zu meiner Überraschung Doug hereinspazierte. Ein Schmetterlingsschwarm nistete sich unter meinem Pullover ein. Ob er immer noch sauer auf mich war?

»Was machst du denn hier?«, fragte er.

»Och, nicht viel.«

»Darf ich mich zu dir setzen?«

»Nur, wenn ich dich auf einen Kaffee einladen darf«, sagte ich. »Eine Art Friedensangebot.«

»Gilt eine heiße Schokolade auch?«

»Sicher.« Ich stand auf und rückte den anderen Stuhl für ihn zurecht.

»Mit Marshmallows bitte.«

»Du verhandelst ganz schön hart«, erwiderte ich und ging in Richtung Theke.

Ich kehrte mit zwei Bechern heißer Schokolade und einem Teller voll Buttertörtchen, Muffins und Plätzchen zurück.

Dougs Augen leuchteten auf. »Hab ich einen Kohldampf.«

Ich nahm ein Buttertörtchen – es war ja fast Mittagessenszeit, rechtfertigte ich mich vor mir selbst – und reichte den Teller Doug. Die heiße Schokolade war köstlich, und das Buttertörtchen eine perfekte Mischung aus pappig und mürbe, genau wie es sein sollte. Doug war bereits beim zweiten Blaubeermuffin angelangt, bis ich mir endlich ein paar Worte zurechtgelegt hatte.

»Dieser Englisch-Konversationstreff, das war eine dumme Idee von mir«, begann ich.

»Ach, mach dir deswegen keinen Kopf.« Er wischte

sich ein paar Krümel von seinem Hemd. »Ich war ziemlich trotzig an dem Tag.«

»Na ja, aber recht hattest du jedenfalls.«

»Das habe ich meistens.« Da war es wieder, sein typisch schiefes Lächeln – endlich. Zwischen uns war es wieder wie vorher.

»Na ja, vielleicht wäre ein Französisch-Konversationstreff die bessere Idee«, sagte Doug. Er biss in ein Buttertörtchen und kaute sichtlich zufrieden. »Was machst du denn in Clayville?«

Ich nippte an meiner heißen Schokolade. »Hab einfach mal einen Tapetenwechsel gebraucht.«

»Little Cove muss im Vergleich zu Toronto wirklich sehr klein sein. Meine Schwester konnte es nicht erwarten, von hier wegzukommen.«

»Ach ja, und wo ist sie hingegangen?«

»Nach Boston. Früher kam sie jeden Sommer zurück, aber inzwischen hat sie drei Kinder und war schon seit ein paar Jahren nicht mehr hier.«

Er nahm sich noch einen Muffin und lehnte sich dann zurück. »Und was ist deine Geschichte?«

»Der Report der Magd.« Ich hielt schelmisch das Buch hoch, sodass er die Titelseite sehen konnte.

Er ging nicht auf meinen Ablenkungsversuch ein. »Im Ernst. Was hat dich hierhergeführt?«

»Ach, verschiedene Gründe«, sagte ich. »Vom Tod meines Vaters habe ich dir ja schon erzählt. Dann ist meine Beziehung auf unschöne Weise in die Brüche gegangen, und meine Mutter ist für ein Sabbatical nach Australien gezogen.«

Doug legte den Kopf schief. Diese Geschichte von meiner Mutter gefiel den Leuten offenbar nicht. In Wahrheit wäre Mum, auch wenn Dad ihr nicht dieses Versprechen abgenommen hätte, so oder so gegangen. Sie war sehr karrierebewusst. Aber ich erzählte Doug dennoch von dem Versprechen am Sterbebett.

»Wie auch immer, jedenfalls hatte ich wegen Dads Tod nicht den Kopf, mich rechtzeitig um eine Stelle zu bemühen, und habe sämtliche Fristen verstreichen lassen. Und dann, plötzlich, ist mir beim Zeitunglesen die Anzeige für den Job an der St. Jude's ins Auge gesprungen.«

»Ja«, sagte Doug. »Die Sache mit Brigid war für alle ein ziemlicher Schock, deswegen hat es eine Weile gedauert, bis die Schulleitung in die Gänge kam. Natürlich hatte die Suche nach einem neuen Pfarrer Vorrang. Und wie war das mit deiner Trennung?«

Eigentlich redete ich nicht gern darüber, aber Doug schien sich wirklich dafür zu interessieren, also erzählte ich ihm, dass Jake und ich uns an der Uni kennengelernt hatten.

»Als bei Dad Krebs diagnostiziert wurde, war Jake eine große Stütze. Mum konnte sich genauso auf ihn verlassen wie ich.« Ich sah aus dem Fenster und dachte daran, wie Jake das Laub gerecht und im Winter um unser Haus herum Schnee geschaufelt hatte.

Nach einer Weile fragte Doug: »Und warum ist es in die Brüche gegangen?«

Ich schaute weg, kaute an einem Nagel. Dann brachen die Worte aus mir heraus. »Er hat mich betrogen. Er hat etwas mit einer anderen angefangen, und die ist mitten in meine Abschlussparty reingeplatzt und hat ihn zur Rede gestellt.«

»Auweia.«

Ich nahm ein Zuckertütchen aus der Schüssel und schüttelte es. »Ja, ziemlich übel.«

»Und das war es dann?«

Ich warf das Tütchen auf den Tisch. »So ungefähr.« Ich wurde immer noch wütend bei der Erinnerung daran, wie Jake versucht hatte, seine Affäre zu rechtfertigen. »Weißt du, was er zu mir gesagt hat, als ich ihn gefragt habe, warum er mir das angetan hat?«

Doug sah mich erwartungsvoll an.

Tränen schossen mir in die Augen. »Er meinte, ihm habe der Spaß gefehlt. Dass ich immer traurig gewesen sei. Verdammt, mein Vater war gerade gestorben.« Beim Wort »gestorben« brach meine Stimme. Für einige Sekunden schwieg ich, dann sagte ich im Flüsterton: »Ich meine, wer sagt so etwas?«

»Ein Arschloch«, sagte Doug und reichte mir eine Papierserviette. »Man muss ein ganz schönes Arschloch sein, um so etwas zu sagen.«

Kurz dachte ich darüber nach und sagte dann: »Na ja, ein kompletter Arsch war er nun auch wieder nicht.«

»Klar«, erwiderte Doug, »sonst wärst du ja auch nicht mit ihm zusammen gewesen. Menschen machen immer wieder dumme Sachen. Aber irgendwann muss man auch vergeben können.«

Damit musste er mich und die Sache mit dem Englisch-Konversationstreff meinen. Denn auch wenn ich einräumen konnte, dass Jake nicht nur schlechte Eigenschaften hatte – ihm zu vergeben, dazu war ich noch nicht bereit.

13

Ein paar Wochen nach unserem Pubbesuch sagte Lucille: »Ich dachte, wir könnten heute vielleicht wieder nach Mardy fahren. Johnny's Crew spielt zusammen mit Phonse und den Jungs.«

Mir fiel kein guter Grund ein, der dagegensprach, aber bei dem Wort »wir« sträubte sich etwas in mir. Sosehr ich Lucille auch mochte, verbrachte ich doch jetzt schon die meisten Freitagabende mit ihr und den Knüpferinnen. Und die Samstagabende wollte ich ihr nicht auch noch überlassen. Andererseits hatte ich keine anderen Pläne, abgesehen davon, ein Buch aus der Bibliothek zu lesen oder Musik zu hören.

Lucille ging nach oben, um sich herauszuputzen. Meine Energie reichte gerade noch, um mir die Zähne zu putzen.

Aber beim Gedanken an die fröhliche Musik, die ich gleich zu hören bekäme, besserte sich meine Laune auf der Fahrt zum Pub. Als wir den Raum betraten, spielte sich Phonse auf der Bühne gerade ein und setzte sich ein bisschen aufrechter hin, als er mich bemerkte. Vielleicht dehnte er sich ja auch nur. Um ihn herum standen seine üblichen Mitspieler, doch vorne, in der Mitte der Bühne, erkannte ich drei mir bekannte Teenager.

Lucille ging zu einer Frau in der Ecke und plauderte mit ihr. Ich bestellte ihr am Tresen einen Drink und für mich ein Bier, dann schlenderte ich zur Bühne.

»Hey, Miss«, sagte Beverley, die gerade den Mikrofonständer justierte. Sie gehörte zu den wenigen cleveren Schülern der Abschlussklasse. Sie war zwar keine Cynthia, aber sie war nicht auf den Kopf gefallen. Hinter ihr stimmte Roseanne ihre Fiedel, und links von ihr stand Jerome mit einer Gitarre. Alle drei waren bei mir in Französisch.

»Hey, Leute!«, rief ich. »Ich wusste gar nicht, dass ihr Musik macht. Ich freue mich auf euren Auftritt.«

»Na, warten Sie mal ab«, sagte Beverley in ihrer typisch selbstzweifelnden Art, die ich inzwischen kannte.

Die Kneipe wurde zusehends voller, und Lucille winkte mir aufgeregt zu. Sie hatte wieder einen Tisch ergattert. Darin war sie unschlagbar. Ich ging zu ihr rüber und erzählte ihr von meinen Schülern, die gleich auftreten würden.

»Ich weiß«, erwiderte sie. »Das ist Johnny's Crew, so heißt die Band.«

Ich hatte ganz vergessen, dass Lucille alles wusste.

Als die ersten Takte den Raum erfüllten, machte sie *pscht* und legte den Zeigefinger an die Lippen, obwohl sie diejenige war, die die ganze Zeit geredet hatte. Auf der Bühne begann eine barfüßige Beverley, die Augen geschlossen, den Folksong *Four Strong Winds* ins Mikrofon zu schmachten.

Im Unterricht war Beverley schüchtern und wurde schnell rot, wenn man sie aufrief. Aber jetzt, auf dieser Bühne, war sie ganz in ihrem Element, ihre Stimme umschmeichelte die Worte.

Natürlich hatte ich den Song schon unzählige Male

gehört. Dad hatte die Version von Ian & Sylvia auf Platte, und in jüngerer Zeit hatte auch Neil Young eine Version herausgebracht. Aber ihn live zu hören, unterstrich auf eine Art die Bedeutung des Textes. Auf die Situation mit Jake passte er wie die Faust aufs Auge: Die guten Zeiten waren vorbei, und er war weitergezogen. Und vielleicht, aber nur vielleicht, war ich so weit, ihm vergeben zu können.

Lucille beugte sich herüber, und ich konnte ihren Zigarettenatem riechen. »Du bist so ruhig. Stimmt was nicht?«

»Nein, mir geht es gut«, sagte ich und tätschelte ihren Arm. Wir richteten beide unsere Aufmerksamkeit wieder auf Beverley, die sich sanft auf der Bühne wiegte und das Publikum vollkommen vergessen zu haben schien. Als sie beim letzten Refrain ankam, summten einige mit, und hie und da mischte sich auch ein Bariton unter den Gesang.

Während noch ausgiebig geklatscht wurde, hüpften Beverley und Jerome von der Bühne und schlängelten sich zwischen den Tischen und Stühlen hindurch. Roseanne und Phonse unterhielten sich noch. Sie schaute verstohlen in meine Richtung und nickte dann eifrig.

»Das war großartig«, sagte ich, als Beverley und Jerome an unseren Tisch kamen. »Ihr habt alle großes Talent.«

Beverley verdrehte die Augen, als wollte sie sagen: Ach, dieser alte Schmachtfetzen.

»Miss«, sagte sie dann, »Phonse hat uns erzählt, dass Sie auch fiedeln. Wollen Sie nicht was mit uns spielen?«

»O nein, das kann ich nicht, Beverley. So gut spiele ich nicht.«

»Bitte, Miss«, flehte sie.

»S'il vous plaît, Mademoiselle!«, säuselte Jerome und klimperte mit den Wimpern.

»Ich habe keine Fiedel dabei«, sagte ich.

»Sie können Phonse' Ersatzfiedel haben.«

»Ach ja?« Ich fing Phonse' Blick auf und drohte ihm spielerisch mit dem Zeigefinger.

»Nun kommen Sie schon, Miss, das macht bestimmt Spaß.« Beverley zog mich am Ärmel, und ich stand seufzend auf und ließ mich von ihr in Richtung Bühne führen.

»Hab gedacht, es ist Zeit, dass Sie zeigen, was Sie draufhaben«, sagte Phonse und reichte mir die Fiedel.

Während ich das Instrument kurz stimmte, wurde es im Pub still.

Beverley trat ans Mikrofon. »Auf besonderen Wunsch wird nun unsere Lehrerin, Miss O'Brine, etwas mit uns spielen.«

Aus dem hinteren Teil des Lokals donnerte eine männliche Stimme: »Lassen Sie's krachen, Miss!«

Die Leute lachten und klopften mit ihren Flaschen auf den Tisch. Ich blinzelte in die Menge; nur freundliche Gesichter blickten mir entgegen. Ich beugte mich ans Mikrofon vor. »Nur ein Lied«, sagte ich und machte eine Kunstpause, bevor ich hinzufügte: »Mehr kann ich nicht.«

Wieder wurde gelacht, und ich nahm meinen Platz neben Phonse ein. Die letzten Male hatten wir ein Stück namens *Sweet Forget Me Not* geübt, das mir noch in frischer Erinnerung war. Ich war froh, dass er es für mein Bühnendebüt ausgewählt hatte.

Ich legte die Fiedel ans Kinn. Beverley zählte ein – drei, zwei, eins –, und als wir zu spielen anfingen, richtete ich meine Aufmerksamkeit auf Phonse. Obwohl ich mich aufs Spielen konzentrierte, war ich fasziniert von dem Liedtext, den ich noch nie gehört hatte.

She's graceful and she's charming, like the lily in the pond
Time is flying swiftly by, of her I am so fond
The roses and the daisies are blooming 'round the spot
Where we parted, when she whispered: »You'll forget me not.«

Die meiste Zeit hielt ich den Blick auf die Uhr hinter dem Tresen gerichtet, nur manchmal sah ich zu Phonse hinüber. Einmal fing er meinen Blick auf und zwinkerte mir zu, und als ich sein Lächeln erwiderte, wich es nicht mehr aus meinem Gesicht. Ich konnte mich nicht erinnern, beim Geigespielen je gelächelt zu haben. Danach, sicher, aber nicht während ich spielte. Trotz meiner Unerfahrenheit gefiel mir diese Musik und dieses Publikum hier wesentlich mehr als die Konzertauftritte, an denen ich als Jugendliche hatte teilnehmen müssen.

Als wir das Lied zu Ende gespielt hatten, wurde so heftig mit den Bierflaschen auf die Tische getrommelt, dass ich Angst hatte, sie würden kaputtgehen. Phonse klopfte mir auf die Schuler.

»Gut gemacht! Sie haben geübt.«

Ich war froh, ihn diesmal nicht enttäuscht zu haben.

»Aber warum haben Sie gesagt, Sie kennen nur ein Lied?«, fragte er. »Sie müssen inzwischen ein halbes Dutzend auf Lager haben.«

»Man soll immer dann aufhören, wenn's am schönsten ist.«

Er schlug sich aufs Knie. »Haha, das stimmt wohl. Aber ich hoffe, Sie fiedeln bald mal wieder mit uns.«

»Und ob!«

Als ich an unseren Tisch zurückkam, trocknete sich Lucille mit einer Serviette die Augen. »Mein John hat dieses Lied auch immer für mich gesungen«, sagte sie. »Du hast uns stolz gemacht, Mädchen.«

Ich kannte Lucille nur als alleinstehende Frau und vergaß manchmal ganz, dass sie mit ihrer eigenen Trauer zu kämpfen hatte. Während die Band oben auf der Bühne das nächste Stück anstimmte, rückte ich meinen Stuhl näher an ihren heran.

Ich freute mich, dass Judy in einer Pause zu uns herüberkam. Sie stellte mir ihren Mann Bill vor, und wir plauderten ein wenig, bevor sie Bill eine Runde Drinks holen schickte.

»Das war etwas ganz Besonderes, Rachel«, sagte sie. »Ich wusste gar nicht, dass Sie so musikalisch sind. Ich hatte eigentlich vor, Ihnen nach Weihnachten das Jahrbuch aufzubrummen, aber jetzt habe ich eine sehr viel bessere Idee. Wie wär's, wenn Sie ein paar Schüler zusammentrommeln, die bei unserem Gartenfest im Juni Musik machen?«

»Hm«, sagte ich, »ich weiß nicht, ich …«

»Klar macht sie das«, sagte Lucille. Und damit schien die Angelegenheit erledigt.

Lucille hatte bereits das Thema gewechselt: Sie sprach mit Judy und Bill über die bevorstehende Beerdigung von jemandem, den ich nicht kannte.

Auf der Bühne stimmte die Band ein neues, fröhliches Stück an, und sofort füllte sich die Tanzfläche. Ich spürte ein leichtes Tippen am Arm, und als ich mich umdrehte, stand ein braungebrannter junger Mann da, der mit seiner Bierflasche in meine Richtung wedelte und sagte: »Lust auf 'n Schlurf?«

Ich war inzwischen recht gut in Neufundländisch, aber »Schlurf« hatte ich noch nie gehört. Damit musste bestimmt ein »Drink« gemeint sein.

Ich wedelte mit meinem Bier zurück. »Danke, aber ich bin noch versorgt. Außerdem muss ich fahren.«

Als er kopfschüttelnd davonstapfte, brachen Judy und Lucille in Gelächter aus.

»Ein Schlurf ist ein Tanz, du Dummchen«, sagte Lucille. »Der nette Kerl wollte mit dir tanzen.«

»Oh.« Ich war froh, dass man meine roten Wangen in der schummrigen Beleuchtung nicht sah. »Vielleicht kann ich ja später mit ihm tanzen.«

Judy sagte: »Wenn Sie das machen, stehen bestimmt gleich alle Schlange.«

»Ich weiß sowieso nicht, wie man zu dieser Musik tanzen soll«, sagte ich und sah einem Paar zu, das nur ein paar Zentimeter entfernt an unserem Tisch vorbeiwirbelte.

»Ach, das ist doch ganz einfach«, warf Lucille ein. »Man spürt den Rhythmus, und los geht's.«

Ich war noch nicht ganz überzeugt.

Kaum hörte die Musik auf, kam das Schülertrio der Band an unseren Tisch.

»Sie waren echt gut, Miss«, sagte Roseanne.

»Ach was, ich doch nicht, aber ihr drei, ihr wart wirklich großartig. Wie wär's, wenn ihr eure Instrumente mal mit in die Schule bringt, dann könnten wir zusammen ein bisschen Musik machen.«

Jerome blickte auf seine Füße hinab. »Nee, wir spielen nur hier, weil wir müssen.«

»Warum das denn?«

»Der Pub gehört meinem Dad«, sagte Beverley. »Er ist ihr Onkel.« Sie deutete mit dem Daumen auf die anderen beiden.

»Wir würden viel lieber Rockmusik spielen, nicht diese ollen Kamellen«, erklärte sie und schaute so abfällig auf Roseannes Fiedel, dass ich das Instrument am liebsten getröstet hätte. »Aber Dad sagt, dass wir ab und zu hier auftreten müssen, und deswegen …« – sie zuckte die Schultern und hob dabei die Handflächen nach oben – »tun wir ihm halt den Gefallen.«

Roseanne fügte hinzu: »Aber für heute reicht's. Kommt, holen wir uns was zu trinken.«

Nachdem sie gegangen waren, sagte ich zu Judy: »So viel zu Ihrer Idee.«

»Nee, nee«, erwiderte sie, »so schnell dürfen Sie nicht aufgeben. Das kriegen Sie bestimmt hin, ich zähl auf Sie.«

Kurz darauf kam Bill mit einer weiteren Runde Getränke zurück, und er, Judy und Lucille knüpften wieder bei ihrem Gespräch über die Beerdigung an. Ich zupfte am Etikett meiner Bierflasche herum. Ich hatte meinen Auftritt auf der Bühne genossen. Vielleicht gelang es mir ja doch, die drei dazu zu überreden, beim Gartenfest zu spielen. Ich musste nur herausfinden, wie.

14

Im Herbst fuhr ich immer häufiger am Wochenende nach Clayville. Oft sogar am Samstag und Sonntag, um die Bibliothek zu besuchen und ins Café zu gehen.

»Guten Morgen, Wilf«, sagte ich, als ich eines bitterkalten Novembermorgens das Lokal betrat. Sobald ich den Duft von Frischgebackenem einatmete, entspannten sich meine Schultern.

»Sie wollten sagen, einen großartigen Morgen«, antwortete Wilf. »Besser als gut. Einen ausgezeichneten Morgen.«

»Warum?«

»Der Bierstreik ist vorbei. Heute schließe ich früher, damit ich mir einen Vorrat besorgen kann.«

»Man kann in Clayville Bier kaufen?«

Er nickte. »Bier, Wein, Schnaps. An der Tankstelle gibt es einen kleinen Spirituosenladen.«

Welche andere Überraschungen Clayville wohl noch zu bieten hatte, fragte ich mich. Ich wartete an der Theke, während Wilf mir einen Kaffee einschenkte und ein Stück Dattelkuchen auf einen Teller legte. Wie üblich schmuggelte er schnell noch ein Buttertörtchen darauf, als er sich unbeobachtet fühlte. Im Gegenzug stopfte ich heimlich einen Dollar in den Trinkgeldkrug.

Während ich es mir gemütlich machte, stellte ich mir vor, Wilf würde in Little Cove eine Filiale eröffnen, sodass ich nach dem Aufwachen einfach nur hinüberzuspazieren bräuchte, um mir eine Tasse köstlichen Kaffee zu gönnen. Als ich ihm von meiner großartigen Idee eines Caféimperiums erzählte, meinte er lapidar, er sei zufrieden mit dem einen Café in Clayville.

»Sie könnten doch hierherziehen, oder nicht?«

»Ja, stimmt«, sagte ich lachend. »So oft, wie ich hier bin.«

Plötzlich fiel es mir wie Schuppen von den Augen. Warum eigentlich nicht?

»Wilf, wissen Sie von einer freien Wohnung?«

»Werfen Sie hin und wieder einen Blick aufs Schwarze Brett.« Er deutete auf ein Notizbrett beim Eingang zur Toilette. Ich ging mit meinem Becher Kaffee hin und überflog die Aushänge, während Wilf einen weiteren Kunden bediente. Auf einem Papierschnitzel stand in einer schnörkeligen violetten Handschrift: »Kätzchen kostenlos abzugeben«, eine Visitenkarte warb für »Bud's Taxi«, und ein Plakat der Royal Canadian Mounted Police warb um Personal, wobei »Zweisprachigkeit von Vorteil« sei. Und ob! Wenn das mal keine Jobgarantie für Französischlehrer war.

Dann entdeckte ich es, ganz unten in der Ecke: eine Annonce für ein kleines Cottage mit einem Schlafzimmer, das zu mieten war. Ich riss die Karte von der Tafel und las weiter: »Ideal für ein Paar oder alleinstehende Berufstätige.«

»Wilf«, sagte ich. »Darf ich kurz Ihr Telefon benutzen?«

Die Maklerin, eine Frau namens Ellen, war bereit, mich gleich vor Ort zu treffen. Ich notierte mir die Adresse und zeigte sie Wilf. Er meinte, zu Fuß sei ich in fünf Minuten dort, und skizzierte mir den Weg auf der Rückseite der Karte.

Ich bog von der Hauptstraße in eine Seitenstraße ab und fand mich in einer reinen Wohngegend wieder. Die Häuser waren größer als in Little Cove, und die Straßen waren von Laternen gesäumt. Ein paar der Häuser waren in den gleichen hellen Pastelltönen gestrichen wie die in Little Cove, aber viele waren einfach nur weiß oder beige und wirkten im Vergleich ein bisschen eintönig.

Die Mill Street war eine ruhige Sackgasse mit nur wenigen Häusern. Sofort fiel mir das »Zu mieten«-Schild an dem winzigen zitronengelben Cottage am Ende der Straße auf. Ein großes Panoramafenster ging zur Straße hinaus.

Ellen saß bei laufendem Motor in dem Wagen, der davor parkte. Sie drehte den Zündschlüssel um und stieg aus.

»Vorsicht, hier ist es glatt«, sagte sie und führte mich über die vereiste Auffahrt zum Haus.

Ein schmaler Flur ging in einen Raum über, der Wohnzimmer, Küche und Esszimmer in einem war.

»Das waren mal drei kleine, enge Zimmer«, sagte Ellen. »Der Eigentümer hat die Trennwände entfernt. So ist es viel geräumiger als vorher.«

Ich bewunderte die neu versiegelten Holzdielen. Abgesehen von dem Panoramafenster gab es noch ein kleineres Fenster in der Nähe der Küche. Ellen deutete auf den Pfad davor, der zum Meer hinabführte.

»Und, wie gefällt es Ihnen?«, fragte sie.

Ich dachte daran, wie sehr ich Clayville mochte. Und

daran, wie Lucille sich bisweilen in die Tür zum Flur stellte, wenn ich im Wohnzimmer mit meiner Mutter oder Sheila telefonierte. Ich fuhr mit der Hand über den polierten Esstisch aus Kiefernholz. Die vier dazu passenden Stühle hatten blauweiß gestreifte Sitzkissen. Den Wohnzimmerbereich bildeten zwei Zweisitzer-Sofas mit einem Kaffeetisch und, in der Ecke dahinter, einem Holzschaukelstuhl.

»Viel mehr passt hier nicht rein«, sagte Ellen, als ich den Schaukelstuhl ausprobierte. »Haben Sie denn viele Möbel?«

»Gar keine«, antwortete ich, »ich wohne zurzeit in einer Pension.«

Sie führte mich die schmale Treppe in den ersten Stock hinauf. Links, im Badezimmer, stand eine Badewanne mit Klauenfüßen, ähnlich der in Lucilles Haus, nur kleiner. Rechts lag das Schlafzimmer. Ich ließ mich kurz auf die Matratze fallen und spähte in den Kleiderschrank. Dann schaute ich aus dem Fenster: Nur ungefähr drei Meter entfernt befand sich ein Friedhof.

Ellen trat ans Fenster und zupfte die Musselinvorhänge zurecht. Kurz standen wir schweigend nebeneinander und sahen auf den Friedhof hinab. An den Bäumen hingen noch ein paar vereinzelte orange Blätter, die Äste neigten sich in Richtung Eingangstor hinab.

Wieder im Erdgeschoss, ließ ich den Blick über die Bucht schweifen, wo kleine Wellen mit Schaumkronen auf die Küste zutrieben.

»Um ehrlich zu sein«, sagte Ellen, »widerstrebt es den meisten Menschen, so nah am Friedhof zu wohnen.«

Ich dachte daran, wie ich mit Sheila zu unserer Highschool-Zeit immer durch den baumbestandenen Mount Pleasant Cemetery geradelt war. »Das würde mich nicht stören. Ich nehme es.«

»Sie haben mich ja noch nicht einmal nach der Miete gefragt!«

Als sie mir den Preis nannte, versuchte ich mir meine Überraschung nicht anmerken zu lassen: Sheila bezahlte in Toronto dreimal so viel für eine kleine Einzimmerwohnung in Strandnähe.

Wir vereinbarten, uns am nächsten Tag nochmal zu treffen, um die nötigen Formalien zu regeln. Ellen meinte, wenn ich einen vordatierten Scheck mitbrächte, könnte ich sofort einziehen.

»Dann sehen wir uns also morgen nach dem Gottesdienst hier«, sagte sie.

Nun, *im* Gottesdienst werden Sie mich jedenfalls nicht sehen, dachte ich. Auf der Rückfahrt nach Little Cove hatte ich Magengrummeln, während ich mir überlegte, wie ich Lucille erklären sollte, dass ich ausziehen würde, noch dazu Hals über Kopf. Würde sie verärgert sein? Oder verletzt? Dann dachte ich daran, dass ihr jetzt eine Monatsmiete entgehen würde, und das vier Wochen vor Weihnachten. Ich nahm den Fuß vom Gas, mit einem Mal hatte ich es nicht mehr so eilig, bei Lucille anzukommen.

Als ich die Haustür hinter mir zumachte, hörte ich aus der Küche Stimmen. Biddy und die anderen Knüpferinnen saßen mit Lucille um den Tisch herum. Lucille machte sich Notizen.

»Na, habt ihr gestern Abend nicht genug geknüpft?«, fragte ich.

»Nein, das hier ist ein Treffen der Putzengel«, erklärte Biddy. »Pfarrer Frank hat ein paar besondere Aufgaben für uns, die noch vor Weihnachten erledigt werden müssen. Der Erzbischof kommt möglicherweise zu Besuch.«

»Das hat es schon oft geheißen, dass der Erzbischof zu Besuch kommt«, sagte Lucille.

»Stimmt«, warf Flossie ein, »aber dann kommt er doch nicht.«

»Genau«, erwiderte Biddy. »Sind wir durch? Als wüssten wir nicht alle, was in der Kirche zu tun ist. Da läuft schließlich nichts ohne uns.«

»Mehr oder weniger«, sagte Lucille. »Bald wirst du auch noch die Messe lesen, Schwester Biddy.«

Die Frauen gluckSten.

»So, und jetzt zu etwas anderem«, sagte Flossie. »Georgie Corrigan soll noch vor Weihnachten ihr Baby bekommen. Wir müssen uns ein paar Geschenke für sie überlegen.«

»Ich mache gerade einen hübschen kleinen Teppich mit lauter Enten im Rand«, sagte Lucille. »Er hat die perfekte Größe, dass ein Baby darauf spielen kann.«

»Und was ist mit einem Quilt?«, fragte Flossie. »Kriegen wir bis Weihnachten einen fertig?«

»Natürlich kriegen wir das hin«, warf Lucille ein. Sie holte eine Tasche mit Stoff- und Wollresten unter dem Tagesbett hervor und kramte darin herum. »Da ist zum Beispiel deine alte Tischdecke, Biddy«, sagte sie und brachte einen weichen gelben Stoff zum Vorschein. »Die könnten wir als Rand benutzen.«

Flossie gluckste erneut. »Ich weiß noch genau, wie du Blaubeerkonfitüre darüber ausgeschüttet hast, Annie.«

Annie nahm Lucille die alte Tischdecke ab, drehte sie um und suchte nach dem Fleck, um die Stelle schließlich triumphierend hochzuhalten. »Ja, du Gans. Ich war schrecklich müde an dem Tag. Bestimmt haben wir uns mal wieder die halbe Nacht um die Ohren geschlagen.«

»Ihr habt die ganze Nacht geknüpft?«, fragte ich. »Das nenne ich Leidenschaft.«

»Nein, Mädchen«, sagte Annie. »Wir haben uns amüsiert.«

»Im Ernst?«, fragte ich ungläubig. »Womit denn?«

Die Frauen brachen erneut in Gelächter aus.

»Wir haben Party gemacht«, erklärte Lucille.

»Wir hatten eine Soirée«, trällerte Biddy, stand auf und wirbelte durch den Raum.

Ich sperrte die Augen auf. »Und da seid ihr vier die ganze Nacht aufgeblieben?«

»Wir vier plus das halbe Dorf«, antwortete Lucille. Sie drückte die Tasche mit den Textilresten an die Brust, als schwelgte sie in Erinnerungen an besagten Abend. Dann fügte sie hinzu: »So, ihr Gänse. Wir könnten Rachel heute Abend mal zeigen, wie man richtig feiert. Ihr ein ordentliches Abschiedsfest bereiten, bevor sie nach Clayville abdüst.«

»Wer hat dir …? Woher weißt du …?«, stammelte ich.

»Meine Cousine Val war heute in Clayville, ihren Mann im Krankenhaus besuchen. Davor ist sie in dieses

Café in der Nähe vom Rathaus gegangen, um Gebäck für ihn zu kaufen. Er liebt den Dattelkuchen, den sie dort machen. Und da hat sie dich von einer Wohnung reden hören, die du mieten willst. Und seit du wieder zurück bist, bist du so kribbelig.«

»Ich würde gern schon morgen ausziehen«, sagte ich vorsichtig. »Wenn ... wenn das in Ordnung für dich wäre.«

»Gar kein Problem!« Lucille machte eine wegwerfende Handbewegung. »Gestern hat mich jemand von der Fischerei in St. John's angerufen. Irgend so 'n Typ, der hier fast den ganzen Dezember über irgendwelche Forschungen durchführen will, braucht eine Bleibe. Dann rufe ich mal gleich zurück und sag ihnen zu.« Sie angelte sich eine Zigarette aus der Packung. »Du hast ja schon für den nächsten Monat bezahlt, Mädchen.«

»Lucille«, sagte ich. »Ich habe dir ja nicht rechtzeitig Bescheid gesagt, also würde ich vorschlagen, dass du das Geld behältst.«

Sie klatschte in die Hände und sagte: »Also noch ein Grund mehr für eine Küchenparty!«

»Muss man eine Party nicht ein wenig länger im Voraus planen?«, fragte ich.

»Nicht wirklich, Mädchen«, sagte Biddy.

»So sieht meine Planung aus«, sagte Lucille. Sie ging ins Wohnzimmer, und kurz darauf hörte ich, wie sie die Wählscheibe des Telefons betätigte. »Phonse, bist du es?«, fragte sie. »Komm heute Abend rüber auf 'n Tropfen, wenn du nichts anderes vorhast.«

Es entstand eine Pause, dann sagte sie: »Ja, ich weiß,

Junge, klar ist sie hier bei uns. Sie zieht morgen aus, und wir geben ihr ein Abschiedsfest.«

Wieder eine Pause. »Gut, dann bis gleich.«

Sie legte auf und wählte erneut, lud weitere Leute ein. »Ja, Süße«, hörte ich sie sagen. »Und bring die anderen auch mit.«

»Siehst du, Rachel«, sagte sie, als sie in die Küche zurückkam, »so fix ist 'ne Party für dich auf die Beine gestellt.«

»Komm, Floss«, sagte Annie. »Wir machen 'n Sprung über die Straße und holen ein paar Vorräte.« Auch Biddy und die beiden Schwestern verabschiedeten sich mit einem »Bis später«. Und ich ging nach oben, um zu packen.

Eine Stunde später waren die Frauen zurück, beladen mit Essen und Getränken. Inzwischen trafen auch grüppchenweise die Gäste ein. Judy und Bill waren die Ersten, die Arme voll mit neufundländischem Bier.

»Du liebe Güte, wenn ihr die Schlange vor dem Spirituosenladen in Clayville gesehen hättet!«, sagte Bill.

»Aber er war der Erste«, warf Judy ein. »Ist schon um halb acht heute Morgen dort gewesen. Das nenne ich Initiative, was?«

Bill lachte. »Ich würde es eher Verzweiflung nennen.«

Judy stellte mich so vielen Menschen vor, dass ich kaum hinterherkam, mir ihre Namen zu merken, auch wenn mir einige aus meinen Gottesdienstbesuchen bekannt vorkamen. Als immer mehr Leute eintrafen, schob man kurzerhand die Stühle weiter in Richtung Wand zurück und rückte enger zusammen.

Phonse und ein paar weitere Musiker richteten sich in

einer Ecke ein. Ein gebeugter alter Mann machte es sich im schnell herbeigeschafften Sessel aus dem Wohnzimmer bequem. Biddy reichte ihm einen zerbeulten schwarzen Koffer, aus dem er ein Akkordeon hervorholte. Als er zu spielen begann, erhob sich ein uraltes Paar und drehte ächzend ein paar Runden in der viel zu vollen Küche, wobei es ihnen auf wundersame Weise gelang, niemanden anzurempeln.

Der Tisch war voller Köstlichkeiten – gesalzene Kekse mit Käse, Aufschnitt, Kuchen und Plätzchen – und Flaschen in allen möglichen Größen und Formen. Mit einer Zigarette im Mundwinkel machte sich Lucille daran, einen Laib Brot aufzuschneiden.

Eingequetscht zwischen Annie und der Wand, saß ich auf dem Tagesbett und nippte an meiner zimmerwarmen Rum Cola. Sie schmeckte gar nicht mal schlecht. Ungeachtet meiner Proteste goss Biddy noch ein bisschen mehr Rum hinein. Annie streckte fordernd ihr Glas aus und legte schnell die Hand auf den Flaschenhals, als Biddy für ihren Geschmack zu früh mit dem Nachschenken aufhören wollte. Als das Akkordeon zu spielen aufhörte, verneigten sich die Tanzenden zum Applaus, als gälte er auch ihnen, und vielleicht war es ja auch so.

Irgendwann schob sich ein schwarzhaariger Mann in die Mitte des Raums; Annie stupste mich mit dem Ellbogen an. »Dieser Jacko Parsons hat vielleicht eine Stimme!«

Der Akkordeonspieler setzte zu einem Seemannslied an, und Jacko begann zu singen:

I'se the b'y that built the boat and I'se the b'y that sails her
I'se the b'y that catches the fish and takes it home to Liza

Sofort war mir das alte Shanty wieder vertraut. Wir hatten es in der sechsten Klasse gelernt, als mir der Text beinahe wie eine Fremdsprache vorgekommen war. Damals hatte ich noch keinerlei Vorstellung von Neufundland, abgesehen von den Fischstäbchen, die dorther kamen. Aber jetzt wusste ich natürlich, dass sich hier alles um Fisch drehte – ihn zu fangen, ihn zu essen, über ihn zu singen.

Als Jacko endete, brach Jubel aus, und einer rief: »Bist selber 'n guter B'y!« – in Anspielung auf den Liedtext.

Biddy reichte Jacko ein Bier. »Du hast die Stimme von einem Engel, mein Junge.«

»Und den Durst von einem Teufel«, erwiderte er und prostete ihr dankend zu.

»Ich würd' eher sagen von einem betrunkenen Seemann«, witzelte Lucille. Wie aufs Stichwort begannen die Musiker von neuem zu spielen, und alle stimmten aus voller Kehle ein, ich eingeschlossen:

What do you do with a drunken sailor, what do you do with a drunken sailor
What do you do with a drunken sailor, ear-ly in the morning?

Die ausgelassene Stimmung und die fröhliche Musik sorgten dafür, dass ich kurz an meinem bevorstehenden Umzug nach Clayville zweifelte. Aber sosehr mir Little

Cove und seine Bewohner auch ans Herz gewachsen waren – ich hatte auch noch andere Bedürfnisse! Ich wollte guten Kaffee, frische Milch, Pizza, einen Spirituosenladen, eine Bibliothek. Und nichts davon gab es in Little Cove.

Gegen Ende des Abends bat Lucille Phonse und mich, *Sweet Forget Me Not* zum Besten zu geben. Zu meiner Überraschung hakten sich die Knüpferinnen unter und sangen mit; ihre sanften Stimmen harmonierten auf Anhieb mit unserem Spiel. Garantiert war ich nicht die Einzige, die sich eine Träne wegwischen musste.

Am nächsten Morgen hatte ich einen ordentlichen Brummschädel (wie die Einheimischen gesagt hätten), aber ich zwang mich dennoch dazu, früh aufzustehen, weil ich unbedingt noch vor Beginn der Sonntagsmesse aufbrechen wollte. Als ich die Koffer die Treppe hinunterschleppte, stand Lucille im Flur, vor sich einen großen Karton und eine Klebebandrolle ums Handgelenk.

»Was ist das?«, fragte ich.

»Nur ein paar Kleinigkeiten, damit du mir nicht verhungerst.«

Ich umarmte sie und spürte dabei ihre haarspraygestählten Locken am Hals.

»Ich werde dich vermissen, mein Mädchen«, sagte Lucille. »Aber junge Menschen brauchen Leben um sich herum. Und mach dich bloß nicht rar. Lass dich dann und wann bei uns blicken.« Sie folgte mir bis zum Gartentor, und während ich losfuhr, winkte sie mir zum Abschied, wie ich im Rückspiegel sah. Als die Straße einen Knick machte und es den Berg hinabging, neigte sich mein Wagen und sie verschwand aus meinem Blickfeld.

Ich war mit Ellen im Café verabredet, um Scheck gegen Schlüssel auszutauschen. Als ich mein neues Zuhause betrat, verschwanden auf einen Schlag alle nagenden Zweifel. Ich lehnte mich an die Haustür und atmete den Geruch von Möbelpolitur und Bleichmittel ein – statt Zigarettenrauch und Bratfett. Ellen hatte mir Pralinen und eine Flasche Wein auf den Tisch gestellt. Ich warf meinen Mantel in eine Ecke und tanzte so wild und ungestüm durchs Zimmer wie Kevin Bacon in *Footloose*. Ein Junge im Teenageralter, der den Fußweg zum Meer entlangging, sah mich durch das Fenster und beschleunigte die Schritte, ohne Zweifel, um schneller von dieser verrückten Frau wegzukommen.

Die nächste halbe Stunde verbrachte ich damit, das Haus zu erkunden; ich schaute in Schubladen und knipste Lichter an und aus. Ich stellte mich ans Schlafzimmerfenster und sah auf die Grabsteine. Es war ein strahlend schöner Tag, und der Friedhof machte seinem Namen alle Ehre. Würde ich am Abend immer noch so fühlen? Ich schüttelte alle beunruhigenden Gefühle ab und machte mich auf Erkundungstour in die Stadt.

Am Abend aß ich eine Pizza von Tony's am Küchentisch und genoss mein rauchfreies Mahl. Die Pizza reichte nicht ganz an die von Luigi's heran, wo Sheila und ich oft zu Abend gegessen hatten, aber viel fehlte nicht. Dann machte ich den Karton auf, den Lucille mir mitgegeben hatte, und entdeckte einen frischen Laib Brot, ein Glas ihrer berühmten Heidelbeermarmelade und eine Dosenmilch. Ich stellte die sogenannte Milch in die Mitte des Kaminsimses, als Souvenir an meine Zeit bei Lucille. Im Kühlschrank lag ein Karton frische Vollmilch, und ich nahm mir vor, immer welche vorrätig zu haben.

In den Tiefen von Lucilles Karton entdeckte ich einen geknüpften Läufer und einen Quilt– zwei Handarbeiten, die ich noch nie zuvor bei Lucille gesehen hatte. Der Quilt hatte ein einfaches Muster, rote und blaue Stoffquadrate, die sich in der nächsten Reihe versetzt wiederholten. Dafür war das Motiv des Läufers umso komplizierter und detaillierter, eine Winterlandschaft: eine zugefrorene Bucht, auf deren Eisfläche sich Dutzende Kinder tummelten, dazwischen tollten Hunde herum. Jenseits der Bucht zog sich eine Reihe buntgestrichener Häuser den Berg hinauf, und aus jedem Kamin stieg eine weiße Rauchfahne. Der Teppich war viel zu schön, um auf den Boden gelegt zu werden. Er war ein Kunstwerk. Noch am selben Abend hängte ich ihn im Wohnzimmer auf und trank einen Becher heiße Schokolade, natürlich mit frischer Milch gemacht, auf seine Schöpferin.

15

Ich pendelte nun fast schon seit einer Woche nach Little Cove, plante morgens aber immer noch genug Zeit ein, damit ich mir die zahlreichen Schlaglöcher auf der Strecke von Clayville gut einprägen und so meine geistige Straßenkarte vervollständigen konnte. Am Montag der zweiten Woche fuhr ich an der Stelle, an der ich zum ersten Mal Phonse begegnet war, rechts ran. Noch nie seit meiner Ankunft hatte die Bucht so ruhig vor mir gelegen; das Wasser reflektierte wie ein Spiegel die Farbschattierungen der Häuser, die die Küstenlinie säumten. Obwohl sie noch niedrig am Himmel stand, warf die Sonne ein sanftes Licht aufs Wasser. Es war ein strahlend schöner Novembermorgen, der einen großartigen Tag verhieß: Die Schüler würden alle unaufgefordert ihre Hausaufgaben abgeben, die neunte Klasse würde besonders aufmerksam sein, und mein spezieller Freund Calvin Piercey würde sich freiwillig melden und erzählen, er habe das Wochenende mit Prousts *Auf der Suche nach der verlorenen Zeit* zugebracht … Wer's glaubt, wird selig.

Ich rechnete fest damit, als Erste in der Schule zu sein, aber auf dem Parkplatz stand bereits ein Wagen – Judys. Sie kam mir im Flur entgegen.

»Morgen, Rachel«, sagte sie. »Ich werde heute ein paar Unterrichtsbesuche machen.«

»Oh. Patrick hatte mir einen Tag Ende des Monats genannt.«

»Ja, er plant seine Besuche immer recht penibel«, erwiderte Judy. »Ich dagegen …«

Überfalle die jungen Lehrer gern aus dem Hinterhalt?, lag mir auf den Lippen.

»… gehe es lieber lässig an.« Sie warf einen Blick in ihren Terminkalender. »Schauen wir mal, in welche Stunde ich heute Morgen kommen könnte.«

Ich kreuzte die Finger, hoffte inständig, sie würde nicht …

»Ich fange mit den Neuntklässlern an.«

Sie musste bemerkt haben, wie ich zusammenzuckte, denn sie fügte hinzu: »Ich bin mir sicher, alles läuft wie am Schnürchen. Und wenn nicht, gehen wir das Problem besser früher statt später an.«

DAS Problem? Sie meinen wohl die VIELEN Probleme, Judy, dachte ich.

»Wir haben ja noch reichlich Zeit bis zur ersten Stunde«, sagte ich. »Möchten Sie sich vielleicht meinen Unterrichtsplan ansehen?«

»Nein, nicht nötig. Überraschen Sie mich.«

Unsere Unterhaltung verlagerte sich auf mein neues Zuhause. Wir schwärmten von den Vorzügen Clayvilles, und Judy erzählte mir, sie und Bill führen häufig hin, um bei Tony's eine Pizza zu essen oder etwas aus dem Spirituosenladen zu kaufen. Als Doug ankam, waren wir immer noch am Plaudern.

»Was für ein schöner Tag für November«, sagte er.

»Was für ein schöner Tag für Ihre erste Unterrichtsbeurteilung«, erwiderte Judy und informierte ihn, dass sie gleich nach der Mittagspause in seinen Unterricht kommen werde. Als sie in Richtung ihres Büros davonging, fluchte Doug leise.

»Ach du heiliger Strohsack. Das war's dann wohl mit Improvisieren für heute. Ich sollte mir wohl besser einen Plan aus dem Ärmel zaubern.« Er lief den Flur entlang zu seinem Klassenzimmer, und ich stapfte missmutig zu meinem.

Auf dem Weg dorthin kam ich an der kleinen Wandnische mit dem Marienschrein vorbei. Ich tätschelte den rechten Fuß der Statue. Er fühlte sich kühl und glatt an wie ein Strandfelsen. Wie viele Lehrer hatten die Madonna in ihrer Not schon um Hilfe angefleht? Ihr heiteres Antlitz verzog jedenfalls keine Miene.

Seit meiner Ankunft im September war Judy ausnahmslos nett und hilfsbereit zu mir gewesen. Aber als sie jetzt mein Klassenzimmer betrat, trug sie einen Blazer – einen Blazer! Auch wenn sie es »lieber lässig« mochte, wusste ich, jetzt wurde es ernst. Jetzt ging es um meine Karriere. Darum, beurteilt zu werden. Jetzt ging es um alles.

Judy schlüpfte in eine leere Bank in der hintersten Reihe, stützte das Kinn auf der Hand auf und sah mich lächelnd an. Ich atmete tief durch und machte mich bereit. Aber meine sonst so lauten Schüler waren mucksmäuschenstill. Ich stellte ein paar Fragen, unser übliches Aufwärmprogramm, aber niemand meldete sich freiwillig. Alle hielten die Köpfe gesenkt, sodass ich keinen Blickkontakt aufnehmen konnte.

Das Schweigen wurde immer unangenehmer; ich zupfte an meinem Pullover, spürte, wie mir heiß wurde.

Warum hatte ich ausgerechnet an diesem Tag einen Rollkragenpullover angezogen? Als ich zum Fenster ging, um es zu öffnen, nahm Judy ihren Kugelschreiber und machte sich Notizen. Ich konnte mir schon denken, was sie schrieb: »Klasse arbeitet nicht mit. Rachel ist unvorbereitet.« In meiner Not wurde mir klar, dass der Satz ebenso gut umgekehrt funktionierte. »Die Klasse ist unvorbereitet. Rachel reagiert nicht entsprechend.«

Ich taumelte vom Fenster zurück zur Tafel und nahm mir ein Stück Kreide. Das vertraute Gefühl zwischen meinen Fingern erdete mich gleich. Los, hab Spaß, hätte mein Dad wohl gesagt.

Zum Teufel mit dem verdammten Unterrichtsplan. Schnell schrieb ich zwei Verben an die Tafel: *aimer* und *détester*. Dann drehte ich mich zur Klasse um und sagte auf Französisch: »Ich hasse Erdnussbutter, aber Eiscreme liebe ich.«

»So, und jetzt möchte ich, dass mir jeder von euch etwas nennt, was ihr mögt und was ihr verabscheut. En français, bien sûr.«

Erwartungsvoll schaute ich in die Klasse, aber niemand reagierte. Die Sekunden vergingen. Dann hob sich langsam ein weißer Ärmel in die Luft, wie ein Gespenst aus der Unterwelt. Doch was zur Hölle … Die Hand am Ende des Ärmels gehörte niemand anderem als Calvin. Nervöses Zucken? Nein. So ein Mistkerl.

Es war unmöglich, ihn nicht dranzunehmen. Niemand sonst hatte sich gemeldet. »Oui, Calvin?«, sagte ich, und meine Stimme piepste wie ein Rauchmelder, der eine neue Batterie benötigt.

Er nahm seine Hand wieder herunter und setzte zu einer Antwort an – auf Französisch!

»Je … déteste …« Er hielt inne und sah sich im Raum um. »Je déteste …«

Ich rechnete damit, dass er gleich seinen Hass auf mich verkündete.

»… français. Je déteste français.«

Vereinzelt wurde nervös gelacht. Ich ging die Reihen entlang und blieb neben seinem Pult stehen. Unvermittelt sah er mich an, das Kinn vorgereckt. Was sollte ich in Judys Anwesenheit erwidern? Eine ordentliche Reihe Fadenstiche zog sich über seinen Ärmel, offenbar ein Riss, der geschickt ausgebessert worden war und der mich an mein Gespräch mit seiner Mutter erinnerte. Calvin Piercey würde nicht als Holzarbeiter enden, nicht, wenn ich es verhindern konnte.

»Non?! Tu détestes le français?« Ich schlug mir eine Hand vor die Brust und machte eine weinerliche Miene. »Oh, Calvin, quelle tristesse!« Mit der imaginären Träne, die ich wegwischte, übertrieb ich es vielleicht ein wenig.

Und plötzlich war das Eis gebrochen. Calvin lehnte sich auf seinem Stuhl zurück und grinste. Der Junge hinter ihm streckte die Hand aus und verstrubbelte ihm die Haare. Als ich wieder vorne angekommen war und mich umdrehte, erwarteten mich ein Dutzend hochgereckter Hände, und ich sah, dass Judy sich eifrig Notizen machte. Als die Stunde zu Ende war, konnte Judys Urteil nur lauten: »Klasse arbeitet gut mit. Rachel lässt sich nicht beirren.«

Nach Schulschluss traf ich mich mit Judy für eine Manöverkritik. Sie saß an ihrem Schreibtisch und trank Tee aus einem Becher mit der Aufschrift »Beste Lehrerin der Welt«. Ich fragte mich, wie viele von der Sorte sich hier tummelten.

»Es freut mich wirklich sehr, dass Sie eine so gute Beziehung zu Calvin haben«, setzte sie an. »Nicht viele Lehrer können das von sich behaupten.«

Ich versteckte meine Überraschung hinter einem Hüsteln. Im Grunde hatten Calvin und ich gar keine Beziehung zueinander.

»Humor ist ein wichtiges Instrument im Unterricht, und Sie, Rachel, haben es heute gekonnt eingesetzt.«

»Ich habe einfach versucht, ein bisschen Spaß reinzubringen«, sagte ich, als wäre das von Anfang an mein Plan gewesen.

In den folgenden zehn Minuten gab Judy mir eine Rückmeldung zu den Unterrichtsstunden, die sie an diesem Tag in drei meiner Klassen besucht hatte. Sie äußerte konstruktive Kritik zu einigen Punkten, die noch verbessert werden konnten, zeigte sich aber im Großen und Ganzen zufrieden.

Beim Hinausgehen lief ich in Doug hinein. Er schlug vor, bei einem Abendessen zu vergleichen, wie es uns so ergangen war. »Gehen wir zu Tony's«, sagte er, »ich hole dich um sieben ab.«

Ich gab ihm meine neue Adresse und fuhr, ziemlich euphorisch nach meinem Gespräch mit Judy, heim. Ich wünschte, ich hätte mit Dad darüber reden können. Es hätte ihn so sehr interessiert. Natürlich würde ich Mum davon erzählen, aber es war trotzdem nicht das Gleiche.

Als Doug eintraf, leuchteten seine Scheinwerfer ins Wohnzimmer, und ich lief hinaus.

»Puh, ganz schön kalt«, sagte er, während ich auf dem Beifahrersitz Platz nahm. »Der Winter naht.«

Bei Tony's war viel los, aber der Wirt hatte noch einen kleinen Tisch für uns im hinteren Teil des Lokals. Die rotweiß karierte Tischdecke erinnerte mich an Luigi's, und kurz hatte ich Sehnsucht nach Sheila.

Nachdem wir Pizzen und Bier bestellt hatten, lehnte ich mich zurück und schaute mich um. Auf der anderen Seite des Lokals gab es eine Bar; zwei Frauen saßen dort und steckten lachend die Köpfe zusammen. Zwei beste Freundinnen, die Spaß hatten, ein Anblick, der mich Sheila noch mehr vermissen ließ.

»Ohne meinen Unterrichtsplan hätte ich heute ganz schön alt ausgesehen.«

»Was für ein Unterrichtsplan? Heute Morgen hast du doch gesagt, du müsstest improvisieren.«

»Für Bio in der elften Klasse habe ich groß aufgefahren. Meine Geheimwaffe rausgeholt.«

Ich schnaubte. »So wie James Bond, hm?«

Ein Kellner kam mit unserem Bier, und wir stießen mit den Flaschen an.

»Auf unsere Probezeit«, sagte Doug.

»Aufs Ende unserer Probezeit«, erwiderte ich. »Dann erzähl mal von deiner Geheimwaffe.«

Doug nahm einen großen Schluck von seinem Bier. »Ah, ist das gut. Endlich Schluss mit dem wässrigen amerikanischen Gebräu.« Er stellte die Flasche auf dem Tisch ab. »Mein Mentor aus meiner Referendarzeit hat mir diesen Tipp gegeben: Man erstellt einen richtigen Knallerplan und legt ihn ganz unten in die Schublade. Und wenn man jemanden beeindrucken muss, zack, holt man ihn raus. Genial.«

Eine geniale Idee, das musste ich zugeben. »So ist man immer vorbereitet, auch wenn man nicht vorbereitet ist.«

»Genau.«

Der Kellner brachte unsere Pizzen, und wir begannen schweigend zu essen.

»Und wie ist es dir ergangen?«, fragte Doug nach einer Weile.

»Calvin hat heute unaufgefordert französisch gesprochen«, erwiderte ich. »Ein Kunststück, das vor mir, glaube ich, noch niemandem gelungen ist.«

»Nicht schlecht!«

Meine Pizza war köstlich, aber viel zu groß. Ich nahm mir vor, den Rest zum Frühstück aufzuessen.

Doch Doug sagte: »Kann ich ein Stück von deiner Pizza haben?« Seine hatte er schon verputzt.

»Du lieber Himmel, hast du einen Appetit! Klar, bedien dich.«

Er schob ein Stück von meinem Teller auf seinen hinüber und leckte genüsslich einen Klecks Tomatensoße vom Daumen. Die Champignonscheiben pickte er sorgfältig herunter, machte sich dann über das Stück her und sah anschließend – treuherzig wie ein Welpe – von mir zum Rest meiner Pizza. Ich nickte.

Als er den letzten Bissen meines Frühstücks aufgegessen hatte, tätschelte er sich den Bauch. »So, Raubtierfütterung beendet.«

»Raubtier, das passt auch gut zu einigen aus der Neunten«, sagte ich.

»Ach was, so schlimm sind sie auch wieder nicht.«

»Nein, nicht ganz«, räumte ich widerstrebend ein. »Trudy und Calvin sind die Anführer, sie stiften die anderen an. Trudy war heute krank, und mit Calvin hatte ich Glück.«

»Ba-dum-ts.«

»Du weißt, was ich meine.« Ich erzählte ihm von dem üblichen Lärm, den die neunte Klasse veranstaltete, und wie unaufmerksam viele waren.

»Du musst das so schnell wie möglich in den Griff kriegen. Ihnen zeigen, wer der Boss ist.«

Ich langte nach meiner Bierflasche. »Einfacher gesagt als getan.«

Unvermittelt stand Doug auf, kam zu mir herüber und verschränkte die Arme. »Lass uns gehen.«

»Warte doch noch«, sagte ich, »ich würde gern noch mein Bier austrinken.«

Er beugte sich hinab und stützte je einen Arm auf meine Stuhllehnen. Er war jetzt unangenehm nahe. »Rachel, steh jetzt auf.«

Verwirrt wich ich seinem Blick aus, und ich bemerkte, dass die Frau am Nebentisch zu uns herüberstarrte.

»Was soll das, Doug?«, zischte ich. »Lass den Quatsch.«

Er beugte sich noch näher zu mir, und ich nahm den Moschusduft seines Aftershaves wahr, vermischt mit seinem Bieratem. Dann richtete er sich plötzlich wieder auf und knuffte mich scherzhaft in den Oberarm. »So würde ich mir Respekt verschaffen, wenn es sein müsste. Aber du musst selbst herausfinden, welche Strategie für dich die beste ist. Möchtest du ein Dessert?«

»Dessert?«, erwiderte ich ungehalten. »Darf's auch eine Abreibung sein?«

Wir einigten uns auf Eis. Anschließend bot Doug mir an, mich nach Hause zu fahren, aber ich lehnte ab. Mir gefiel der kurze Spaziergang in meiner neuen Umgebung, und ich freute mich, von meinem kleinen Haus und dem hellen Verandalicht begrüßt zu werden. Ich blieb draußen stehen und sah zu den Sternen, und mir fielen Lucilles Worte wieder ein: Sterne sind Sterne. Ich fragte mich, was Lucille an diesem Abend wohl machte und ob ihr neuer Pensionsgast sie zu schätzen wusste. Wie auch immer, ich genoss mein neues Leben – zum ersten Mal wohnte ich ganz allein. Die Freitagabende in Little Cove zu verbringen, war nicht mehr so verlockend, aber ich nahm mir vor, demnächst nach der Schule bei Lucille vorbeizufahren und ihr einen Läufer abzukaufen, als Weihnachtsgeschenk für Mum.

16

Der November war im Nu vorbei, und pünktlich zum 1. Dezember schneite es. Wir sahen zu, wie vor dem Klassenzimmer der Schnee herabrieselte, sanft und gleichmäßig. Ich war fast genauso hibbelig wie die Schüler. Nach Schulschluss stürzten alle in den Hof. Vom Fenster aus sah ich zu, wie Calvin mit nackten Händen einen großen Schneeball formte und Cynthia um meinen Wagen herumscheuchte. Als er sie eingefangen hatte, stopfte er ihr den Schneeball in den Mantelkragen. Sie kreischte ohrenbetäubend, grinste aber dabei. Im Gegenzug schnappte sie sich seine Mütze und stürmte los, sah über die Schulter zurück und lachte, als er beim Versuch, sie einzuholen, im Schnee ausrutschte. Der erste Schneefall im Jahr sorgte dafür, dass selbst Calvin und Cynthia, die ungleicher nicht hätten sein können, zusammen Spaß haben konnten.

Als ich später die Schule in der dunkelblauen Abenddämmerung verließ, hatte jemand meine Windschutzscheibe vom Schnee befreit. Ich lächelte, stellte mir vor, wie Phonse ihn mit einem Besen weggefegt hatte. Aber als ich auf den Fahrersitz schlüpfte, bemerkte ich einen Zettel, der ans Lenkrad geklebt wurde: »Clayville ist nicht weit genug. Verpissen Sie sich dahin zurück, wo Sie hergekommen sind.«

Ich bekam ein flaues Gefühl im Magen. Jemand war in meinem Wagen gewesen, hatte vielleicht sogar darin

Platz genommen, um diese Botschaft zu hinterlassen. Ich haute die Faust so fest aufs Lenkrad, dass der Zettel entzweiriss. Ich packte die beiden Fetzen und warf sie auf den Beifahrersitz.

Zum Teufel mit diesem Ort und seinen Bewohnern. Ich bog vom Parkplatz auf die Straße ab und drückte aufs Gaspedal. Als ich Little Cove hinter mir ließ, war ich bereits zweimal ins Schleudern geraten – was mich so sehr erschreckte, dass ich langsamer fuhr.

Ungefähr eine Minute lang hielt ich den Blick geradeaus auf die Straße gerichtet, während die Scheinwerfer zwei bernsteinfarbene Tunnel in die Dunkelheit bohrten. Aber dann konnte ich nicht widerstehen und riskierte einen Blick auf die beiden Papierfetzen auf dem Beifahrersitz. War es dieselbe Handschrift wie beim letzten Mal? Und wenn ja, warum tat diese Person so etwas? Womit hatte ich das verdient? Ich schaute wieder auf die Straße und merkte, dass mein Wagen auf die andere Straßenseite abgedriftet war und zwei Scheinwerfer direkt auf mich zukamen. Ich machte einen jähen Schlenker nach rechts und trat auf die Bremse; zu spät erinnerte ich mich daran, dass man das auf einer glatten Fahrbahn auf keinen Fall tun darf. Prompt geriet das Auto ins Schleudern und landete im Straßengraben.

Ich hörte das Zuschlagen einer Wagentür, dann rief jemand: »Miss O'Brine?«

Meine Fahrertür wurde aufgerissen, und ein runzliges Gesicht unter einer Mütze spähte herein.

»Jesses Maria«, sagte der Mann. »Haben Sie mir vielleicht einen Schrecken eingejagt. Alles okay mit Ihnen?«

Ich öffnete den Mund, brachte jedoch keinen Ton heraus. Nur für ein Daumen-hoch-Zeichen reichte es. Der Mann griff über mich hinweg, löste den Sicherheitsgurt und half mir, aus dem Wagen zu steigen und die Böschung hinaufzuklettern.

Ich sog tief die kalte Luft ein. Als sich meine Atmung wieder normalisiert hatte, bedankte ich mich bei meinem Retter. Er stellte sich mir als Eddie Churchill vor und meinte, Phonse hätte ihm viel von mir erzählt.

Ich ließ mich mit dem Rücken gegen seinen Lastwagen sinken. »Sie kennen Phonse.«

»Kennen? Er ist mein Cousin und Nachbar, besser kann man ihn nicht kennen.«

Er holte eine Taschenlampe aus seiner Manteltasche hervor, mit deren Hilfe er sich meine Reifen besah. »Aha, keine Winterreifen drauf«, sagte er. »Kein Wunder, dass Sie von der Straße abgekommen sind.«

»Ich wollte sie demnächst in der Werkstatt in Clayville aufziehen lassen«, antwortete ich. An dem Tag, an dem ich die Reifen besorgt hatte, hatte die Werkstatt keine Aufträge mehr angenommen, und seitdem war ich nicht wieder dort gewesen.

»Nee, meine Liebe«, sagte er. »Das mache ich, und zwar gleich. Die Straße ist schon unter normalen Umständen miserabel, vereist ist sie die reinste Rutschbahn. Aber erst müssen wir den Wagen hochschieben.«

Er holte zwei Stück Karton hinten aus seinem Lastwagen. Wir kletterten in den Graben zurück, wo er je einen Karton unter die Hinterreifen platzierte.

»Meinen Sie, Sie können schieben?«, fragte er.

Ich nickte.

Er legte den Leerlauf ein und stellte sich neben mich an die hintere Stoßstange.

»Nun denn, Miss«, sagte er, »und jetzt heißt's kräftig ruckeln.«

Wie schoben ein paar Mal vor und wieder zurück, bis wir den Wagen schließlich aus dem Graben bugsiert hatten.

Während ich die Taschenlampe hielt, holte Mr Churchill Reifen und Wagenheber aus dem Kofferraum und machte sich an die Arbeit.

»So, so, Sie unterrichten also Französisch«, sagte er. »Schade, dass ich nicht mit Ihnen parlieren kann.«

»Es ist nie zu spät, es zu lernen.«

Meine Finger wurden allmählich taub vom Halten der Taschenlampe, und ich musste immer abwechselnd eine Hand in der Manteltasche wärmen. Mr Churchill dagegen schien die Kälte nichts auszumachen. Er arbeitete mit routinierten Handgriffen und pfiff dabei munter vor sich hin.

»Was ist das für ein Lied?«, fragte ich irgendwann.

»Es heißt *Sonny's Dream*. Phonse kennt's bestimmt auch.«

Zu guter Letzt kurbelte er den Wagenheber herunter und verstaute ihn mit den Sommerreifen im Kofferraum. »Die können Sie jetzt wegräumen, wenn Sie zu Hause sind«, sagte er. »Die werden Sie lange nicht brauchen.«

»Vielen, vielen Dank, Mr Churchill.«

»Nennen Sie mich Eddie«, sagte er und blies sich in die Hände, dann rieb er sie kräftig.

Ich öffnete die Handtasche. »Wie viel schulde ich Ihnen, Eddie?«

»Nee, dafür kann ich nichts annehmen«, sagte er. »Erstens war's nur ein Fünf-Minuten-Job.«

»Wohl eher fünfundvierzig Minuten.«

»Und zweitens würde Phonse mir den Kopf abreißen. Sie sind doch jetzt eine von uns, stimmt's?«

Wer immer mir diese Botschaften schickte, schien da anderer Meinung zu sein, aber während ich langsam und vorsichtig bei dichtem Schneetreiben nach Hause fuhr, wärmten mir die Worte »eine von uns« das Herz.

Als ich am nächsten Morgen in die Schule kam, schaufelte Phonse auf den Eingangsstufen den Schnee weg.

»Morgen, Rachel«, sagte er. »Hab schon von Ihrem kleinen Reifen-Zwischenfall gehört. Wo Sie jetzt so oft hin- und herfahren, sollten Sie ihn vielleicht bitten, 'n bisschen auf Sie achtzugeben.«

»Wen? Eddie Churchill?«

»Nee, Mädel.« Phonse deutete auf die Statue gleich hinter der Tür. »St. Jude. Der Schutzpatron für hoffnungslose Fälle. Und wenn was hoffnungslos ist, dann diese Straße.«

Bei meiner Ankunft vor ein paar Monaten hatte ich nicht genau gewusst, was es mit dem Schutzheiligen der Schule auf sich hat. Aber als Phonse jetzt sagte, er sei der Schutzpatron der Hoffnungslosen, schob sich Calvins trotziges Gesicht vor mein inneres Auge. Nach diesem flüchtigen Moment während Judys Visite, als er sich am Unterricht beteiligt hatte, war er wieder zu seinem üblichen mürrischen Selbst zurückgekehrt. Kein Wunder, dass Patrick von dieser Statue in der Eingangshalle nicht allzu viel hielt.

17

Das erste Halbjahr ging langsam zu Ende, und ich war insgeheim recht zufrieden mit dem Fortschritt, den ich bei den Schülern gemacht hatte. Sicher, es gab Tage, an denen ich sie allesamt zum Teufel wünschte, aber meistens respektierten sie mich inzwischen. Einige der älteren Mädchen plauderten sogar mit mir über außerschulische Dinge. Und ich bildete mir ein, allmählich eine Beziehung zu ihnen aufzubauen.

An diesem Tag hatte ich Mittagspausenaufsicht. Ein paar Schüler und Schülerinnen setzten sich zu mir und erzählten mir von einem Wochenendausflug nach Bob's Cove, einer Bucht auf halber Strecke zwischen Little Cove und Clayville. Ich fragte mich, was um Himmels willen man bei diesem trüben Wetter einem solchen Ausflugsziel abgewinnen konnte.

»Pam war ganz schön sauer auf Jimmy, Miss«, vertraute mir Roseanne diesmal an. »Sie ist total ausgeflippt.«

»Warum denn?«

»Er hat eine Ratte vor ihrem Gesicht baumeln lassen«, quiekte Beverley.

»War sie tot?«, fragte ich.

Kurz herrschte Schweigen, dann kreischten die Mädchen vor Lachen.

Ich verzog das Gesicht. Ich hatte keine Ahnung, was sie meinte, und war mir auch gar nicht mehr sicher, ob ich es wissen wollte.

Roseanne erklärte es mir, ganz langsam, wie einem kleinen Kind. »Er hat seine Hose runtergelassen und seinen Spatz vor ihr herumgeschwenkt.«

»Oh«, sagte ich. »Nun, das ist …« Mir fehlten die Worte. »Entschuldigt mich, Mädchen«, sagte ich dann. »Ich glaube, die Siebtklässler da drüben brauchen meine Hilfe.«

Während ich die Flucht ergriff, war weiter ihr Gekicher im Hintergrund zu hören. Trotz ihres abgelegenen Wohnorts und ihrer beschränkten Freizeitmöglichkeiten waren diese Mädchen wesentlich abgeklärter, als ich es in ihrem Alter war. Der erste »Spatz«, den ich zu sehen bekommen hatte, war der von Jake gewesen.

Wie sollte es auch anders sein, am Nachmittag wurde die Geschichte auf dem Flur zum Besten gegeben, natürlich mit der dazugehörigen Pointe: »Und dann hat Miss gefragt, ob sie tot war.« Ich schloss die Klassenzimmertür, um das Gelächter nicht mit anhören zu müssen.

Die Straße nach Bob's Cove zweigte von der zwischen Little Cove und Clayville ab, und als ich später nach Hause fuhr, bog ich aus einer spontanen Regung heraus auf die Sandpiste ab, obwohl es bereits dunkel zu werden begann. Sie endete ein paar hundert Meter weiter in einer Sackgasse. Ich kramte die Taschenlampe aus dem Handschuhfach und ging bis zum Rand der Klippe; Wellen klatschten an die schrammigen Felsen und zogen sich wieder zurück. Ein garstig böiger Wind hinderte eine einsame Seemöwe am Vorwärtskommen, und sie kreischte frustriert.

Ich duckte mich gegen den Wind und krabbelte den

Pfad zu dem felsigen Strand hinunter, der den Schülern als Ersatz für einen Partykeller diente. Weiter vorn entdeckte ich die Überbleibsel eines Strandfeuers, die verkohlten schwarzen Scheite lagen wie umgestoßene Bowlingkegel im Schnee. Ein paar Felsen waren von den Scherben zerborstener Flaschen übersät.

Als der Lichtkegel meiner Taschenlampe etwas in der Ferne erfasste, das wie ein lebloser Körper aussah, hätte ich die Lampe beinahe vor Schreck fallen lassen. Vorsichtig näherte ich mich und sah, dass es sich um ein großes Stück Treibholz handelte. Links davon befand sich eine Höhle, vor Wind und Schnee geschützt. Das Licht der Taschenlampe offenbarte Zigarettenkippen und in einer Ecke eine zusammengefaltete karierte Decke. Als ich zu meinem Wagen zurückeilte, hallten mir Pfarrer Franks Worte in den Ohren, der von der nachlassenden Keuschheit unter den jungen Leuten gesprochen hatte.

Was genau trieben diese Jugendlichen hier unten? Jake und mir war es damals schwergefallen, geeignete Orte zu finden, als wir miteinander zu schlafen begannen. Wir schlichen viel herum, und ich erinnere mich noch an eine schmerzhafte Erfahrung in einem Boot auf dem See, an dem meine Familie ein Cottage besaß. Oder an die zahlreichen Begegnungen auf dem Rücksitz eines Autos, unter anderem eines Abends, als, wie mir jetzt wieder in den Sinn kam, ein Campus-Polizeibeamter an die Scheibe von Jakes Wagen klopfte und uns aufforderte, augenblicklich zu verschwinden. Mit Romantik hatte junge Liebe offenbar nicht viel zu tun, egal wo man wohnte.

18

Gegen Ende des ersten Halbjahrs kam Doug zu mir ins Klassenzimmer.

»Meine Mutter möchte dich am Freitag gern zum Abendessen einladen«, sagte er.

»Oh, warum?«, fragte ich. Das bevorstehende Adventskonzert und die Weihnachtsparty des Kollegiums und nun diese Einladung: Fast schien es, als hätte ich so etwas wie ein Sozialleben.

»Sie meint, sie hat schon so viel von dir gehört, dass es an der Zeit ist, dich endlich mal zu Gesicht zu bekommen.«

Ich hoffte, zu ihren Informanten gehörte nicht Bertha Peddle vom Lebensmittelladen oder der wütende Roy Sullivan.

»Geri kommt auch«, fügte Doug hinzu. »Freitag habe ich Geburtstag.«

Ich hatte schon lange nichts mehr von Geri gehört, andererseits verbrachte ich auch nicht mehr viel Zeit in Little Cove. Abgesehen von unserer kurzen Begegnung im Pub in Mardy würde es das erste Mal sein, dass ich Geri und Doug zusammen sah. Doug und ich waren mittlerweile gute Kumpel, und ich fragte mich, ob es bei ihm und Geri womöglich ähnlich war.

Um an Dougs Geburtstag die Zeit zwischen Schulschluss und dem Abendessen zu überbrücken, hatte ich mich mit Lucille verabredet. Sie freute sich, mich zu sehen, doch als ich ihr von der Einladung erzählte, machte sie ein komisches Gesicht.

»Aha, dann lernst du also Grace kennen.« So hieß Dougs Mutter offenbar. »Erzähl ihr nicht, dass du hier warst. Könnte dir den Abend verderben.«

Als ich sie fragte, wie sie das meine, wechselte sie schnell das Thema. Beim Tee berichtete sie mir, wie es den Knüpferinnen und ihrer Tochter Linda ging, die über Weihnachten nicht nach Hause kam, sondern in Labrador blieb.

Bevor ich mich verabschiedete, schenkte ich Lucille eine in Papier eingewickelte Flasche Rum, und sie schenkte mir im Gegenzug einen Quilt. Er war zusammengerollt und mit einer Schnur zusammengebunden, aber das tat seiner Schönheit keinen Abbruch.

»Lucille«, sagte ich. »Das kann ich nicht annehmen. Du hast mir doch schon einen geschenkt, als ich den Teppich für Mum gekauft habe.«

»Das war mein Herbst-Spezialangebot«, erwiderte sie.

»Im Ernst, Lucille. Ich kann ihn nur annehmen, wenn du ihn mich bezahlen lässt.«

Sie machte eine abwehrende Handbewegung. »Seit wann bezahlt man für etwas, das man zu Weihnachten geschenkt bekommt? Das ist ja ganz was Neues.«

Wie immer behielt sie das letzte Wort.

Lucille begleitete mich zum Wagen und deutete in die Richtung von Dougs Haus.

Es befand sich ganz oben auf einem Hügel; im Wohnzimmerfenster blinkten die Kerzen eines Weihnachtsbaums. Ich nahm den zickzackförmigen Pfad zum Eingang und klopfte an die Tür.

Geri öffnete und begrüßte mich. Dann flüsterte sie mir zu: »Falls Doug es dir nicht gesagt hat: Seine Mum sitzt im Rollstuhl.«

»Oh, nein, hat er nicht. Danke.«

Geri runzelte die Stirn. »Das sieht ihm wieder einmal ähnlich.«

Geri führte mich in ein großes Wohnzimmer, wo Mrs Bishop in der Nähe des Kamins saß und an einem Glas Rotwein nippte. Sie war die eleganteste Frau, der ich je in Little Cove begegnet war. Das lange schwarze Haar mit wenigen grauen Fäden darin war zu einem Pferdeschwanz im Nacken gebunden. Der kirschfarbene Lippenstift passte perfekt zu ihrem Kleid.

»Herzlich willkommen bei uns, Miss O'Brien«, sagte sie. Zum ersten Mal seit meiner Ankunft in Little Cove hörte ich, dass mein Nachname korrekt ausgesprochen wurde. Ich war inzwischen so daran gewöhnt, dass die Leute »O'Brine« sagten, dass ich sie beinahe korrigiert hätte.

»Nennen Sie mich Rachel.« Ich hielt den Weihnachtsstern hoch, den ich gekauft hatte. »Der ist für Sie.«

Geri nahm ihn mir ab und stellte ihn auf den Sofatisch.

»Gut, aber dann müssen Sie mich Grace nennen«, sagte sie. Sie rief nach Doug, sagte, ich sei da.

Er kam aus der Küche – er trug eine Schürze, auf der ein Neufundländer abgebildet war, und darüber stand: »Top Dog«.

»Na, wie geht's?«

»Herzlichen Glückwunsch zum Geburtstag. Ich habe mir den Kopf zerbrochen, was ich dir schenken kann. Ich weiß nur, dass du gern isst, und da ich inzwischen eine eigene Küche habe …« Ich reichte ihm eine Frischhaltebox mit selbstgebackenen Schokoplätzchen, meine Spezialität.

»Wow, die sehen lecker aus, danke!« Er beugte sich herunter und gab mir einen flüchtigen Kuss auf die Wange. Ich sah kurz zu Geri hinüber, aber die wirkte vollkommen gleichmütig.

»Bringst du Rachel was zu trinken, Geri?«, sagte Doug. »Ich kämpfe grad noch mit den Kabeljauzungen.«

Kabeljauzungen? Lucille hatte etwas Derartiges noch nie erwähnt. Vielleicht war das ja so eine »neumodische Gerätschaft«, die sie so verteufelte.

Geri reichte mir ein Glas Wein, und ich setzte mich Dougs Mutter gegenüber auf das Sofa und bemühte mich, das gerahmte Christusbild mit dem entblößten heiligen Herz Jesu über ihr an der Wand zu ignorieren. Seine Augen schienen meinen zu folgen, egal wohin ich sah. Im Wettstarren hätte ich keine Chance gegen ihn gehabt.

»Im Vergleich zum Festland muss Ihnen Little Cove sehr klein vorkommen«, sagte Dougs Mutter.

»Ja, aber es hat durchaus seinen Reiz«, erwiderte ich. »Im Übrigen wohne ich inzwischen in Clayville.«

»Selbst Clayville ist manchen nicht groß genug.« Sie sah zu Geri hinüber, die in einer Modezeitschrift blätterte.

»Vermisst du Toronto nicht?«, fragte Geri, die von ihrer Zeitschrift aufblickte. »Mit all den Einkaufspassagen.«

»Manches vermisse ich schon«, räumte ich ein.

Doug rief aus der Küche: »Essenfassen.«

Geri schob Grace in die Küche, und ich folgte ihnen ein wenig verlegen. Doug stand auf einem Teppich, der mit Lucilles Exemplaren nicht mithalten konnte, und machte sich am Herd zu schaffen. Das große Fenster wurde von roten Vorhängen mit Vichy-Karo-Muster eingerahmt, und in einer Ecke thronte das obligatorische Tagesbett, das hier offenbar in keinem Haus fehlen durfte.

Mir wurde der Platz an der Stirnseite des Tischs gegenüber von Mrs Bishop zugewiesen, während Geri und Doug in der Mitte Platz nahmen. Doug gab ein paar frittierte Happen auf meinen Teller, die wie Chicken-Nuggets aussahen, dazu Röstitaler. Als Geri beides ablehnte, schnalzte Mrs Bishop missbilligend mit der Zunge.

»Ich habe an Karfreitag schon mehr Fleisch gesehen als auf deinen Knochen, Geraldine«, sagte sie. »Doug hat uns ein wahres Festessen zubereitet. Kabeljauzungen und Scruncheons.«

Ihre Worte verfehlten ihre Wirkung nicht. Hatte ein Kabeljau eine Zunge? Und was waren diese Scruncheons? Etwa Kabeljauinnereien?

Geri machte eine abwehrende Handbewegung. »Ja, aber du weißt doch, dass ich keinen Fisch esse.«

Mrs Bishop beobachtete mich, also spießte ich mit der Gabel eine Kabeljauzunge auf und begann zu kauen. Und kaute. Und kaute. Es war Kabeljaukaugummi. Schließlich spülte ich den Bissen mit einem kräftigen Schluck Wasser herunter und stach in ein Scruncheon. Ehe ich es in den Mund schob, hielt ich es mir kurz unter die Nase, um unauffällig daran zu schnuppern. Meine Geschmacksknospen entspannten sich; es war irgendetwas Speckähnliches, und das war okay für mich.

»Die Scruncheons sind gut«, sagte ich.

»Heißt das, die Kabeljauzungen sind nicht gut?«, fragte Doug.

»Sie müssen sie nicht essen, wenn Sie nicht wollen«, warf seine Mutter ein. »Sie schmecken gewöhnungsbedürftig.« Sie sah verstohlen zu Geri hinüber. »Oder aber man hat sich entwöhnt.«

»Ich mag den Geschmack«, sagte ich diplomatisch. »Aber die Konsistenz ...«

»Hier, nimm die Kleinen«, sagte Doug. »Die sind nicht so gummiartig.«

»Aber genauso eklig«, meinte Geri, doch ich aß sie alle auf.

Als unsere Teller leer waren, räumte Geri sie ab und holte Schüsseln aus dem Küchenschrank; sie stellte eine vor mich hin. »Hast du Verwandte in Neufundland?«, fragte sie.

»Nein, sie ist hier mutterseelenallein«, antwortete Doug.

Hatte er mich etwa aus Mitleid eingeladen?

Doug stellte eine dampfende Auflaufform in die Tischmitte. »Hasenpfeffer. Hab den Burschen selber geschossen und ihm das Fell abgezogen.«

Bilder von berühmten Hasen zogen an meinem geistigen Auge vorbei: Peter Hase, der Osterhase und der gute alte Bugs Bunny. Ich fragte mich, ob es wohl zu spät war, eine plötzliche Konversion zum Vegetarismus vorzuschieben.

Dougs Mutter füllte ihre Schüssel und reichte dann den Schöpflöffel an mich weiter. Ich stocherte vorsichtig in dem Eintopf nach Stücken von Kartoffeln, Steckrüben, Karotten und Pastinaken und gab sie in meine Schüssel. Aber da Doug mir aufmerksam zusah und er außerdem Geburtstag hatte, angelte ich auch ein winziges Stück Fleisch aus dem Eintopf. Ich redete mir ein, dass es Huhn sei. Und das behielt ich während des restlichen Essens so bei, auch als ich um einen Nachschlag bat.

»Kochst du regelmäßig?«, fragte ich Doug.

»Seit meinem Unfall, ja«, erwiderte seine Mutter. »Aber das sollte er eigentlich nicht. Deswegen werde ich im neuen Jahr eine Köchin einstellen.«

»Nein, wirst du nicht«, sagte Doug.

»Dann hättest du mehr Freizeit. Du könntest ab und zu nach St. John's fahren und Geraldine treffen. Statt hier festzusitzen und dich um deine Mutter zu kümmern.«

Doug und Geri tauschten einen Blick aus. Doug runzelte die Stirn und sagte dann: »Du weißt doch, dass ich nicht gern in der Stadt bin. Und in absehbarer Zeit werde ich sowieso nirgendwo anders hinziehen. Ich habe einen Zweijahresvertrag unterschrieben, schon vergessen?« Er machte eine Handbewegung in meine Richtung. »Rachel hat's schön hingedeichselt.«

Ich sah ihn verständnislos an.

»Wie meinst du das?«, fragte ich.

»Deinen Einjahresvertrag. Wie hast du das hingekriegt? Normalerweise müssen sich Berufsanfänger für mindestens zwei Jahre verpflichten.«

»Ich habe um einen Einjahresvertrag gebeten«, sagte

ich. »Ich glaube, sie waren ziemlich verzweifelt wegen … der Situation. Also haben sie anstandslos ja gesagt.«

»Brigid Roche.« Mrs Bishop seufzte. »Der Kummer lässt uns manchmal törichte Sachen machen. Als könnten wir in diesem Haus nicht auch ein Lied davon singen.« Sie drehte an ihrem Ehering, und Schweigen trat ein.

Um die Stille zu brechen, fragte ich Geri, auf welcher Station sie arbeitete.

»In der Chirurgie. Langeweile kommt da nie auf.«

»Geri liebt Abwechslung«, erklärte Doug. »Auch im Job.«

»Ich brauche einfach immer etwas zu tun«, sagte sie gleichmütig. »Wüsste nicht, was daran schlimm ist. Und ich bin nun mal gern unter Städtern. Aber genug jetzt von der Stadt. Warum bist du Lehrerin geworden, Rachel?«

»Vielleicht, weil mein Vater auch Lehrer war. Er ist im April gestorben.«

»Tut mir leid«, murmelten Geri und Mrs Bishop zugleich.

»Danke. Seine Schüler haben ihn geliebt.«

Doug fing meinen Blick auf und lächelte mir aufmunternd zu. Eine Weile war nur das Ticken der Wanduhr zu hören. Meine Gedanken wanderten zu Dads Beerdigung. Ein Mädchen mit einer Brille mit kleinen runden Gläsern hatte sich an Mum festgeklammert und geschluchzt: »Ich habe ihn so gerngehabt.« Hinterher hatte Mum zu mir gesagt, sie habe nicht gewusst, ob sie sie umarmen oder ohrfeigen sollte.

Ich zwang mich, in die Gegenwart zurückzukehren. »Und du, Doug? Warum bist du Lehrer geworden?«

»Nun, die NBA hatte kein Interesse an mir.« Er stand auf und verkündete: »Zeit für den Kuchen.« Er zog die Kühlschranktür auf und holte einen großen Schokokuchen heraus. Ich fragte mich, ob Geri ihn gebacken hatte, aber sie sagte, er sehe köstlich aus, also musste Doug ihn selbst gebacken haben.

Wir sangen *Happy Birthday*, dann blies Doug die Kerzen aus und schnitt den Kuchen an. Mrs Bishop reichte mir ein Stück. »Was sind Ihre Pläne für Weihnachten, Rachel?«

Doug antwortete für mich. »Du weißt doch, dass sie aufs Festland fährt.«

Ich korrigierte ihn nicht, wollte keine weitere Mitleidseinladung provozieren. Ich hatte beschlossen, in Clayville zu bleiben, mutterseelenallein, wie Doug es vorhin ausgedrückt hatte. Die Weihnachtsferien dauerten keine zwei Wochen, zu kurz, um nach Australien zu fliegen, zumal es keine Direktflüge gab. Und nach Toronto zu fahren, nun, da Mum nicht da und unser Haus für ein Jahr vermietet war, ergab auch keinen Sinn.

»Keinen Sinn?«, hatte Sheila beinahe durchs Telefon geschrien, nachdem ich es ihr gesagt hatte. »Und ich? Wir sind doch an Heiligabend immer zu unserem Chinesen gegangen! Und wer hilft mir jetzt beim Schlussverkauf am zweiten Weihnachtsfeiertag, all die Einkaufstüten zu tragen?«

Aber bis ich beschloss, dass Sheila recht hatte und ich sie in Toronto besuchen sollte, gab es keine Flüge mehr. Also würde ich eben mit meiner kleinen Fiedel eine Selbstmitleidsparty feiern.

Ich war müde, sodass ich mich, als mein Angebot, beim Aufräumen zu helfen, höflich abgelehnt wurde, verabschiedete. Geri fragte, ob ich sie ein Stück mitnehmen könne, das Haus ihrer Mutter liege auf dem Weg. Auf der kurzen Fahrt unterhielten wir uns über die bevorstehenden Feiertage. Geri sagte, sie werde über Weihnachten ein paar Tage zu Hause sein, aber an Silvester auf eine große Party in St. John's gehen. Ob Doug sie wohl begleiten würde? Ich konnte mir kaum vorstellen, dass das sein Ding war.

Ich ließ Geri an einem kleinen, hell erleuchteten Haus aussteigen und wartete, vermutlich unnötigerweise, bis sie hineingegangen war.

Auf der Heimfahrt ertappte ich mich dabei, wie ich über Geri und Doug nachdachte. Sie wirkten ungezwungen zusammen, aber eine große Zuneigung war nicht zu erkennen. Warum hatte sie Doug nicht gebeten, sie nach Hause zu fahren? Das erschien mir merkwürdig, aber angesichts meiner eigenen gescheiterten Beziehung konnte ich mir wohl kaum ein Urteil über andere erlauben.

19

Es war der letzte Tag vor den Ferien. Die verblichenen roten Samtvorhänge vor der Bühne der Turnhalle wurden zur Seite gezogen und gaben den Blick auf den Chor frei, dessen Sänger und Sängerinnen alle weiße Gewänder trugen. Links, am Klavier, saß Schwester Mary Catherine. Während die ersten Takte von *Away in a Manger* erklangen, gewann das Dutzend bebender Stimmen zusehends Selbstvertrauen und Kraft. Nach dem Weihnachtslied traten die Siebtklässler auf die Bühne, um das Krippenspiel aufzuführen. Als ich ihre Kostüme an der hinteren Wand des Klassenzimmers von Schwester Mary Catherine hatte hängen sehen, hatten sie nicht viel hergemacht, aber während die Kinder jetzt ihre Positionen einnahmen, entstand ein anmutiges Bild aus Hirten in Bademänteln und Geschirrtüchern und Engeln in weißen Laken und mit silbrigem Lametta. Der Erzähler atmete tief durch und begann, die Geschichte vorzutragen. »Und alle machten sich auf den Weg nach Bethlehem, auch Maria und Josef.«

Ich lehnte an der hinteren Wand, da ich zu spät gekommen war, um noch einen Sitzplatz in der gesteckt vollen Halle zu ergattern. Phonse stand, auf seinen Besen gestützt, neben mir. Ich ließ den Blick über das Publikum schweifen und entdeckte die Knüpferinnen, die alle in derselben Reihe saßen. Lucille fing meinen Blick auf und nickte mir zu. Weiter vorn saß Cynthia mit einem Kerl in einer schwarzen Lederjacke. Er hatte den Arm fest um ihre Schultern gelegt, und er schien mir viel zu alt für sie zu sein. Verdammt, er wäre sogar zu alt für mich. Von hinten kam er mir nicht bekannt vor, auch als er über die Schulter zurücksah, nicht. Sein finsterer Blick konnte es locker mit dem von Billy Idol aufnehmen.

Während der Erzähler auf das Ende der vertrauten Geschichte zusteuerte, erspähte ich Georgie Corrigan, die den Mantel offen über ihrem inzwischen stark gerundeten Bauch trug. Es konnte jetzt jeden Tag so weit sein. Als ein selbstgebastelter Esel die Bühne überquerte, gefolgt von Maria und Josef, fühlte ich mich an Georgies Kommentar über die Jungfrau Maria erinnert.

Als die Schlussszene endete, klatschte das Publikum laut. Die Vorhänge wurden zugezogen, und die Tür hinter mir schwang auf und ein Schwall kalte Luft wehte herein – und mit ihm Doug. Vorsichtig schloss er die Tür hinter sich, damit sie nicht laut zufiel, und stellte sich neben mich.

»Wo warst du?«, fragte ich flüsternd.

»In Clayville. Patrick hat mich gebeten, die alkoholischen Getränke für unsere Weihnachtsfeier zu besorgen«, sagte er. »Die Straße war völlig vereist, deshalb musste ich im Schneckentempo zurückfahren. Dann musste ich noch die Flaschen bei ihm abladen.« Er hauchte in die Hände. »Ganz schön kalt da draußen.«

Eine Frau in der hintersten Reihe drehte sich um und bedeutete Doug, ruhig zu sein. Nachdem sie sich wieder umgedreht hatte, schnitt er eine Grimasse in ihre Richtung und ich schnitt eine in seine. Der Vorhang öffnete sich erneut, und wir richteten unsere Aufmerksamkeit auf die Bühne.

Die Neuntklässler waren rot und grün kostümiert, die Mädchen standen rechts, die Jungen links. Teile-und-herrsche-Prinzip? Ein paar der Mädchen hatten Lametta um Hals und Handgelenke geschlungen, und Calvin trug eine Weihnachtsmannmütze. Ich konnte mir nicht vorstellen, dass dieser disparate Haufen irgendeine zusammenhängende szenische Darstellung zuwege brachte.

Judy kauerte vor der Bühne und hielt die rechte Hand hoch, drei Finger ausgestreckt, dann zwei, dann einen.

»Klopf, klopf«, sagten die Mädchen in perfektem Gleichklang.

»Wer ist da?«, fragten die Jungen.

»Wenzel«, kam zur Antwort.

»Wenzel wer?«

»Wenzels Bus nach St. John's?«

Aus dem Publikum war vereinzeltes Lachen und Stöhnen zu hören.

Dann riefen die Jungen: »Klopf, klopf.«

»Wer ist da?«

»Wayne«, sagten die Jungen, und die Zuschauer gluckten, als alle Jungen theatralisch auf Wayne Molloy in der ersten Reihe deuteten.

»Wayne wer?«

»Wayne in einer Krippe.«

In diesem Moment rannte Wayne hinüber zur Krippe, legte sich auf den Boden und nuckelte am Daumen. Es wurde immer mehr gelacht. Die Neuntklässler, einschließlich Calvin und Trudy, hatten richtig Spaß. Ich sah verstohlen zu Schwester Mary Catherine hinüber, die Waynes komische Einlage kein bisschen zu amüsieren schien.

»Klopf, klopf«, riefen die Mädchen wieder.

»Wer ist da?«

»Mary.«

Die Nonne stand auf, die Fäuste geballt.

»Mary wer?«

»Merry Christmas!«, riefen alle und warfen rote und grüne Luftschlangen ins Publikum.

Die Nonne setzte sich wieder hin und strich sich ihren Habit glatt. Die Neuntklässler waren keine ganze fünf Minuten auf der Bühne gewesen, aber ihre Vorstellung war begeistert aufgenommen worden. Es war ein voller Erfolg für Judy.

Nach dem anschließenden Konzert eilte Patrick auf die Bühne und bedankte sich bei Darstellern und Publikum. Dann standen alle auf – Schüler, Eltern und Lehrer – und sangen unter Schwester Mary Catherines Klavierbegleitung die *Ode to Newfoundland*. Doug schloss die Augen und legte die Hand aufs Herz.

When sunrays crown thy pine-clad hills,
And Summer spreads her hand,
When silvern voices tune thy rills,
We love thee, smiling land.
We love thee, we love thee
We love thee, smiling land.

When spreads thy cloak of shimmiring white,
At Winter's stern command,
Thro' shortened day and starlit night,
We love thee, frozen land.
We love thee, we love thee,
We love thee, frozen land.

Ich kannte den Text nicht, aber die herzergreifende Darbietung sorgte dafür, dass ich ein paar Tränen wegblinzeln musste. Zum Schluss klatschten und jauchzten alle. »Das war wunderschön«, flüsterte ich Doug mit belegter Stimme zu. »Fast wie ein Gebet.«

»Da is' was dran. Wir Neufundländer sind wie eine Art Sekte.« Er strich mir eine Haarsträhne aus dem Gesicht. Ich wich schnell ein bisschen zurück, als ich sah, dass Schwester Mary Catherine uns einen finsteren Blick zuwarf. Kaum hatte sich das Publikum zerstreut, kam sie von der Bühne herunter und marschierte geradewegs auf uns zu.

»Ich muss hier raus«, sagte ich zu Doug. »Mir ist es zu warm hier drin. Wir sehen uns auf der Party.« Ich holte Mantel und Tasche aus dem Lehrerzimmer und bummelte dort noch ein bisschen herum, in der Hoffnung, der Nonne nicht mehr über den Weg laufen zu müssen. Schließlich ging ich zum Eingang und verließ das Gebäude. Während des Konzerts hatte es leicht geschneit, und auf meinem Wagen hatte sich ein »glitzernd weißer Mantel« ausgebreitet. Während ich den letzten Nachzüglern hinterhersah, die auf die Straße hinaustraten, kam plötzlich Doug herausgelaufen und rieb sich fröstelnd die Hände.

»Ich habe meinen Wagen vorhin bei Patrick gelassen, weil der Tank fast leer ist«, sagte er. »Würdest du mich mitnehmen, Maid?«

Ich schnaufte ungehalten. »Ich hasse es, so genannt zu werden, das klingt irgendwie nach alter Jungfer!«

»Du wirst aber vielleicht so enden, wenn du immer so empfindlich bist«, knurrte er. »Herrgott, das sagt man hier halt so.«

Als wir bei meinem Auto ankamen, steckte ein schneenasser Zettel unter dem Scheibenwischer. »Oh, was ist das denn? Da hat wohl jemand einen heimlichen Bewunderer.«

»Gib her, Doug«, sagte ich scharf.

Er hielt den Zettel in die Luft, um mich zu necken. Ich sprang hoch, wollte ihn mir schnappen, aber ich kam nicht heran. »Los, gib her.«

Er hielt ihn in Richtung Laternenlicht und sagte: »Jetzt lass mich halt 'n kurzen Blick drauf werfen.«

»Nein, gib her!«

Grinsend faltete er das Blatt auseinander. Ich fragte mich, wie er reagieren würde, wenn er die Botschaft las. Würde er wütend werden?

»Ach, schade«, sagte er. »Ist leider auf Französisch.«

»Im Ernst?« Ich riss ihm das Blatt aus der Hand und las: »Tu es beau.«

Eine schmeichelnde Botschaft, wenngleich grammatikalisch falsch. Es hätte »Tu es belle« heißen müssen. Ich entspannte mich. Hatte ich einen heimlichen Verehrer? Es war eine andere Handschrift als die der früheren Nachrichten. Kindlicher. Bestimmt war es nichts weiter als die Schwärmerei eines Schülers für seine Lehrerin, ich nahm mir aber dennoch vor, sie sobald ich nach Hause kam mit den anderen Nachrichten zu vergleichen. Ich steckte den Zettel in die Manteltasche.

»Und, was steht darauf?«, fragte Doug, während wir in meinen Wagen stiegen.

»Nur, dass jemand findet, ich sei hübsch. Sogar schön, um genau zu sein.«

»Klingt nach einem guten Omen«, sagte Doug. »Dann wirst du vielleicht doch nicht als alte Jungfer enden.«

Ich knuffte ihn in den Oberarm. »Und du vielleicht nicht von blauen Flecken übersät. Wobei ich es bezweifle.«

Patricks Haus stand direkt am Ufer. Noch bevor wir um die Biegung fuhren, war Musik zu hören. »Das kann ja was werden«, sagte Doug. Ich bog in die Einfahrt und stellte den Motor aus.

»Wann geht dein Flug?«, fragte Doug.

»Was für ein …?« Mir fiel wieder ein, dass ich ja angeblich nach Toronto fliegen würde.

»Oh, in ein paar Tagen. Was machst du an Weihnachten?«

»Ich bleibe hier, zu Hause. Meine Mutter braucht mich, auch wenn sie es gern abstreitet.«

Da wir bei ausgeschaltetem Motor im Wagen sitzen geblieben waren, war die Windschutzscheibe angelaufen, und Doug malte mit dem Zeigefinger einen Weihnachtsbaum in die Mitte.

»Du hast den Stern vergessen«, sagte ich und beugte mich vor, um einen hinzuzufügen.

»Das ist mal wieder typisch für dich«, sagte Doug mit heiserer Stimme.

»Doug.«

»Pscht.« Er legte mir den Finger an meine Lippen, und ich spürte ein Kribbeln unter dem leichten Druck seines Fingers. Er fuhr zart ihre Umrisse nach, dann strich er mir die Haare aus dem Gesicht.

Wir sahen einander an, und trotz der Kälte im Wagen spürte ich, wie mir heiß wurde. Doug beugte sich vor, und im selben Moment machte es platsch!

Ein Schneeball war auf die Heckscheibe geprallt. Ich riss den Kopf herum und erwischte dabei Dougs Gesicht.

»Autsch!«, sagte er und fasste sich an den Mund.

Ein weiterer Schneeball klatschte gegen den Wagen, und als ich ausstieg, sah ich gerade noch zwei Jungen, die sich gegenseitig am Ärmel fassten, um das Gleichgewicht nicht zu verlieren, nebeneinander die Straße hinunterschlittern. Ihr Lachen hallte durch die Nacht.

Doug stieg ebenfalls aus und schlug die Beifahrertür zu. »Na toll, und ich hab jetzt 'ne geschwollene Lippe.«

»Tut mir leid.« Ich bückte mich und hob eine Handvoll Schnee auf, damit er sich damit die Lippen kühlen konnte.

Als wir auf Patricks Haustür zugingen, fragte ich mich, ob Doug im Begriff gewesen war, mich zu küssen. Hätte ich den Kuss erwidert? Und was war mit Geri?

20

Zu dieser Zeit des Jahres schien der größte Vorteil des Lehrerberufs, abgesehen von den großzügig bemessenen Ferien, in den zahlreichen Weihnachtsgeschenken zu bestehen. Endlich hatte ich meine eigene Tasse mit der Aufschrift »Beste Lehrerin der Welt«, ganz zu schweigen von Duftseifen, Weihnachtsschmuck, hausgemachter Marmelade und so viel Schokolade, wie ein Mensch allein sie bewältigen konnte, und das war in meinem Fall jede Menge.

An Heiligabend übertrieb ich es ein bisschen, ich verdrückte eine ganze Schachtel. Irgendwann ließ ich mich vom Sofa auf den Boden gleiten und hielt mir den Bauch. »Das kommt von diesem Turkish Delight«, jammerte ich in die Stille hinein. Ein neues Jahr stand vor der Tür, und ich hatte seit September jede Menge gelernt, aber ganz offensichtlich nicht, wann ich genug Schokolade gegessen hatte.

Als die Bauchschmerzen nachgelassen hatten, kroch ich auf allen vieren zum Weihnachtsbaum und schaltete die Lichterkette ein. Ich wickelte mich in Lucilles Quilt und bewunderte meinen kleinen, dicht gewachsenen Weihnachtsbaum, den ich schlicht mit weißen Lichtern und roten Schleifen geschmückt hatte. Nachdem ich die anderen Lampen ausgeknipst hatte, lag ich im Halbdunkel da und sah den blinkenden Lichtern zu.

Um den Baum herum verteilt lagen drei einsame Gaben: ein großer Karton aus Australien, ein Umschlag von Sheila sowie ein plumpes, ungeschickt umwickeltes Päckchen, das mir am letzten Schultag vor den Ferien jemand auf den Schreibtisch gelegt hatte. Sheilas Brief war bereits vor zwei Wochen eingetroffen, aber ich hatte mich die ganze Zeit beherrscht und ihn mir für diesen Abend aufgehoben. Es würde merkwürdig sein, Weihnachten ganz ohne sie zu verbringen, vielleicht noch merkwürdiger als ohne Mum.

Ich sah die Geschenke an, schaute weg, dann wieder hin. Sie bettelten förmlich danach, aufgemacht zu werden. Nach einem kurzen inneren Kampf beschloss ich, dass ich Mums Geschenk guten Gewissens öffnen konnte, schließlich war in Australien schon der erste Weihnachtstag.

Ich riss die braune Verpackung auf und musste kurz lächeln, als darunter Geschenkpapier mit einem Weihnachtsmann auf einem Surfbrett zum Vorschein kam. Ich kämpfte mich durch Lagen aus Verpackungsmaterial, bis meine Hand etwas Hartes berührte.

Ich zog es heraus. Es war ein Bumerang. Ich lachte so sehr, bis mir der Bauch noch mehr wehtat als zuvor von dem Turkish Delight. Dad hätte dieses Geschenk bestimmt auch zum Lachen gebracht. Mir gefiel die Symmetrie der Geschenke, die Mum und ich gegenseitig ausgewählt hatten. Sie hatte mir ein Symbol Australiens geschickt und ich ihr ein Stück von Neufundland, in Form von Lucilles Teppich. Das Paket war, als Mum und ich zuletzt telefoniert hatten, immer noch nicht angekommen, doch hoffte ich, dass es endlich da sein würde, wenn sie mich am Weihnachtstag anrief.

Als ich den Bumerang unter den Baum legte, streifte ich mit den Fingern Sheilas Umschlag, und es war, als öffnete er sich praktisch von selbst – ich schwöre es! Allerdings war dann doch ich es, die die Karte hervorzog: »Dein Geschenk kommt am zweiten Weihnachtsfeiertag an. Sieh zu, dass Du zu Hause bist, damit Du es in Empfang nehmen kannst.«

Das würde bestimmt kein Problem sein, hatte ich ohnehin keine nennenswerten Pläne.

Das letzte Päckchen allein ungeöffnet unter dem Baum liegen zu lassen, ergab jetzt auch keinen Sinn mehr. Und als ich es umdrehte, entdeckte ich den Aufkleber, auf dem stand: »Für meine kleine Fiedlerin«. Ah, von Phonse also. Es war eine selbst zusammengestellte Musikkassette. Ich steckte sie in den Radiorekorder und erkannte auf Anhieb die Melodie wieder, die Eddie Churchill gepfiffen hatte, als er meine Reifen wechselte. *Sonny's Dream* hatte er das Lied genannt. Ich lauschte dem Song, der davon handelte, dass Sonnys Mutter ihn anflehte, sie nicht zu verlassen.

Als er zu Ende war, drückte ich auf die Rückspultaste.

Sonnys klagende Mutter schien so gar nichts mit den Müttern gemeinsam zu haben, die ich hier kennengelernt hatte. Lucille, so stolz auf ihre Tochter Linda, die in Labrador als Lehrerin arbeitete; Cynthias Mutter, die deren Hoffnung auf ein Stipendium vollauf teilte; ja selbst Mrs Piercey, die sich für Calvin eine bessere Zukunft erhoffte.

Wieder und wieder spulte ich die Kassette zurück, bis ich den Text von *Sonny's Dream* auswendig konnte. Als ich schließlich die Kassette weiterlaufen ließ und *Sweet Forget Me Not* erklang, musste ich lächeln. Die Sängerin war nicht so gut wie Beverley, die mich an dem Abend in Mardy so beeindruckt hatte. Ich nahm den Radiorekorder mit in mein Schlafzimmer und schlief bei der Musik ein.

Am Weihnachtsmorgen weckte mich Mums Anruf. Sie sei hin und weg von Lucilles Läufer, sagte sie und erzählte dann, sie habe den Feiertag am Strand verbracht.

»Und, wie war das?«

»Komisch. Aber auch schön. Anders.«

Wir erzählten einander, wie es uns in der letzten Woche ergangen war, und tauschten Lesetipps aus. Wir bemühten uns um einen leichten Plauderton und vermieden es beide zu erwähnen, wie sehr wir Dad vermissten.

»Du verbringst den Feiertag hoffentlich nicht allein, oder?«, fragte Mum.

»Nein«, sagte ich. Und das stimmte auf gewisse Weise auch. Ich würde ihn in Gesellschaft von Mr Rotwein, Mrs Taschenbuch und meinen besten Freunden Cashew und Chocolate verbringen.

Nachdem wir aufgelegt hatten, machte ich mir Frühstück: einen Toast mit gebratenem Speck und Käse und dazu eine Riesenkanne Kaffee. Beim Essen versuchte ich, nicht an Dads Grab zu denken, das jetzt von einer dicken Schneeschicht bedeckt war, und daran, dass kein Besucher sich dorthin verirren würde. Doch was mich betraf, war Dads Geist auch nicht dort unter der Erde. Er war in Büchern und Musik und Vögeln. Dennoch trieb mich eine innere Stimme dazu an, mich warm einzupacken und den verlassenen Friedhof hinter meinem Haus zu erkunden.

Die meisten Grabsteine waren verblichen und von Flechten überzogen, die unter dem Schnee hervorlugten. Auf einem stand schlicht: »Liebe Mutter«. Andere wiederum gaben detaillierte biografische Informationen preis. Viele der hier Bestatteten waren ertrunken oder auf See geblieben; ich musste an Lucilles Mann und Dougs Vater denken. Zwei Brüder waren im Ersten Weltkrieg im nordfranzösischen Beaumont-Hamel gefallen, als das gesamte Royal Newfoundland Regiment dort nahezu ausgelöscht wurde. Auf ihrem Grabstein stand: »Ein Teil Frankreichs wird für immer englisch sein.« Ich brauchte eine Weile, um diese Inschrift zu entziffern, bis mir einfiel, dass Neufundland erst 1949 zu einer Provinz Kanadas geworden war. Und plötzlich wurde mir auch klar, dass Lucille und Phonse noch den schmerzhaften Prozess erlebt hatten, bei dem Neufundland mit knapper Mehrheit gegen die Unabhängigkeit und für den Anschluss an Kanada stimmte.

Wieder im Haus, nahm ich ein ausgiebiges Bad und machte mir hinterher nicht die Mühe, die Haare zu glätten, sondern läutete nahtlos die gemütliche Pyjamazeit ein. Ich lag im Dunkeln vor dem Fernseher, trank Rotwein und sah mir *Ist das Leben nicht schön?* an. Irgendwann nickte ich ein und träumte, Calvin sei Clarence, der Engel, der endlich seine Flügel kriegen wollte.

Ein Läuten weckte mich, und ich hätte beinahe gerufen: »Er hat seine Flügel bekommen!« Bis mir klar wurde, dass es die Türglocke war. Im Haus war es kalt, und mir tat der Nacken weh, weil ich so krumm auf dem Sofa eingeschlafen war.

»Niemand da«, grummelte ich und wickelte mich enger in den Quilt.

Aber wer es auch war, klopfte immer wieder an die Tür, und dann fiel mir ein, dass Sheila mich gebeten hatte, am zweiten Weihnachtsfeiertag zu Hause zu sein. Eingemummelt in die Decke, stapfte ich zur Tür, zog sie auf und schaute in das vertraute, geliebte Gesicht. Ich brach in Tränen aus und schlang die Arme um Sheila.

»Dafür ist gleich noch Zeit!«, sagte Sheila, schob sich an mir vorbei und stellte ihren Koffer auf dem Boden ab. »Mir ist eiskalt!« Sie stampfte mit den Füßen, um den Schnee von ihren Stiefeln zu klopfen. »So, und jetzt können wir uns umarmen«, sagte sie. Und das taten wir.

»Wie bist du …? Und wann?« Ich stellte die gleiche Frage in ungefähr fünf Varianten, bis ich schließlich »Und wie war deine Reise?« hervorbrachte.

»Einfach nur ätzend. Im Flieger ab Halifax ein schreiendes Baby neben mir. Dann das zwielichtige Bed and Breakfast in St. John's und auf der dreistündigen Fahrt hierher ein durchgeknallter Taxifahrer … Aber der Albtraum war es wert, allein nur um diesen Ausdruck in deinem Gesicht zu sehen, als du die Tür aufgemacht hast.«

»Wie hast du einen Flug ergattert?«

Sheila stöberte im Küchenschrank herum, zog jede Tür und jede Schublade auf. »Mike hat seine Verbindungen spielen lassen.«

Sheilas Bruder war ein hohes Tier bei MusiCan, dem nationalen Videokanal, und kannte die richtigen Leute.

»Mein Rückflug ist am ersten Januar«, fügte sie hinzu und ging in Richtung Treppe.

Ich folgte ihr ins Schlafzimmer hinauf, wo sie die Vorhänge zurückzog.

»Gehe ich recht in der Annahme, dass das …« Sie deutete auf den Friedhof hinunter, wo meine Fußabdrücke von meiner gestrigen Wanderung um die Grabsteine herum noch im Schnee zu sehen waren.

»Mhmh.«

»Und ich nehme all diese Strapazen auf mich, diese Odyssee, um dir Gesellschaft zu leisten und dich aufzumuntern, weil ich dachte, du kennst in dieser Einöde keine Menschenseele!«, sagte Sheila.

Sechs Tage voll derber Sprüche und schlechter Witze. Ich konnte mein Glück kaum fassen.

21

»XXL, doppelt Käse, doppelt Peperoni«, sagte Sheila zu dem schüchternen Kellner im Tony's. »Und noch zwei Bier, bitte.« Sie schenkte ihm ihr strahlendstes Lächeln, sodass er beim Weggehen einen Stuhl anrempelte.

»Wie läuft's im Job?«, fragte ich. Sheila war Pharmareferentin. Nach ihrer beruflichen Tätigkeit gefragt, lautete ihre Standardantwort: »Drogenschieberin.« Sie war die geborene Verkäuferin; Dad sagte immer, sie könne jeden dazu bringen, irgendetwas zu kaufen, egal was.

»Sie haben mir wieder eine Beförderung in Aussicht gestellt«, sagte sie und schob ihr blondes Haar hinter die Ohren.

»Und wie geht's Peter?«

»Du bist nicht up to date, Rachel. Der ist seit einem Monat passé.«

Sheila hatte in Sachen Männer eine Dreierregel: einen auf der Startrampe, einen auf der Abschussliste und einen auf der Reservebank. Ich verfolgte das gleiche Schema, allerdings mit Büchern.

Als die Pizzen kamen, trat kurz Schweigen ein, bis wir ein gutes Stück vorangekommen waren.

»Fast so gut wie Luigis«, sagte Sheila und tupfte sich den Mund mit der Serviette ab.

»Ich vermisse Luigi's«, sagte ich in nostalgischem Ton.

»Luigi vermisst dich auch. Das ist unsere erste Station, wenn ich dich aus diesem Nest befreit habe. Aber jetzt mal raus mit der Sprache: Wie geht es dir hier wirklich?«

Ich erzählte ihr, wie zufrieden Phonse über meine Fortschritte auf der Fiedel war. Und ich klagte ihr mein Leid über die Aufgabe, zu der Judy mich verdonnert hatte, ein paar Schüler dazu zu überreden, bei unserem Gartenfest traditionelle Musik zu spielen.

»Wie die, die du gehört hast, als ich heute angekommen bin? Ich fand sie großartig. Mal sehen, ob ich irgendwo ein paar Kassetten für Mike kaufen kann.«

Dann berichtete ich ihr in aller Breite, wie es mir mithilfe von Arbeitsblättern gelungen war, das Disziplinproblem in den Griff zu kriegen. Anfangs hörte Sheila aufmerksam zu. Aber nach einer Weile hob sie die Hand.

»Wow! Alles bestimmt furchtbar spannend. Aber jetzt erzähl mir lieber von Doug.«

»Was gibt es denn da zu erzählen?«

»Rachel.« Sheilas Ton machte deutlich, dass sie keinen Widerspruch duldete.

Also berichtete ich ihr von dem Moment in meinem Wagen, vor der Party bei Patrick – dem Kommentar über die Sterne, dem Vielleicht-beinahe-Kuss, und von dem Schneeball, der jäh beendete, was vielleicht hätte beginnen können. Dass meine Lippen gekribbelt hatten, ließ ich aus.

»Ich glaube, er könnte mich … möglicherweise … irgendwie … mögen. Ein bisschen«, stammelte ich.

Sheila griff über den Tisch und tätschelte mir die Hand. »Du übertreibst es mal wieder mit deinem maßlosen Selbstbewusstsein, Süße.« Wir mussten beide kichern.

Als sich Sheila wieder beruhigt hatte, sagte sie: »Und glaubst du … du könntest ihn möglicherweise … irgendwie … mögen? Ein bisschen?«

Ich zuckte mit den Schultern. »Er hat eine Freundin.«

»Ah ja, er hat eine Freundin. Aber sagtest du nicht etwas von einer merkwürdigen Stimmung zwischen den beiden?«

Ich nickte. »Ja. Geri ist bestimmt nett, aber besonders viele Gemeinsamkeiten scheinen sie nicht zu haben. Und sie verbringen auch nicht viel Zeit zusammen. Sie wohnt in St. John's und kommt nur selten nach Little Cove.«

Ich rückte nachdenklich mein Besteck gerade. »Aber weißt du, als Jake mich betrogen hat, hat es mir das Herz zerrissen. Ich könnte so etwas niemals jemandem antun.«

»Du wärst nicht diejenige, die betrügt.«

»Wortklauberei.«

Sheila hatte schon das Gegenargument auf den Lippen, aber plötzlich rief jemand: »Rachel!«, und sie klappte den Mund wieder zu. Judy und Bill hatten das Lokal betreten, und Judy winkte, während sie quer durch den Raum auf unseren Tisch zusteuerten.

»Sind Sie schon aus Toronto zurück?«, fragte Judy. Ich ignorierte Sheilas Seitenblick und drückte mich vor einer Antwort, indem ich Sheila mit den beiden bekannt machte.

»Haben Sie morgen Abend schon was vor?«, fragte Judy. »Wenn nicht, könnten Sie beim Mummen mitmachen.«

»Murmeln?«, fragte ich.

Judy lachte. »Mum-men. Ein Weihnachtsbrauch. Man

verkleidet sich, zieht von Tür zu Tür und führt ein paar Sketche auf. Und mit etwas Glück bekommt man einen Drink angeboten.«

»Ein magischer Mix aus Halloween und Weihnachten«, sagte Sheila. »Klingt großartig.«

Meine Miene musste nicht ganz so begeistert gewirkt haben, denn Judy sagte: »Ach kommen Sie, Rachel, es ist wirklich lustig. Musik, ein paar komische Einlagen und eine Menge Spaß.« Sie drehte sich zu ihrem Mann um. »Sag doch auch was, Bill.«

»Nun, es ist ein guter Vorwand, um sich zu betrinken«, sagte Bill.

»Es ist mehr als das«, erwiderte Judy in tadelndem Ton. »Es gehört zu unserer Kultur, eine wichtige, reiche Tradition, die unbedingt bewahrt werden muss, es ist …« Sie grinste. »Stimmt, es ist auch ein Vorwand, um sich zu betrinken.«

Sie bedachte uns mit abschätzendem Blick. »Wir hätten bestimmt viel Spaß, wenn Sie beide dabei wären. Niemand würde erwarten, dass zwei vom Festland beim Mummen mitmachen. Mit der entsprechenden Verkleidung ahnt kein Mensch, dass Sie darunter stecken.«

»Aber einen Haken hat dein Plan, Schatz«, warf Bill ein.

»Ja, welchen denn?«

»Sobald Rachel den Mund aufmacht, weiß jeder, dass sie Miss O'Brine, die neue Lehrerin, ist.«

Vielleicht lag es auch ein bisschen an dem Bier, jedenfalls konnte ich Bills Behauptung unmöglich auf mir sitzen lassen, ich sprang vom Stuhl auf und rief mit dem breitesten Neufundland-Akzent, den ich zustande brachte, »Ich bin eine Neufundländerin!«, und hängte noch ein paar typische Redewendungen und Floskeln an, die mir in den Sinn kamen.

Der Kellner wollte gerade an unseren Tisch kommen, drehte aber nach meiner kleinen Vorstellung schnell wieder ab.

»Nicht schlecht«, sagte Bill und rieb sich das Kinn.

»Ja, nicht schlecht«, stimmte Judy ihm zu. »Wenn Sie mit tiefer Stimme sprechen, könnten Sie *Jenny the Wren* zum Besten geben.«

»*Wrens?* Waren das nicht die Frauen in der königlichen Kriegsmarine im Zweiten Weltkrieg?«

»Oh, Rachel«, sagte Bill. »Sie sind wirklich zum Kugeln!«, Er drehte sich Judy zu. »Schatz, erweist du uns die Ehre?«

Judy räusperte sich und rezitierte die Strophe eines Lieds, das von einem Zaunkönig, auf Englisch *wren*, am Stephanstag handelte.

Ich hatte zwar nur die Hälfte verstanden, aber Sheila und ich klatschten laut Beifall, genau wie die Familie am Nachbartisch. Judy machte eine tiefe Verbeugung. Sie war für die Bühne geboren.

»Meinen Sie, Sie können das Lied lernen, wenn ich Ihnen den Text aufschreibe?«, fragte sie.

»Ich denke schon.«

»Prima. Wir setzen uns jetzt besser an unseren Tisch, bevor ihn jemand wegschnappt, und wenn Sie nachher gehen, kommen Sie doch kurz bei uns vorbei.«

Sheila und ich bestellten noch ein Bier und machten,

nachdem wir bezahlt hatten, den Schlenker zu Judy und Bill. Judy hatte den Text für uns beide auf die Rückseite eines Papiertischsets geschrieben. Ich sollte mich als Vogel verkleiden, meinte sie.

»Und Sie, Sheila«, fügte sie hinzu, »müssen sich wie so eine Art Flittchen anziehen.«

»Ich dachte, sie sollte sich auch verkleiden«, sagte ich, und Sheila gab mir einen Knuff in die Seite.

Judy rieb sich die Hände. »Das wird bestimmt lustig! Auch wenn Sheila ihr Kostüm ablegt, wird niemand wissen, wer sie ist.«

»Die ideale Rolle für mich, eine russische Matroschka«, sagte Sheila.

Sheila und ich verließen das Restaurant und gingen untergehakt nach Hause.

»Macht Doug auch beim Murmeln mit?«

»Mummen, es heißt Mummen«, sagte ich. »Und keine Ahnung.« Dann fiel es mir plötzlich wieder ein. »Oh, Mist. Ich habe ihn im Glauben gelassen, dass ich Weihnachten in Toronto verbringe. Der ist bestimmt sauer auf mich.«

»Oh, mein Gott. Stell dir vor, du wärst nach Toronto geflogen, um mich zu überraschen, und ich wäre gleichzeitig hierhergekommen, um dich zu überraschen!«

»Ja«, sagte ich. »Genau wie in *Das Geschenk der Weisen*.«

»Nur, dass sich keine von uns ihre schönen glänzenden Haare abschneiden lassen musste.«

22

Am nächsten Morgen gingen Sheila und ich ins Café zum Frühstücken. War sie am vorigen Abend noch heiß auf dieses Mummen gewesen, hatte ihre Euphorie jetzt deutlich nachgelassen.

»Müssen wir da wirklich hin?«, maulte sie. »Sind wir nicht ein bisschen zu alt fürs Verkleiden?«

»Wilf«, sagte ich, nachdem wir unsere Bestellung aufgegeben hatten. »Was halten Sie von Mummen?«

»Meine Frau zwingt mich jedes Jahr, mitzumachen«, sagte er, während er Buttertörtchen und Muffins auf einen Teller gab.

Sheila sah mich triumphierend an. »Zwingt ihn dazu, siehst du? Dieser arme Mann wird *gezwungen*, daran teilzunehmen. Gegen seinen Willen, Rachel. Ich lasse mich nicht zwingen.«

Wilf stellte den Teller und zwei Kaffeebecher auf unseren Tisch. »Und wissen Sie, was ich hinterher jedes Jahr zu ihr sage?«

»Nie wieder?«, sagte Sheila.

Er lachte. »Nein. Ich sage, Schatz, erinnere mich nächstes Jahr wieder daran, wie viel Spaß es gemacht hat.«

Nun sah ich Sheila triumphierend an.

»Okay, okay«, murrte Sheila. »Aber was sollen wir anziehen?«

»Gehen Sie doch rüber in den Secondhandladen und stöbern 'n bisschen herum«, erwiderte Wilf.

Nachdem er uns ausgiebig von seinen diversen Verkleidungen der letzten Jahre erzählt hatte, beschrieb Wilf uns, wo sich der Laden befand. Dort hatten wir später am Vormittag ziemlich viel Spaß damit, lächerliche Kleiderkombinationen auszuprobieren. Es war natürlich kein Vergleich zu unseren Shopping-Ausflügen in der Mall, aber nicht weniger lustig.

Am Abend holten wir uns Pizza bei Tony's und lernten beim Essen unseren Text auswendig. Dann zogen wir uns um und fuhren zu Judy.

Als die Hintertür aufging, summte Sheila den Soundtrack von *Twilight Zone*, denn wer immer uns aufgemacht hatte und uns hereinbat, trug eine Kissenhülle mit Löchern als Augen und Mund über dem Kopf. Wir nahmen an, es war Judy, denn für Bill war die Gestalt zu klein. Sie trug ein kariertes Hemd, Jeanslatzhose und große Gummistiefel. Auf dem Rücken hatte sie einen riesigen Buckel; eine Tweedkappe und Männerhandschuhe vervollständigten ihren Aufzug. Sie schob uns in die Küche, wo Bill in einem Hochzeitskleid und voller Brautmontur saß. Er trug eine lockige rote Perücke und weiße Handschuhe, die ihm bis zu den Ellbogen reichten.

Bill und Judy waren hin und weg von unseren Outfits.

Ich hatte Gummistiefel und einen blauen Overall an. Dazu hatte ich mir Flügel aus Kleiderbügeln gebastelt und eine Sturmmaske übers Gesicht gezogen. Über dem Kopf saß, um das Ensemble abzurunden, ein Teewärmer in Gestalt eines Vogels.

Sheila trug über einem schwarzen Rollkragenpullover ein Bikinioberteil mit tropischem Muster und einen roten

Minirock über Jeans, und den Mund hatte sie mit einem zu einem Dreieck gefalteten quadratischen Tuch bedeckt; dazu eine dunkle Sonnenbrille und einen Sombrero.

Judy befestigte eine durchsichtig weiße Babydecke vor Bills Gesicht, die als Schleier diente. Da er nun nichts sehen konnte, stolperte er beim Gehen immer wieder und fluchte leise vor sich hin.

Wir verließen das Haus und marschierten die Straße entlang.

Immer wieder murmelte Sheila ihren Text vor sich hin. Wir näherten uns der Tür eines limettengrünen Hauses, und Bill zischte ihr zu, still zu sein, dann klopfte er energisch an die Tür.

Als endlich jemand aufmachte, trat Sheila wie abgesprochen einen Schritt vor und rief: »Hier sind Mummer: Dürfen wir reinkommen?« Wobei Bill ihr eingeschärft hatte, die Worte mit Akzent auszusprechen, das heißt, einzelne Silben zu verschlucken.

Die Tür ging weiter auf, und unser potentieller Gastgeber lächelte breit. »Heiliger Jesus, Maria und Josef, kommt rein und lasst euch anschauen.« Dann rief er über die Schulter: »Nettie, es sind Mummer da.«

Seine Frau kam angelaufen, das Geschirrtuch noch in der Hand. Sie winkte schüchtern und bat uns dann in die Küche. Sie trat an den unteren Treppenabsatz. »Eugene!«, rief sie. »Lauf schnell rüber zu Phil und Bessie und sag ihnen, sie sollen sich die Mummer ansehen.«

Eugene war einer meiner Schüler. Ohne uns zu erkennen, rannte er an uns vorbei und in T-Shirt und Jeans in die Kälte hinaus. Seine Schwester Darlene polterte hinter ihm die Treppe herunter. »Woher kommen die denn?«, sagte sie und musterte uns eindringlich. Dann ging sie wieder aus der Küche, und ich hörte sie eine Nummer wählen und kurz darauf atemlos sagen: »Hier sind Mummer, kommt sofort rüber!«

Binnen weniger Minuten drängten sich in der Küche ungefähr ein Dutzend Menschen.

Bill begann in theatralischem Flüsterton zu rezitieren:

's war mein vermaledeiter Hochzeitstag,
und ich hätt fröhlich und heiter sein sollen.
Aber mein Schatz hat sich davongemacht
Und sich ein Mädchen von Witless Bay genommen.

Unter viel Gelächter und Applaus begann Bill hysterisch zu schluchzen, und er fiel vor Judy auf die Knie, die ihn hartnäckig ignorierte. Er umschlang seinen riesigen Vorbau und drohte Sheila mit dem Finger.

»Das ist das Flittchen, das ihn mir gestohlen hat.«

Sheila tänzelte in die Küchenmitte. Sie stemmte die Hände in die Hüften und wiegte sich darin. Dann begann sie, eine Hand an den Sombrero und eine aufs Herz gelegt, laut zu rezitieren, ohne sich die Mühe zu machen, die Stimme zu verstellen:

Was ich getan hab, war furchtbar,
liederlich bin ich ganz und gar,
Aber gebt die Schuld nicht mir,
ein Vögelchen war's, seht ihr?

Wir hatten nochmals darüber diskutiert, ob ich die Stimme verstellen sollte. Bill war dafür, dass ich ein Schild mit den Versen hochhalte, statt zu sprechen. Aber zum Schluss hatte ich ihn davon überzeugt, dass ich zumindest einen irischen Akzent zustande bringen konnte. Sheila trat aus der Mitte des Raums zurück, wir klatschten uns ab, und ich nahm ihren Platz ein, wobei ich die Schultern hob und senkte, als würde ich mit den Flügeln schlagen.

Die Zaunkönigin, die Zaunkönigin,
die Königin aller Vögel
am Stephanstag im Stechginster verfing sich.
Sie tunkte den Flügel in eine Halbe
Und wünschte allen Prosit Neujahr.
Sie ist zwar klein, aber ihre Ehre ist groß,
drum steht auf und bereitet ihr 'nen Schmaus,
Und wenn ihr meinen Worten nicht glauben mögt,
weist euch dieser alte Skipper hier den Weg.

Jemand fasste mich am Arm, aber ich schüttelte die Hand ab und stellte mich zu Bill und Sheila. Jetzt trat Judy vor und deklamierte mit tiefer, leiser Stimme ihre Verse:

Wir sind ein kleiner maskierter Trupp
Und haben euch dargeboten ein Stück.
Nun ratet mal, wer wir sind, denkt
Schön nach und gebt uns 'nen Drink.

Letzteres unterstrich sie mit einer schwungvollen Geste.

Wir verbeugten uns und ernteten jede Menge Applaus. Unsere Gastgeber boten uns etwas zu trinken an, und wir versuchten umständlich unter unseren Schleiern und anderen Gesichtsbedeckungen an den Gläsern zu nippen. Dann winkten wir zum Abschied und brachen zum nächsten Haus auf. Während wir im Gänsemarsch die Straße entlanggingen, plauderten wir aufgeregt über unseren gelungenen Auftritt.

»Wir waren echt gut«, jauchzte Sheila.

Wir besuchten noch ein paar weitere Häuser, und niemand erriet, wer wir waren. Überall gab es Drinks. Beim vorletzten wurde Rum gereicht. Ich drohte schlappzumachen, aber dann bogen wir um eine Ecke und sahen ein hell erleuchtetes Haus, aus dessen offener Tür fröhliche Musik ertönte.

»Scheint, bei Eddie Churchill geht es hoch her«, sagte Bill. »Komisch, er hat gar nichts gesagt.«

»Doch, wir waren eingeladen«, sagte Judy. »Aber ich habe gesagt, wir hätten schon etwas vor.«

»Warum das denn?«, fragte Bill.

»Damit wir verkleidet auftauchen können, ohne dass jemand etwas ahnt.«

»Du bist mir vielleicht eine«, sagte Bill. »Dich würde ich glatt heiraten.«

Wir folgten dem Pfad zu Eddies Haus und gingen hinein. Die Leute machten uns Platz, bis wir schließlich mitten in der Küche standen. Ich entdeckte Lucille und die anderen Knüpferinnen, die im Takt zur Musik klatschten. Als das Lied zu Ende war, überließen die Musiker uns die imaginäre Bühne, und wir führten erneut unseren Sketch auf.

»Heiliger Strohsack«, sagte Lucille, »wer seid ihr denn?«

Ich hielt den Blick auf den Linoleumboden gerichtet, um meine Identität nicht preiszugeben. Auf keinen Fall durfte ich Sheila ansehen, sonst hätten wir glatt losgeprustet.

Lucille pikste Bill immer wieder in den Bauch, doch der hüpfte nur herum, ohne einen Ton von sich zu geben.

Ein junger Mann trat auf Sheila zu und forschte in ihrem halb verhüllten Gesicht. »Das ist doch dieses französische Fräulein aus der Schule, nicht wahr?«

Lucille ging um Sheila herum und inspizierte sie genau. »Nee, das ist nicht Rachel«, sagte sie. »Da geh ich jede Wette ein.«

»Na ja«, sagte ein alter Mann, der beim Holzherd stand, »sie redet wie sie, aber ich hab Miss O'Brine mal in der Kirche gesehen, daher weiß ich, dass sie kleiner ist.« Er legte eine Hand an seine Taille. »Die reicht mir grade mal bis hierhin.«

Ich musste mich enorm zusammenreißen, um nicht zu protestieren, dass ich so klein nun auch wieder nicht sei.

Der junge Mann sah zu Sheilas Füßen hinab. »Sie trägt hohe Absätze, oder?«

Obwohl Lucille nach wie vor heftig widersprach, beschloss die Mehrheit, Sheila sei ich. Immer mehr Rufe wurden laut, sie solle sich zu erkennen geben, und nach einem zustimmenden Nicken von Judy nahm Sheila die Sonnenbrille und den Sombrero ab. Augenblicklich wurde es still im Raum.

»Wer bist'n du?«, wollte der junge Mann wissen.

Sheila, nie um eine Antwort verlegen, erwiderte: »Das würde ich auch gern wissen.«

Wieder Gelächter. Dann die nächste Frage: »Was tust du denn hier?«

»Freunde besuchen.«

»Wir sind keine Freunde mehr«, sagte Bill. »Seit du mir meine Judy weggenommen hast.« Er schlug sich die Hand vor den Mund, aber es war zu spät.

»Bill, mein Sohn!«, rief Eddie. »Du hast uns ganz schön zum Narren gehalten.« Er streckte die Hand nach Judy aus »Dann bist du seine bessere Hälfte.« Judy zog sich die Kissenhülle vom Kopf, und Eddie drückte sie an sich.

»Mann, ich brauche einen Drink, ist ganz schön heiß unter der Kissenhülle«, sagte Judy.

Während Sheila, Judy und Bill bereits an ihren Getränken nippten, war ich immer noch verkleidet, was ich langsam ungemütlich fand. Doch plötzlich ging die Tür auf, und Doug spazierte herein.

»Rachel«, sagte er, »was machst du denn hier? Ich dachte, du wärst nach Hause gefahren?«

Ich zog Teewärmer und Sturmmaske herunter.

Doug machte einen gekränkten Eindruck, aber bevor ich etwas sagen konnte, reichte Eddie mir ein Bier und meinte: »Nicht schlecht … für jemanden vom Festland.«

Sheila stieß mit mir an. »Wir Festländerinnen sind schon okay, wenn man uns erst einmal kennengelernt hat«, sagte sie.

Ich hörte ihr gar nicht richtig zu, sondern verfolgte, wie Doug zu Phonse hinüberging und sich mit ihm unterhielt. Ich wollte ihm folgen, aber dann kam Geri mit einer anderen Frau, die ich nicht kannte, herein und die beiden gesellten sich zu Doug.

Ich wandte mich wieder Sheila zu und stellte sie Lucille vor. Sheila umarmte sie herzlich. »Danke, dass Sie sich so lieb um meine beste Freundin gekümmert haben, Lucille.«

»I wo«, sagte Lucille, »ist nicht der Rede wert.«

Phonse kam zu mir, und während wir plauderten, sah ich immer wieder an ihm vorbei und hielt nach Doug Ausschau, aber ich konnte ihn nirgendwo entdecken.

Sheila schenkte Phonse ihr strahlendstes Lächeln. »Ich habe schon so viel von Ihnen gehört. Ich glaube fast, dass Sie diese Schule am Laufen halten.«

Lucille flüsterte mir ins Ohr: »Deine Freundin flirtet mit Phonse. Sag ihr mal, er ist ein …«

»… eingefleischter Junggeselle«, beendete ich ihren Satz. »Keine Sorge, Sheila flirtet mit jedem, sie ist völlig harmlos.«

Lucille erhob ihr Glas zu einem Toast. »Du hast dich verändert seit dem Tag, als du hier angekommen bist und die Nase noch ganz schön hoch getragen hast.«

Ich zuckte zusammen. »Was meinst du denn damit?«

Sie streckte die Hand aus und berührte mein Haar. »Nur, dass du lockerer geworden bist, Mädchen. Und das ist schön zu sehen.«

Eddies Küche ähnelte Lucilles, nur dass sie nicht so aufgeräumt war. Beim Herd lag ein langgliedriger brauner Hund, dem der Lärm nichts auszumachen schien. Die Party war jetzt in vollem Gang, und leere Bierflaschen reihten sich neben Rum- und Whiskeyflaschen. Große Schüsseln voller Kartoffelchips und Salzbrezeln wurden ständig nachgefüllt.

Die Leute standen in Grüppchen herum und plauderten, steckten die Köpfe zusammen, und immer wieder waren Lachsalven zu hören. Judy war ganz in ihrem Element. Sie tanzte mit Bill im Flur Walzer. Wie nicht anders zu erwarten, war Sheila bereits umringt von Verehrern. Sie hatte ein Talent dafür, Männer ins Gespräch einzubinden, statt den Konkurrenzkampf unter ihnen anzuheizen. Als Doug vorbeikam und sich durchs Gedränge schob, fasste ich ihn am Arm.

»Komm, ich möchte dir Sheila, meine beste Freundin, vorstellen.«

Doch kaum hatte ich die beiden bekannt gemacht, drückte mir Phonse eine Fiedel in die Hand. »Die Leute fragen, ob du was spielst. Willst du?«

Ich nahm das Instrument und ging damit in die Ecke zu den Musikern. Während wir uns einstimmten, bedankte ich mich bei Phonse für die Kassette, die er mir zu Weihnachten geschenkt hatte.

»Keine Ahnung, wovon du sprichst, Mädel«, sagte er. »Ich habe dir keine Kassette geschenkt.« Während ich mich fragte, wer es sonst gewesen sein könnte, wandte sich der Akkordeonspieler an die Runde.

»Die Lehrerin gibt uns jetzt die Ehre, aber sie kennt nur dieses eine Lied, stimmt's?«

Phonse korrigierte ihn. »Sie hat inzwischen schon ein paar mehr drauf, Junge.«

Ich entdeckte Doug, der sich nicht mehr mit Sheila unterhielt, sondern allein an der Wand lehnte. Bevor ich nach Geri Ausschau halten konnte, kam auch schon der Einsatz und ich musste mich aufs Spielen konzentrieren. Hier zu spielen war viel intimer als auf der Bühne im Pub, aber ich schloss einfach die Augen und ließ mich von den ersten Takten mitnehmen.

Nachdem wir ein paar Lieder zum Besten gegeben hatten, machten wir eine Pause, und ich ging wieder zu Sheila. Sie unterhielt sich angeregt mit Eddie Churchill, der ihr von Little Cove und dessen Geschichte erzählte. Immer noch trafen Leute ein, und es wurde so voll in dem Haus, dass sich die Party bis in den Garten ausdehnte. Ich sah, wie Geri mit ihrer Freundin nach Hause ging, aber Doug war nirgends mehr zu sehen.

Stunden später kehrten Sheila und ich zu Judys Haus zurück, um uns ihr Gästebett zu teilen. Die Sterne funkelten, und es war eine kalte Nacht, aber die Wärme in meinem Herzen hätte gereicht, um ganz Little Cove zu heizen.

Ich war müde und wollte gleich schlafen, aber Sheila wollte unbedingt das Fest Revue passieren lassen. Sie war überzeugt, dass Lucille und Phonse ein gutes Paar abgeben würden.

»Meinst du?«, fragte ich. »Also, das kann ich überhaupt nicht erkennen.«

»Na, dann sage ich dir, wer kein gutes Paar abgibt: Doug und Geri. Sie haben den ganzen Abend kaum miteinander gesprochen.«

»Vielleicht haben sie sich vorher gestritten?«

»Nein«, sagte Sheila. »Es war nicht so, dass sie böse aufeinander waren. Eher …« – sie gähnte und drehte sich auf die andere Seite hinüber – »gleichgültig.«

Stimmt, dachte ich, Doug und Geri waren tatsächlich fast den ganzen Abend getrennt. Vielleicht hatte Sheila recht.

»Sheila«, sagte ich leise, aber sie schlief schon tief und fest.

23

Am Silvestermorgen saßen Sheila und ich auf dem Sofa und tranken Tee. »Ich kann nicht glauben, dass du morgen schon wieder fährst«, sagte ich.

»Ach was«, erwiderte sie. »Ich fliege doch erst nächstes Jahr zurück.«

»Haha, das ist ja morgen. Aber apropos neues Jahr, hast du irgendwelche guten Vorsätze?«

Sie stellte ihren Becher ab und streckte sich. »Das Übliche. Mehr Sport, weniger essen.« Dann stibitzte sie das letzte der Schokoplätzchen, die ich gerade eben erst gebacken hatte. »Aber mal ehrlich: Gibt es irgendetwas, das wir in diesem Nest unternehmen können und das nicht mit Alkohol verbunden ist?«

»Hey, heute ist Silvester! Wer bist du und wo hast du die alte Sheila versteckt?«

»Im Ernst. Ich muss heute früh ins Bett. Das Taxi kommt morgen unfassbar früh. Ich würde gern bei Tageslicht nach Little Cove fahren, in deine Schule einbrechen und dann vielleicht noch Fish and Chips essen.«

»Okay, abgemacht. Bis auf den Einbruch vielleicht. Ich habe nämlich einen Schlüssel. Wie auch immer, ich hoffe, du hattest ein bisschen Spaß hier, Sheila.«

»Ich habe jede Sekunde genossen, Rachel. Und das Beste von allem ist, zu sehen, dass es dir so gutgeht. Als ich dich neulich Abend Geige spielen sehen habe …«

»Fiedel.«

»Was auch immer. Diese Musik ist wie für dich gemacht.«

Sie berührte mein Haar; ich hatte es schon seit Tagen nicht mehr geglättet. »Ich liebe deine Locken, früher hast du sie nie einfach gelassen, wie sie waren. Du bist glücklich hier, Rachel.«

Ich lächelte. »Ja, das bin ich wohl.«

Dann schlug sie die Hand vor die Stirn. »Warte, nein! Stimmt, du bist wirklich glücklich hier! Aber wage es ja nicht, länger als bis Juni zu bleiben. Du hast einen Einjahresvertrag, und der endet im Sommer, Fräulein.«

»Jawohl, Madam. Nachdem du ja jetzt alle Plätzchen aufgegessen hast, können wir dann endlich nach Little Cove fahren?«

»Ja, und ich möchte die Schule sehen. Wann immer ich an dich denke, habe ich diese Szene aus *Anne auf Green Gables* vor Augen, in der Anne Gilbert Blythe ihre Schiefertafel auf den Kopf haut. Ich muss dieses Bild dringend aus dem Kopf bekommen.«

Sie stand auf und streckte sich erneut. »Ach ja, und da ich neulich kaum die Gelegenheit hatte, mit Doug zu plaudern, ruf ihn an und sag ihm, er soll mit uns Fish and Chips essen gehen.«

»Ihn anrufen? Das habe ich noch nie gemacht.«

»Na und?«

Wie konnte ich dieser Logik widersprechen? Aber als ich Dougs Nummer wählte, nahm seine Mutter ab und sagte, er sei mit einem Freund zu seiner Hütte in den Bergen zum Jagen gefahren.

»Jagen … im Ernst jetzt?«, fragte Sheila, als ich ihr die

Antwort weitergab. Ich wagte es nicht, das Hasenpfeffer zu erwähnen.

Eine halbe Stunde später saßen wir im Wagen und waren unterwegs nach Little Cove. Auf der Strecke standen zwei Tramper an der Straße, also drosselte ich das Tempo, um rechts ranzufahren. Ich hatte Sam Sullivan, einen meiner Französischschüler aus der zehnten Klasse, erkannt. Als ich sah, dass der andere Calvin Piercey war, wäre ich am liebsten weitergefahren. Aber dafür war es jetzt zu spät.

»Was machst du denn da?«, fragte Sheila. »Hat dir deine Mami nicht beigebracht, dass du keine fremden Jungs mitnehmen sollst?«

»Entspann dich, die einzige Fremde hier bin ich.«

»Na ja, trotzdem«, sagte Sheila.

Die Tür hinter mir wurde aufgezogen, und die beiden Jungen rutschten auf die Rückbank. »H'lo, Miss«, sagten sie.

»Hallo, Jungs, das hier ist Miss Murphy, meine Freundin aus Toronto.«

Sheila drehte sich zu mir um. »Also echt jetzt: Ich bin doch keine alte Schachtel.«

Calvin kicherte.

»Nennt mich einfach Sheila. Und nun raus mit der Sprache, was haltet ihr von Miss O'Brien als Lehrerin?«

Ich hielt die Luft an, als Calvin zu einer Antwort ansetzte.

»Ich mag Französisch nicht.«

»Warum hassen eigentlich alle Jungs Französisch?«, fragte Sheila.

Er zuckte die Schultern. »Weiß einfach nicht, wofür es gut sein soll.«

»Also ...«, erwiderte Sheila, »zum Beispiel ist es nützlich, um einen Job bei der Regierung zu ergattern, oder bei der Nationalpolizei oder Air Canada ...«

»Ich möchte zur Nationalpolizei«, brachte Sam schüchtern hervor.

»Und, hast du Französisch?«, wollte Sheila wissen.

»Oui.«

»Gut!«, sagt Sheila. »Französisch zu lernen könnte ein echter Vorteil für dich sein.«

»Aber nächstes Jahr muss ich es vielleicht abwählen«, sagte er. »Dad will nicht, dass ich meine Zeit dafür verplempere.«

Plötzlich erinnerte ich mich wieder daran, dass Doug mir vor ein paar Monaten vorgeschlagen hatte, einen Französischtreff ins Leben zu rufen. Das wäre eine Möglichkeit, mehr Schüler für die Sprache zu begeistern und denen zu helfen, die das Fach schon belegten. Die Sache mit dem Englisch-Förderkurs war eine denkbar schlechte Idee gewesen. Ein Französischtreff war hingegen eine großartige.

»Wo soll ich euch rauslassen, Jungs?«, fragte ich.

»Beim MJ's Takeaway, bitte«, sagte Sam. »Den Rest können wir zu Fuß gehen.«

»Ah, der berühmte Takeaway«, sagte Sheila. »C'est bon.« Sie drehte sich abermals zu den Jungen um. »Seht ihr, wie nützlich es ist, hin und wieder was auf Französisch einzuwerfen? Zum Beispiel, wenn die beste Freundin Französischlehrerin ist und man sie beeindrucken möchte, damit sie einen zum Mittagessen einlädt.«

Die beiden Schüler grinsten. Gegen Sheilas Charme war niemand gefeit. Auf dem Parkplatz verabschiedeten wir uns von ihnen und betraten dann den Schnellimbiss.

Georgie war nicht an der Kasse. Ihre Mutter nahm unsere Bestellung auf, und als ich mich nach Georgie erkundigte, sagte sie: »Sie hat vor Kurzem ihr Baby gekriegt. Meinen ersten Enkelsohn.«

Ihre Miene blieb ausdruckslos, daher erkundigte ich mich nur, wie es Georgie ging. Sheila hingegen fragte sie nach dem Baby aus, wie es hieß (Alfie) und wie viel es wog (sechseinhalb Pfund, ein »putzmunteres Kerlchen«).

Nachdem wir gegessen hatten, stiegen wir wieder in den Wagen, und ich unternahm mit Sheila eine Spritztour durch Little Cove, eine Sache von wenigen Minuten. Ich zeigte ihr die wenigen Orte, an denen sich in den ersten Wochen mein Leben abgespielt hatte: die Tankstelle, die Kirche, die Schule, Lucilles Haus und den Steg. Die Fahrt zu Bertha Peddles Laden sparte ich mir, allein schon aus Prinzip.

»Richtig kuschlig hier«, sagte Sheila. »Diese bunten Häuser sind wirklich hübsch. Aber ich kann absolut verstehen, warum du nach Clayville gezogen bist. Können wir jetzt in die Schule?«

Ich wendete und fuhr zurück zur Schule. Ich schloss die Eingangstür auf, und wir gingen hinein. Wie nicht anders zu erwarten, steuerte Sheila schnurstracks auf das nächststehende männliche Wesen zu und streichelte über die Zehen, die aus den marmornen Sandalen hervorlugten.

»Danke für all die Wohltaten, St. Jude«, sagte sie feierlich.

»Schöner Name für eine Schule, hm?«

»Er scheint jedenfalls zu passen.«

»Der Schutzpatron für hoffnungslose Fälle?«

»Und der Hoffnung«, sagte Sheila. »Der Schutzpatron der Hoffnung.«

»Sagt wer?«

»Die Schutzpatronin des Herumnörgelns, besser bekannt als meine Mutter.«

»Stimmt, das leuchtet irgendwie ein, wie zwei Kehrseiten einer Medaille.« Ich nahm mir vor, Patrick darauf aufmerksam zu machen.

»Wo ist Dougs Klassenzimmer?«, fragte Sheila, nachdem ich eine kleine Führung mit ihr gemacht hatte.

»Warum?«

»Möchte einfach nur ein besseres Gefühl für ihn kriegen.«

»Bist du neuerdings ein Medium?« Ich führte sie den Flur entlang zu Dougs Klassenzimmer. Während sie herumging und mit den Fingern über die Pulte strich, lehnte ich mich gegen die Tafel. Sie kam zu mir nach vorn und ließ die Hände über seinem Schreibtisch schweben.

»Hier spüre ich eine angestaute sexuelle Anspannung«, sagte sie und duckte sich, als ich einen Tafelschwamm nach ihr warf. Als er auf dem Schreibtisch aufkam, stob eine Kreidewolke auf.

»Du hast ihn doch neulich Abend mit seiner Freundin gesehen.«

»Ja«, sagte Sheila. »Ich habe gesehen, dass sie jede Minute dieser Party getrennt voneinander verbracht haben. Ich habe gesehen, dass er nur Augen für dich hatte, als du Geige gespielt hast.«

»Fiedel«, sagte ich.

»Meinetwegen. Jedenfalls stimmt irgendetwas nicht zwischen den beiden.«

»Aber sie ist wirklich nett.«

»Das bist du auch, Süße.«

»Danke! Ach, wenn ich das Gleiche doch auch von dir behaupten könnte!«

»Hey!« Sie warf den Schwamm zu mir zurück.

Uns noch ein bisschen kabbelnd, gingen wir ins Lehrerzimmer, wo ich Sheila den Kühlschrank mit Patricks Biervorrat zeigte. »Klasse. Komm, genehmigen wir uns einen Absacker.«

»Warum nicht, schließlich ist heute Silvester.«

Wir setzten uns an den Tisch und stießen mit unseren Flaschen an. Sheila zog die Stiefel aus, drehte den Stuhl in meine Richtung und legte die Füße in meinen Schoß. »Aber eines hast du mich noch nicht gefragt, seit ich hier bin«, sagte sie.

Ich zupfte am Etikett meiner Flasche. »Ich weiß.«

»Letzte Chance, bevor ich abdüse.«

Ich zwirbelte eine Haarsträhne um den Finger und sah aus dem Fenster. »Okay. Hast du was von Jake gehört?«

»Jo.«

»Hat er sich nach mir erkundigt?«

»Jo.«

»Ist das jetzt deine Standardantwort für alle meine Fragen?«

»Jo.«

»Jetzt im Ernst«, sagte ich und zwickte sie in den Knöchel.

»Autsch.« Sie nahm die Füße herunter. »Sie dürfen mich nicht anfassen, Miss, ich sag's dem Rektor.«

»Sheila, nun erzähl endlich.«

»Er ist nicht mehr mit dieser … Tussi zusammen. Er meint, er hat alles vermasselt. Und dass er ein Idiot ist.«

»Wo er recht hat …«

Wir tranken unser Bier aus, und ich stellte die leeren Flaschen in den Kasten neben dem Kühlschrank.

»Rachel, er hat mich gefragt, wie er dich erreichen kann.«

»Hast du ihm gesagt, wo ich bin?«

»Das mache ich nur, wenn du es willst. Oh, und er hat mir auch angeboten, mir mein ruiniertes Kleid zu ersetzen – wenn auch reichlich spät. Du weißt schon, das kurz als Badeanzug herhalten musste.«

Als wir auf die Tür zugingen, fügte sie hinzu: »Hätte ich ihm deine Nummer geben sollen?«

»Nein!«

24

Obwohl Sheila nur wenige Tage bei mir gewesen war, fühlte ich mich nach ihrer Abreise einsam. Als ich im frisch angebrochenen Jahr 1986 zum ersten Mal zur Schule fuhr und Paul Youngs *Every Time You Go Away* im Radio erklang, wurde mir schwer ums Herz. Es war ja schön und gut, Wilf aus dem Café zu kennen, aber ich brauchte unbedingt ein paar echte Freunde in Clayville. Ich stellte einen anderen Sender ein, wobei es keinen großen Unterschied mehr machte. Weiter vorn kam schon die Abzweigung zu Bob's Cove, und sobald ich daran vorbei wäre, würde ich ohnehin keinen Empfang mehr haben.

Ich hatte Lucille einmal gefragt, wie sie es geschafft hatte, Radioempfang zu haben, und sie hatte mir erzählt, sie habe einen Antennenverstärker auf dem Dach. Erst als ich mit Sheila bei Judy übernachtete, entdeckte ich, dass es in Little Cove sogar Kabelfernsehen gab. Judy meinte, Lucille habe keinen Anschluss, weil sie sich nicht viel aus Fernsehen mache und nicht wolle, dass ihre Pensionsgäste den ganzen Abend in ihrem Wohnzimmer herumlungerten.

Als ich auf den Schulparkplatz einbog, spürte ich ein Kribbeln im Bauch. Ich freute mich darauf, Doug wiederzusehen. Wir hatten auf Eddie Churchills Party kaum miteinander gesprochen. Er wartete in meinem Klassenzimmer auf mich, und ich beschloss, dass das ein gutes Omen war.

»Du warst also über Weihnachten gar nicht zu Hause in Toronto.«

Es war eine Anklage. Doug hatte die Arme vor der Brust verschränkt, seine Miene war verkniffen.

»Nein.«

»Warum hast du es mir nicht gesagt?«

»Ich habe es niemandem gesagt.«

»Aber dann tauchst du vermummt bei dieser Party auf und ignorierst mich den ganzen Abend.«

»Ich habe dich nicht ignoriert. Ich wollte mich mit dir unterhalten, aber dann hat Phonse mir die Fiedel in die Hand gedrückt. Im Übrigen«, sagte ich, »habe ich ein paar Tage danach bei dir zu Hause angerufen. Und deine Mutter sagte, du wärst beim Jagen.«

»Ach, was kümmert es mich.« Er rauschte an mir vorbei in Richtung Tür. »Kein Ahnung, warum ich mir überhaupt den Kopf darüber zerbreche.«

»Doug, warte«, sagte ich, aber er war schon zur Tür hinaus.

Ich rieb mir frustriert die Augen. Weil ich dachte, ich hätte die Wimperntusche verschmiert, ging ich zur Toilette. Während ich mein Augen-Make-up erneuerte, sprach ich zu meinem eigenen Spiegelbild.

»Ich weiß auch nicht, was es *mich* kümmert, schließlich hat er eine Freundin.«

»Sind Sie das, Rachel?«, rief eine Stimme aus einer der Kabinen. »Mit wem reden Sie denn da?« Die Toilettenspülung wurde betätigt, und Schwester Mary Catherine kam heraus.

»Stellen Sie sich vor, Schwester, ich habe mit mir selbst geredet. Ich dachte, ich wäre allein.«

Ich steuerte auf die Tür zu, aber sie stellte sich davor.

»Wir sind nie wirklich allein«, sagte sie. »Gott ist immer bei uns. Und er sieht, was Sie tun.« Sie fixierte mich mit ihrem bohrenden Blick. »Und ich auch.«

Ich stützte mich mit einer Hand an der Wand ab.

»Ich habe Sie und Mr Bishop zusammen gesehen, meine Liebe«, wobei sie das Wort »zusammen« wie eine faule Frucht ausspuckte.

»Ich fürchte, der junge Mann könnte sich in Sie verlieben. Wir können uns keinen zweiten Skandal an der St. Jude's leisten.«

»Es gibt keinen Skandal.«

»Gut«, sagte sie. »Aber ich muss Sie trotzdem ermahnen, Ihrer Position als katholische Lehrerin gerecht zu werden.«

Die vielen Jahre meiner religiösen Erziehung hatten mich gelehrt, dass es darauf nur eine akzeptable Antwort gab.

»Ja, Schwester.«

Also war Doug wieder einmal sauer auf mich. Sonst noch was Neues? Ich verdrängte den Gedanken an ihn und ging zu Patrick, um mit ihm über den Französischtreff zu sprechen. Dann würde ich die Lorbeeren eben allein einheimsen.

»Großartige Idee, meine Liebe«, sagte Patrick. »Es gefällt mir, dass Sie sich so engagieren.«

Beim Gedanken, wie anders diese Unterhaltung ausgegangen wäre, hätte ich stattdessen einen Englisch-Förderkurs vorgeschlagen, rutschte mir das Herz in die

Hose. Patrick meinte, ich solle mein Projekt gleich bei unserer Morgenversammlung präsentieren.

Zehn Minuten später umklammerte ich das Rednerpult und ließ den Blick über die vor mir sitzenden Schüler schweifen, um ihnen dann meinen Plan zu erläutern. Die allgemeine Reaktion in der Turnhalle war gelangweiltes Schweigen. Cynthia saß ganz vorn, den Kopf gesenkt, und spielte mit ihrem Mäppchen.

»Wir treffen uns jeden Mittwoch zur Mittagszeit«, sagte ich. »Jeder ist willkommen, auch die, die Französisch nicht gewählt haben. Wir beschäftigen uns mit französischer Kultur: Essen, Musik, Filme. Und ich werde mich bemühen, hin und wieder ein paar Gäste einzuladen.«

Niemand sah mich an. Niemand interessierte sich für meinen Vorschlag.

»Irgendwelche Fragen?«

Niemand hob die Hand.

»Und wir werden Rollenspiele machen. Wie man im Restaurant etwas bestellt, Vorstellungsgespräche führt ...« Ich langweilte mich jetzt sogar selbst. »Also, ich hoffe, viele von euch zu sehen!«

Meine erste Unterrichtsstunde nach der Versammlung war Französisch in der zwölften Klasse, die fast nur aus Mädchen bestand. Ich rollte ein Bild von Francis Cabrel aus, auf dem er mit langen Haaren und Schnurrbart zu sehen war, und steckte es an der Pinnwand fest. »Nächste Woche werden wir im Französischtreff Musik von Francis Cabrel hören, hier schon mal eine kleine Kostprobe.«

Ich schob die Kassette in den Rekorder. »Das Chanson

heißt *Je l'aime à mourir*, was ungefähr heißt: ›*Ich würde für sie sterben*‹.« Ich wartete auf ein kollektiv schmachtendes »Ah« und wurde nicht enttäuscht. Ich drückte den Startknopf, und Cabrel setzte zu seinem sentimentalen Chanson über seine große Liebe an.

»Oh, Miss, worüber singt er denn genau?«, fragte Beverley mit atemloser Stimme.

»Das erfahrt ihr am Mittwoch bei unserem Treff.«

Nach der Stunde bat ich Cynthia, kurz zu bleiben. Sie hatte ihre Hausaufgaben nicht gemacht und vor Weihnachten bei einem unangekündigten Test eine schlechte Note eingeheimst. Lauter Fehler, die sie hätte vermeiden können, fehlende Akzente und falsche Endungen. Ich war enttäuscht vom bisherigen Star unter meinen Schülern. Als ich sie fragte, was los sei, wich sie meinem Blick aus.

»Ich hatte vergessen, zu lernen«, sagte sie.

Die alte Cynthia hätte das nicht nötig gehabt. Sie hätte die Aufgaben aus dem Stegreif gemeistert.

»Ist wirklich alles okay mit dir, Cynthia?«, fragte ich.

»Alles bestens, Miss.«

»Ich frage nur, weil …«

»Kann ich jetzt bitte gehen, Miss?«, fragte sie in flehendem Ton.

»Sehen wir uns am Mittwoch?«

»Für so etwas Albernes habe ich keine Zeit.«

Ich bemühte mich, mir ihren Kommentar nicht zu Herzen zu nehmen.

Zwei Tage später fand unser erster Treff statt. Die Poster, die ich auf den Fluren aufgehängt hatte, waren offenbar nicht auf besonders viel Interesse gestoßen. Ein paar Mädchen aus meiner Abschlussklasse erschienen, aber Cynthia nicht. Ich teilte Arbeitsblätter mit dem Wortlaut zweier Chansons von Cabrel aus, die wir uns mehrmals anhörten. Beim dritten Mal sang Beverley mit. Dann nahmen wir uns den Text vor.

Wie erhofft, machte es den Schülern mehr Spaß, sich anhand eines Liedes mit Grammatik und Vokabular zu beschäftigen – die Sprache wurde für sie so lebendiger. Wir beendeten unser erstes Treffen mit einem Rollenspiel über Musik; die Mädchen dachten sich Dialoge zu einem fiktiven Besuch in einem Musikladen und Gespräche über ihre Lieblingsbands aus. Obwohl die Schülerinnen fröhlich plaudernd das Klassenzimmer verließen, hatte ich nicht das Gefühl, dass dieser Nachmittag ein besonderer Erfolg gewesen war. Fünf Mädchen, denen Französisch ohnehin Spaß machte, hatten sich für die regelmäßige Teilnahme angemeldet. Ich würde noch eine Schippe drauflegen müssen.

Eine Woche darauf kam ich beladen mit mehreren Plastikschüsseln, Besteck und Tellern in der Schule an. Phonse stand am Eingang und nahm mir ein paar Sachen ab. »Kleine Personalfeier?«, fragte er. »Mr Donovan hat doch gar nichts gesagt.«

»Nein, Französischtreff«, sagte ich. »Die Liebe geht ja bekanntlich durch den Magen, und das klappt hoffentlich auch bei Französisch.«

Bevor der Gong ertönte, machte ich eine Runde durch sämtliche Klassenzimmer und verteilte selbstgebackene Schokoplätzchen. Ich sagte den Schülern, wenn sie zu unserem Treff kämen, würden sie noch mehr Leckereien erwarten.

Um die Mittagszeit räumte ich meinen Schreibtisch auf und breitete eine rotweiß karierte Decke darüber. Ich steckte eine kleine französische Flagge in eine Vase und schnitt einen Laib Weißbrot auf; daneben stellte ich ein Glas Marmelade. Dann goss ich Apfelsaft und roten Traubensaft in durchsichtige Plastikbecher und platzierte als *pièce de résistance* einen Kuchen in die Tischmitte.

Die fünf Mädchen vom letzten Mal trudelten herein, zusammen mit ein paar weiteren Schülern aus der neunten Klasse. Sam drückte sich verlegen im Türrahmen herum, kam aber näher, als ich ihn herbeiwinkte. Wie eine Kellnerin reichte ich jedem eine Menü- und Vokabelkarte. Die Spezialität des Tages war eine Armeleuteversion von Croissants mit Marmelade, Rot- und Weißwein, und dazu einen *gâteau*. Beverley spielte sofort mit und bestellte Rotwein und ein Stück Kuchen. Mit etwas gutem Zureden meinerseits folgten die anderen nach und nach ihrem Beispiel. Am Ende hatten fast alle auf Französisch ihre Bestellung aufgegeben und ruckzuck alles aufgegessen.

»Miss«, sagte Tim, ein Junge aus der Neunten. »Gibt's noch Plätzchen, zum Mitnehmen?«

»Die waren eher als Bestechung … ich meinte Belohnung gedacht.«

»Die haben echt klasse geschmeckt.«

»Aber weißt du was: Wer von euch nächste Woche jemanden mitbringt, kriegt die doppelte Portion Plätzchen.«

Als die anderen hinausströmten, blieb Sam noch, um die leeren Plastikbecher ineinanderzustecken. Ich erzählte ihm, dass ich nächste Woche einen Gast mitbringen würde. »Einen Unteroffizier von der kanadischen Nationalpolizei in Clayville. Das wirst du dir bestimmt nicht entgehen lassen.«

»Ganz bestimmt nicht, Miss«, sagte er. »Merci!«

Zufrieden mit dem Fortschritt, den ich gemacht hatte, gab ich meinen Nachmittagsklassen keine Hausaufgaben auf. Ich würde mir diesen Abend freinehmen, und meine Schüler sollten das auch tun. Aber als ich nach Unterrichtsschluss den Schreibtisch aufräumte, hörte ich vom Flur her lautes Geschrei.

»Wo ist dieses gottverdammte kleine Miststück, diese Französischlehrerin, die sich in alles einmischt?«

Während die Schritte näher kamen, blickte ich mich verzweifelt um. Dann packte ich meinen Zeigestab und verschanzte mich hinter dem Schreibtisch. Ein großer Mann in Jeans und Arbeitsstiefeln, eine Baseballkappe auf dem Kopf, marschierte herein. Es war Roy Sullivan.

»Sie mit Ihren hirnverbrannten Ideen«, sagte er wütend. »Sie haben meinem Sohn nichts zu sagen, was er außerhalb der Schule zu machen hat. Scheren Sie sich zum Teufel.«

»T-tut mir leid, ich habe keine Ahnung, wovon Sie sprechen«, sagte ich.

»Sam hat mir verkündet, er kann mir am Mittwoch nicht mehr helfen, weil er zum *Französischtreff* geht. Sie haben nicht das Recht, ihn über Mittag hier zu halten. Wir brauchen ihn zu Hause. 's gibt jede Menge zu tun jetzt, bevor die Fischereisaison wieder anfängt.«

»Ich dachte, es wäre gut für ihn, damit er …«

»Damit er was? Zur nationalen Polizei gehen kann?« Er verzog verächtlich den Mund. »Ich hab ihm schon zig Mal gesagt, er soll sich das aus dem Kopf schlagen. Hören Sie auf, ihm solche Flausen in den Kopf zu setzen, haben Sie mich verstanden? Er wird mit mir fischen gehen, genau wie ich mit meinem Vadder und der mit seinem. Lassen Sie gefälligst meinen Sohn in Ruhe.«

»Roy?« Patrick kam herein. »Was ist das denn für ein Geschrei?«

Sams Vater wedelte mit der Hand in meine Richtung. »Die da soll ihre Nase nicht in anderer Leute Angelegenheiten stecken.« Und er marschierte an Patrick vorbei und hinaus.

Ich ließ mich zitternd auf den Stuhl sinken, den Zeigestab noch immer umklammert.

»Heiliges Kanonenrohr«, sagte Patrick, »mit dem Kerl ist nicht zu spaßen.« Er setzte sich auf meinen Schreibtisch und lächelte mich an. »Hören Sie, Rachel. Judy und ich sind sehr beeindruckt von Ihrem Französischtreff. Lassen Sie sich von diesem Idioten nicht entmutigen.«

Am nächsten Morgen kam Sam zu mir. »Ich bin völlig durcheinander, Miss. Hab ganz vergessen, dass ich Mittwochmittag daheim immer helfen muss, ich werd also nicht zu dem Vortrag von dem Unteroffizier kommen können.«

»Dein Vater war gestern hier«, sagte ich sanft.

Er wurde blass. »Tut mir leid, Miss. War er sehr böse zu Ihnen?«

»Die Fischerei liegt ihm wohl sehr am Herzen, nehme ich an.«

Sams Miene verdüsterte sich. »Ich hasse Fischen, Miss. Ich bin nicht wie mein Vater oder mein Bruder. Mir wird auf See schlecht.« Er wischte sich mit dem Handrücken über den Mund, dann sagte er entschlossen: »Die können mich mal, ich komme trotzdem. Ich darf doch, oder?«

»Du bist jederzeit willkommen, Sam«, sagte ich.

Ich fühlte mich ermutigt, als ein flüchtiges Lächeln in seinem Gesicht aufschien, fragte mich zugleich jedoch, was passieren würde, wenn Sam nächste Woche wieder zum Treff käme. Auf einen weiteren Besuch seines Vaters konnte ich herzlich gern verzichten.

25

Zwar zeigte mir Doug nach wie vor die kalte Schulter, aber da er nun einmal meine wichtigste Anlaufstelle in Bezug auf lokale Traditionen war, überfiel ich ihn am nächsten Morgen in seinem Klassenzimmer.

»Kannst du mir bitte ein bisschen was über das Fischen erzählen?«

Er legte seinen Kugelschreiber weg und verschränkte die Hände hinter dem Kopf. »Was willst du denn wissen?«

Ich berichtete ihm kurz von der Schimpftirade, die ich mir von Sams Vater hatte anhören müssen.

»Ach, achte einfach nicht auf ihn«, sagte Doug. »'nem übellaunigeren Kerl als ihm bin ich noch nie begegnet. Hab ihn noch kein einziges Mal lächeln sehen.«

»Aber was hat es mit der Fischerei auf sich? Warum werden die Kinder dazu gezwungen, auch wenn sie gar nicht wollen?«

»Scher uns nicht alle über einen Kamm, wir sind doch nicht alle wie Roy Sullivan!«, sagte Doug. »Dad hat mich nicht gezwungen, Fischer zu werden. Klar, er hat mich mit rausgenommen und mir gezeigt, wie's geht, und ich bin froh darüber. Aber ihm wäre es auch recht gewesen, wenn ich weggegangen wäre.«

»Du gehst ja gerne fischen.« Das war mir auf unserem kleinen Bootsausflug mehr als klar geworden.

Er nickte. »Ja, Mädchen. Fischen macht mir Spaß. Fischen ist bei uns fast so was wie 'ne Religion. Unsere Männer werden zum Fischen rausfahren, solange es Kabeljau in dieser Gegend gibt. Aber es ist harte Arbeit, und auch schon vor Dads Tod wollte ich nicht Berufsfischer werden. Und danach … nun, das hätte ich Mutter niemals angetan.«

Ich rief mir seine elegante Mutter im Rollstuhl vor Augen. »Darf ich fragen, was deiner Mutter zugestoßen ist, Doug?«

Seine Mundwinkel gingen nach unten. »Ich erzähle es dir irgendwann«, sagte er. »Aber nicht jetzt.« Er sah auf die Uhr. »Gleich ertönt der Gong.«

Ich freute mich, dass er bereit war, mich bei passender Gelegenheit einzuweihen. Auch schien er nicht mehr böse auf mich zu sein.

»Danke, du hast mir sehr geholfen«, sagte ich. »Erinnerst du dich, wie du zu mir gesagt hast, Neufundländer seien wie eine Art Sekte?«

Er nickte.

»Dann bist du mein Guru.«

Er lachte. »Das kommt mit auf meine Kompetenzliste.«

Ich verabschiedete mich mit einem kurzen Winken, aber als ich bei der Tür war, rief er mir nach: »Hey, du kleine Fiedlerin, wie gefällt dir eigentlich meine Kassette, die ich dir zu Weihnachten gemixt habe?«

Dann war es also Doug gewesen! Jetzt, da ich wusste, von wem sie kam, mochte ich sie noch mehr.

»Gut gefällt sie mir, mein B'y«, sagte ich in neufundländischer Manier.

Doug legte den Kopf in den Nacken und lachte. Ich

tanzte förmlich in mein Klassenzimmer zurück. Wenn die Neufundländer eine Sekte waren, war ich bereit, meinem Guru blind zu vertrauen.

Seit mehreren Wochen war es außergewöhnlich mild gewesen, aber mitten in der ersten Stunde an diesem Morgen hatte es zu schneien begonnen, dicke Flocken fielen schnell vom Himmel. Am Vormittag hatte Patrick die Busse zurückbeordert, und um die Mittagszeit waren alle Schüler weg. Ich fegte gerade den Schnee von meinem Wagen, als Patrick herauskam und in seinen Schuhen auf mich zuschlitterte.

»Die Strecke nach Clayville ist gesperrt!«, rief er gegen den Wind an. »Lucille hat angerufen und gemeint, Sie können bei ihr übernachten.« Er deutete auf die dicke Schneedecke. »Gehen Sie besser zu Fuß, wenn Ihnen das nichts ausmacht. Die Straßen sind kaum mehr passierbar.«

Ich verriegelte den Wagen und stapfte den Hügel zu Lucilles Haus hinauf. Ein garstiger Wind ging, wirbelte den Schnee aus allen Richtungen, sodass er mir unter den Kragen und das T-Shirt kroch. Als ich ungefähr auf halber Höhe war, hielt Eddie Churchill neben mir, die Schneeketten auf seinen Reifen knirschten im Schnee. Er beugte sich auf die Beifahrerseite und öffnete die Tür. »Los, rein mit Ihnen!«, rief er über das Tosen hinweg.

»Puh, ist das ein Wetter«, sagte er, als ich auf dem Beifahrersitz Platz nahm. »Ich fahre Sie zu Lucille rauf.« Auf der Straße nach Clayville habe es einen schlimmen Unfall gegeben, erzählte er mir, und kurz darauf habe die Polizei sie gesperrt. »Am besten, man bleibt zu Hause.«

Lucille saß am Küchentisch und rauchte, als ich den Flur betrat und mit meinen nassen Stiefeln aufstampfte. »Du kannst mich übrigens auch besuchen, ohne dass es stürmt und schneit!«, rief sie mir zu. »Ich setze schon mal Wasser auf.«

Beim Tee erzählte sie mir, Linda habe sich verlobt, und eine Weile redeten wir über die Hochzeitspläne ihrer Tochter. Nachdem ich ein paar Mal gegähnt hatte, meinte Lucille, ich solle nach oben in mein altes Zimmer gehen und mich hinlegen.

»Wenn nicht an einem Tag wie diesem, wann dann?«, fügte sie hinzu.

Es war merkwürdig, wieder in meinem alten Zimmer zu sein. Ich legte mich aufs Bett und deckte mich mit der Steppdecke zu. Der Wind heulte an den Fenstern, und die Scheiben ratterten in ihren Rahmen. Ich hatte nicht gedacht, dass ich einschlafen würde, aber das musste ich wohl, denn als ich wieder wach wurde, weil ich fror, war es bereits dunkel. Die Nachttischlampe ließ sich nicht anknipsen.

Im Dunkeln ging ich die Treppe hinunter und in die Küche, wo Lucille im Schein dreier Kerzen ein Kreuzworträtsel löste.

»Wir haben Stromausfall«, sagte sie. »Ich nehm an, der Wind hat ein paar Leitungen runtergefegt. Ich hab's nicht mehr zum Laden geschafft, aber es ist Brot und Fleischwurst da. Ein Drink gefällig?«

Sie holte eine Flasche Rum und zwei Gläser aus dem Küchenschrank. Ich goss meinen Rum mit zimmerwarmer Cola auf; Lucille trank ihren pur und rauchte die ganze Zeit, während wir uns dem Kreuzworträtsel widmeten und die Flasche zusehends leerer wurde. Da ich nicht viel gegessen hatte, stieg mir der Rum schnell zu Kopf. Als ich schließlich zu Bett ging, musste ich mich auf dem Weg die Treppe hinauf am Handlauf festhalten, in der anderen Hand eine flackernde Kerze.

Der Mond schien hell durch die von Eisblumen überzogene Fensterscheibe. Ich schlief ein und träumte von Doug. Wir tanzten im Pub in Mardy Walzer, und er wisperte mir »Fiedelmädchen« ins Ohr.

Beim Aufwachen fühlte es sich an, als wären nur ein paar Minuten vergangen, und ich hörte, wie Lucille unten in der Küche mit Töpfen hantierte. Frühstücksgeruch lockte mich die Treppe hinab.

»Der Strom ist wieder da«, sagte Lucille. »Ich koche uns jetzt was Ordentliches.«

Wir aßen beide eine große Portion Eier mit Speck und Toutons mit Ahornsirup. Ich bat um einen Nachschlag. Lucille kam meiner Bitte nach, und ich erinnerte mich ein wenig schadenfroh daran, wie ich die Nase gerümpft hatte, als sie mir zum ersten Mal die in Schmalz gebackenen Brotteigküchlein serviert hatte.

Nachdem wir fertiggegessen hatten, bot ich ihr an, den Abwasch zu übernehmen; derweil setzte sich Lucille wieder an den Tisch und steckte sich eine Zigarette an. Als ich die letzte Pfanne geschrubbt hatte, sagte ich zu Lucille, ich wolle einen Spaziergang machen.

Sie runzelte die Stirn. »Bei diesem Wetter? Pass gut auf faule Löcher auf.«

»Faule Löcher – was soll das sein?«, fragte ich.

»Weiche Stellen im Schnee, in die man reinfallen kann.«

»Vielleicht sind die Straßen inzwischen ja geräumt worden.«

»Pff. So früh am Morgen sind die noch nicht bis hierher gekommen.«

Wie immer hatte Lucille recht. Die Straße lag unter einer tiefen Schneedecke, und die bunten Häuser waren weiß eingekleidet. Aus vielen Kaminen stiegen Rauchfahnen kerzengerade in den Himmel. Verlassene Autos standen unter einer dicken weißen Haube am Straßenrand.

Die Kälte drang durch meine Stiefel, und ich kehrte bald wieder zurück. Als ich mich dem Pfad zum Steg hinunter näherte, hörte ich Rufe. Eine Gestalt in einem hellblauen Mantel lief winkend auf mich zu. Es war Belinda.

»Miss!«, rief sie. »Ruthie, Calvins Hund, steckt im Eis fest.«

Ich lief den Pfad hinab, und wir rannten zusammen zum Steg. Zweimal musste ich mich an Belindas Ärmel festhalten, um nicht hinzufallen. Am Steg angekommen, sah ich, wie der Hund mit verzweifelten Bewegungen zwischen zwei riesigen Eisschollen in der Bucht trieb. Calvin stand am Ende des Stegs und rief immer wieder nach ihm. Als wir sie erreichten, umklammerte er meinen Arm: »Miss, bitte, können Sie ihr helfen?« Seine Stimme wurde heiser. »Ich habe zweimal versucht, sie zu erwischen, aber das Eis bricht, und ich kann nicht schwimmen.«

Sofort schaltete sich mein Instinkt ein. Ich lief zu den

Stufen, die an einer Seite des Stegs zum eisbedeckten Wasser hinabführten. Gottlob hatte jemand den Schnee weggeschaufelt.

»Nein, Miss«, schrie Belinda. »Das ist zu gefährlich.«

»Wir können sie doch nicht ertrinken lassen!«, rief ich zurück.

Ich solle warten, rief Belinda, sie würde weitere Hilfe holen, aber ich war schon am unteren Ende der Treppe angekommen. Der Wind schaukelte das Eis hin und her, und als ich darauf entlangschlitterte, hörte ich es unter mir knacken. Vorsichtig schob ich mich in Richtung der Hündin, ich hielt den Atem an, als würde das einen Unterschied machen.

»Rachel!« Der Schrei zerriss die kalte Luft. »Komm verdammt nochmal sofort zurück!«

Doug stand neben Calvin am Fuß des Stegs.

»Ich komme gleich!«, schrie ich zurück.

Dann rief Calvin: »Bist ein braves Mädchen, Ruthie. Miss kommt dich jetzt retten.«

Vorsichtig schlitterte ich bis zum Rand der Eisplatte, wo das offene Wasser begann. Ich ging in die Hocke und lockte Ruthie mit beruhigenden Schnalzlauten zu mir. Ängstlich fiepend kam sie angeschwommen. Ich packte das Halsband und versuchte, sie heraufzuziehen, aber sie war zu schwer. Sie begann, hektisch mit den Pfoten zu schlagen, und wühlte das Wasser zusätzlich auf.

Ich rief sie abermals zu mir und versuchte, sie diesmal um den Rumpf herum zu fassen zu bekommen, doch ich rutschte mit den Fäustlingen an ihrem vereisten Fell ab. Wieder schwamm sie platschend davon, und ihr

Fiepen klang jetzt noch verzweifelter, wie das Blöken eines Lamms.

»Komm, braves Mädchen, komm«, lockte ich sie und schnalzte beruhigend mit der Zunge.

Ihre Paddelbewegungen wurden immer hektischer. Ich legte mich der Länge nach aufs Eis und versuchte, sie so herauszuziehen, rutschte aber wieder an ihrem Körper ab. Erneut trieb die Brandung sie fort, und ihre Paddelbewegungen wurden langsamer, ihr Fiepen schwächer.

»Halte durch, Mädchen!« Ich richtete mich auf dem Eis auf und blickte mich verzweifelt um.

»Tun Sie was, Miss!«, schrie Calvin.

Ich sprang hinein.

Doug brüllte meinen Namen, während das eiskalte Wasser mir wie eine Faust entgegenschlug. Ruthie kam platschend zu mir, sie zerkratzte mir mit den Krallen das Gesicht, dass ich sie wegschieben musste. Meine Hände fühlten sich schon taub an, aber ich bekam sie am Halsband zu fassen. Immer wieder leckte sie mir übers Gesicht.

Ich zog sie zu der vereisten Fläche und strampelte dann mit den Beinen, während ich versuchte, sie auf das Eis hinaufzuschieben. Als sie sich mit den Vorderpfoten am Eis festkrallte, begannen sich Stücke zu lösen. In den Beinen hatte ich schon kein Gefühl mehr. Ich wusste nur, dass sie sich noch bewegten, weil ich nicht unterging.

Und dann plötzlich gelang es Ruthie, sich mit einem Ruck aus dem Wasser zu hieven. Sie schüttelte sich heftig, und das eisige Wasser spritzte mir wie Hagelkörner ins Gesicht. Nicht dass es noch etwas ausgemacht hätte; ich steckte sowieso bis zum Hals darin. Ohne sich auch nur einmal umzudrehen, stürmte Ruthie in Richtung Steg und auf Calvin zu.

Ich achtete nicht darauf, wie er sie in die Arme schloss; stattdessen konzentrierte ich mich auf meine eigene Rettung. Vom Schwimmbad war ich es gewohnt, mich aus dem Wasser auf den Rand hinaufzustemmen – ich betrachtete es als Ehrensache, grundsätzlich nicht die Leiter zu benutzen. Daher rechnete ich damit, als ich die Hände in den durchtränkten Fäustlingen auf das Eis setzte, es beim ersten Anlauf schaffen zu können. Aber meine Arme zitterten und gaben nach. Ich versuchte es wieder, jedoch vergeblich.

Ich sah zum Steg hinüber, wo sich inzwischen eine kleine Menschenmenge versammelt hatte. Ein Mann in einer roten Jacke gestikulierte wild. Neben ihm stand ein kahlköpfiger Mann, in dem ich den Vater eines Schülers erkannte, auch wenn ich mich nicht erinnerte, wessen. Doug konnte ich nirgendwo sehen.

Mein Atem beschleunigte sich, als mir meine Notlage immer mehr bewusst wurde. Mein schwerer durchtränkter Mantel zog mich hinunter, wie bei Ruthie ihr Fell.

Ich befreite mich von den Fäustlingen und versuchte vergebens, den Mantel aufzuknöpfen. Meine Finger gehorchten mir nicht mehr. Ich setzte die Hände in großem Abstand auf dem Eis auf, um mich dann mithilfe eines Kraulbeinschlags hinaufzukatapultieren. Aber meine Kleider waren zu nass, zu klobig.

Ich sah, wie sich Doug auf dem Steg durch die Menge schob, ein aufgerolltes Seil über die Schulter geschlungen. Er lief die Treppe hinab, gefolgt von mehreren Männern. Doug legte sich bäuchlings aufs Eis und robbte auf mich zu, die anderen folgten ihm. Eddie Churchill und Phonse robbten hinter ihm her. Ungefähr noch fünf Meter von mir entfernt hielt Doug inne, und die anderen hinter ihm auch. Jeder hielt sich an den Füßen des Vordermanns fest, und so bildeten sie bis zum Steg zurück eine Menschenkette.

Dann kauerte sich Doug hin und warf mir das Seilende zu. Es landete ungefähr dreißig Zentimeter vor mir.

»Ich komme nicht ran!«, rief ich und bemühte mich, ruhig zu bleiben.

Er zog es zurück und warf erneut. Diesmal landete es nur wenige Zentimeter von mir entfernt. Ich konnte mich nur noch am Eis festklammern, schaffte es jedoch nicht, die Finger um das Seil herum zu schließen. Als ich den Kopf schüttelte, rief jemand aus der Menge Doug etwas zu. Der zog das Seil zurück und wickelte sich das Ende um die Taille. Eddie Churchill hielt das andere Ende.

»Rachel!« Dougs Stimme klang heiser. »Ich krieche jetzt zu dir und zieh dich raus, okay?«

Ich nickte, hörte, wie meine Zähne klapperten. Doug schob sich vorsichtig vor. Er war bleich im Gesicht, sein Blick wild. Er streckte den Arm aus, ergriff meine Kapuze und zog und zog, bis ich mit der Brust aufs Eis glitt. Heftig schnaufend blieb ich liegen.

»Du lieber Himmel«, sagte er mit bebender Stimme. »Hast du uns allen einen Schrecken eingejagt.«

Dann löste er das Seil um seine Taille und band es mir um. »Okay, Jungs«, rief er über die Schulter, »ich hab sie.«

Die Männer begannen zu ziehen. Ich versuchte, ein bisschen zu robben, aber mir fehlte die Kraft. Es ging nur sehr langsam. Doug robbte neben mir auf dem Eis her, ohne mich auch nur eine Sekunde aus den Augen zu lassen. Als wir an den Stufen ankamen, zog er mich hoch und schloss mich in die Arme. »Gott sei Dank.«

Jetzt schob Eddie ihn beiseite und übernahm das Kommando. Die beiden Männer bildeten mit den Händen einen Sitz und schafften mich die Stufen zum Steg hinauf. Eddie hob mich hoch und trug mich zu Lucilles Haus hinauf. Doug und die anderen folgten, und ich hörte, wie sie aufgeregt über die Rettungsaktion sprachen.

»Mehr Glück als Verstand gehabt, was?«, sagte Eddie, als wir an Lucilles Tür ankamen.

Sie erschien mit verstimmter Miene wegen des Lärms an der Tür, aber als sie meinen Zustand sah, sagte sie: »Jesus, Maria und Josef! Was ist denn passiert?«

»Lu … Lucille«, war alles, was ich herausbrachte. »Tut mir leid.«

Die Männer wollten alle auf einmal erklären, was vorgefallen war. Einer tätschelte mir unbeholfen die Schulter. »Heiliger Strohsack, hab schon gedacht, Sie kommen da nicht mehr lebend raus.« Doug sah ihn scharf an.

»Los, bring sie schnell in die Küche!«, rief Lucille Eddie zu. »Und zieh ihr den nassen Mantel aus. Ich geh ein paar Decken holen.«

Doug folgte Eddie hinein, machte sich an den Knöpfen meines Mantels zu schaffen, zog ihn mir aus und warf ihn auf den Boden, wo sich sofort eine rötliche Lache bildete – vom Färbemittel des Mantels. In dem Moment, als

Lucille mit einem Berg Quilts aus ihrem Schlafzimmer kam, stürzte Judy herein.

Mit einem Mal erinnerte ich mich daran, dass Dads Feuerzeug in der Manteltasche gewesen war. Ich ließ mich auf den Boden fallen und fühlte in die Taschen, aber sie waren leer. Ich dankte Eddie und Doug stammelnd und versuchte, ein Schluchzen zu unterdrücken.

»So, Jungs, Judy und ich kümmern uns jetzt um sie«, sagte Lucille und scheuchte die Männer zur Tür.

Judy klopfte mir den Rücken. »Das ist der Schock«, sagte sie. »Du warst großartig.« Dann zog sie mir die restlichen Sachen aus. Schnell wickelte mich Lucille in die Decken, dann setzten die beiden Frauen mich neben den Herd.

»Wie lange, meinst du, warst du im Wasser, Rachel?«, fragte Judy.

»Keine Ahnung«, sagte ich.

»Dann stecken wir dich besser nicht in die Badewanne«, sagte Lucille. »Das wäre ein zu großer Schock für den Kreislauf. Aber du kriegst eine Wärmflasche.« Doch zuvor bückte sie sich zu mir herab und sah mich an.

»Was ist mit deinem Gesicht passiert? Es ist ja ganz zerkratzt.«

»Das war der Hund. Das war ihre Art, mir Danke zu sagen, nehme ich an.«

»Ich glaube, es geht ihr schon besser, Judy. Sie kann schon wieder Witze reißen.«

Als der Wasserkessel pfiff, füllte Lucille heißes Wasser in eine Wärmflasche und legte sie mir unter die Decken auf den Bauch. »So, und jetzt bugsieren wir dich auf das Tagesbett, und dann kriegst du 'ne heiße Suppe.«

Sie und Judy halfen mir, zum Tagesbett hinüberzuhoppeln. Während Lucille mit Töpfen und Pfannen hantierte, setzte sich Judy neben mich.

»Geht es dir so weit gut?«, fragte sie.

Ich nickte fröstelnd.

»Gott sei Dank ist dir nichts passiert«, sagte sie. »Als ich zu dir sagte, du sollst versuchen, irgendwie an Calvin ranzukommen, hatte ich eigentlich nicht einen solch dramatischen Einsatz im Sinn.«

Ich brachte ein zaghaftes Lächeln zustande.

Lucille brachte zwei dampfende Becher Tee. Judy stellte ihren auf den Boden und hielt mir meinen hin, während ich vorsichtig daraus trank. Bevor ich ihn auch nur annähernd geleert hatte, kam Lucille auch schon mit einer Schüssel Erbsensuppe an. Inzwischen waren meine Finger wieder so weit aufgetaut, dass ich sie um die Griffe biegen und die Tasse allein halten konnte.

»Wo ist Doug?«, fragte ich.

»Ich hab ihn gebeten herauszufinden, ob die Straßen wieder frei sind«, antwortete Lucille. »Er wollte unbedingt einen Krankenwagen rufen, aber ich glaube, du bist schon wieder auf dem Damm, was meinst du?«

Ich nickte.

Nach einer Weile halfen mir die beiden Frauen die Treppe hinauf und in mein Bett. Lucille legte so viele Decken auf mich, dass ich mich kaum mehr rühren konnte. Während ich mich ausruhte, hörte ich, wie sie zwischen Küche und Wohnzimmer hin- und herlief, wann immer das Telefon klingelte, und das geschah bestimmt zehn Mal häufiger, als ich es je in diesem Haus gehört hatte. Immer wieder sagte Lucille die Wörter »dumm«, »eingebrochen« und »großartig«, und ich nahm an, dass alle drei auf mich gemünzt waren.

Als ich später aufwachte, saß Lucille am Bettrand. Ich sagte, ich fühlte mich schon sehr viel besser, woraufhin sie mir die Treppe hinunterhalf, damit ich mir's wieder auf dem Tagesbett bequem machen konnte. Plötzlich drangen Geräusche aus dem Flur herein, und kurz darauf kam Calvin in die Küche. Schüchtern blieb er im Türrahmen stehen, die Hände in den Manteltaschen vergraben.

»Ich wollte Ihnen Danke sagen, Miss.«

Ich schaffte es, mich aufzusetzen, dann klopfte ich auf den Bettrand. »Komm, setz dich. Wie geht es Ruthie?«

»Ach, Miss, ihr geht's gut. Sie liegt neben dem Ofen und lässt sich von meiner Mutter verwöhnen. Und kaut auf dem größten Knochen, den man sich vorstellen kann.« Seine Stimme wurde brüchig. »Danke, dass Sie sie gerettet haben, Miss.«

Er setzte sich und zog endlich auch die Hände aus den Taschen. Seine knochigen Handgelenke ragten mindestens fünf Zentimeter aus den Ärmeln heraus. Er rieb so nervös mit den Händen über seine Cordhose, dass ich fürchtete, gleich würden die Funken stieben. Plötzlich fasste er in die Hosentasche, brachte etwas daraus zum Vorschein und ließ es in meinen Schoß fallen. Es war ein geschnitzter Vogel. Ich drehte ihn hin und her und bewunderte die filigranen Details – die kleinen, runden Augen, die detailliert gestalteten Federn.

»Wo hast du den her?«, fragte ich. »Er ist wunderschön.«

»Ich habe ihn selbst geschnitzt.« Er sah mich von der Seite an und lächelte schüchtern. »Macht mir Spaß, mit Holz Zeugs zu machen. Mein Opa hat es mir beigebracht.« Als er mir von den gebraucht erstandenen Werkzeugen erzählte und wie sehr er es liebte, Tiere zu schnitzen, bekam er leuchtende Augen.

»Du bist wahnsinnig gut darin.«

»Mehr als in Französisch, stimmt's, Miss?«

»Un peu.«

Lucille war hinaufgegangen, um ein paar Laken zu holen, und kam mit Doug im Schlepptau zurück in die Küche. »Schau, wen ich gefunden hab. Steht da im Flur rum und macht mit seinen nassen Stiefeln eine Sauerei auf dem Boden«, sagte sie.

Als Doug Calvin neben mir sitzen sah, zog er überrascht die Augenbrauen hoch.

»Was meinst du, Doug«, sagte Lucille, »wie lange war Rachel ungefähr im Wasser?«

Aber Calvin kam ihm zuvor. »Fünf Minuten, würde ich sagen.«

»Das ist nicht so schlimm«, sagte Lucille. »Dann ist sie bald wieder auf den Beinen.«

»Die Schneepflüge aus Clayville sind unterwegs«, sagte Doug. »Dauert hoffentlich nicht mehr lang, bis sie hier sind. Dann kann ich dich nach Hause fahren, Rachel.«

»Nein!«, rief Lucille scharf. »Sie wird heute Abend nirgendwohin gehen. Ich möchte 'n Auge auf sie haben.

Aber ich glaube, wir können jetzt alle einen Muntermacher gebrauchen. Lust auf eine Küchenparty, Rachel?«

Ich deutete auf meinen geborgten Bademantel. »Na ja, ich weiß nicht, ob ich mich in diesem Aufzug blicken lassen kann?«

Aber Lucille meinte, sie habe ein paar Anziehsachen von Linda im Haus, die ungefähr meine Größe hätten.

»Miss«, sagte Calvin. »Spielen Sie heute Abend auf der Fiedel? Wir haben Ihnen schon 'n paar Mal im Pub in Mardy zugehört.«

Ich hielt meine geröteten Hände hoch. »Ich fürchte, heute Abend muss ich passen, Calvin.«

Mir war eigentlich nicht nach einer Party zumute, aber Lucille meinte, die Leute wollten mich alle sehen. Die Knüpferinnen trudelten ein, Eddie Churchill und Phonse, Judy und Bill, ja sogar Calvins Mutter, die meine Hände ergriff und sie rieb, um sie zu wärmen.

»Vielen Dank, dass Sie Ruthie gerettet haben«, sagte sie. »Sie ist Calvins Ein und Alles.«

Phonse tätschelte mir den Kopf. »Du musst total erschöpft sein, Mädchen. Ruh dich schön aus.«

Mal wurde ein Lied gespielt, wozu Judy und Bill in der Küche tanzten, dann wieder gesungen, manche trugen auch etwas vor. Das improvisierte Fest dauerte ungefähr seit einer Stunde an, als mit einem Mal Doug mit seiner Mutter auf den Armen hereinkam. »Der Rollstuhl hat nicht durch die Tür gepasst, Lucille!«, rief er der Gastgeberin zu.

»Grace!« Lucille kämpfte sich durch die Menge. Die

beiden Frauen sahen einander lange an, bis Lucille schließlich die Hand ausstreckte und Grace die Wange streichelte. »Mein Gott, Mädchen, wie schön, dich zu sehen!«

»Ich habe beschlossen, wieder öfter auszugehen«, antwortete sie. Doug setzte sie neben mich auf das Tagesbett, und Lucille reichte ihr ein Glas Wein. »Wie tapfer Sie waren!«, sagte Grace, an mich gewandt.

»Wohl eher närrisch, würde ich sagen«, warf Lucille ein. »Ich bin gleich wieder bei dir, Grace, lass mich erst diese Sandwiches hier rumreichen, dann will ich mit dir plaudern.«

Lucille hatte zu mir gesagt, ich solle besser keinen Alkohol trinken, daher nippte ich an einem Softdrink. Kaum hatte ich ausgetrunken, war das Glas auch schon wieder voll. Leute, die ich nicht kannte, quetschten sich auf die andere Seite des Tagesbetts, um mit mir zu reden. Einige lobten meine Tapferkeit, andere wiesen mich wegen meiner Dummheit zurecht. Als Lucille zurückkam, prahlte ich damit, dass mich jemand einen »Scherzkeks« genannt habe.

»Sie finden mich lustig!«

»Sie finden wohl eher, dass du 'n Döskopp bist, das finden sie.«

»Manchmal ist es auch als Kompliment gemeint«, warf Grace ein.

Lucille beugte sich hinab und flüsterte ihr etwas ins Ohr. Grace nickte, woraufhin Lucille Doug herbeirief und ihm sagte, er solle seine Mutter ins Wohnzimmer bringen.

»Wir haben uns so viel zu erzählen«, sagte Lucille, »und hier versteht man ja sein eigenes Wort nicht.«

Während Doug seine Mutter ins Nebenzimmer brachte, hielt ich sein Bier für ihn. Kurz darauf kam er zurück und setzte sich neben mich. Wir sprachen nicht viel, saßen einfach nur in einträchtigem Schweigen da. Irgendwann bemerkte ich, dass er mir den Arm um die Schultern gelegt hatte.

Später am Abend traf Roy Sullivan mit einer Kiste Bier auf der Schulter ein. »Wo ist sie?«, fragte er und schob sich durch die Menge. Er stellte den Karton vor mir auf den Boden. »Tut mir leid wegen dem Krach neulich«, sagte er.

Ich verkniff mir die Frage, welchen er meinte.

»Sie haben echt Mut, Mädchen«, sagte er.

Ich bat Doug, den Karton aufzumachen, er gab Roy ein Bier; der entfernte den Kronkorken und reichte die Flasche mir, ehe er eine zweite für sich selbst öffnete. Das war zwar gegen Lucilles Rat, aber ja nur, um mit Roy anzustoßen. Dann sagte ich: »Wissen Sie, was Mut ist?«

»Was?«

»Einer Familientradition den Rücken zu kehren, wenn man merkt, dass es nicht das Richtige für einen ist. Seinem eigenen Traum zu folgen. Das ist Mut.«

Doug atmete scharf ein und drückte mein Handgelenk, aber Roy Sullivan hielt eine gefühlte Ewigkeit meinem Blick stand. Dann nickte er und nahm einen ordentlichen Schluck Bier.

26

Am Tag nach der Rettungsaktion fühlte ich mich wieder fit genug, um selbst nach Clayville zurückzufahren. Lucille bestand darauf, mir ein Essenspaket mitzugeben – ein Laib Brot und Erbsensuppe in einem Einweckglas. Ich sagte, Milch bräuchte ich nicht.

Am Montag wollten alle Schüler über das Ereignis am Wochenende reden. Als ich vorschlug, *en français* darüber zu sprechen, waren sie plötzlich nicht mehr so erpicht darauf.

Ich setzte den kleinen Holzvogel, den Calvin mir geschenkt hatte, neben meinen Hefter auf den Schreibtisch. Calvins Verhalten war in letzter Zeit tadellos, aber er beteiligte sich kein einziges Mal am Unterricht; er ließ ihn einfach über sich ergehen. Für mich war klar, dass er auch dieses Jahr in Französisch durchfallen würde, und nachdem ich mich im Kollegenkreis umgehört hatte, stellte sich heraus, dass das Gleiche auch für die anderen Fächer galt.

Als ich in der Bibliothek nach Möglichkeiten forschte, wie Cynthia an ein Stipendium gelangen könnte, stieß ich auf eine Aktenmappe, die mit »Berufswege« beschriftet war. Ohne große Erwartungen blätterte ich in den eselsohrigen Broschüren, die verschiedene Ausbildungsberufe, ein paar Universitäten in den am Atlantik gelegenen Provinzen und Karrieremöglichkeiten in der nationalen Polizei und der kanadischen Armee aufzeigten. Ganz hinten in der Mappe befand sich ein Flyer vom Kunstcollege in Nova Scotia. Ich überflog ihn und machte mich sofort auf zu Judy.

»Calvin verplempert seine Zeit auf der Highschool«, sagte ich. »Er ist siebzehn und könnte jetzt von der Schule abgehen, wenn seine Mutter ihn ließe.« Ich wedelte mit dem Flyer. »Den habe ich in der Bibliothek gefunden. Hast du die Schnitzarbeit gesehen, die er mir geschenkt hat?«

Judy nahm ihn und legte ihn auf ihren Schreibtisch, ohne ihn eines weiteren Blickes zu würdigen. »Calvin kann kein Kunst-College besuchen«, sagte sie. »Weder in Nova Scotia noch anderswo. Aber in St. John's gibt es eine Gewerbeschule, dort könnte er eine Schreinerausbildung machen.«

»Nein! Calvin ist zu talentiert, um Schreiner zu werden.«

»Ich dachte dabei auch weniger an Calvin selbst als an seine Mutter. Er muss einen Beruf erlernen, damit sie zufrieden ist, damit sie weiß, dass er gut davon leben kann. Sie braucht diese Garantie einfach.«

»Du bist ein Genie, Judy!

»Ich weiß. Aber könntest du vielleicht Bill mal daran erinnern?«

»Also soll ich es mal bei dieser Gewerbeschule versuchen?«, fragte ich.

»Was immer dabei herauskommt«, sagte sie, »meinen Segen hast du. Aber das ist nicht der, den du brauchst.«

Ich rief bei der Schule an und unterhielt mich lange mit dem Direktor. Ein paar Tage danach traf mit der Post ein großer, dicker Umschlag für mich ein, und ich bat Calvin, nach Unterrichtsschluss zu mir zu kommen.

Er klopfte an und warf dann einen skeptischen Blick ins Klassenzimmer.

Ich bat ihn herein, und nachdem er auf dem Stuhl neben meinem Schreibtisch Platz genommen hatte, erzählte ich ihm von der Schule.

»Ich denke, das könnte etwas für dich sein. Du kannst dich auch ohne Highschool-Abschluss bewerben.«

Calvin sagte nichts. Ich wartete, bis er jeden einzelnen Knöchel hatte knacken lassen, dann schob ich ihm den Umschlag hin.

»Schau dir die Unterlagen in Ruhe an«, sagte ich. »Ich habe auch schon mit dem Direktor gesprochen. Der Schwerpunkt ist die Schreinerausbildung. Aber es gibt auch Kurse für Möbeldesign, Holzschnitzerei und …« Meine Stimme verebbte. Calvin saß da und hielt den Umschlag von sich weg. Dann schob er ihn mir wieder hin. »Danke, Miss, aber das möchte Mutter bestimmt nicht. Sie will, dass ich meinen Abschluss mache.«

»Aber du bekommst dort einen Abschluss. Einen sehr nützlichen sogar.«

Er scharrte nervös mit dem Fuß auf dem Boden. Am liebsten hätte ich ihn aufgefordert, damit aufzuhören.

Dann sagte er: »Es hat keinen Zweck, Miss.«

»Und wenn ich mal mit deiner Mutter spreche?«

Das Scharren hörte auf. »Würden Sie das tun? Für mich?«

»Ganz besonders für dich.«

Er ließ den Kopf sinken, aber ich meinte, ihn lächeln gesehen zu haben. »Danke, Miss.«

»Kopf hoch, Calvin«, sagte ich. »Ich fahre dich jetzt nach Hause. Und weißt du was?«

Er hob die Schultern.

»Die Schule hat eine Basketballmannschaft.«

Calvin lotste mich zu dem kleinen Haus, das mit zwei anderen eine Reihe bildete, ungefähr auf halber Strecke nach Mardy. Mrs Piercey war draußen und fegte schmutzige Schneeklumpen vom Zugangsweg. Sie trat an die Fahrerseite, und ich kurbelte das Fenster herunter. »Gibt es Ärger mit Calvin?«, fragte sie. »Was hat er angestellt?«

»Nein, er hat nichts angestellt. Ich würde nur gern mit Ihnen über seine berufliche Zukunft sprechen.«

Sie strahlte mich an. »Das ist aber nett von Ihnen.«

Als ich ausstieg, stieß mich Ruthie mit der Schnauze an. Ich kraulte sie ausgiebig, dann stürmte sie um den Wagen herum und sprang an Calvin hoch. Nachdem er sie begrüßt hatte, liefen er und Ruthie zu einem verwitterten grauen Schuppen am Eingang des Hinterhofs.

»Das ist Calvins Werkstatt«, sagte Mrs Piercey. »Darin verbringt er seine ganze Freizeit und werkelt.«

Sie bat mich in die Küche, wo sie einen Nähkasten vom Tisch hob. Ich rief mir die ordentlichen Stiche auf Calvins Hemd in Erinnerung. Ihre Handarbeit war genauso makellos wie die ihres Sohns. Schnell ging sie zum Herd und stellte den Wasserkessel auf, um dann Teebeutel, Becher und Dosenmilch aus dem Küchenschrank zu holen.

Als sie sich neben mich setzte und Tee einschenkte, zog ich eine glänzende Broschüre aus dem Umschlag und legte sie auf den Tisch. »Die Berufsschule in St. John's hat

Kontakt mit unserer Schule aufgenommen«, sagte ich. »Sie werben um Schüler für die Schreinerausbildung.«

Ich schob die Broschüre in ihre Richtung. Sie trommelte mit den Fingern darauf, ohne sie sich anzusehen.

»Man braucht dazu keinen Highschool-Abschluss. Also selbst wenn Calvin es dieses Jahr ...« – ich konnte mir gerade noch das Wort »wieder« verkneifen – »nicht schafft, würde es nichts ausmachen. Er könnte von St. Jude's abgehen und im September an der Berufsschule beginnen.«

Mrs Piercey schaute aus dem Fenster, also redete ich weiter mit der Teekanne.

»Sie bieten dort auch Schnitzkurse an, und es gibt Stipendien für besonders begabte Bewerber. Ich habe dem Direktor von Calvins Tierskulpturen erzählt, und er würde ihn sehr gern kennenlernen.«

Mrs Piercey ließ den Blick zu ihrem Teebecher gleiten. Es war Zeit, eine andere Strategie zu wählen. »Aber vielleicht ist das Schnitzen bei Calvin ja nur eine vorübergehende Laune.«

Jetzt sah sie auf, und ihre Züge belebten sich. »Eine vorübergehende Laune? Oh nein, es ist eine Leidenschaft. Sein Opa hat es ihm beigebracht, da war er noch ein kleiner Junge. Er war sofort Feuer und Flamme, verstehen Sie?«

Sie nahm die Broschüre zur Hand, und ich versuchte, gleichgültig zu bleiben, kreuzte aber unter dem Tisch die Finger.

»Sie sagten, der Direktor hat sich mit der Schule in Verbindung gesetzt?«

Ich nickte. Das hatte er. Weil ich ihn angerufen hatte. Aber das brauchte sie ja nicht zu wissen.

Mrs Piercey trug eine Lesebrille an einer goldenen Halskette. Sie setzte sie auf. Dann las sie die Broschüre von Anfang bis Ende. Als sie fertig war, brachte ich die Antragsformulare zum Vorschein und legte sie auf den Tisch. Während wir die Köpfe darüberbeugten, kam Calvin mit Ruthie herein, die hinter ihm hertapste. Seine Mutter stand auf und drehte nervös ein Geschirrtuch zwischen den Fingern.

»Miss O'Brine hat mir von dieser Schreinerausbildung in der Stadt erzählt. Meinst du, du würdest …?« Aber sie kam gar nicht mehr dazu, den Satz zu Ende zu sprechen, denn Calvin hatte sie schon mit beiden Armen hochgehoben und wirbelte sie unter lachendem Protest durch die Küche.

27

Beim nächsten Elternabend riss die Schlange der Eltern, die mit mir sprechen wollten, nicht ab. Die meisten ihrer Kinder hatten gar kein Französisch; sie wollten mit mir über die Hunderettungsaktion reden. Cynthias Mutter strahlte übers ganze Gesicht, als sie sich endlich durch die Menge durchgekämpft hatte.

»Sie sind heute richtig begehrt.« Sie zog den Pullover enger um ihren schmalen Körper und sagte: »Wir sind so stolz auf Cynthia. Stellen Sie sich nur mal vor, dass sie nächstes Jahr zur Universität gehen könnte.«

»Ist das immer noch ihr Plan?«

»Ja. Definitiv.«

Ich wischte eine nicht vorhandene Fussel von meinem Kleid, um ein bisschen Zeit zu gewinnen. »Es ist nur so, dass Cynthias Leistungen in letzter Zeit … ziemlich schwankend sind.« Wobei von Schwanken eigentlich nicht die Rede sein konnte – sie wiesen nur in eine Richtung, nach unten.

Mrs O'Leary runzelte die Stirn. »Hat sie in Französisch auch nachgelassen? Ich habe gerade den anderen Lehrern gesagt, dass ich nachher, wenn ich zu Hause bin, ein ernstes Wörtchen mit ihr reden werde. Sie ist in letzter Zeit zu viel auf Achse.«

Ich sagte, Cynthia könne immer noch ihr Ziel erreichen, falls sie sich auf den Hosenboden setzte.

»Falls?«, rief Mrs O'Leary aus. »Falls? Wenn ich nach Hause komm, fliegen die Fetzen.«

Am nächsten Morgen bat Patrick vor Unterrichtsbeginn zu einer kleinen Kollegiumsbesprechung.

»Ich möchte gern Ihre Einschätzung zu Cynthia O'Leary hören«, sagte er, »bevor ich eine Empfehlung für ihre Stipendienanträge schreibe.«

»Ihre letzte Französischarbeit war ein einziges Fiasko«, sagte ich. »Sie hat einen Großteil der Fragen nicht beantwortet.«

»In Biologie genauso«, sagte Doug. »Ihre Leistungen sind völlig eingebrochen.«

Alle um den Tisch herum waren sich einig: Die ehemalige Musterschülerin hatte stark nachgelassen.

»Sie erntet, was sie gesät hat«, sagte Schwester Mary Catherine.

Judy warf ihr einen finsteren Blick zu und sagte: »Sie hatte eine so glänzende Zukunft vor sich, Pat, wir können nicht zulassen, dass sie sich alles verbaut.«

Patrick zuckte die Schultern. »Ich habe schon zweimal mit ihren Eltern gesprochen. Sie treibt sie noch in den Wahnsinn. Das Mädchen ist wie ausgewechselt, seit sie mit Ron Drodge zusammen ist.«

»Wer ist das?«, fragte ich.

»Er ist viel zu alt für sie, das ist er«, erwiderte Doug.

Patrick räusperte sich. »Er ist Brigids Bruder. Sie wissen schon, Ihre Vorgängerin.«

Ich erinnerte mich daran, was Lucille mir erzählt hatte: dass Brigids Bruder am Steuer gesessen hatte, als Paul, Brigids Mann, bei dem Unfall starb.

»Dieser Kerl hat von Kindesbeinen an nichts als Ärger gemacht«, warf Schwester Mary Catherine ein. »Er ist durch und durch verdorben.«

Schweigen trat ein. Vielleicht fanden es die anderen ebenso schwer erträglich wie ich, dass die Nonne ständig mit dem Zeigefinger auf andere deutete.

»Wie auch immer«, sagte Patrick. »Wir sollten uns auf Cynthias schulische Leistungen konzentrieren.«

Wir diskutierten noch ein wenig und kamen dann überein, dass es, sollte Cynthia nicht wieder an ihre früheren Leistungen anknüpfen, für Patrick bald keinen Grund mehr gebe, ein Empfehlungsschreiben für sie zu verfassen.

»Ich kann versuchen, ob ich an sie rankomme«, sagte ich.

»Das wäre großartig«, antwortete Patrick.

Am Nachmittag bat ich Cynthia, nach Unterrichtsschluss noch dazubleiben.

Sie verzog das Gesicht. »Ich werde zu Hause erwartet.«

»Es dauert nicht lange«, sagte ich und machte die Tür zu.

Sie fläzte sich auf ihren Stuhl und fuhr mit dem goldenen Herz an ihrer Halskette vor und zurück.

»Ich mache mir Sorgen um dich.«

Cynthia verschränkte die Arme vor der Brust.

»Du scheinst die Schule abgeschrieben zu haben. Deine Noten sind miserabel. Die Universität könnte …«

Sie unterbrach mich. »Machen Sie sich deswegen keine Sorgen. Dann arbeite ich eben in der Fischfabrik.«

»Ich dachte, du wolltest von Little Cove weggehen und studieren?«

Sie antwortete nicht, sondern fuhr fort, mit dem Herzanhänger hin- und herzufahren, sodass ich ihr das Ding am liebsten von der Kette gerissen hätte.

»Cynthia«, versuchte ich es erneut, »du bist im Begriff, deine Zukunft wegzuwerfen, für jemanden, der dich vielleicht in ein paar Monaten fallenlassen wird.«

Ihre Miene verhärtete sich. »Das würde Ron niemals tun.«

»Woher willst du das wissen?«

Sie sah mich verächtlich an. »Das würden Sie nicht verstehen. Kann ich jetzt gehen?«

»Hör zu. Du bist intelligent. Ein Mädchen wie du könnte alles erreichen, wenn es nur will. Ich dachte, du wolltest Französischlehrerin werden?«

»Wollten Sie mich deswegen sprechen? Weil Sie wollen, dass ich wie Sie werde?«

Ihr abfälliges Grinsen ließ mich die Fassung verlieren. »Wirf dein Leben doch nicht für so einen Trottel weg!« Ich schlug mir die Hand vor den Mund.

Sie sprang auf, funkelte mich an.

Bevor ich noch etwas sagen konnte, war sie bei der Tür. »Es geht Sie nichts an, was ich außerhalb der Schule mache, Miss. Lassen Sie mich einfach in Ruhe.«

Ich folgte ihr über den Flur und erreichte gerade rechtzeitig den Ausgang, um zu sehen, wie sie in einen roten Camaro stieg. Der Motor heulte auf, der Wagen geriet auf dem vereisten Kies ins Schleudern, dann brauste er in Richtung Ortsende davon.

Zum krönenden Abschluss dieses Tages fand ich am Abend wieder einmal einen Zettel unter dem Scheibenwischer vor. Mit der altbekannten Botschaft. Ich knüllte ihn zusammen und stieg in den Wagen.

28

Nach unserem missglückten Gespräch fehlte Cynthia öfter im Unterricht, als dass sie sich blicken ließ. Bis zu den Osterferien waren es nur noch ein paar Tage, und ich fragte mich, ob sie davor überhaupt nochmal kommen würde. Aber am letzten Tag vor den Ferien wartete sie auf dem Parkplatz neben meinem Wagen auf mich.

»Kann ich mit Ihnen sprechen, Miss?«

Ich bemerkte, dass ihre Wimperntusche verschmiert war, zwei vertrocknete Rinnsale zogen sich ihre Wangen hinab.

»Ja, natürlich, worum geht es?«

Sie sah sich verstohlen auf dem leeren Parkplatz um. »Können wir in Ihrem Wagen reden?«

Tränen und ihr dringendes Bedürfnis, sich jemandem unter vier Augen anzuvertrauen: In diesem Moment war mir alles klar.

Benommen hielt ich ihr die Beifahrertür auf. Dann ging ich auf die Fahrerseite hinüber und stieg ein. Sie starrte aufs Armaturenbrett und biss sich auf die Lippe. Bei mehr als einer Gelegenheit hatte ich Patrick sagen hören, Cynthia mache der Gemeinde alle Ehre. Ich dachte an Georgie, die jetzt im Takeaway arbeitete. Ich wollte nicht, dass sich Cynthia ein für alle Mal ihre Zukunft verbaute.

»In welchem Monat bist du?«, fragte ich, als ich das Schweigen nicht länger ertrug.

Sie sog scharf die Luft ein. »Woher wissen Sie es?«

»Einfach nur geraten. Wann hattest du deine letzte Periode?«

Sie verzog das Gesicht, als hätte sie Schmerzen. »Ich weiß es nicht mehr genau.« Sie senkte den Kopf, spielte mit einem Knopf an ihrer Jeansjacke.

»Hast du es deiner Mutter gesagt?«

»Nein, Miss, sie würde mich umbringen.« Sie presste die Hände auf ihren noch flachen Bauch. »Was passiert jetzt? Als Georgie schwanger wurde, musste sie die Schule verlassen.«

»Und Ron – ihm hast du es gesagt?«

Langsam, wie in Zeitlupe, schüttelte sie den Kopf. »Er will keine Kinder. Was soll ich jetzt bloß tun?«

»Möchtest du das Kind behalten?«

»Ich … ich weiß nicht. Und jetzt kann ich meinen Abschluss nicht machen«, heulte sie.

»Cynthia.« Ich bemühte mich, meine Stimme ruhig klingen zu lassen. »Ohne dir wehtun zu wollen, aber den Abschluss hättest du vielleicht ohnehin nicht geschafft. Deine Noten sind unterirdisch, außerdem hast du in letzter Zeit viel zu viel verpasst.«

Sie atmete langsam und unregelmäßig aus. »Ich weiß. Aber ich habe mit Mr Donovan gesprochen, und er hat gesagt, wenn ich mich jetzt mächtig ins Zeug lege, könnte ich es doch noch schaffen. Ein Stipendium nicht, aber den Highschool-Abschluss. Doch jetzt …« Sie schluchzte.

»Sieh mal«, sagte ich. »Es gibt zwei Möglichkeiten. Entweder behältst du das Baby. Oder du bekommst es und gibst es zur Adoption frei.«

»So oder so könnte ich die Schule nicht beenden.« Sie

kaute auf einem Nagel, und ich musste an Georgies bis aufs Fleisch abgekaute Fingernägel denken.

Ich hatte Georgie letzten Monat in Clayville gesehen, wie sie mühsam den Kinderwagen durch den Schnee schob. Der kleine Alfie schlief unter der selbstgestrickten Wolldecke tief und fest. Ich bestaunte den Kleinen und fragte Georgie dann, wann sie wieder zur Schule kommen wolle.

Sie steckte die Decke um das Baby herum fest. »Gar nicht mehr«, antwortete sie. »Ich kann ihn doch nicht allein lassen.«

Cynthia wippte so heftig mit den Beinen, dass der Wagen zu schaukeln begann. Ich schaute zu der Schule, die mich als Lehrerin dazu verpflichtet hatte, die Kirchendoktrin hochzuhalten. »Es gibt noch eine Möglichkeit«, sagte ich.

»Welche, Miss?«

»Du könntest dich davon befreien.«

»Wie meinen Sie das, Miss?«

Ich atmete tief ein. »Du könntest es wegmachen lassen.«

Sie sog scharf die Luft ein, als wäre sie in einen Reißnagel getreten. »Oh, das könnte ich niemals tun, Miss. Das ist eine Todsünde.«

Eine Todsünde. Wie archaisch das klang. Bestimmt hatte ich noch nie im Leben dieses Wort in den Mund genommen. Aber auf die Schüler der St. Jude's schien der Glauben einen wesentlich stärkeren Einfluss zu haben, als es bei mir je der Fall war.

Im selben Moment kam der rote Camaro angefahren

und kreiste wie ein Haifisch auf dem Parkplatz herum. Cynthia rieb sich energisch die Augen, machte die Tür auf und stieg aus. Dann beugte sie sich nochmals herein und sagte: »Miss, bitte versprechen Sie, es niemandem zu verraten. Bitte. Ich sage Ron, Sie hätten mir die Leviten gelesen, weil ich so oft im Unterricht gefehlt habe. Er wird mich bestimmt fragen, was ich in Ihrem Wagen gemacht hab.«

»Lass dir nicht zu viel Zeit, Cynthia«, sagte ich. »Du solltest dir alle Optionen offenhalten.«

Die Tür wurde zugeschlagen, und sie rannte zum Camaro hinüber. Ich trommelte mit der Faust aufs Lenkrad. Verdammt! Jetzt war ihre Zukunft erst recht versaut. Mit einem Mal legte sich die Angst wie eine Schlinge um meinen Magen. Ich hatte meine Worte zwar einigermaßen vage gehalten, aber Cynthia hatte verstanden, dass ich auf eine Abtreibung anspielte. Was, wenn sie jemandem erzählte, was ich gesagt habe?

Es gab nur einen Menschen, dem ich mich jederzeit anvertrauen konnte, aber Sheila war gerade für einen zweiwöchigen Urlaub nach Mexiko geflogen. Würde Doug Verständnis für mich aufbringen, sich in meine Lage versetzen können? Ich fuhr zu ihm, um es herauszufinden.

»Ich brauche dringend deinen Rat«, sagte ich, als er die Tür aufmachte.

»Geht es dir gut?«

»Da bin ich mir nicht so sicher.«

Er rief seiner Mutter über die Schulter etwas zu und stieg zu mir in den Wagen. Er gab mir Anweisungen, wie ich fahren sollte, zuerst aus Little Cove hinaus, dann vorbei an Mardy. Nach ungefähr fünfzehn Kilometern bogen wir auf eine Staubstraße ab, die zum Meer hinunterführte, wie so viele dieser Nebenstraßen. Ich schaltete den Motor aus, und wir stiegen aus.

»Bartlett's Cove«, sagte er. »Ich liebe diesen Ort, vor allem im Sommer.«

Vorsichtig kletterten wir über die vereisten Felsbrocken, die unter unseren Füßen wegzurutschen drohten. Ungefähr sechs Meter von der Strandlinie entfernt setzten wir uns auf eine Felsgruppe. Die Wellen brachen sich am Strand, und Doug wartete, während ich nach den richtigen Worten suchte.

Schließlich sagte ich: »Ich glaube, ich hab einen Riesenfehler gemacht. Eines der Mädchen von der Schule ist schwanger und hat mich um Rat gebeten.«

»Wer?«

»Ich habe ihr versprochen, es niemand zu sagen.«

Eine Minute lang schwieg er, und ich stellte mir vor, wie er im Geiste die infrage kommenden Schülerinnen durchging.

»Was hast du ihr gesagt?«, fragte Doug.

»Wir haben über verschiedene Möglichkeiten gesprochen.«

»Zum Beispiel?«

»Es zu behalten, zur Adoption freizugeben …« Er nickte. »Das Übliche halt.«

Ich hüpfte von dem Felsen hinunter und hob einen Stein auf. Dann warf ich ihn in Richtung Meer, aber er kam auf, bevor er die Strandlinie erreichte. »Und ich habe auch eine Abtreibung erwähnt.«

Doug ließ ein leises Pfeifen vernehmen. »Du möchtest wohl unbedingt gefeuert werden, hm?«

Ich hielt den Blick auf den Horizont geheftet.

Nach einer Weile sagte er: »Wissen ihre Eltern davon?«

Ich schüttelte den Kopf.

»Lass dich nicht zu sehr da hineinziehen, Rachel«, sagte er. »Fahr auf keinen Fall mit ihr in die Stadt.«

»Was meinst du damit?«

»Es ist schon schlimm genug, dass du das erwähnt hast, aber hilf ihr nicht auch noch dabei, falls sie sich dafür entscheidet. In diesem Fall müsste sie den Eingriff in St. John's machen lassen. Und vermutlich bräuchte sie auch das Einverständnis ihrer Eltern, falls sie noch minderjährig ist.«

»Wie kommt es, dass du so gut Bescheid weißt?«

»Im Krankenhaus, in dem Geri arbeitet, werden Abtreibungen durchgeführt.«

Ich spürte, wie mein Herz gegen die Brust trommelte. Aber ich musste es einfach herausfinden. »Wie denkst du darüber?«

»Ich finde, es war ziemlich dumm von dir, mit einem Mädchen, wer immer es auch war, über Abtreibung zu reden, noch dazu als Lehrerin an einer katholischen Schule.«

»Das meinte ich nicht. Wie stehst du zu Abtreibung?«

»Warum interessiert dich das?«

Ich kletterte wieder auf den Felsen, hockte mich neben ihn und umschlang die Knie. »Einfach so.«

Doug setzte sich anders hin. »Die meiste Zeit verstehe

ich Frauen nicht. Aber ich kann mir vorstellen, wie es sein muss, ein Kind auszutragen, das man nicht haben möchte.«

»Ergo?«

»Ergo, da Männer nicht schwanger werden können, haben wir es auch nicht zu entscheiden. Das müssen wir den Frauen überlassen.«

Ich spürte, wie sich meine Schultern entspannten.

»Und, was machen wir jetzt?«, fragte Doug.

»Abwarten und Tee trinken. Vielleicht ist es ja auch falscher Alarm.«

»Das hoffe ich. Es wäre für alle das Beste.«

Ich stand auf, rieb mir die Arme.

»Gehen wir?«, fragte Doug.

»Mir ist kalt.«

»Ich habe Hunger. Lass uns zu Tony's fahren«, sagte Doug.

Eine Stunde später waren wir in Clayville, und ich parkte vor der Pizzeria. Vor dem Eingang hatte sich bereits eine Schlange gebildet.

»Mist, ich hatte mich so auf eine Pizza gefreut«, sagte Doug.

Eine Familie kam heraus, der Vater hatte zwei Pizzakartons in den Händen, und zwei Kinder sprangen fröhlich plappernd neben ihm her.

»Wir könnten ja zwei Pizzen mitnehmen und sie bei mir essen«, schlug ich vor.

»Großartige Idee, Mädchen.«

Zurück in meinem Cottage, holte ich Gläser und Teller aus dem Schrank und Doug schenkte uns Weißwein

ein. Bevor wir uns zum Essen hinsetzten, ging ich in die Wohnzimmerecke und legte die Kassette, die er für mich gemixt hatte, ein.

»Du hast mir immer noch nicht erzählt, was mit deiner Mutter passiert ist«, sagte ich und reichte ihm eine Serviette.

Ein Schatten huschte über Dougs Gesicht. »Sie hat versucht, sich das Leben zu nehmen.«

»Was?«

»Es war, nachdem Dad ertrunken war. In den Tagen bis zur Beerdigung stieg sie immer zu den Felsen über Little Cove hinauf, am Ende der Bucht. Sie war die ganze Nacht draußen, aß nichts, schlief nicht. Und sie geriet mit Lucille heftig aneinander.«

»Warum? Was war passiert?«

Doug goss sich Wein nach, aber ich hielt die Hand über mein Glas, als er mir einschenken wollte. »Dad und Lucilles Mann sind am selben Tag ertrunken. Sie waren zusammen Fischen, es kam ein furchtbarer Sturm auf. Sie hatten keine Chance.«

Ich musste an die Grabsteine auf dem Friedhof nebenan denken, Zeugnisse all derer, die ihr Leben auf dem Meer verloren hatten.

»Meine Mutter hatte die fixe Idee entwickelt, dass John, Lucilles Mann, Dad überredet hatte, rauszufahren, obwohl sich das Unwetter bereits zusammenbraute. Dass Dad eigentlich nicht wollte, sich aber gedrängt fühlte. Aber das stimmt nicht. Wenn Dad nicht zum Fischen hätte hinausfahren wollen, hätte er es auch nicht getan. Er hatte seinen eigenen Kopf.«

»Aber warum sind sie trotzdem gefahren, obwohl sich ein Sturm ankündigte?«

Doug leerte sein Glas. »Genau die gleiche Frage hat Mutter auch umgetrieben. Das Unwetter war aber gar nicht vorhergesagt worden, es kam völlig überraschend. Sieben Männer sind an diesem Tag vor unserer Küste ertrunken, und zig Boote wurden verwüstet. Dad und John wurden am selben Tag beerdigt. Beim anschließenden Leichenschmaus war Mutter völlig außer sich, meinte, John hätte Dad auf dem Gewissen und Lucille hätte ebenfalls Blut an den Händen. Sie sagte, nie wieder würde sie mit Lucille reden.«

»Und wann hat sie …?« Ich überlegte, wie ich es am besten ausdrücken sollte. »Wann passierte dann das Unglück?«

»Nach dieser Szene auf der Beerdigung verschwand sie und stürzte sich von den Klippen. Glücklicherweise hat sie überlebt. Sie behauptete, ausgerutscht zu sein, aber das hat ihr, glaube ich, niemand abgenommen. Seit sie aus dem Krankenhaus entlassen wurde, hat sie sich vollkommen zurückgezogen. Meine Tante kommt jeden Tag vorbei, um sich um den Haushalt zu kümmern. Bei dieser Party, nachdem du Ruthie gerettet hattest, hat sie, glaube ich, zum ersten Mal seit fünf Jahren das Haus verlassen, abgesehen von Krankenhausterminen und so.«

Als wir unsere Pizza aufgegessen hatten und die Weinflasche leer war, holte Doug eine weitere Flasche aus meinem Weinregal. »Komm, nimm dein Glas«, sagte er, »machen wir es uns bequem.«

Ich wechselte die Kassettenseite und setzte mich zu

Doug aufs Sofa. Wir plauderten eine Weile über dies und das, und als die ersten Takte von *Sweet Forget Me Not* erklangen, stand er auf und zog mich in seine Arme. Wir tanzten langsam durch den kleinen Raum, er legte den Kopf an meine Wange und sang leise. Als das Lied zu Ende war, tanzten wir einfach weiter. Doug hob mein Kinn an, sah mir in die Augen und lächelte. Dann zog er mich sanft zum Sofa zurück.

»Rachel«, sagte er mit zärtlicher Stimme. Er umfasste mit beiden Händen mein Gesicht und schaute mich eine gefühlte Ewigkeit lang an. Dann beugte er sich zu mir, und ich schloss die Augen, denn ich war dieses Mal sicher, dass er mich gleich küssen würde.

Plötzlich klingelte das Telefon.

»Geh nicht ran«, flüsterte er. Ich wartete darauf, dass sich der Anrufbeantworter einschaltete.

»Rachel.« Die Stimme meiner Mutter – sie klang, als weinte sie. Ich löste mich von Doug und lief zum Telefon.

»Mum, was hast du, alles okay bei dir?«

Ich formte ein lautloses »Sorry« in Dougs Richtung. Er schenkte sich ein weiteres Glas Wein ein und nahm eine Zeitung vom Sofatisch.

Ich konnte Mum kaum verstehen, so sehr schluchzte sie. Doch dann machte ich die Worte »ein Jahr« aus und spürte einen Kloß im Hals.

»Es ist jetzt ein Jahr her. Heute vor einem Jahr ist er gestorben«, sagte sie im Flüsterton.

»Nein, Mum. Morgen, morgen ist der erste Todestag.« Als wäre das ein großer Trost.

»Heute ist *morgen* in Australien.« Immer wieder wurde

sie von Schluchzern unterbrochen. Ich ließ mich auf den Boden sinken und murmelte: »Ist schon gut, ist schon gut«, obwohl gar nichts gut war.

»Ich muss einfach mit jemandem reden, jemandem, der …« – sagte sie mit erstickter Stimme –, »jemand, der ihn genauso geliebt hat wie ich.«

Am liebsten hätte ich sie durch die Telefonleitung hindurch in die Arme geschlossen, um sie nicht wieder loszulassen. Auch wenn Mum und ich uns nie besonders nah waren, auch wenn Dad immer unser Bindeglied war, verstand ich ihre Trauer genau.

»Erzähl mir eine Geschichte von Dad«, sagte sie in meine Gedanken hinein. »Bitte.«

Es war, als hätte sie mit ihrem Wunsch all meine Erinnerungen ausgelöscht. Mir fiel keine einzige Geschichte ein. Aber dann blieb mein Blick an einem gerahmten Foto auf dem Kaminsims hängen – wir drei in unserem Cottage, Dad mit einem Fernglas um den Hals.

Und plötzlich hatte ich die Szene wieder vor Augen. Mum lag auf dem Steg und sonnte sich. Ich saß im Schatten und las. Dad beobachtete Vögel. Mit einem Mal näherte er sich Mum und hob das Fernglas an die Augen. Dad war leidenschaftlicher Hobby-Ornithologe und machte sich immer wieder einen Spaß daraus, so zu tun, als wäre Mum ein seltener Vogel. Diesmal übertraf er sich selbst, schlug einen theatralischen Flüsterton an, so als würde er eine Natursendung moderieren.

»Ich bin jetzt ganz nahe«, sagte er mit gedämpfter Stimme. »Wir müssen ganz leise sein, wir wollen ihn nicht aufschrecken.«

Mittlerweile berührte das Fernglas fast Mums Nase. »Ja, genau wie ich vermutet habe: Es ist ein seltener Kuckuck.« In diesem Moment sah Mum auf, beschattete mit der Hand die Augen und lachte, dass dieser Witz inzwischen alt sei, fast so alt wie er. Da beugte sich Dad hinab und küsste sie.

»Erinnerst du dich an den seltenen Kuckuck?«

In Mums Weinen mischte sich so etwas wie Lachen. »Oh ja!« Und während ich an die Wand gelehnt auf dem Boden saß, die Knie umschlungen, erzählte sie mir die Geschichte, die sich soeben vor meinem geistigen Auge abgespielt hatte, viel besser, als ich es gekonnt hätte. Ihre Stimme hatte einen sanften Ton angenommen, und zum Schluss lachte sie tatsächlich ein wenig.

»Genau das, was ich gebraucht habe, Rachel. Das ist eine perfekte Dad-Geschichte. Ich bin heute lange gejoggt und habe dann Vivaldi gehört. So habe ich diesen Tag begangen.«

»Das ist gut, Mum. Telefonieren wir morgen nochmal?«

»Ja, natürlich. Ich liebe dich.«

»Ich dich auch.«

»Und danke, Rachel«, fügte sie im Flüsterton hinzu.

Ich legte auf. »Tut mir leid, Doug. Das war meine Mutter, und …«

Aber er war eingeschlummert, ein Glas Rotwein in der Hand, das sich gefährlich nah Richtung Boden neigte. Vorsichtig nahm ich es ihm ab und versuchte, ihn zu wecken, aber er schien völlig bewusstlos zu sein. Selbst als ich in der Küche mit dem Geschirr klapperte, rührte er sich nicht. Irgendwann ging ich nach oben und legte mich schlafen.

Als ich am nächsten Morgen hinunterkam, fand ich Doug noch immer da vor, wo ich ihn zurückgelassen hatte. Er war wach, jedenfalls halbwegs, und hielt einen Schuh in der Hand. Er kratzte sich am Kopf und sah sich verdutzt im Zimmer um.

»Ich und Rotwein«, sagte er kopfschüttelnd. »Eine tödliche Mischung.«

»Ich kenne noch jemanden, bei dem das so ist«, erwiderte ich. »Meine Mutter.«

Ich hob seinen zweiten Schuh auf und hielt ihn ihm hin.

»Ich brauch jetzt einen Kaffee«, sagte er.

»Du trinkst doch gar keinen Kaffee.«

»Also, irgendwas in der Art brauche ich jetzt.«

»Es ist Karfreitag. Und ich bezweifle, dass Wilf offen hat.«

Doug stöhnte. »Ach du lieber Himmel. Der Kreuzweg.«

»Was?«

»Sei froh, dass du in Clayville wohnst und es nicht mehr mit Father Frank zu tun hast. Ich muss zusehen, dass ich nach Hause komm.«

Ich bot ihm an, ihn zu fahren, aber er meinte, er werde trampen, bestimmt würde ihn gleich jemand mitnehmen. Eine kurze, unbeholfene Umarmung an der Tür, und weg war er.

29

Doug gegenüber erwähnte ich nicht, dass es der erste Todestag meines Vaters war. Das ganze Jahr über hatte ich Jahrestage im Stillen begangen – seinen Geburtstag, Mums Geburtstag, ihren Hochzeitstag, den Tag, an dem er seine Diagnose erhalten hatte – und so weiter. Keiner war mit dem heutigen vergleichbar. Ich konnte mich nicht entscheiden, ob er der wichtigste oder bedeutungslos war. Vielleicht zählte einfach, dass Dad von uns gegangen war, nicht das Datum, an dem es passierte.

Ruhelos und irgendwie neben der Spur, lief ich im Haus herum. Ich schnappte mir eine Packung rote Lakritze aus dem Küchenschrank, warf mir einen Mantel über und ging auf den Friedhof, setzte mich auf eine Bank und kaute fröstelnd Lakritze. Dad hatte Lakritze geliebt. Vor der Beerdigung hatte ich mich heimlich zu seinem Sarg geschlichen und ein paar Stangen in seine Anzugtasche gesteckt. Nachdem die Packung leer war, kehrte ich ins Haus zurück, nahm die Fiedel, die Phonse mir geschenkt hatte, und spielte Vivaldi, während die Tränen mir die Wangen hinabkullerten.

Am Samstagabend rief Lucille an, um mich zum Osteressen am nächsten Tag einzuladen. Ich hatte Freitag und Samstag allein verbracht und freute mich über die Einladung. Sie sagte, ihr Knie mache ihr zurzeit Ärger und ob ich früher kommen und mit ihr zum Gottesdienst fahren könne. Seit meinem Umzug nach Clayville war ich nicht mehr in der Kirche gewesen, aber Lucille zuliebe war ich bereit, in den sauren Apfel zu beißen.

Am Ostersonntagmorgen glättete ich zum ersten Mal seit einer halben Ewigkeit wieder meine Locken und zog ein Kleid und darüber den Trenchcoat an. Eine Mütze ging mir dann aber doch zu weit.

Als ich ankam, wartete Lucille bereits am Gartentor auf mich. Sie hinkte zur Beifahrertür.

»Arthritis«, sagte sie, als ich fragte, was mit ihrem Knie los sei. »Was is'n mit deinem Haar passiert?«

Ich fasste mir instinktiv an den Kopf. »Ich habe es geglättet. Warum? Sieht es nicht gut aus?«

»Anders.«

»Anders gut oder schlecht?«

»Einfach nur anders.« Offenbar hatte sie vergessen, dass ich es jeden Tag geglättet hatte, als ich noch bei ihr wohnte.

Obwohl wir früh dran waren, war der Parkplatz belegt und wir mussten auf der anderen Straßenseite parken.

»Diese Teilzeit-Gläubigen«, sagte Lucille kopfschüttelnd. »An Weihnachten und Ostern und hin und wieder eine Hochzeit oder Beerdigung. Das gehört sich nicht.« Wenn diese Leute Teilzeitler waren, war ich allenfalls eine Aushilfe.

Dann sagte Lucille plötzlich: »Heiliger Strohsack. Dass ich diesen Tag nochmal erleben darf!« Ich folgte ihrem Blick und sah, wie Doug den Rollstuhl seiner Mutter die Eingangsstufen zur Kirche hinaufbugsierte.

Die Messe schien kein Ende nehmen zu wollen. Während der Predigt blickte ich mich verstohlen um und hielt nach Doug Ausschau, aber Lucille rief mich mit einem Ellbogenstoß wieder zur Ordnung.

Als wir anschließend die Kirche verließen, wünschten mir viele Eltern und ein paar Schüler frohe Ostern. Lucille ging neben dem Rollstuhl in die Hocke und unterhielt sich mit Grace, während Doug und ich danebenstanden. Ich machte mir Sorgen um Lucilles Knie.

»Ihre Frisur gefällt mir, Rachel«, sagte Dougs Mutter. »Was haben Sie mit Ihrem Haar gemacht?«

»Ich habe es geglättet.«

»Mir gefallen die Locken besser«, warf Doug ein.

Seine Mutter schnaubte. »Als würdest du dich mit Frisuren auskennen.«

Judy und Bill kamen die Stufen herab und gesellten sich zu uns. »Schön, deine Mutter mal wieder unter Leuten zu sehen«, sagte Bill zu Doug.

Judy zupfte mich am Ärmel. »Kann ich kurz mit dir sprechen?«

Sie führte mich ein Stück weg von den anderen und sagte: »Vermutlich nicht der richtige Ort, um über schulische Angelegenheiten zu reden.« Kurz geriet ich in Panik, weil ich dachte, ihr wäre zu Ohren gekommen, was ich zu Cynthia gesagt hatte.

»Ich bin die nächsten Tage auf einer Konferenz«, sagte sie, »wollte mit dir aber vorher noch über deinen Anstellungsvertrag sprechen.«

»Gibt es ein Problem?«

»Himmel, nein. Im Gegenteil. Ich habe mich am Donnerstag mit Pat beraten, und um ehrlich zu sein, kann sich keiner von uns beiden vorstellen, was wir ohne dich täten. Wusstest du, dass zwei Jungen aus der neunten Klasse nächstes Jahr Französisch nehmen wollen, seit sie bei dem Gastvortrag der Polizei waren, den du organisiert hast?«

»Wow, das ist großartig!«

»Du musst dich nicht gleich entscheiden«, fuhr Judy fort. »Wie gesagt, es geht um deinen Vertrag: dass er auf ein Jahr befristet ist, ist ohnehin ungewöhnlich. Hast du schon Pläne für das nächste Schuljahr? Wir würden dich jedenfalls gern behalten.«

Ich sah die Straße hinab in Richtung Schule, wusste nicht, was ich sagen sollte. »Als ich die Stelle annahm, habe ich nicht viel weiter geplant, es war eine eher impulsive Entscheidung.«

Judy legte den Kopf schief und sah mich an. »Über deine Beweggründe hast du dich ja bislang ausgeschwiegen.«

»Ich musste einfach weg. Mein Plan war, ein Jahr lang Lehrerfahrung zu sammeln, ein gutes Zeugnis zu kriegen …«

Sie hob die Hand. »Das wäre natürlich kein Problem. Mir käme da spontan das Wort ›mitreißend‹ in den Sinn.«

Meine Wangen wurden plötzlich ganz warm. »Danke. Der nächste logische Schritt wäre, nach diesem Jahr wieder nach Hause zurückzukehren.«

»Logik wird gern überbewertet. Versuche, auf dein Herz zu hören.«

Ich spähte zu den anderen und fing Dougs Blick auf. Wir sahen uns lange an, bis Lucille mit ihrer polternden

Stimme rief: »Wird das heute noch was, Missus?«, und schon war der Zauber gebrochen.

»Kann ich ein bisschen darüber nachdenken?«, fragte ich Judy.

»Natürlich.«

Während ich zu Lucille zurückging, begann ich, meine Optionen abzuwägen.

Kaum hatten wir Lucilles Haus betreten, wehte uns der Geruch von Jiggs Dinner entgegen, dem traditionellen Sonntagsessen in Neufundland.

Ich half Lucille, den Tisch zu decken, und lud mir, nachdem wir uns gesetzt hatten, gekochte Kartoffeln, Rüben, Karotten und Corned Beef auf den Teller.

»Ich seh schon, den Kohl hast du wie immer ausgelassen«, sagte Lucille.

Um sie von meinem Verstoß gegen die guten neufundländischen Sitten abzulenken, machte ich eine Bemerkung über Grace' Anwesenheit in der Kirche. »Doug hat mir von dem Unwetter erzählt, bei dem sein Vater und dein John ums Leben gekommen sind. Das muss furchtbar gewesen sein.«

Sie streute aufgebracht Salz auf ihr Essen. »Es waren harte Zeiten für viele Menschen hier. Irgendwann wird es leichter, aber ich werde nie aufhören, meinen John zu vermissen. Ich rede noch immer die ganze Zeit mit ihm.« Sie tupfte sich mit der Serviette den Mund ab. »Es tut gut, Erinnerungen mit Leuten auszutauschen, die ihn gut kannten.«

Das rief mir ins Gedächtnis, was Mum gesagt hatte. Auch sie hatte das Bedürfnis, mit einem Menschen zu reden, der Dad ebenfalls geliebt hatte.

»Und jetzt«, sagte Lucille und holte mich aus meinen Gedanken zurück, »kann ich mit Grace über ihn sprechen, und das habe ich dir zu verdanken.«

»Warum denn mir?«, fragte ich und nahm eine weitere volle Gabel.

»Weil du diejenige bist, die sie hinterm Ofen vorgelockt hat.«

Um nicht mit vollem Mund zu antworten, bedeutete ich ihr mit einer Geste, dass ich nicht verstanden hatte, was sie meinte.

»Das erste Mal seit Jahren, dass sie das Haus verlassen hat, war zu dem Fest, nachdem du beim Versuch, diesen verdammten Hund zu retten, ums Haar ertrunken wärst.«

Ich überging das Wort »Versuch« und sagte: »Lag ihr Ruthie denn so am Herzen?«

»Nicht der Hund, du Dummchen. Die Rettung. Diesen Tag werden die Leute in Erinnerung behalten. Du hast es auf deine Art mit der See aufgenommen und hast gewonnen. Und solche Tage werden hier gefeiert. Als Grace an diesem Abend das Haus verlassen hat, ist ihr, glaube ich, klar geworden, was ihr in den Jahren, wo sie sich verkrochen hatte, alles entgangen ist. Und ich vermute, die Messe zu besuchen war die letzte Hürde, die sie noch hat nehmen müssen. Jetzt hat sie's geschafft, und das ist dir zu verdanken.«

Nach dem Essen spülte Lucille das Geschirr, und ich trocknete ab. Das Radio lief leise und dudelte mal einen Jig, dann wieder einen Reel.

»Was is'n jetzt mit deinem Vertrag?«, wollte Lucille

wissen, während sie mir eine mit Spülschaum bedeckte Pfanne reichte.

»Mit meinem Vertrag?«

»Mich interessiert eben, ob du noch ein Jahr verlängerst.«

»Genau das Gleiche hat mich Judy nach dem Gottesdienst vorhin auch gefragt.«

»Klar hat sie das. Die können von Glück sagen, dass sie dich haben. Und, was hast du gesagt?«

»Dass ich es mir durch den Kopf gehen lasse.«

»Pff«, machte Lucille – was immer das auch bedeutete.

Als die Küche fertig aufgeräumt war, kochte Lucille Tee, und wir setzten uns wieder an den Tisch. Sie berichtete mir, wie es den Knüpferinnen ging und wie Lindas Hochzeitspläne voranschritten, aber ich hörte nur halb zu. Es fühlte sich irgendwie vertraut an, während wir so dasaßen und Lucille redete und redete, aber nach einer Weile hatte ich das Gefühl, dass irgendetwas nicht stimmte. Dann dämmerte es mir. Es stand kein Aschenbecher auf dem Tisch, und der Platz über dem Herd, wo Lucille für gewöhnlich ihre Zigaretten aufbewahrte, war leer. Und, vor allem: Sie hatte seit ich da war noch keine einzige Zigarette geraucht.

»Hast du mit dem Rauchen aufgehört?«, fragte ich.

»Ja, Mädchen. Hab schon gedacht, du bemerkst es nie. Ich habe Linda gefragt, was sie sich zur Hochzeit wünscht, und da hat sie gemeint, das Einzige, was sie will, ist, dass ich's Rauchen aufgebe.«

Ich sprang auf und drückte sie fest.

»Heiliger Strohsack, jetzt hättest du um ein Haar meinen Tee verschüttet.«

Ich blickte mich in der Küche, die mir einmal so vertraut gewesen war, nach weiteren Veränderungen um. Im Linoleumboden war ein neuer Riss, und über dem Tagesbett war ein neuer Läufer drapiert. Das Muster bestand aus je einem breiten blauen und grünen Streifen, und in einer der oberen Ecken saß ein gelber Klecks. Als ich den Läufer bestaunte, machte Lucille eine wegwerfende Handbewegung.

»Pah«, sagte sie. »Ich habe keine blauen und grünen Stoffreste mehr gehabt, also habe ich diesen gelben Fetzen benutzt. Mag das Ding gar nicht ansehen.«

»Also mir gefällt er. Er ist wie ein abstraktes Gemälde – nur Meer, Wald und Sonne, sonst nichts.«

»Du bist verrückt, Schätzchen. Echt verrückt.« Sie lachte. »Abstraktes Gemälde. Also wirklich, ist mir völlig neu. Wenn ich das den Mädels erzähle!«

Als ich mich verabschieden wollte, drückte Lucille mir den Läufer in die Hände. »Nimm«, sagte sie. »Du hast mich da auf 'ne Idee gebracht.« Sie zeigte auf den gelben Fleck. »Vielleicht ist das ja die Hoffnung.«

30

Durch Zufall hatte ich entdeckt, dass zur Bezirks-Highschool von Clayville ein Schwimmbad gehörte, das außerhalb der Unterrichtszeiten öffentlich zugänglich war. Ich schwimme schon, seit ich denken kann. Es gibt ein Foto von mir als Winzling, das zusammen mit einem Artikel über Kleinkind-Schwimmen in der Lokalzeitung erschien. An der Universität hatte ich als Rettungsschwimmerin gejobbt. Sogar eine Leistungssportkarriere hatte man mir vorgeschlagen, aber für mich hatte der Reiz des Schwimmens immer nur darin bestanden, abzuschalten und die Einsamkeit zu genießen. Egal, ob ich wütend oder traurig ins Becken tauche, sofort ist die Anspannung wie verflogen.

Um das Schwimmbad benutzen zu dürfen, brauchte ich einfach nur meinen Namen und die Adresse in ein abgegriffenes rotes Notizbuch zu schreiben und eine Eintrittsgebühr von fünf Dollar zu entrichten, für die man zehn Wochen lang das Schwimmbad benutzen durfte. Ein überaus fairer Deal, wie ich fand.

Schnell schlüpfte ich in den Badeanzug, streifte mir die Schwimmbrille über und glitt in den Pool. Ein gebrauchtes Heftpflaster trieb vorbei. Ich fischte es auf und deponierte es auf den Beckenrand. Neben mir zog eine Frau in einem leuchtend orangen Badeanzug ihre Bahnen, und kurz darauf kraulten wir synchron nebeneinander. Als ich später aus der Dusche kam, traf ich sie in der Umkleide, und wir plauderten kurz, während wir uns abtrockneten und anzogen. Sie hieß Maggie Vincent und unterrichtete, wie sich herausstellte, Geschichte an der örtlichen Highschool. Wir verabredeten uns für den kommenden Freitag zum Schwimmen.

Als ich nach Hause kam, hatte ich einen Bärenhunger. Ich machte mir eine Tasse Tee und knabberte dazu ein Plätzchen, während ich mir überlegte, was ich zu Abend essen sollte. Im selben Moment klingelte das Telefon.

»Rachel?« Die Stimme bebte, sodass ich sie nicht sogleich erkannte.

»Ja?«

»Hier ist Biddy.« Ihre Stimme hatte einen gequälten Klang.

»Ist etwas passiert?« Ich stellte den Becher angespannt ab. »Ist etwas mit Lucille?«

»Nein«, sagte Biddy, »mit mir.« Die letzten beiden Worte flüsterte sie fast.

»Was ist denn los, Biddy?«

»Wir sind mit einem Elch zusammengestoßen.«

»Mit einem Elch? Ich verstehe nicht ganz.«

»Eddie Churchill hat mich heute Morgen nach Clayville gefahren, und da war ein Elch auf der Straße, und wir sind mit ihm zusammengestoßen.«

»Du lieber Gott. Geht es euch gut?«

»Na ja, ein bisschen angeschlagen.« Sie sei mit dem Kopf gegen die Windschutzscheibe geprallt, fügte sie hinzu. »Aber um Eddie mache ich mir mehr Sorgen. Er wurde mit dem Krankenwagen nach St. John's gebracht, und im Krankenhaus wollen sie mir keine Auskunft geben, weil ich keine Angehörige bin.«

Ich dachte an den freundlichen, hilfsbereiten Eddie Churchill, daran, wie er meine Winterreifen aufgezogen und zu mir gesagt hatte, ich sei jetzt eine von ihnen, und wie er mich zusammen mit den anderen Männern aus dem Eis befreite, nachdem ich Ruthie gerettet hatte.

»Rachel«, sagte Biddy und zögerte dann. »Ich traue mich gar nicht, dich zu fragen, aber sie haben gesagt, ich kann heimgehen, wenn mich jemand abholt, und da habe ich gedacht, ob …«

»Ich bin gleich da, Biddy. Wo bist du?«

»In der Notaufnahme. Ich glaub ja nicht, dass ich da hingehöre, aber jedenfalls bin ich dort. Das Einzige, was ich jetzt möchte, ist 'ne gute Tasse Tee und meine eigenen vier Wände.«

Ich packte Mantel und Handtasche und rannte zum Wagen hinaus. Nach wenigen Minuten hatte ich das Krankenhaus von Clayville gefunden und folgte dem Hinweisschild zur Notaufnahme. Es war ein kleines Krankenhaus, und in der Notaufnahme behandelte man, wie ich später erfuhr, tatsächlich nur leichte Verletzungen. Schwerverletzte wurden gleich nach St. John's gebracht.

Biddy saß kerzengerade auf einem Stuhl im Wartezimmer. Sie war grau im Gesicht, ihr Muttermal nicht ganz so violett wie sonst. Mitten auf der Stirn hatte sie eine dicke Beule. Ihr rechter Arm saß in einer Schlinge, und sie wirkte völlig erschöpft.

Eine Krankenschwester in mittlerem Alter saß neben Biddy. Als ich mich näherte, stand sie auf und sagte: »Sind Sie Mrs Cormacks Angehörige?«

Bevor ich zu einer Antwort ansetzen konnte, sagte

Biddy auch schon: »Das ist meine Nichte Geraldine, von der ich Ihnen erzählt habe.« Sie sah mich vielsagend an.

»Oh«, erwiderte die Schwester mit plötzlichem Interesse. »Mrs Cormack …«

»*Miss* Cormack«, korrigierte Biddy sie.

»Miss Cormack hat mir erzählt, Sie arbeiten im Krankenhaus von St. John's. Kennen Sie Patsy Fowler?«

Einen kurzen Moment war ich wie vor den Kopf gestoßen. Diese Lügen behagten mir gar nicht, und was, wenn von mir irgendwelche medizinischen Kenntnisse erwartet wurden?

Dann sagte Biddy wimmernd: »Ich möchte nach Hause.«

Ich war mir nicht sicher, ob es ein kluges Ablenkungsmanöver oder echter Not geschuldet war, jedenfalls war die Frage der Schwester auch schon vergessen. Sie sagte, Biddy habe vermutlich eine Gehirnerschütterung und müsse die nächsten vierundzwanzig Stunden unter Beobachtung stehen. »Aber Ihnen muss ich das ja nicht erklären«, fügte sie hinzu. »Außerdem hat sie ein paar Prellungen und soll diese Schmerztabletten einnehmen.« Sie reichte mir eine Pillendose.

Ich warf einen Blick auf das Etikett – alle sechs Stunden eine – und fragte: »Und was ist mit ihrem Arm?«

»Der Arzt meint, es ist nur eine Verstauchung, aber er möchte sie am Mittwoch nochmal sehen. Jedenfalls soll sie ihn erst mal nicht belasten.«

»Nicht dass ich das könnte«, erwiderte Biddy. »Wo ich gefesselt bin wie 'n Truthahn.«

Dann stand sie auf, ein unmissverständliches Zeichen

zum Aufbruch. Ich ging neben ihr her, aber nicht zu dicht, aus Angst, ihr wehzutun. Als wir bei meinem Wagen ankamen, half ich ihr einzusteigen, legte ihr vorsichtig den Sicherheitsgurt um und ließ das Schloss einrasten.

»Dann muss heute Nacht wohl jemand bei dir bleiben«, sagte ich.

Biddy runzelte die Stirn. »Meine Schwester ist mit Lucille zu einer Hochzeit nach St. John's gefahren. Vor Sonntagnachmittag kommen sie nicht zurück.«

»Und was ist mit Flossie und Annie?«, fragte ich.

»Die sind auch auf der Hochzeit.«

»Keine Sorge. Dann übernachte ich eben bei dir. Ein Wochenende in Little Cove tut mir bestimmt gut«, log ich. »Wird Zeit, dass ich das endlich mal wieder mache.«

»Nein, das tust du nicht. Ein junges Ding wie du möchte sich bestimmt nicht in seiner Freizeit um eine alte malade Frau kümmern.«

»Doch, das werde ich. Und jetzt keine Widerrede. Wir machen nur einen kleinen Zwischenstopp bei mir zu Hause, um ein paar Sachen zu holen, dann geht's weiter nach Little Cove.«

Während wir durch die ruhigen Straßen von Clayville fuhren, saß Biddy schweigend neben mir. Mein kleines Haus war hell erleuchtet, und trotz der Umstände blieb ich kurz stehen, um den Anblick zu genießen. Dann half ich Biddy auszusteigen, wobei sie zusammenzuckte, als ich aus Versehen ihren Arm streifte. Ich führte sie zu einem der Zweiersofas, ehe ich Teewasser aufsetzte und nach oben rannte, um ein paar Anziehsachen und Toilettenartikel in eine Tasche zu packen.

Als ich wieder hinunterkam, stand Biddy beim Kamin.

»Hat den Lucille geknüpft?«, fragte sie und deutete auf den Läufer, den ich an der Wand aufgehängt hatte.

»Ja, sie hat ihn mir geschenkt, als ich ausgezogen bin.« Ich hatte immer noch Schuldgefühle wegen meines überstürzten Umzugs. »Glaubst du, Lucille hat sich geärgert, als ich so schnell bei ihr ausgezogen bin?«

»Nein, das glaube ich nicht. Du hast doch hoffentlich kein schlechtes Gewissen deswegen, oder?«

»Na ja, ein bisschen schon.« Selbst abtrünnige Katholiken trugen noch Reste davon mit sich herum.

»Weißt du, meine Liebe«, sagte Biddy, »Lucille ist zwar meine beste Freundin, aber sie würde jedermanns Geduld auf Dauer strapazieren. Ich bin wirklich gerne mit ihr zusammen, aber genauso gern schließe ich wieder die Tür hinter ihr und genieße es, allein in meinem Haus zu sein.« Es war, als hätte Biddy meine eigenen Gefühle gegenüber Lucille auf den Punkt gebracht.

Sie ging zum Sofa zurück und setzte sich. »Ich finde, das hast du gut gemacht, dir was Eigenes zu suchen.« Sie ließ den Blick durch den Raum wandern. »Und wie gemütlich du es hast, Mädchen, auch wenn das ein komischer Ort ist, um die Milch aufzubewahren, wenn ich das sagen darf.« Sie deutete auf die Kondensmilch, die ich schon vor Monaten auf dem Kaminsims abgestellt hatte.

Der Wasserkessel begann zu pfeifen, also schnappte ich mir die Dosenmilch und ging damit in die Küche. Ich brühte eine Kanne Tee auf und goss frische Milch in einen Krug, öffnete aber zur Sicherheit auch die Kondensmilch. Dann legte ich ein paar Plätzchen auf einen Teller. Ich wollte mir besondere Mühe geben. Sheila und Doug waren bislang meine einzigen Gäste gewesen, und ich beschloss, demnächst Maggie Vincent, die Lehrerin, die ich im Schwimmbad kennengelernt hatte, zum Kaffee einzuladen. Es war höchste Zeit, dass ich in Clayville ein paar Freunde fand.

Ich setzte mich neben Biddy und schenkte uns Tee ein; gut, dass ich am Vorabend aufgeräumt hatte, dachte ich. Ich wohnte zwar allein und war nicht gerade chaotisch, aber hin und wieder ließ ich fünfe gerade sein. Nicht selten ertappte ich mich dabei, dass irgendwo eine leere Teetasse stand oder Zeitschriften verstreut herumlagen. Meine Mutter wäre entsetzt gewesen.

Biddy nippte an ihrem Tee. Wie erwartet griff sie zur Dosenmilch. Sie sagte zwar, sie habe keinen Hunger, nahm sich jedoch nach ein paar Minuten ein Plätzchen. Dieses Rezept hatte eine Trefferquote von hundert Prozent. Sie nahm winzige Bissen und kaute eine gefühlte Ewigkeit auf jedem herum. Dann erzählte sie mir vom Unfall.

Es sei neblig gewesen, aber Eddie sei vorsichtig gefahren, nicht zu schnell, beteuerte sie. »Doch der Elch kam wie aus dem Nichts, so wie es seine Art ist.«

Eddie sei auf die Bremse gestiegen, »und das hat uns wahrscheinlich das Leben gerettet«, fuhr sie fort. Instinktiv langte sie an die Stirn und betastete vorsichtig die Beule.

»Warst du angeschnallt?«

Sie schnalzte mit der Zunge. »Natürlich! Na ja, der

Gurt war vielleicht ein bisschen locker, aber angeschnallt war ich.«

Nur Eddie nicht, sagte sie. »Der schnallt sich nie an.«

»Wird er wieder gesund?«

Sie umklammerte die Hände, als wollte sie beten. »Sie haben mir ja nicht viel verraten, weil ich keine Angehörige bin. Ich nehme an, Phonse weiß mehr. Sobald wir in Little Cove sind, rufe ich ihn an.«

Das nahm ich als Aufforderung, also räumte ich schnell den Tisch ab und stellte das Tablett auf den Küchentisch. Als ich die beiden Milchgefäße nebeneinander sah, beschloss ich, etwas frische Milch in eine Thermoskanne zu gießen und mit zu Biddy zu nehmen. Natürlich durfte ich dort keinen Komfort erwarten, aber ich war nicht bereit, mich wieder mit Dosenmilch abzufinden. Zu guter Letzt klemmte ich mir auch noch das Glas mit den Plätzchen unter den Arm.

Ich fuhr langsam, zum einen weil ich jetzt Angst hatte, mit einem Elch zusammenzustoßen – was ich noch nie auch nur in Betracht gezogen hatte –, und zum anderen wegen der Schlaglöcher, die uns durchruckelten.

Biddys Haustür war unverschlossen. Ich machte mich bereit, sie für Biddy aufzuschieben, aber sie ging fast wie von allein auf.

»Phonse hat versprochen, sie zu reparieren«, sagte Biddy, als ich ihr nach drinnen folgte. In der Küche war es dunkel und kalt.

Sie seufzte. »Das Feuer im Herd ist ausgegangen.«

»Setz du dich in den Schaukelstuhl«, sagte ich. »Ich zünde das Feuer an.«

»Oh, man muss den Dreh raushaben. Ist ein launisches altes Ding.« Biddy deutete zu den Scheiten und dem Anzündholz, das ordentlich neben dem Herd gestapelt war. »Man braucht ein paar verdorrte Fichtenzweige, sie müssen trocken wie Zunder sein.«

Ich holte eine Steppdecke vom Tagesbett und wickelte sie um Biddy. »Keine Sorge, ich kenne mich mit solch launischen alten Dingern aus«, sagte ich lächelnd. »Wir haben selbst so einen alten Herd in unserem Feriencottage, für den Fall, dass wieder mal der Strom ausfällt.«

Mithilfe von Biddys Anweisungen brachte ich ein Feuer zustande. Es dauerte nicht lang, und in der Küche wurde es warm.

»Ich könnte auch die Heizung aufdrehen«, sagte ich.

»Heizung? Das da ist meine Heizung. Auch wenn die anderen hier alle Zentralheizung haben, mir für meinen Teil reicht dieser Herd. Es bin ja nur ich hier, und sobald das Feuer brennt, ist es warm genug. Als ich noch jünger war, haben wir einen alten Ziegelstein mit ins Bett genommen, den wir vorher auf dem Herd aufgeheizt und dann in eine Kissenhülle gewickelt hatten. Heutzutage nehm ich 'ne Wärmflasche mit. Tja, der Fortschritt«, sagte sie kichernd.

»Früher muss es in Little Cove so anders gewesen sein als heute«, sagte ich.

»In mancher Hinsicht schon. Aber vieles ist noch genauso wie damals. Lucille und ich gehen immer noch beieinander ein und aus. Und Annie und Flossie trotten hinter uns her.« Sie runzelte die Stirn. »Die beiden sind früher öfter in Schwierigkeiten geraten, aber seit sie Witwen sind, haben sie sich gefangen.«

»Wie meinst du das?«

»Ach, ich sollte besser keine alten Geschichten aus der Schule ausplaudern.« Schade, fand ich.

Ich setzte mich an den Küchentisch, und eine Weile schwiegen wir. Als Biddy mir vorhin Anweisungen gab, wie ich das Herdfeuer anzünden sollte, kam mir wieder unser letzter Besuch in unserem Cottage in den Sinn. Dad hatte auf dem Sofa am Panoramafenster gelegen und zugesehen, wie sich die Bäume im Wind bogen und der Regen auf den See prasselte. Währenddessen belegte ich eine Pizza, die Dad sich gewünscht hatte, obwohl wir wussten, dass er nichts davon essen würde. Mum war im Schlafzimmer und arbeitete.

Mit einem Mal ging der Strom aus, und sofort war der Raum in Dunkelheit getaucht. Mum kam herein und nahm die Taschenlampe aus der Küchenschublade. Sie richtete sie auf den Herd, während Dad mich beim Feuermachen navigierte. Anschließend buken wir die Pizza in einer Pfanne auf dem Herd, und Dad schaffte fast ein ganzes Stück und meinte, es sei die beste Pizza, die er je gegessen habe.

Mum und ich brachten es nicht über uns, nach seinem Tod wieder in unser Cottage zu fahren. Den ganzen Sommer über blieb es verwaist, und im Herbst machte der Mann, der sich um die Instandhaltung kümmerte, es schließlich winterfest. Aber in letzter Zeit hatte ich zunehmend Sehnsucht danach, und Sheila und ich hatten Pläne geschmiedet, im Sommer gemeinsam hinzufahren.

Ich stand auf, um Holz nachzulegen, und fragte dann Biddy, ob es jemanden gebe, den ich anrufen solle. »Hast du eine Telefonnummer, wo du deine Schwester in St. John's erreichen kannst?«

»Ach, ich möchte nicht, dass sie sich Sorgen wegen mir machen. Die sollen sich bei der Hochzeit amüsieren. Sie kommt am Sonntag sowieso zurück, und dann kannst du wieder nach Hause.«

»Ah, du willst mich also schon wieder loswerden«, sagte ich.

Lediglich Phonse solle ich anrufen, meinte Biddy. »Vielleicht hat er was von Eddy gehört.«

An der Wand neben dem Telefon hing eine verblichene Liste mit Namen und Telefonnummern. Mir fiel auf, dass Lucilles Name ganz oben stand und der von Brigid Roche durchgekritzelt war. Ich fand Phonse' Nummer, aber er nahm nicht ab.

»Er wird wohl in Mardy drüben sein und spielen«, sagte sie. »Wir versuchen es eben morgen nochmal.«

Eine Weile saßen wir noch da und plauderten, bis Biddy verkündete, sie sei müde. Ich half ihr, sich auszuziehen, und brachte sie ins Bett, schüttelte die Kissen auf und strich die Steppdecken über ihr glatt. Dann machte ich ihr eine Wärmflasche. Als ich zurückkam, hatte sie die Augen geschlossen, doch sie schlug sie auf und lächelte.

»Normalerweise lese ich vor dem Einschlafen, aber heute schaff ich das glaub ich nicht«, sagte sie.

»Was liest du denn zurzeit?«

Sie deutete auf den Nachttisch, und ich erkannte das Buch auf Anhieb: *Irische Freundschaften*. Ich hatte den Roman im vergangenen Jahr gelesen, und die einfühlsame Schreibweise und die Geschichte der beiden Mädchen, deren Leben miteineinander verwoben waren, hatten mir gut gefallen. Ich hoffte, Sheila und ich würden Freundinnen bleiben, so wie Elizabeth und Aisling, obwohl möglichst ohne die kleinen und großen Dramen.

»Ich könnte dir ein Kapitel vorlesen«, schlug ich vor.

Biddy lächelte. »Das wäre großartig, Rachel.«

Ich zog den Schaukelstuhl aus der Küche herein, wickelte mich in einen Quilt und begann vorzulesen.

31

Mitten in der Nacht wachte ich auf – ich war im Schaukelstuhl eingeschlafen. Meine Uhr sagte mir, dass es zwei war. Eine schöne Krankenschwester war ich. Leise trat ich zu Biddy ans Bett, die im Schlaf murmelte, es gehe ihr gut und ich solle sie schlafen lassen. Also ging ich in die Küche, legte Holz im Herd nach und rollte mich auf dem Tagesbett unter einer Steppdecke zusammen.

Am Morgen wurde ich durch Biddys Stimme geweckt, die nach mir rief. Ich sollte ihr beim Aufstehen helfen. Ich fragte sie, ob ich sie ins Bad begleiten solle.

»Also wirklich, Mädchen, so weit ist es noch nicht mit mir«, erwiderte sie. Langsam stieg sie die Treppe hinauf, und ich versuchte, gelassen dabei zu bleiben. Tatsächlich war sie zwanzig Minuten später zurück, frisch gekämmt und Zahnpastageruch verströmend. Sie brauchte lediglich Hilfe beim Anziehen, mehr nicht.

Ich lechzte nach meinem obligatorischen Morgenkaffee, musste mich aber mit Tee begnügen. Nachdem ich das Radio eingeschaltet hatte, machte ich Frühstück. Nicht lange, und ich stimmte in den Folksong ein.

»Es ist schön, einen jungen Menschen im Haus singen zu hören«, sagte Biddy. »Ich vermisse Geraldine. In letzter Zeit kommt sie nur noch selten nach Haus.«

Während ich diese Nachricht verdaute, konzentrierte ich mich ganz auf den Herd. »Vielleicht muss sie gerade sehr viel arbeiten.«

»Ja, kann schon sein. Aber ich glaube, das Stadtleben hat es ihr angetan. Mit Doug habe ich sie schon lange nicht mehr gesehen. Er ist ein Küstenbewohner durch und durch. Die beiden passen einfach nicht zusammen.«

Ich trat zu Biddy an den Tisch, gab die Spiegeleier auf zwei Teller und schnitt den Speck für sie klein. Nach dem Frühstück bat sie mich, Phonse anzurufen, aber wieder nahm er nicht ab, und sie begann, sich Sorgen zu machen.

»Vielleicht ist er in der Schule«, sagte ich. »Ich könnte runterfahren und nachsehen. Kommst du zehn Minuten allein zurecht?«

Sie machte eine wegwerfende Handbewegung, was ich als ein Ja deutete.

In der Schule war Phonse auch nicht, dafür aber Doug. Er meinte, ganz Little Cove rede nur noch von dem Unfall, und fragte, wie es Biddy gehe.

»Ich fahre heute Nachmittag mit Phonse nach St. John's, um Eddie abzuholen.«

»Dann ist er wieder auf dem Damm?«

»Er hat einen gebrochenen Arm und einige blaue Flecken, aber er wird wieder. Sein Laster hat allerdings einen Totalschaden.«

»Vom Zusammenstoß mit einem Tier?«

»Hast du schon mal 'nen Elch gesehen? Die sind riesig.« Er machte eine ausholende Armbewegung.

»Es ist nett von dir, dass du Eddie abholst.«

»Er würde das Gleiche für mich tun. Eddie Churchill ist unser inoffizieller Taxidienst. Er chauffiert Mutter seit Jahren herum, wenn ich verhindert bin.«

Ich dachte an die unzähligen Male, die Eddie Lucille

und die anderen herumchauffierte. Er war immer zur Stelle, wenn man ihn brauchte.

»Ich nehme an, Elsie wird morgen zurückkommen und dich ablösen«, sagte Doug.

»Wer ist Elsie?«

»Biddys Schwester.« Er unterbrach sich kurz und fügte dann hinzu: »Geris Mutter.«

Ah.

»Doug, warum war Biddy eigentlich nicht zu dieser Hochzeit eingeladen, wo doch die Hälfte der Frauen aus Little Cove dort zu sein scheint?«

»Nicht die leiseste Ahnung.«

»Du bist wirklich keine Tratschtante.«

Doug sah mich zweifelnd an. »Wenn die eigene Mutter eine Quelle für Klatsch und Tratsch ist, lernt man schnell, was für eine gehässige Angewohnheit das ist. Im Übrigen, wer sagt, dass Biddy nicht eingeladen war? Vielleicht war sie es, wollte aber nicht hingehen?«

Mir fiel ein, dass Biddy gesagt hatte, wie sehr sie es genieße, hin und wieder die Tür hinter sich zuzumachen und ganz für sich allein zu sein, und plötzlich erschien mir diese Möglichkeit durchaus plausibel. Aber Doug hatte recht: Es ging mich nichts an. Ebenso wenig wie diese spannende Geschichte über Flossie und Annie, wie ich mir eingestand. Reumütig verabschiedete ich mich von Doug und bat ihn, vorsichtig zu fahren.

»Das mache ich immer.«

»Und grüße Eddie von mir.«

Als ich wieder bei Biddy war, freute sie sich sehr zu hören, dass Eddie an diesem Tag nach Hause kam. Nach dem Mittagessen fragte ich sie, ob es ihr was ausmache, wenn ich einen kleinen Spaziergang unternähme.

»Es geht mir heute schon viel besser. Du könntest auch nach Hause fahren, wirklich.«

»Kommt gar nicht infrage. Ich bleibe, bis die Verstärkung eintrifft.«

Es war ein strahlender, warmer Tag, und ich ging den Pfad zum Anlegeplatz hinunter. Eine Weile lehnte ich mich gegen die Mauer und blickte aufs Meer hinaus. Als ich wieder den Hang hinaufstieg, bemerkte ich auf dem Boden etwas, das in der Sonne glitzerte. Ich bückte mich und hob es auf: Es war eine silberne Trillerpfeife an einer roten Schnur. Sie war zu schmutzig, um auszuprobieren, ob sie noch funktionierte, aber ich schob sie in die Tasche meiner Jeans.

Nach meinem kleinen Ausflug traf ich Biddy beim Abspülen mit einer Hand an. Ich schimpfte mit ihr und übernahm den Rest.

»Den ganzen Tag untätig herumzusitzen, macht mich ganz kribbelig«, sagte sie.

»Das nennt man Genesung. Und da ich ja offenbar Krankenschwester bin«, sagte ich augenzwinkernd, »tätest du gut daran, meine Anweisungen zu befolgen.«

Sie setzte sich an den Tisch, und ich beendete schnell den Abwasch und ließ das Geschirr auf dem Abtropfbrett trocknen. Dann holte ich die Trillerpfeife aus der Jeanstasche und wusch sie ebenfalls ab.

»Schau, was ich auf dem Weg vom Steg hier rauf gefunden habe«, sagte ich und legte sie vor Biddy auf den Tisch.

Sie hob sie hoch und untersuchte sie von allen Seiten. »Oh, die würde sich gut in meinem Schatzkästchen machen, falls du sie nicht behalten willst.«

Ich fragte sie, was es damit auf sich habe.

»Sei so lieb, geh zum Schrank im vorderen Flur«, wies sie mich an. »Wenn du ein bisschen herumkramst, findest du eine kleine Holzschatulle. Bring sie her, dann stöbern wir darin und vertreiben uns die Zeit.«

Ich fand die Schatulle unter einer Tasche voller Wolle. Als ich damit zurück an den Tisch kam, erzählte mir Biddy, sie sei als junges Mädchen fasziniert gewesen von Fundstücken, zum Beispiel habe sie gern alte bunte Glasscherben oder Muscheln vom Strand nach Hause gebracht.

»Ich habe nie aufgehört, Dinge zu sammeln«, sagte sie. »Natürlich gebe ich die Sachen, wenn ich weiß, wem sie gehören, zurück. Einmal habe ich Judys Verlobungsring gefunden. Sie war ganz verzweifelt. Bill hatte sie erzählt, sie hätte ihn nach Clayville gebracht, um ihn polieren zu lassen, und hat sich den Kopf zerbrochen, was sie tun sollte, wenn er nicht mehr auftauchen würde.«

Biddy griff in die Schatulle und brachte einen roten Fäustling zum Vorschein.

»Diesen Handschuh habe ich vor ungefähr drei Jahren auf der Straße gefunden. Ich habe ihn ein paar Tage lang auf dem Gartenzaunpfosten liegen lassen, aber niemand hat ihn sich geholt. Schau dir mal diese Maschen an.« Sie hob ihn hoch. »Sind sie nicht perfekt? Die, die ihn gestrickt hat, muss ganz schön ausgebufft sein.«

Sie legte den Fäustling auf den Tisch und langte abermals in die Schatulle. »Die glänzenden Sachen mag ich natürlich am liebsten. Flaschenverschlüsse, Schmuckteile. Ich bin wie eine Elster.« Dann sah sie auf ihre Armschlinge hinab und lachte. »Eine Elster mit gebrochenem Flügel. Oh, manchmal muss ich über mich selbst lachen. Gut, dass ich allein wohne.«

Leben war in ihr Gesicht zurückgekehrt, und die Beule auf der Stirn schien bereits geschrumpft zu sein.

»Ach, meine Liebe«, fuhr sie fort, »was habe ich nicht alles gefunden. Die Leute wissen, dass sie zu mir kommen können, wenn sie was verloren haben. Mithilfe des heiligen Antonius und meiner Person tauchen die Sachen meistens wieder auf.«

»Was hat der heilige Antonius damit zu tun?«, fragte ich. Lief in Little Cove eigentlich alles auf den Glauben hinaus?, fragte ich mich.

»Und du willst Lehrerin an einer katholischen Schule sein«, sagte sie. »Also wirklich.« Aber als ich sie ansah, lächelte sie. »Der heilige Antonius ist der Schutzpatron von Menschen, die etwas verloren haben.«

Gab es auch einen Schutzpatron für vom Glauben Abgefallene?, fragte ich mich.

»Heiliger Antonius, etwas ist verloren gegangen, hilf uns, es wiederzuerlangen«, sagte sie im Ton einer Fürbitte.

Offenbar hatte Biddy gesehen, wie ich die Augen verdrehte, denn sie schnalzte tadelnd mit der Zunge. Es sei allgemein bekannt, dass dieses Stoßgebet wirke, meinte sie. »Das nächste Mal, wenn du was verlierst, probierst du es aus. Jetzt sprich es mir nach, damit du es parat hast, wenn du es brauchst.«

»Heiliger Antonius, etwas ist verloren gegangen, hilf uns, es wiederzuerlangen«, wiederholte ich leicht mürrisch. Doch Biddys Aufmerksamkeit war schon wieder weitergewandert. Sie kramte erneut in der Schatulle.

»Manchmal, wenn ich abends allein bin, schalte ich das Radio ein und hole mein Schatzkästchen hervor. Dann denke ich mir Geschichten zu all diesem Zeug aus.«

Jetzt war meine Neugierde geweckt. »Geschichten? Das ist toll, Biddy. Warum schreibst du sie nicht auf?«

»Ach was. Jetzt redest du Unsinn, Mädchen. Aufschreiben? Wer soll das denn lesen wollen?«

»Ich, zum Beispiel!«

Sie schüttelte den Kopf. »Nee, Mädchen. Die Schatzkästchengeschichten denk ich mir nur zu meinem eigenen Vergnügen aus, nicht für andere.«

»Aber Biddy …«

»Die einzigen Geschichten, die ich erzähle, sind die, die ich in meine Läufer einwebe. Und dabei bleibt es.«

Biddy konnte, wie es schien, genauso dickköpfig sein wie ich.

Wieder griff sie in die Schatulle.

»Das habe ich bei der Schneeschmelze gefunden«, sagte sie. »Auf dem Pfad zum Steg runter. Ich kann die Initialen nicht erkennen, und es scheint auch nicht mehr zu funktionieren, aber es ist aus echtem Silber.«

Ich hörte ihr nur mit halbem Ohr zu, weil ich im Geiste bereits das Buch mit Biddys Geschichten vor mir sah, aber als ich bemerkte, was sie da auf den Tisch gelegt hatte, schlug ich die Hand vor den Mund.

»Was hast du denn, Mädchen?«

Ich wischte mir die Tränen aus den Augen. »Das gehört mir«, wisperte ich.

»J.O'B.?«, sagte Biddy verwirrt.

»Joseph O'Brien«, brachte ich hervor. »Mein Dad.«

»Oh, Liebes!« Sie streichelte meine Hand. »Der heilige Antonius, siehst du?«

Ich legte Dads Feuerzeug auf meine Handfläche und fuhr mit dem Zeigefinger der anderen Hand die eingravierten Initialen nach. Mag es auch noch so rührselig klingen, vor allem für eine Ungläubige wie mich, aber dass ich das Feuerzeug wiedergefunden hatte, erschien mir in der Tat wie ein Segen.

32

Hätte ich nicht bei Biddy übernachtet, hätte ich Dads Feuerzeug womöglich nie wiederbekommen. Das sagte ich ihr und lud sie zur Belohnung auf Fish and Chips ein.

»Oh, du verwöhnst mich! Normalerweise esse ich das nie.« Dann deutete sie zum Fenster, und ich sah, dass es zu regnen begonnen hatte. »Aber ich glaube nicht, dass ich bei diesem Wetter vor die Tür möchte. Könntest du uns vielleicht was nach Hause holen?«

Natürlich könne ich das, sagte ich und nahm ihr das Versprechen ab, auch das Tischdecken mir zu überlassen.

Als ich den Takeaway betrat, entdeckte ich Cynthia mit ihrer Mutter in einer Tischnische. Mrs O'Leary winkte mich zu ihnen hinüber, und wir unterhielten uns kurz. Ich versuchte, Cynthias Blick zu erhaschen, aber sie schaute stur auf ihren Teller.

Dann reihte ich mich in die Schlange vor dem Tresen ein. Obwohl drei Leute vor mir waren, rief Mrs Corrigan mit dröhnender Stimme hinter der Durchreiche hervor: »Was darf's sein, Miss O'Brine?«

Ich rief ihr meine Bestellung zu, und die Leute vor mir wichen einen Schritt zur Seite, um mich zum Bezahlen vorbeizulassen.

»Das ist aber lieb von Ihnen, dass Sie sich um Biddy kümmern.« Mrs Corrigan wischte sich die Hände an der Schürze ab, kam aus der Küche hervor und stellte sich neben die Kasse, während Belinda meinen Bon eintippte.

»Biddy und Lucille waren von Anfang an so nett zu mir«, erwiderte ich. »Also ist es das Mindeste, was ich tun kann.« Im Übrigen, dachte ich, gehörte ich ja jetzt hierher, wie Eddie Churchill gesagt hatte.

»Und, wie geht es Biddy?«, fragte Mrs Corrigan.

Bildete ich es mir nur ein, oder wartete jeder in dem Raum gespannt auf meine Antwort? Ich dachte an das, was Doug über Klatsch und Tratsch gesagt hatte und dass Biddy so viel Wert auf ihr Privatleben legte.

»Es geht ihr ganz gut«, sagte ich, »den Umständen entsprechend.«

Biddy ließ sich den Backfisch und die Pommes schmecken und meinte schwärmerisch, sie müsse sich öfter Fish and Chips gönnen. Sie war viel lebhafter als am Vorabend, bat mich sogar, uns einen Sherry einzuschenken. Natürlich trank ich mit. Es wäre unhöflich gewesen, abzulehnen.

Als es Zeit war, ins Bett zu gehen, bat sie mich überraschenderweise, ihr ein weiteres Kapitel aus ihrem Buch vorzulesen – ein Wunsch, den ich ihr gern erfüllte. Ich wusste, dass inzwischen ein weiterer Roman von Maeve Binchy erschienen war, und beschloss, ihn für Biddy zu kaufen, falls er in Clayville erhältlich war. Und falls nicht – verdammt, ich war jetzt seit acht Monaten in Neufundland, vielleicht war es da an der Zeit, einmal nach St. John's zu fahren.

Wieder schlief ich auf dem Tagesbett. In der Küche

war es warm und gemütlich, und obwohl sich Biddys Zustand sichtlich gebessert hatte, wollte ich in Hörweite sein, falls sie nachts aufwachte und etwas brauchte.

Am nächsten Morgen wachte ich früh auf. Ich blieb noch liegen und schaute mich in Biddys Küche um – und zwar zum ersten Mal ganz bewusst. Neben dem Tagesbett lag ein Stapel Bücher, und auf dem Tisch stand noch immer die kleine Schatztruhe. Biddys Teeservice, ordentlich in einem Regal verstaut, war aus echtem Porzellan. Auf dem Boden lagen drei Teppiche: einer vor dem Holzofen, einer vor dem Tagesbett und einer am Eingang. Ich war mit dem prächtigsten Quilt zugedeckt, den ich je gesehen hatte, auch wenn ich das Lucille gegenüber natürlich niemals äußern würde.

Das Klingeln des Telefons unterbrach meine Inventur, und ich nahm schnell ab, damit Biddy nicht wach wurde.

»Hallo«, sagte ich fast flüsternd.

»Wer ist dran?«, fragte eine Stimme, die mir nicht bekannt vorkam. »Wo ist Biddy?«

»Hier ist Rachel O'Brien«, sagte ich. »Biddy schläft noch. Ich bin …« Wieder dachte ich an Dougs Bemerkung über das Tratschen. »Ich bin übers Wochenende zu Besuch.«

»Besuch?« Die Stimme klang ungläubig. »Hier ist Elsie, Biddys Schwester.«

»Ach so«, sagte ich. »Ich wusste nicht, dass Sie es sind. Ich bleibe übers Wochenende bei Biddy, weil ich sie nicht allein lassen wollte nach dem …« Ich unterbrach mich, unsicher, wie ich mich am besten ausdrücken sollte.

»Ich habe von dem Unfall gehört. Klingt, als wäre sie

auf dem Weg der Besserung. Normalerweise mag Biddy nichts lieber, als allein zu sein. Aber ich bin froh, dass Sie bei ihr bleiben können.«

»Es ist mir wirklich ein Vergnügen.«

»Hmpf«, kam nur als Antwort. »Wir kommen so schnell wie möglich nach Little Cove zurück, richten Sie ihr das bitte aus«, sagte Elsie. »Und dann schaue ich gleich bei ihr vorbei.«

Nachdem ich aufgelegt hatte, spähte ich in Biddys Schlafzimmer. Sie war wach, und ich fragte sie, ob sie ihren Tee im Bett trinken wolle.

»Ach, Liebes«, sagte sie, »was für ein Luxus, aber ja, gern. Und, jetzt werde ich wirklich übermütig, aber ist noch was von deinen Plätzchen übrig? Die sind so lecker.«

Zehn Minuten später tranken Biddy und ich Tee und aßen Plätzchen dazu, sie im Bett und ich im Schaukelstuhl. Als ich sie zwischendurch kurz ansah, hatte sie ein breites Lächeln im Gesicht.

»Warum strahlst du so?«, fragte ich.

»Mir ist gerade eingefallen, dass ich heute zum ersten Mal in fünfzig Jahren nicht in die Kirche muss«, sagte sie vergnügt. »Ich bin einfach noch zu schwach.«

»Oh«, sagte ich, »ich dachte, es ginge dir wieder besser.«

Sie grinste und kuschelte sich wieder unter die Decke.

»Also wenn du dich noch nicht gut fühlst, sollte ich vielleicht besser bei dir bleiben. Zur Sicherheit.«

»Kommt gar nicht infrage. Du musst dich in der Kirche blicken lassen. Die Leute wissen, dass du hier bist, und du musst als Lehrerin mit gutem Beispiel vorangehen.«

Mit einem Mal klang sie fast wie Father Frank.

Am Nachmittag packte ich meine Sachen in die Tasche und räumte die Küche und Biddys Schlafzimmer auf, während sie im Schaukelstuhl döste. Plötzlich flog die Tür auf, und Lucille platzte herein, gefolgt von Geri und einer Frau, die wie eine ältere, aber sehr gut erhaltene Version Geris aussah. Biddy war von dem Geräusch aufgewacht und streckte ihren gesunden Arm aus. Lucille rannte zu ihr und tätschelte ihre unversehrte Schulter, streichelte ihr die Wange und setzte sich dann auf den Stuhl neben sie. Sie fragte sie, wie es ihr gehe und was passiert sei, und schimpfte sie, meinte, wäre sie mit ihnen zur Hochzeit gekommen, wäre all das nicht passiert. Als Lucille zum ersten Mal eine Pause einlegte, um Luft zu holen, wirkte Biddy bereits erschöpft.

Geri untersuchte Biddys Kopf und zupfte ihre Schlinge zurecht. Dann füllte sie den Wasserkessel und setzte ihn auf. Elsie nahm neben mir auf dem Tagesbett Platz und stellte sich mir vor; sie erkundigte sich, wie es Biddy ginge. Ich fasste kurz alles für sie zusammen und zeigte ihr die Pillendose, bevor ich meine Sachen zusammenpackte, um unauffällig aus dem Haus zu schlüpfen.

»Rachel O'Brine!«

Ich drehte mich um, darauf gefasst, dass Lucille mich gleich wegen irgendetwas ausschimpfen würde, aber es war Biddy, die meinen Namen gerufen hatte. Sie winkte mich mit dem Zeigefinger heran, und ich trat zu ihr. Als ich mich zu ihr hinabbeugte, streichelte sie mir die Wange und sagte: »Du bist so ein Schatz, Rachel. Vielen Dank. Und jetzt fahr nach Hause und genieße den Frieden und die Ruhe in deinem gemütlichen Häuschen.«

Und das tat ich.

33

Ein paar Tage danach stürzte Judy in der Vormittagspause ins Lehrerzimmer, leichenblass im Gesicht. »Cynthia ist verschwunden. Weiß jemand, wo sie sein könnte?«

Ich schüttelte den Kopf und folgte ihr dann in Patricks Büro, der in ein Gespräch mit der in Tränen aufgelösten Mrs O'Leary vertieft war. Sie hatte die blutunterlaufenen Augen auf Patrick gerichtet und registrierte kaum, dass wir den Raum betreten hatten.

»Ich sage es ungern«, meinte Patrick, »aber glauben Sie, sie ist mit Ron durchgebrannt?«

Cynthias Mutter nahm das Taschentuch, das er ihr anbot. »Deshalb mache ich mir ja solche Sorgen.« Sie tupfte sich die Nase ab. »Ich bin zu Ron gegangen. Er hat gesagt, als sie sich gestern Abend auf den Weg gemacht hat, wäre sie wie immer gewesen. Er dachte, sie sei nach Hause gegangen, aber das ist sie nicht. Ich hatte mich früh schlafen gelegt, weil ich Kopfschmerzen hatte, und als ich aufgewacht bin …« Sie schwieg einen Moment lang, und als sie wieder ansetzte, klang sie aufgebracht: »Ich habe es verdammt nochmal gewusst, dass er es nicht ernst mit ihr meint. Wieder und wieder habe ich es ihr gesagt, aber sie wollte nicht auf mich hören.«

Ich hörte der Diskussion an der Wand lehnend zu und fragte mich zum einen, ob Mrs O'Leary wusste, dass Cynthia schwanger war, und zum anderen, ob sie es überhaupt war. Ich hatte Cynthia versprochen, niemandem etwas zu sagen, aber die Tatsache, dass sie verschwunden war, änderte natürlich alles. Ich bedeutete Judy, mir auf den Flur zu folgen.

»Ich glaube, Cynthia ist schwanger.«

Judy runzelte die Stirn. »Woher weißt du das?«

Als ich es ihr kurz erklärte, verhärtete sich ihre Miene. »Warum hast du mir nichts gesagt?« Dann ging sie wieder in Patricks Büro hinein und schloss die Tür hinter sich.

Als keiner herauskam und der Gong schließlich das Pausenende verkündete, kehrte ich in mein Klassenzimmer zurück. Die Stunden vergingen quälend langsam. Mittags ging ich ins Lehrerzimmer, traf aber niemanden dort an. Nach Unterrichtsende sah ich in Judys und dann in Patricks Büro nach, aber auch dort war niemand. Da ich mir nicht anders zu helfen wusste, fuhr ich nach Hause; unterwegs überlegte ich fieberhaft, wo Cynthia sein könnte, und hoffte inständig, dass ihr nichts zugestoßen war.

Am Abend rief Patrick an und teilte mir mit, Cynthia sei bewusstlos auf einer Bank im Park von Clayville gefunden worden, sie habe eine Überdosis Schlaftabletten eingenommen.

»Oh, mein Gott. Ihr geht es doch gut?«

»Sie haben ihr den Magen ausgepumpt. Sieht so aus, als würde sie wieder gesund, aber sie haben sie vorerst im Krankenhaus behalten.«

»Patrick«, sagte ich. »Es tut mir leid, dass ich niemandem etwas von der Schwangerschaft gesagt habe. Aber ich musste es Cynthia versprechen.«

»Sie haben getan, was Sie für richtig hielten.«

»Aber war es das?«

Er seufzte schwer. »Nichts an dieser Sache ist richtig. *Wäre, hätte, würde* – hören Sie auf, sich verrückt zu machen.«

»Ich glaube, Judy ist richtig sauer auf mich.«

»Sie ist mit Cynthia verwandt«, rief mir Patrick in Erinnerung. »Daher fühlt sie sich wohl verantwortlich für sie. Was sie im Übrigen nicht ist. Niemand von uns ist es. Momentan ist Cynthia im Krankenhaus von Clayville, aber sie wird vielleicht für eine psychiatrische Untersuchung nach St. John's verlegt. Sie hat übrigens nach Ihnen gefragt. Meinen Sie, Sie könnten heute Abend noch zu ihr gehen?«

»Sicher. Ich mache mich sofort auf den Weg.« Bis vor Kurzem war mir gar nicht bewusst gewesen, dass es in Clayville ein Krankenhaus gab, und nun suchte ich es schon zum zweiten Mal binnen einer Woche auf.

Cynthia war stationär aufgenommen worden, also ging ich an den Empfangsschalter und erkundigte mich nach ihrer Zimmernummer. Die junge Rezeptionistin sah von ihrer Illustrierten auf. Ich nannte den Namen der Patientin, und während sie im Belegungsplan nachsah, sagte sie: »Das wird Diana guttun, eine Freundin im engsten Kreis zu kriegen.«

»Wie bitte?«

Sie tippte mit dem Zeigefinger auf die Titelseite der Illustrierten. Unter dem Foto von Andrew und Fergie stand die Schlagzeile: »Eine Freundin für Di?«

Sheila und ich waren früh aufgestanden, um die Hochzeit von Diana und Charles im Fernsehen zu verfolgen.

Während ich über Dianas Kleid und den Hochzeitszug schwärmte, spähte Sheila abergläubisch zwischen ihren Fingern hindurch und sagte wieder und wieder, das geht nicht gut, das geht nicht gut, bis ich sie spielerisch mit einem Kissen schlug. Auch ich hoffte, Fergie würde Diana aufheitern, und sagte das zur Rezeptionistin. Die nickte zustimmend und deutete dann in die Richtung, in der sich Cynthias Zimmer befand.

Kaum war ich an der Schwesternstation vorbei, fühlte ich mich benommen. Biddy im Wartezimmer abzuholen, war eine Sache; Cynthia als stationäre Patientin zu besuchen, eine ganz andere.

Neben einem Trinkbrunnen blieb ich stehen und lehnte mich kurz gegen die Wand, bevor ich etwas Wasser trank. Als ich bei Zimmer Nr. 17 ankam, hielt ich an der Tür inne und spähte vorsichtig hinein. Die Lichter waren gedämpft, bis auf die Lampe direkt über Cynthias Bett, die ihre Brille schimmern ließ. Ihr Gesicht war weißer als die Laken, und ihr ungekämmtes, schmuddeliges Haar hob sich gegen das Kissen ab.

Ich wartete, bis sie die Augen öffnete.

»Hallo, Miss«, sagte sie schwach. »Jetzt bin ich aber sprachlos.«

»Du wusstest doch, dass ich kommen würde.« Ich setzte mich neben sie ans Bett, und schon rannen ihr die Tränen über die Wangen. Ich nahm ein Papiertaschentuch aus der Schachtel auf ihrem Nachttisch und reichte es ihr. Sie schob es unter ihre Brille und tupfte sich die Augen ab. Dann knüllte sie das Taschentuch zusammen und schniefte.

»Sie hatten recht«, wisperte sie.

Bei ihren Worten empfand ich keinerlei Genugtuung. »Inwiefern?«

»In allem«, krächzte sie. Wieder verlor sie die Fassung, und ich wartete, bis ihr Schluchzen nachließ. »Ron hat mit mir Schluss gemacht, Miss. Er hat gesagt, ich bin zu jung und albern für ihn.«

Ich tätschelte ihr den Arm. »Das tut mir leid. Aber er ist wirklich viel älter als du.«

Wie kam es, dass Mädchen immer wieder auf solch miese Typen hereinfielen? Das hatte ich noch nie verstanden, wobei Sheila auch so ihre Erfahrungen gemacht hatte, als wir noch jünger waren.

»Wo hattest du die Schlaftabletten her?«

»Ron hatte welche im Bad, ich nehme an, wegen dem Unfall letztes Jahr.« Cynthia kaute an einem trockenen Hautfetzen an ihrem Daumen. »Jetzt habe ich mir alles versaut. Ich habe die Schule umsonst aufgegeben.«

»Mach dir deswegen keine Sorgen«, sagte ich. »Konzentriere dich darauf, wieder gesund zu werden. Und denk an das Baby.«

»Ich habe es verloren.« Ihre Stimme klang tonlos.

Ich ergriff ihre Hand. »Das ist bestimmt ganz schön schwer für dich. Aber vielleicht kannst du ja doch wieder in die Schule kommen.«

»Für dieses Jahr ist es zu spät. Mum hat Mr Donovan gefragt, und das war seine Antwort.«

»Es gibt immer ein nächstes Jahr«, sagte ich, aber sie senkte den Blick.

Ich legte die Taschentuchschachtel in ihren Schoß. »Du

wirst sehen, bald sieht die Welt wieder heller aus«, sagte ich. »Ganz bestimmt. Kann ich dir etwas aus dem Laden holen?«

»Nein, danke. Mum kommt später und bringt mir ein paar Sachen.« Dann schloss sie wieder die Augen.

»Gut, dann lasse ich dich jetzt ein bisschen schlafen.« Ich verließ das Zimmer und eilte den Flur entlang, ging immer schneller, während ich auf den Ausgang zustrebte. Endlich draußen, wankte ich um die Hausecke herum und übergab mich mehrmals, bis mein Magen restlos leer war.

Vorhin, in Cynthias Zimmer, hatte ich versucht, die Erinnerungen zu verdrängen, aber sie waren immer wieder zurückgeflutet. Jetzt ging ich benebelt zu meinem Wagen, sank erschöpft auf den Fahrersitz und ließ zu, dass sie über meine innere Abwehrmauer schwappten.

Es war zwei Wochen nach meiner desaströsen Abschlussparty. Ich war in meinem Schlafzimmer und sah mir die Fotos von jenem Abend an. Ich hatte gar nicht gewusst, dass meine Mutter sie hatte entwickeln lassen. Bei einem Foto von Sheila und mir hielt ich inne. Darauf lachten wir so sehr, dass wir die Augen zusammenpressten.

Auf dem nächsten Foto war Jake zu sehen, der den Arm um meine Schulter geschlungen hatte, während ich lächelnd zu ihm hinaufsah. Vermutlich war es aufgenommen worden, kurz bevor dieses Mädchen auftauchte. Ich konnte den Anblick dieses Fotos nicht länger ertragen und riss es in Stücke. Dann spürte ich, wie mein Frühstück wieder hochkam, und rannte ins Bad.

Nachdem ich mich übergeben hatte, wusch ich mir das Gesicht und blickte in den Spiegel. Es war schon der zweite Anfall von Übelkeit in dieser Woche, und plötzlich kam mir ein schrecklicher Gedanke. Ich zählte die Tage bis zur letzten Menstruation zurück. Nein, das konnte nicht sein. Ich nahm doch die Pille. Ich rannte ins Schlafzimmer und überprüfte die kleine Scheibe. Ich hatte keinen einzigen Tag ausgelassen. Es hieß immer wieder, die Pille sei nur zu neunundneunzig Prozent zuverlässig. Tja, und irgendjemand musste ja dieses eine Prozent sein.

Während ich jetzt in meinem Wagen vor dem Krankenhaus von Clayville saß, ließ ich wieder Revue passieren, wie ich nach dem Telefonhörer griff, um Sheila anzurufen, wie meine Hände zitterten, während ich ihre Nummer wählte. Dank ihres Jobs kannte sie sich in medizinischen Dingen aus. Keine Stunde später war sie bei mir, bewaffnet mit Broschüren, Telefonnummern und einem großen Becher Schokoeiscreme. Mum war ausgegangen, also setzten wir uns in die Küche und löffelten das Eis abwechselnd direkt aus dem Becher, der zwischen uns hin- und herwanderte.

Schließlich sagte Sheila: »Und, was hast du jetzt vor?«

Ich griff nach der Broschüre der Abtreibungsklinik und wedelte matt damit.

»Sagen wir es Jake?«

Ich liebte sie dafür, dass sie *wir* gesagt hatte. Aber da Sheilas Mutter noch erzkatholischer war als meine, fragte ich sie: »Bist du sicher, dass du dich in diese Angelegenheit hineinziehen lassen möchtest?«

»Rachel«, sagte sie. »Erinnerst du dich nicht mehr daran, dass wir uns im Kindergarten das Jawort gegeben haben? In guten wie in schlechten Tagen, bis dass der Tod uns scheidet. Meine Mutter mag ja eine lebende Heilige sein, aber von mir kann man das wohl kaum behaupten. Also, nochmal: Sagen wir es Jake?«

»Nein«, flüsterte ich.

»Gut. Damit wird die Angelegenheit weniger schmutzig.«

Zwei Tage später fuhr mich Sheila zur Klinik. Sie half mir bei der Anmeldung, saß neben mir im Wartezimmer und füllte verschiedene Formulare aus. Meine Hände zitterten so sehr, dass ich kaum eine Unterschrift zustande brachte. Dann trug sie die ausgefüllten Formulare zur Rezeption zurück, setzte sich wieder neben mich und begann, über ihren nervigen Chef zu reden. Sie erzählte die jüngste Klatschnachricht über einen Popstar, die sie von ihrem Bruder Mike aufgeschnappt hatte, und dachte laut darüber nach, welcher der drei aktuell rotierenden Kandidaten bei ihr auf dem auf- und welcher auf dem absteigenden Ast war. Nichts davon war mir neu, aber es half mir.

Als eine Schwester mit quietschenden Sohlen hereinkam und meinen Namen rief, schlang Sheila die Arme um mich und drückte mich ganz fest. »Ich rühre mich hier nicht vom Fleck, bis du alles überstanden hast«, sagte sie leise.

Als ich später die Erlaubnis bekam, nach Hause zu gehen, bestand Sheila darauf, mit mir zu kommen. Wortlos stiegen wir die Treppe hinauf und gingen in mein Zimmer. Ich zog mein Sweatshirt aus, ließ es achtlos auf den

Boden fallen und rollte mich, so wie ich war, in der dünnen Jogginghose und dem Top, auf dem Bett zusammen. Ich fühlte mich irgendwie aufgebläht und leer zugleich. Sheila klopfte mein Kissen auf und strich die Laken glatt. Sie brachte mir ein Glas Wasser und stellte es sanft auf den Nachttisch. Dann ging sie ums Bett herum und legte sich neben mich.

»Möchtest du darüber reden?«, fragte sie.

Ich brachte nur ein Piepsen hervor. »Nein.«

Sie streichelte mir übers Haar. »Wie fühlst du dich?«

»Verkrampft.«

Sie stützte sich auf einen Ellbogen. »Die Schwester hat gesagt, das ist normal, nicht wahr?«

Ich schlief ein, während ich Sheila dabei zusah, wie sie auf mich aufpasste. Ihre normalerweise heitere Miene wirkte finster. Als ich aufwachte, war es völlig dunkel und sie schlief neben mir. Ich stupste sie an.

»Ich bin eingeschlafen«, murmelte sie.

»Ich auch.« Ich klapperte mit den Zähnen. »Mir ist kalt.«

Sheila schlug die Decke zurück. »Puh, und mir ist warm.« Sie knipste die Nachttischlampe an und schwang die Beine aus dem Bett.

Ich zog die Decke bis zum Kinn, zitterte.

Sie kam auf meine Seite des Betts herüber und befühlte meine Stirn. »Du siehst krank aus, und deine Stirn ist kochend heiß.«

»O Gott«, sagte ich. »Ich glaube, ich habe gerade das Bett eingenässt.«

Aber als Sheila die Decke zurückschlug und wir das Blut bemerkten, sogen wir beide scharf die Luft ein.

»Bleib liegen«, sagte sie. »Ich rufe einen Krankenwagen.«

Noch während ich protestierte, spürte ich, wie ich langsam wegglitt.

Als ich am nächsten Tag im Krankenhaus aufwachte, saß Mum mit sehr ernster Miene neben meinem Bett. Sie beugte sich vor und drückte meine Hand viel zu fest. »Ich könnte es nicht ertragen, dich auch noch zu verlieren«, sagte sie mit scharfer Stimme. »Warum hast du mir nichts gesagt?«

Wir wussten beide, dass sie versucht hätte, mich daran zu hindern. »Ich wollte dich nicht beunruhigen«, sagte ich, aber das war gelogen.

»Das gehört doch zu meinem Job«, erwiderte sie, auch das eine Lüge. Den hatte größtenteils Dad übernommen, wie wir beide wussten.

Sie ließ meine Hand los und rieb sich die Augen. Ich fragte mich, wie lange sie schon da war.

Wie lauschten den Geräuschen vom Korridor, von Geräten, die hin- und hergefahren wurden, und den gelegentlichen Lautsprecherdurchsagen. Nach einer Weile ergriff Mum wieder das Wort.

»Weiß Jake es?«

»Ich wüsste nicht, warum ich es ihm hätte sagen sollen, zwischen uns ist Schluss.«

Sie berührte das Kreuz an ihrer Halskette und sagte: »Wie konntest du es so weit kommen lassen, Rachel?«

»Ich war vorsichtig, Mum. Ich habe die Pille genommen.«

Sie runzelte die Stirn. In ihren Augen war das fast genauso schlimm.

All diese Erinnerungen konnte ich ertragen, auch wenn ich hoffte, dass sie eines Tages unter einer Schorfschicht begraben sein würden, die ich nie mehr wegreißen würde. Nur eine Erinnerung war und blieb in meinem Bewusstsein haften, egal, wie sehr ich sie auch zu verscheuchen suchte. Es passierte während meiner Genesung zu Hause.

Nachdem ich aus dem Krankenhaus entlassen worden war, machten Mum und ich es uns zur Gewohnheit, bis spätnachts Videos anzuschauen. Eines Abends entkorkte Mum eine Flasche Merlot. Ich durfte keinen Alkohol trinken, weil ich noch Antibiotika einnahm, aber Mum schenkte sich immer wieder ein, bis die Flasche leer war. Plötzlich starb in dem Film, den wir ansahen, ein Hund, und sie begann zu weinen, wurde sentimental wegen Dad. Irgendwann wurde sie so von Weinkrämpfen geschüttelt, dass ich, die Invalide, ihr die Treppe hinauf und ins Bett helfen musste. In dem Moment, als ich das Licht ausknipste und die Tür zumachen wollte, sagte sie: »Gut, dass dein Vater tot ist, Rachel. Sonst hätte diese Sache mit dir und dem Eingriff …« – sie spuckte das Wort förmlich aus – »ihn ins Grab gebracht.«

Ich wusste, ihre Worte waren dem Wein geschuldet, aber hätte sie mich geohrfeigt, hätte es weniger wehgetan. Ich rannte aus dem Zimmer und fuhr sofort zu Sheila, um bei ihr zu übernachten. Die nächsten Tage gingen Mum und ich einander aus dem Weg. Dann sah ich die Annonce für die Stelle in Little Cove und packte die Gelegenheit beim Schopf. Das Wort *Neufundland* hatte den Ausschlag gegeben. Neu. Fund. Land. Ein Ort, wie geschaffen für einen Neuanfang.

Aber nun war ich in Neufundland und wurde von meiner Vergangenheit eingeholt. Um die Erinnerungen zu vertreiben, startete ich den Motor und fuhr nach Hause. Merkwürdigerweise schien die physische Distanz Mum und mich einander näherzubringen. Ich ertappte mich bei dem Gedanken, wie es wohl sein würde, wenn Mums Sabbatical zu Ende war und sie wieder nach Hause käme.

Während ich in meine Einfahrt einbog, fiel mir wieder ein, dass Mum mich an diesem Tag anrufen wollte. Kaum hatte ich die Tür aufgeschlossen, klingelte auch schon das Telefon und ich erwog, nicht ranzugehen. Aber dann tat ich es doch.

»Rachel?«

Als ich die Stimme erkannte, sank ich auf eines der Sofas.

»Woher hast du meine Telefonnummer?«

»Dein Onkel hat sie mir gegeben.«

»Was willst du, Jake? Ich habe dir wirklich nichts zu sagen. Ich lege jetzt auf.«

»Warte!« Seine Stimme klang flehend. »Hör mir bitte erst zu. Das wenigstens habe ich verdient.«

Es gab Dutzende von Fotos, im Verlauf von zwei Jahren aufgenommen, die einem nicht eingeweihten Betrachter ein glückliches Paar vorgaukeln würden: Jake und ich bei einem Hockeyspiel; Jake und ich beim Skifahren; Jake und ich im Cottage. Das ganze Frischverliebt-Programm eben.

»Gut«, sagte ich. »Fang an.«

»Ich habe Scheiße gebaut, Rachel. Und ich weiß nicht, was ich mir dabei gedacht habe.«

»Ganz offensichtlich hast du nicht an mich gedacht, Jake«, sagte ich, und ich konnte selbst hören, wie sarkastisch meine Stimme klang. »O nein, warte. Das stimmt nicht ganz. Du hast an mich gedacht. Du hast gedacht, ich wäre immer so traurig, erinnerst du dich?«

Am anderen Ende der Leitung herrschte Schweigen.

»Ich meine, wie kann ein Mädchen, dessen Vater vor Kurzem gestorben ist, so traurig sein, stimmt's, Jake?«

»Es tut mir leid, Rachel. Das war dumm und grob von mir. Es war meine erste Erfahrung mit dem Tod. Dein Vater hat mir auch eine Menge bedeutet, weißt du.«

»Nein!« Ich stand abrupt auf. »Ich lasse es nicht zu, dass du den Tod meines Vaters für deine unsensiblen und selbstsüchtigen Aussagen missbrauchst. Und schon gar nicht, dass du ihn als Rechtfertigung dafür benutzt, dass du mich betrogen hast.«

Wie in Zeitlupe spulte sich wieder die Szene vor meinem inneren Auge ab, als dieses Mädchen die Stufen in den Garten hinabging und Sheila in den Pool stieß, und sich die Münder der Gäste zu einem runden »O« formten.

»Es war genauso schnell vorbei, wie es begonnen hatte.« Jakes Stimme war ein einziges Flehen.

Ich hätte ihm gern gesagt, wie sehr er mich verletzt hatte, fürchtete aber, dass ich ihm von der Abtreibung erzählen würde, wenn ich weiterredete. Doch kaum hatte ich aufgelegt, klingelte das Telefon erneut. Ich zog den Stecker aus der Dose, setzte mich in den Schaukelstuhl und schwang darin bis spät in die Nacht vor und zurück, vor und zurück.

34

Zwei Tage später fand ich in meinem Fach im Lehrerzimmer ein versiegeltes Kuvert vor. Ich riss es auf und zog den maschinengeschriebenen Brief hervor, in dem stand, ich solle nach dem Unterricht zu einer Unterredung zu Patrick kommen. Ich spürte ein nervöses Kribbeln im Nacken. Noch nie hatte mich Patrick so formell zu sich bestellt.

Als ich an die offen stehende Tür seines Büros klopfte, machte er ein ernstes Gesicht.

»Sie wollten mich sprechen?«, sagte ich ruhig.

»Machen Sie bitte die Tür zu, Rachel.«

Durch das Fenster sah man den Parkplatz. Ich setzte mich und wartete ab, während er hinausschaute. Ich konnte nicht erkennen, dass da draußen etwas Interessantes vorging, aber Patrick starrte unverwandt hinaus. Irgendwann hielt ich es nicht länger aus und brach das Schweigen.

»Ich habe Cynthia im Krankenhaus besucht.«

Er löste den Blick vom Parkplatz und heftete ihn auf mich. »Genau um Cynthia geht es. Mich hat eine formelle Beschwerde über Sie erreicht.«

»Von Cynthia?«

»Nein.«

Wieder trat ein langes Schweigen ein, dann sagte er: »Herrgott, wie konnten Sie nur! Ich fürchte, diesmal kann ich Ihnen nicht aus der Patsche helfen.«

»W-wie bitte?«, sagte ich. »Worum geht es denn?«

»Stimmt es, dass Sie Cynthia zu einer Abtreibung geraten haben?«

Ein Zittern ergriff mich. »Ich habe ihr zu gar nichts geraten. Ich habe ihr ein paar Optionen genannt ...«

Er schnitt mir das Wort ab. »Abtreibung ist für Katholiken keine Option, Rachel, wie Sie sehr wohl wissen. Für die Kirche ist es eine Todsünde. Father Frank besteht darauf, die Sache vor den Verwaltungsrat zu bringen. Und ich bin geneigt, ihm zuzustimmen.«

»Aber wie hat er ...?«

»Wie er es herausgefunden hat, sollte das Letzte sein, worüber Sie sich Gedanken machen. Jedenfalls hat Father Frank Cynthia im Krankenhaus besucht. Das arme Mädchen ist voller Schuldgefühle, und ich vermute, sie hat sich ihm anvertraut.«

»Aber sie hat gar nicht abgetrieben, Patrick«, sagte ich mit lauter werdender Stimme. »Sie hat das Kind verloren.«

»Darum geht es nicht.« Er trommelte mit den Fingern auf den Schreibtisch. »Es geht nicht darum, was sie getan hat, sondern darum, was Sie, eine Lehrerin an einer katholischen Schule, offenbar gesagt haben. Ich rechne damit, dass man Ihnen kündigen wird. Lassen wir es einstweilen darauf beruhen, und ich möchte Sie bitten, mit niemandem darüber zu sprechen. Das ist alles.« Er griff zu einem Ordner und begann, sich in dessen Inhalt zu vertiefen.

Wie betäubt ging ich hinaus und lehnte mich draußen gegen die Tür. Meine Augen brannten, mein Atem ging stoßweise. Phonse, der weiter hinten auf dem Flur den Boden wischte, sah auf. Ich konnte mich jetzt unmöglich mit ihm unterhalten, daher rannte ich in entgegengesetzter Richtung davon und auf den Parkplatz hinaus.

Ein Mann, die Baseballkappe tief ins Gesicht gezogen, stand neben meinem Wagen. Als er mich sah, ging er schnell weg. Der Vater eines Schülers? Ich rannte zu meinem Auto und bemerkte den Zettel unter dem Scheibenwischer. Ich überflog ihn. Die übliche Botschaft.

Außer mir vor Wut rannte ich hinter dem Mann her. Als ich ihn fast eingeholt hatte, blickte er sich um und bemerkte mich. Da lief er ebenfalls los. Er rannte quer über die Straße und auf ein Feld zu. Ich wollte ihm über die Straße folgen, doch plötzlich hörte ich das Quietschen von Reifen und ein ohrenbetäubendes Hupen. Eddie Churchills nagelneuer roter Pick-up kam nur wenige Zentimeter von mir entfernt zum Stehen.

Bei laufendem Motor sprang er aus dem Wagen und packte mich bei den Schultern.

»Heiliger Jesus«, rief er. »Wolltest du überfahren werden?« Er drückte die Finger so fest in meine Schultern, dass es wehtat und ich wimmerte. Sofort ließ er mich los und fuhr sich durch das graue Haar.

»Tut mir leid, Mädchen«, sagte er. »Nach diesem Unfall bin ich ein bisschen nervös. Was ist denn in dich gefahren?«

»Dieser Typ hat mir wieder einen Zettel auf der Windschutzscheibe hinterlassen«, sagte ich. »Ich möchte einfach nur wissen, warum.«

»Wer?«

Ich deutete auf die andere Straßenseite. Das Quietschen der Reifen hatte den Mann innehalten lassen, aber jetzt lief er wieder los.

»Das ist Ron Drodge. Kein einfacher Typ. Was steht denn auf dem Zettel?«

Wortlos reichte ich ihn ihm. »Wann begreifst du es endlich, du Festlandschlampe: Zieh endlich Leine«, stand darauf.

Ich erzählte Eddie, ich hätte schon das ganze Jahr über ähnliche Botschaften an meinem Wagen vorgefunden.

»Dieser kleine Mistkerl«, sagte er. »Ich schäme mich für ihn. Komm, steig in meinen Pick-up.«

Wir fuhren das kurze Stück zur Schule zurück, und Eddie ging mit mir hinein. »Ich finde, wir müssen das Patrick sagen.«

»Nein!« Ich wollte Patrick nicht nochmal begegnen.

»Aber irgendjemandem müssen wir es sagen«, meinte Eddie.

»Was müsst ihr wem sagen?«, fragte Doug, der im Flur aufgetaucht war.

Eddie reichte ihm den Zettel. »Ron Drodge hat diese nette Botschaft vorhin unter Rachels Scheibenwischer geklemmt.« Er deutete mit einer Kopfbewegung auf mich. »Sie sagt, sie hat schon mehrere davon gekriegt.«

Doug las die paar Zeilen. »Ich hole schnell meinen Autoschlüssel«, sagte er.

»Wo willst du hin?«, fragte ich ihn.

»Zu Ron. Ein Wörtchen mit ihm reden.«

Ich zitterte am ganzen Leib, und mir graute davor, jetzt

allein nach Clayville zu fahren. »Kannst du mich mit zu Lucille nehmen?«

»Sie ist in Clayville«, sagte Eddie. »Hab sie selbst hingefahren.«

»Ich bringe dich schnell zu uns nach Hause. Mutter freut sich bestimmt über deinen Besuch.«

Während der kurzen Fahrt setzte er mehrmals zum Sprechen an, als wollte er mir etwas sagen, unterbrach sich aber jedes Mal wieder. Dann waren wir auch schon da. Er begleitete mich hinein und rief nach seiner Mutter.

Grace kam mit dem Rollstuhl in den Flur gerollt, und sofort hellte sich ihre Miene auf. »Schön, Sie zu sehen, Rachel«, sagte sie. »Ich mache uns Tee.«

»Ich muss gleich wieder los, Mutter«, sagte Doug und klimperte mit dem Schlüsselbund.

»Gut, geh ruhig. Rachel und ich kommen auch ohne dich zurecht.«

»Ich mache den Tee«, bot ich an. »Sie müssen mir nur sagen, wo alles ist.«

Ich stellte den Wasserkessel auf, und Grace erklärte mir, wo ich Becher und Milch finde. Als ich Wasser in die Teekanne goss, spritzte etwas auf die Herdplatte.

»Tut mir leid«, sagte ich, »aber ich bin heute ein bisschen nervös.«

»Schlechten Tag gehabt?«, fragte sie.

Sie sah mich so mitfühlend an, dass ich ihr von den Hassbotschaften erzählte und davon, dass Doug zu Ron fahren wollte, um mit ihm zu reden.

»Ich verstehe nicht, warum dieser Ron mich so hasst«, sagte ich. »Ich bin ihm noch nie begegnet. Von meinem ersten Arbeitstag an schickte er mir solche Nachrichten.«

Ihr Ausdruck veränderte sich. »Oh, das hat mir Doug gar nie erzählt.«

»Doug wusste es nicht. Ich habe ihm nichts davon gesagt. Ich habe mit niemandem darüber gesprochen.«

»Mit gar niemandem?« Ihre Stimme klang überrascht.

»Ich wusste ja nicht, was es zu bedeuten hatte, deswegen hatte ich Angst, mit jemandem darüber zu reden.«

»Aber das ist ja furchtbar, meine Liebe, denn dann muss ja ganz Little Cove für Sie verdächtig gewesen sein. Vertrauen Sie denn niemandem hier?«

Ich senkte den Blick. Ja, warum hatte ich niemandem von diesen Zetteln erzählt? Hatte ich wirklich jeden in Verdacht gehabt?

»Tut mir leid. Ich weiß auch nicht, warum ich es die ganze Zeit für mich behalten habe.«

»Wie auch immer. Schade, dass Sie nicht wenigstens mit Lucille darüber geredet haben, denn dann wäre ihr Verdacht sofort auf den Täter gefallen. Mich überrascht es jedenfalls nicht, dass Ron es war. Er ist ein übler Kerl. Ich nehme an, er hat es für Brigid getan.«

»Aber warum?«

»Das weiß ich auch nicht. Vielleicht denkt er, Sie hätten ihr den Job weggenommen.«

Wir hatten unseren Tee ausgetrunken, und Doug war immer noch nicht zurück, aber mit einem Mal hatte ich es eilig, aus Little Cove wegzukommen. Als ich mich von Grace verabschiedete, streckte sie die Arme aus, und ich beugte mich hinab, um mich von ihr drücken zu lassen.

»Ich werde Ron nie verzeihen, was er Ihnen da angetan hat«, sagte sie. »Wenn jemand unschuldig ist, dann wohl Sie.«

Als ich die Straße hinabging, um meinen Wagen bei der Schule zu holen, fragte ich mich, wie lange ich dieses Etikett hier noch beanspruchen konnte.

35

Während der nächsten Tage schleppte ich mich durch meine Unterrichtsstunden. Jedes Mal, wenn jemand an die Tür klopfte oder eine Notiz auf meinem Schreibtisch lag, wurde mir schlecht. Das unerträgliche Warten endete, als Judy eines Tages ganz geschäftsmäßig in meinem Klassenzimmer erschien und mir mitteilte, Mr Donovan wolle mich sprechen und sie würde derweil meinen Unterricht übernehmen. Gut, dann war es das jetzt. Ich würde gefeuert werden.

Ich nahm meine Handtasche von der Rückenlehne meines Stuhls, für den Fall, dass man mich aufforderte, die Schule unverzüglich zu verlassen. Durch die offen stehenden Türen der anderen Klassenzimmer konnte ich sehen, dass meine Kollegen mit ihrem Unterricht fortfuhren, als ob nichts wäre. Doug saß auf der Kante seines Schreibtischs und redete. Als er innehielt, lachten die Schüler. Was er ihnen wohl erzählt hatte?, fragte ich mich. Im Klassenzimmer von Schwester Mary Catherine war es still. Die Schüler schrieben fleißig in ihre Hefte, während die Nonne lesend an ihrem Pult saß.

Ich klopfte an die Tür von Patricks Büro und steckte dann den Kopf hinein.

Eine Frau, vermutlich ein paar Jahre älter als ich, saß Patrick gegenüber. Sie hatte welliges blondes Haar und violette Augen. Ihre Haut war so blass, dass die Venen blau hindurchschimmerten.

»Oh, tut mir leid«, sagte ich, »dann komme ich etwas später wieder.«

»Nein, bleiben Sie da, Rachel«, erwiderte Patrick. Auf seinem bärtigen Gesicht zeichneten sich rote Flecken ab. »Darf ich Ihnen Brigid vorstellen, sie war vor Ihnen Französischlehrerin an unserer Schule.«

»Hallo«, sagte sie freundlich.

»Ich habe schon so viel von Ihnen gehört«, sagte ich. Und wir erröteten beide.

»So habe ich es nicht gemeint.«

Sie neigte leicht den Kopf zur Seite. »Ist schon gut.«

Dann sagte sie zu Patrick: »Okay, dann geh ich mal. Sie geben mir dann Bescheid, Patrick, nicht wahr?«

Patrick kam hinter seinem Schreibtisch hervor. »Ich begleite Sie hinaus, Brigid.« An der Tür sagte er über die Schulter: »Nehmen Sie doch schon mal Platz, Rachel, ich bin gleich wieder da.«

Eine Minute später sah ich beide durch das Fenster auf dem Parkplatz. Patrick begleitete Brigid zu ihrem Wagen. Er beugte sich zu ihr hinein und redete noch ein paar Minuten mit ihr. Als sie weggefahren war, blieb er noch kurz stehen und blickte in den Himmel hinauf, ehe er langsam zum Eingang zurückging.

»Heiliger Strohsack«, sagte er und ließ sich schwer auf seinen Stuhl fallen. »Tut mir leid. Taucht einfach hier auf und fragt, ob sie ihre alte Stelle zurückhaben kann. Meinte, sie hat gehört, Sie hätten nur einen Einjahresvertrag.«

»Und worüber wollten Sie mit mir sprechen?«

Patrick griff nach dem großen Schlüsselbund, der auf

dem Schreibtisch lag, und wog ihn in der Hand. »Ich weiß nicht genau. Ich hatte gehofft, mit irgendeinem Plan aufwarten zu können, aber jetzt ist Brigid dazwischengeplatzt und hat alles noch verkompliziert. Ich habe ihr gesagt, ich müsste erst abwarten, was Ihre Absichten sind, da Sie die gegenwärtige Stelleninhaberin seien.«

»Aber was ist mit Father Frank?«, fragte ich, während ein Hoffnungsschimmer in mir aufkeimte.

»Das weiß ich auch nicht. Ich muss mit ihm sprechen, auch über die veränderte Situation. Ich glaube nicht, dass er Brigid zurückhaben will, aber ich wusste nicht, was ich ihr antworten sollte. Ich konnte ihr ja nicht sagen, ich warte auf die Entscheidung, ob Sie nun entlassen werden oder nicht.«

Ich rieb mir die Augen. »Also wollen Sie weiter abwarten?« Er nickte.

Eine Weile saßen wir in vollkommenem Schweigen da, während im durchs Fenster hereinströmenden Sonnenlicht Staubpartikel tanzten. In der Mittagspause waren zwanzig Schüler beim Französischtreff erschienen, ein paar davon zum ersten Mal. Am Schwarzen Brett hinter Patrick hing die Plakatskizze für das Sommerfest. Die drei Bandmitglieder aus meiner Klasse hatten zwar noch nicht endgültig zugesagt, dass sie spielen würden, aber ich glaubte, sie fast so weit zu haben. Vor ein paar Wochen hatte ich nochmal mit ihnen im Pub in Mardy musiziert. Und was würde aus Calvin werden? Wie würde es ihm auf der Berufsschule ergehen, wo er im September beginnen würde? Würde Cynthia wieder in die Spur kommen? All diese Menschen, die ich vor einem Jahr noch nicht gekannt hatte, bedeuteten mir inzwischen so viel. Gerade als meine Gedanken zu Doug weiterwanderten, ertönte der Pausengong so laut in Patricks Büro, dass ich erschrak.

»Patrick«, sagte ich. »Ich weiß, ich habe Mist gebaut, aber ich würde sehr gern bleiben.«

Er wirkte niedergeschlagen. »Das liegt nun nicht mehr in meiner Hand, Rachel.«

Ich nickte und ging dann hinaus.

Am Abend rief mich Patrick zu Hause an. »Father Frank möchte nicht, dass Sie nächstes Jahr weiter an unserer Schule unterrichten. Mir sind leider die Hände gebunden. Sie können Ihre Stelle bis zum Ende dieses Schuljahrs behalten. Das war alles, was ich für Sie aushandeln konnte – dass man, statt Ihnen zu kündigen, lediglich Ihren Vertrag nicht verlängert. Mehr habe ich nicht erreicht.«

»Danke«, sagte ich. »Dann zieht der Verwaltungsrat wirklich Brigid mir gegenüber vor?«

»Das ist noch nicht entschieden. Ich möchte Sie bitten, niemandem etwas von unserem Gespräch zu erzählen, okay?«

Nachdem ich aufgelegt hatte, warf ich mich auf eines der Sofas und fragte mich, ob es sein konnte, dass meine angeblichen Sünden mehr wogen als die Tatsache, dass meine Vorgängerin mit einem Priester durchgebrannt war.

36

Am nächsten Morgen grüßte mich Judy in der Schule mit einem Lächeln. Seit dem Debakel mit Cynthia war es das erste Anzeichen, dass sich die Eiszeit womöglich ihrem Ende näherte.

»Du hast eine Verabredung in der Bibliothek«, sagte sie. »Und, ja, ich vertrete dich wieder in deiner ersten Stunde.«

»Danke«, sagte ich. »Aber warum will Patrick mich in der Bibliothek sprechen?«

»Es ist nicht Patrick. Father Frank wartet dort auf dich.«

Während ich langsam den Flur entlangging, begriff ich, wie sich ein verurteilter Häftling fühlen musste. Die Hand auf dem Türknauf, blieb ich stehen und wartete darauf, dass sich mein Herzschlag beruhigte. Dann atmete ich tief durch und trat ein.

Father Frank saß an einem der Lesetische. Seine gefalteten Hände ruhten auf einem Umschlag.

»Guten Morgen, Father«, sagte ich.

Er antwortete nicht, sondern bedeutete mir nur, ihm gegenüber Platz zu nehmen.

»Miss O'Brine«, sagte er. »Ich mag es nicht, wenn man sich meinen Anweisungen widersetzt.«

Ich verschränkte die Hände vor mir auf dem Tisch und wartete auf die Strafpredigt.

»Sie erinnern sich, dass ich bei unserer ersten Begegnung betont habe, wie wichtig Ihre Rolle als moralisches Vorbild für die jungen Menschen sein würde.«

Ich senkte den Kopf. Es kostete mich eine unglaubliche Überwindung, es zuzugeben, auch nur vor mir selbst, aber er hatte recht. Mochte ich auch einige der Prinzipien der katholischen Kirche für mich persönlich ablehnen, so hatte ich doch vertraglich zugestimmt, sie hochzuhalten.

»Wenn es nach mir ginge«, fuhr er fort, »würden Sie heute die St. Jude's verlassen. Aber die Situation hat sich verkompliziert.«

Ich wartete, dass er auf Brigid zu sprechen käme.

»Ich habe die schriftliche Bestätigung bekommen, dass der Erzbischof unsere Pfarrgemeinde tatsächlich im Sommer besuchen wird.«

Ich hob den Blick.

»Und das will gründlich vorbereitet sein«, fügte er hinzu.

»Ich verstehe, Father«, sagte ich, obwohl ich gar nichts verstand.

Er zupfte an seinem Kragen und enthüllte eine Schnittwunde von der Rasur. »Ich mag es eigentlich nicht, erpresst zu werden«, sagte er scharf.

»Tut mir leid, aber ich habe keine Ahnung, was Sie meinen, Father.«

Er tippte mit dem Finger auf den Umschlag. »Zwei der Putzengel haben mir gestern Abend einen Besuch abgestattet. Lucille Hanrahan und Biddy Cormack. Aus mir unerfindlichem Grund mögen die beiden Sie. In der Tat haben sie sich leidenschaftlich dafür eingesetzt, dass Sie in unserer Gemeinde bleiben dürfen.«

»Aber wie haben …?« Sein finsterer Blick ließ mich verstummen.

»Meine Liebe«, sagte er in einem Ton, der klarmachte, dass diese Anrede keineswegs liebevoll gemeint war. »Sie müssen wissen, dass Lucille Hanrahan über alles, wirklich alles, Bescheid weiß, was in unserer Gemeinde vorgeht.«

Er setzte seine Brille auf und zog ein Blatt aus dem Umschlag. »Das hier ist eine Liste der ›Wunder‹« – er sah mich über den Brillenrand hinweg an –, »nicht gerade ein Ausdruck, den ich in diesem Zusammenhang gebrauchen würde – also der ›Wunder‹, die Sie angeblich bewirkt haben.« Er las vor:

Sie hat einen Hund vor dem Ertrinken gerettet.
Einem jungen Mann geholfen, seine Berufung zu finden.
Eine Fehde beendet und dafür gesorgt, dass eine Frau wieder in die Gemeinschaft zurückfand.
Der Gemeinde gezeigt, dass es Hoffnung gibt.

Er legte das Blatt hin und nahm seine Brille wieder ab. »Ich muss sagen, ich wusste gar nicht, dass die Gemeinde eine Ermunterung in Sachen Hoffnung brauchte. Außerdem würde ich gern hinzufügen, dass Sie in diesem letzten Punkt auf meinem Gebiet wildern.«

Er schob das Blatt in den Umschlag zurück. »Lucille zufolge haben die Putzengel ihre Wischmopps bis auf Weiteres niedergelegt. Sie meinte, sie würden keinen Finger mehr rühren, bevor ich Ihnen nicht zu bleiben erlaube.«

Ein Grinsen bahnte sich auf meinem Gesicht an, aber es gelang mir, es zu unterdrücken.

»Und, darf ich, Father?«, fragte ich. »Bleiben?«

Er nickte.

»Danke, Father.«

»Noch eines, bevor Sie hinausgehen. Ich habe Lucille und Biddy gesagt, wenn jemand Wind von ihrer Erpressung bekommt, platzt unsere Abmachung. Also, kein Wort zu niemandem, haben wir uns verstanden? Auch nicht zwischen Ihnen und Lucille.«

»Ja, Father.« Dann kam mir Cynthia wieder in den Sinn.

»Father, Cynthia ...«

»Sie meinte zu mir, Sie hätten gesagt, sie könne es ›loswerden‹. Stimmt das?« Sein Gesicht war puterrot geworden.

Ich nickte.

»Ich habe ihr erklärt, dass Sie damit Adoption meinten. Wenn jemand etwas anderes behauptet, dann leugnen Sie es.«

»Ja, Father.« Heuchelei hin oder her.

»Ich gehe jetzt zu Mr Donovan. Geben Sie mir zehn Minuten, dann können Sie ihn aufsuchen. Einen guten Tag noch, Miss O'Brine.«

Er schloss die Tür hinter sich ziemlich energisch. Fast, als wollte er sie zuschlagen.

Ich wartete, bis ich mir sicher war, dass er den Flur entlang verschwunden war. Dann stand ich auf, riss die Arme hoch und jubelte. Leise natürlich. Schließlich befand ich mich in der Bibliothek.

Als ich diesmal an Patricks Tür klopfte, war ich nicht mehr so nervös. Er bedeutete mir, Platz zu nehmen, was ich tat. Dann setzte er beide Hände auf dem Schreibtisch auf.

»Scheint, Father Frank ist in der Bredouille. Er möchte Brigid nicht wieder an unserer Schule haben. Was sie getan hat, war für die Gemeinde ein schockierender Skandal, und er möchte nichts mehr damit zu tun haben, zumal im Sommer der Erzbischof die Gemeinde besuchen kommt. Kurzum, er glaubt, wenn Sie jetzt gehen, könnte Brigid Anspruch darauf haben, ihre alte Stelle zurückzubekommen.«

»Aha.« So hatte Father Frank die Sache also dargestellt.

»Wie ich höre, hat Father Frank schon mit Ihnen gesprochen.«

Ich nickte, kaute auf der Unterlippe.

»Allem Anschein nach betrachtet er Sie als das kleinere Übel.«

Was soll's, dachte ich, man hatte mir schon Schlimmeres an den Kopf geworfen. »Dann kann ich bleiben?«

Patricks Miene blieb ernst. »Father Frank hat beschlossen, den Vorfall in Anbetracht der Tatsache, dass Cynthia das Baby verloren hat, ad acta zu legen.«

»Also heißt das, ich kann bleiben?«

Er kratzte sich am Kopf. »Ja, aber seien Sie um Himmels willen nie wieder so töricht, Rachel. Nochmal so viel Glück werden Sie nicht haben.«

»Nie wieder, versprochen. Danke, Patrick. Und tut mir leid wegen des ganzen Ärgers.«

Seine Miene wurde weicher. »Heiliger Bimbam, Sie haben da ganz schön was angerichtet, aber ich bin froh, dass Sie bleiben.«

Er stand auf und hielt mir die Hand hin. Mir fiel wieder ein, wie er mir geholfen hatte, die neunte Klasse zu bändigen, wie er den Französischtreff unterstützt und mich vor Sams Vater beschützt hatte, wie er mir jedes einzelne Mal, das ich zu ihm gegangen war und ihn um Hilfe bat, den Rücken gestärkt hatte. Ich dachte an die geselligen Eltern-Schüler-Abende, seinen Kühlschrank mit dem Biervorrat, daran, wie wir zum ersten Mal lustige Fisch-Wortspiele ausgetauscht hatten.

Ich stand ebenfalls auf, ignorierte aber seine ausgestreckte Hand und umarmte ihn stattdessen.

Als ich am Nachmittag aus der Schule kam, lehnte Brigid an meinem Wagen. Sie beschattete mit der Hand die Augen.

»Patrick hat gesagt, dass Sie bleiben.« Ihre Stimme bebte.

»Ja, stimmt.«

Sie biss sich auf die Lippe. »Er hat gemeint, er hilft mir, eine andere Stelle zu finden. Dass ein Neuanfang mir guttun würde.«

»Das ist ein guter Rat«, antwortete ich. »Genau deswegen bin ich hierhergekommen. Um neu anzufangen.«

»Und von Ron soll ich Ihnen sagen, dass es ihm leidtut wegen dieser Zettel. Er ist völlig durchgedreht, aber er wollte mir wohl helfen, meinen Job zurückzubekommen. Ich glaube, er gibt sich die Schuld für meine Dummheit.« Sie verabschiedete sich mit einem Winken, ging zu ihrem Wagen und fuhr davon.

Ich spazierte zu Lucilles Haus hinauf. Zu meiner Freude traf ich auch Biddy dort an.

»Ach, mir ist heute so richtig nach einem Schwatz zumute«, sagte ich.

»Schön, dich zu sehen, Mädchen!«, sagte Lucille. »Wollte eh gerade Tee machen, trinkst bestimmt auch 'ne Tasse.«

O ja. Ich setzte mich neben Biddy auf das Tagesbett.

»So, dann bleibst du der St. Jude's also auch im nächsten Schuljahr erhalten«, sagte Lucille mit völlig unschuldiger Miene. Sie reichte zuerst Biddy eine Tasse Tee und dann mir. »Schön, das zu hören, Mädchen. Du machst 'n großartigen Job dort.«

»Wir freuen uns schon auf das Sommerfest nächsten Monat. Wir sind eifrig dabei, Läufer und Quilts für den Basar auszusuchen, um Geld für die Kirche zu sammeln.«

»Biddy, Lucille«, sagte ich. »Ich weiß, ich habe seit meinem Umzug nach Clayville nicht besonders viel Zeit mit euch verbracht, aber jetzt, da ich weiß, dass ich bleibe, würde ich gern das Knüpfen lernen.«

Lucille verschluckte sich an ihrem Tee, und Biddy bekreuzigte sich.

»Was hast du da gesagt?«, fragte Biddy.

»Ich wollte fragen, ob ihr Lust hättet, mir im September das Teppichknüpfen beizubringen?«

»Es wäre uns eine große Freude, Rachel«, erwiderte sie. »Ich bin mir sicher, du lernst das ganz schnell.«

Lucille schien da weniger zuversichtlich zu sein. »Na ja, wir fangen mit 'nem ganz einfachen Muster an, Mädchen.«

Sie mochte es im Scherz gesagt haben, aber ich nahm

mir vor, eine Privatstunde bei Biddy zu buchen, bevor der offizielle Unterricht anfing. Ich wollte mir von keinem einzigen Menschen nochmal sagen lassen: »Nicht schlecht … für jemanden vom Festland.«

37

Nun, da Biddy das bevorstehende Sommerfest erwähnt hatte, konzentrierte ich mich ganz auf die Mission, mit der Judy mich vor vielen Monaten betraut hatte: die drei Musiker unter meinen Schülern dazu zu bringen, beim Sommerfest traditionelle Stücke zu spielen. Möglicherweise hätte ich sie einfach dazu verdonnern können. Es war immerhin eine schulische Veranstaltung, sie waren Schüler und ich war ihre Lehrerin. Aber ich wollte nicht, dass sie spielten, weil »sie mussten«. Druck und Zwang hatten sie bereits genug. Ich wählte eine andere Strategie und griff zum Telefonhörer. Zuerst rief ich Sheila an, dann ihren Bruder Mike.

In der folgenden Woche bat ich Beverley, Roseanne und Jerome, nach Unterrichtsschluss zu mir zu kommen.

»Es geht um das Sommerfest.«

Sie ließen ein kollektives Stöhnen vernehmen.

»Bitte, Miss«, sagte Beverley, »wir wollen wirklich nicht dieses altmodische Zeug spielen.«

»Habt ihr schon mal was von MusiCan gehört?«

»Für wie rückständig halten Sie uns, Miss?«, sagte Roseanne. »Wir ziehen uns jeden Nachmittag Musikvideos auf deren Kanal rein. Während wir Hausaufgaben machen, natürlich.«

»Gut«, sagte ich. »Der Bruder meiner besten Freundin ist zurzeit der angesagteste Produzent dort. Nächste Woche ist er in St. John's, und ich habe ihn eingeladen, euch beim Spielen zuzuhören.«

Mit einem Mal hingen sie an meinen Lippen – was sie im Unterricht nie taten.

»Er interessiert sich für alle Musikrichtungen. Natürlich fände ich es toll, wenn ihr traditionelle Stücke für ihn spielen würdet, aber das müsst ihr selbst entscheiden. Mike hat gesagt, wenn ihm gefällt, was er zu hören kriegt, könnte er vielleicht eine Aufnahmesession für euch in einem Studio in St. John's organisieren.«

Roseanne und Jerome strahlten, nur Beverley machte ein skeptisches Gesicht.

»Wo ist der Haken?«

»Ihr müsst mit mir beim Sommerfest traditionelle Musik spielen.«

Weiteres Stöhnen.

»Nur ein paar Stücke«, sagte ich. »Mehr nicht.«

»Aber warum sollte jemand von MusiCan nach Little Cove kommen?«, wollte Beverley wissen.

»Weil ich Mike erzählt habe, wie großartig ihr seid. Und weil ich ihn seit seinem dritten Lebensjahr kenne und ein paar schmutzige kleine Geheimnisse von ihm auch.« Die Putzengel waren nicht die Einzigen, die die Kunst der Erpressung beherrschten.

Die drei Jugendlichen lachten. »Wir wissen, mit Ihnen sollte man es sich besser nicht verderben, Miss«, sagte Jerome.

»Wenn wir beim Sommerfest auftreten, werden Sie dann ganz bestimmt mit uns spielen, Miss?«, fragte Roseanne.

»Das würde ich mir nie im Leben entgehen lassen.«

»Phonse brauchen wir dann aber auch«, sagte Roseanne. »Der ist eine Legende.«

»Ihr wisst doch, wenn Miss ihn fragt, sagt er bestimmt nicht Nein«, warf Beverley ein. »Den hat's ganz schön erwischt.« Sie summte *Je l'aime à mourir*, und Jerome und Roseanne lachten.

»Den hat es überhaupt nicht erwischt«, sagte ich. Das war Quatsch, und das wussten sie auch. Wir mochten ihn alle, weil er, wie Roseanne richtig gesagt hatte, eine Legende war und wir alle etwas von ihm lernen konnten. »Wir sind Freunde, und er gibt mir Unterricht auf der Fiedel. Wie auch immer, ich frage ihn.«

Als ich später zu ihm ging, sagte Phonse, ohne zu zögern, zu. »Ich bin richtig stolz auf dich, Rachel, dass du es geschafft hast, die Jugendlichen für unsere Musik zu begeistern.« Er räusperte sich. »Großartig, Mädchen, wirklich.«

Von Begeisterung konnte bei den dreien noch keine Rede sein, aber das behielt ich lieber für mich.

Mike flog nach St. John's und kam dann mit dem Taxi nach Clayville. Ich hatte ihm angeboten, bei mir auf der Couch zu übernachten, aber er hatte abgelehnt. »Ich bekomme die Reisekosten doch erstattet, Rachel«, sagte er. »Ich habe ein Zimmer in einem Motel gebucht. Hotels scheint es in Clayville nicht zu geben. Ich werde wohl Mühe haben, mein Reisebudget auszuschöpfen.«

»Du kannst mich ja zum Abendessen einladen«, sagte ich.

Während wir Pizza bei Tony's aßen, schwärmte er von einer Punkband, die er in Halifax live erlebt hatte. Dann sagte er: »Aber mein Geschmack ist und bleibt vielseitig. Ich mag die Sachen, die Sheila mir gekauft hat, als sie dich besuchen kam.«

»Und wie geht es meiner geliebten Sheila?«, fragte ich.

Er grinste. »Sie hat vor Kurzem einem Freund von mir das Herz gebrochen.«

»So kennen und lieben wir sie. Und nächstes Mal, wenn du kommst, Mike, würdest du sie dann bitte schön mitbringen? Ich würde sie so gern zu einem Auftritt von Johnny's Crew mitnehmen.« Ich erzählte Mike von Beverley, Jerome und Roseanne.

»Und wer ist Johnny?«

»Keine Ahnung.«

Mike begleitete mich nach Hause. Ich zeigte ihm die örtlichen Highlights: die wenigen Geschäfte, das Café, die Bibliothek. »Du meine Güte«, sagte er, »so viel zu einer Kleinstadt, ich glaube, ich würde hier eingehen.«

»Wenn du meinst, dieser Ort ist klein, dann warte, bis du Little Cove gesehen hast.«

Am nächsten Tag fuhr Mike mit mir zur Schule, wo er den ganzen Tag mit mir verbringen wollte. Ich brummte ihm gleich zwei Aufgaben auf: Zuerst musste er beim Französischtreff einen kleinen Vortrag über MusiCan, den kanadischen Verband der Musikindustrie, halten, und über MusiqueCan, dessen Ableger in Québec. Dann lud ich ihn zu Fish and Chips ein. Nach Unterrichtsschluss sah er sich eine Probe von Johnny's Crew an, die ich organisiert hatte, um die für das Sommerfest geplanten Stücke zu üben. Wir stimmten unsere Instrumente, und Mike stellte ein Tonbandgerät auf.

Während wir auf der Bühne die Stücke durchgingen, beobachtete ich ihn immer wieder. Er nickte im Takt der Musik und grinste dabei. Als wir eine kurze Pause machten, ging das Schülertrio nach draußen, um frische Luft zu schnappen, und Mike hockte sich zu mir auf den Bühnenrand.

»Die drei haben echt was drauf«, sagte er. »Sie sind verrückt, wenn sie nicht bei dieser traditionellen Musik bleiben wollen. Die ist der Hammer.«

»Könntest du vielleicht mit ihnen reden?«, fragte ich ihn. »Auf mich wollen sie nicht hören, aber bei dir ist es was anderes: Du bist der coole Typ von MusiCan.«

Als die drei wieder hereinkamen, bat Mike sie, ihm ein bisschen was über die traditionelle Musik Neufundlands zu erzählen. Er schaltete das Tonbandgerät ein und fragte sie, welches ihre Lieblingsstücke seien.

Beverley sagte: *»Sonny's Dream.«*

»Oh, das mag ich auch«, warf ich ein.

Mike schaltete das Tonbandgerät aus. »Würde es dir was ausmachen, dich mal kurz zurückzuhalten?«, sagte er gespielt genervt. »Ich versuche gerade, ein Interview zu führen.« Die Jugendlichen waren Feuer und Flamme.

Mike drückte erneut die Aufnahmetaste und fragte Beverley, warum das ihr Lieblingslied sei.

»Es erinnert mich an meinen Bruder«, antwortete sie. »Er ist vor zwei Jahren nach Alberta gezogen und seitdem nicht mehr hier gewesen.« Beverley richtete den Blick in eine unbestimmte Ferne. »Wann immer ich dieses Lied singe, muss Mum weinen. Aber sie liebt es einfach. Außerdem meint sie, wenn sie weint, fühlt sie sich Rick näher.«

Jerome sagte, ihm gefielen Shantys am besten, weil sein Großvater sie immer gesungen habe, als er noch ein kleiner Junge war. »Wenn ich diese Sachen spiele, muss ich an ihn denken. Und wenn ich mal Kids hab …«

»Haha«, wisperte Beverley Roseanne zu, und beide kicherten hinter vorgehaltener Hand.

»Also, wenn ich selbst mal Kinder haben werd«, versuchte sich Jerome zu korrigieren, »werde ich ihnen vorsingen, genau wie Opa es immer bei mir gemacht hat.«

Roseanne wiederum meinte, ihr gefielen humorvolle Lieder. »Wenn ich richtig angefressen bin, brauche ich nur *Lukey's Boat* oder *The Rattlin' Bog* oder so was Ähnliches zu singen, und schon hab ich wieder gute Laune.«

Mike warf mir einen vielsagenden Blick zu und machte eine Nickbewegung in Richtung Tür. Den Wink mit dem Zaunpfahl hatte ich verstanden.

Ich ging ins Lehrerzimmer, um dort die Zeit totzuschlagen. Doug war auch dort. »Das hört sich gut an, was da aus der Turnhalle zu hören ist, Fiedelmädchen. Und, gehst du heute Abend mit deinem Kumpel aus?«

»Nein, er fährt mit dem Taxi nach St. John's zurück. Sein Flieger geht morgen in aller Herrgottsfrühe.«

»Gut, dann koche ich heute Abend was für uns.«

»Okay, ich freue mich, deine Mutter wiederzusehen. Wie geht es ihr?«

»Es geht ihr sehr gut, aber ich wollte eigentlich bei dir was kochen, wenn es dir recht ist.«

»Ach so, ich darf mich dann um den Abwasch kümmern, hm? Geniale Idee.«

»So um sieben?«, sagte er schmunzelnd.

Als ich in die Turnhalle zurückkam, waren die Schüler dabei, ihre Instrumente einzupacken. »Wir sollen Ihnen von Mike sagen, er wartet draußen auf Sie«, sagte Beverley.

»Habt ihr ihm was von eurer Rockmusik vorgespielt?«, fragte ich.

Beverley machte einen verlegenen Eindruck. »Wir haben beschlossen, ab jetzt Neufundlandmusik zu spielen, Miss.«

»Aber 'n bisschen aufgepeppt«, warf Jerome ein.

Sie hatten an diesem Nachmittag etwas schnellere Versionen der alten Stücke ausprobiert. Ich hatte mich ausgeklinkt, weil mir der Rhythmus zu schnell war, aber es klang fantastisch. Das, was sie da spielten, sei zukunftsweisend, sagte ich zu ihnen. »Bald wollen die Leute ein Autogramm von euch haben, ihr werdet sehen.«

»Ach was, Miss«, sagte Beverley, aber sie und Roseanne tauschten einen übermütigen Blick aus.

Als ich aus dem Schulgebäude trat, saß Mike auf der Motorhaube meines Wagens. »Die Luft hier ist echt fantastisch«, sagte er, »kein Smog wie bei uns zu Hause.«

»Du solltest erst mal den Sternenhimmel sehen.«

Auf der Rückfahrt nach Clayville fragte ich Mike, welchen Zaubertrick er bei den Jugendlichen angewandt habe, um sie auf den Geschmack der traditionellen Musik zu bringen.

Er kicherte. »Ich habe ihnen die Aufnahme eines neufundländischen Folksongs von einer Band vorgespielt, und sie waren ziemlich angetan.«

»Welche Band war das?«

»Sie selbst! Ich nehme an, es war das erste Mal, dass sie gehört haben, wie gut sie sind. Ich komme zu eurem Sommerfest wieder und bringe eine Kamera mit.«

»Im Ernst?«

»Sie sind wirklich gut, Rachel«, sagte er. »Sie haben das Zeug dazu, die neuen Shootingstars zu werden.«

Ich lud Mike beim örtlichen Taxiunternehmen ab und umarmte ihn zum Abschied.

»Sheila kann es nicht erwarten, dass du wieder zurückkommst«, sagte er.

Irgendwann würde ich Sheila und meiner Mutter sagen müssen, dass ich ein weiteres Jahr hierbleiben würde. Ich war auf keines der Gespräche erpicht.

38

Doug stand beladen mit Einkaufstüten und einem Strauß Windblumen vor der Tür. Ich gab die Blumen in ein Marmeladenglas und stellte es auf den Tisch. Dann fragte ich ihn, ob ich ihm beim Kochen helfen könne.

»Nein, das ist ein Ein-Mann-Job. Was ganz Einfaches. Steaks und Caesar Salad. Dazu Knoblauchbrot.«

»Gut, dann schenke ich uns ein Glas Wein ein. Rot oder weiß?«

»Hast du auch Bier da? Ich möchte heute Abend nicht wieder aus den Latschen kippen.«

Ich öffnete ein Bier für ihn und stellte es auf den Tresen in der Nähe der Spüle, während er den Kopfsalat wusch. Er erkundigte sich, wie die Musiksession gelaufen sei, und ich berichtete ihm, was Mike über die Band gesagt hatte.

»Ja, sie sind ziemlich gut«, sagte er. »Ich habe heute Nachmittag mit deinem Kumpel gesprochen. Er scheint echt in Ordnung zu sein.«

»Er ist Sheilas Bruder und der beste Kerl weit und breit.«

»Ich dachte, das sei ich?«

»Ba-dum-tss.«

Während Doug kochte, plauderten wir, dann setzten wir uns an den Tisch. Die Steaks waren irgendwo zwischen blutig und perfekt, der Salat herb und knackig. Vor lauter Quatschen hatten wir ganz vergessen, das Knoblauchbrot in den Ofen zu schieben, aber keiner von uns vermisste es.

»Rachel O'Brine.« Doug legte die Gabel auf den Teller und sah mich an. »Ich werde einfach nicht schlau aus dir.«

»Wie meinst du das?«

»Einerseits habe ich das Gefühl, du bist gern mit mir zusammen.«

Ich nickte.

»Aber du öffnest dich nicht.«

»Sagt der Mann, der in meiner Küche sitzt und mein Bier trinkt.«

Er hob die Flasche. »Touché. Ich habe ein paar Fehler gemacht, Rachel. Es war albern, dir wegen Weihnachten böse zu sein. Du hattest deine beste Freundin zu Besuch, und da ist doch klar, dass du viel Zeit mit ihr verbringen wolltest.«

»Genau.«

»Aber diese Zettel? Warum hast du mir nichts davon erzählt? Mutter meint, für dich wäre jeder im Dorf verdächtig gewesen. Ich also auch?«

»Also, du bist in dieser Hinsicht schon einmal auffällig geworden.«

Er kratzte sich am Kinn. »Keine Ahnung, wovon du sprichst.«

»Warte kurz.« Ich lief nach oben in mein Schlafzimmer und wühlte in meiner Unterwäsche, bis ich den Zettel fand, den er mir nach unserem Bootsausflug, bei dem ich mich übergeben hatte, unter den Scheibenwischer geklemmt hatte. Auf dem Weg nach unten las ich nochmals die Zeile: *Du wirst schon noch seetüchtig werden.* Wenn ich jetzt auf das vergangene Jahr zurückblickte, hatte ich das Gefühl, es inzwischen zu sein. Na ja, zumindest inseltüchtig.

»Beweisstück A.« Ich wedelte damit vor seiner Nase.

»Du hast das die ganze Zeit aufgehoben?«

Ich wurde rot und nahm mir vor, ihm nicht auch noch das rosa Band zu zeigen, das er für mich bei unserer ersten Begegnung in meinem Klassenzimmer von der Decke geklaubt hatte. Wir ließen den Tisch, so wie er war, und setzten uns in die Wohnzimmerecke.

»Doug, du hast vorhin gesagt, ich würde mich nicht öffnen, aber soweit ich weiß, hast du eine Freundin.«

Er wollte antworten, aber ich hielt die Hand hoch. »Lass mich erst ausreden. Erinnerst du dich, wie ich dir von Jake erzählt habe und davon, dass er mich betrogen hat?«

Er nickte.

»Selbst jetzt noch werde ich wütend, wenn ich an dieses Mädchen denke, das bei uns zu Hause auftauchte. Es war so demütigend. Ich meine, über Jake bin ich hinweg, aber damals habe ich ihn geliebt und er hat mich tief verletzt.«

»Das kann ich mir denken.«

»Ich möchte nicht, dass Geri genauso verletzt wird.«

Doug stellte sein Bier ab. »Geri wird nicht verletzt werden. Jedenfalls nicht durch uns. Sie hat einen Freund in St. John's, und ich finde, es ist an der Zeit, dass es alle erfahren.«

»Jetzt verstehe ich gar nichts mehr.«

»Geri und ich sind seit letztem Sommer nicht mehr

zusammen. Sie lebt gern in St. John's, und ich hasse die Stadt. Sie steht auf Mode, Nachtclubs und das Großstadtleben.«

»Und du bist ein einfacher Kerl von der Küste, der Spaß an den kleinen Dingen hat«, neckte ich ihn.

Er nickte. »Da ist was dran.«

»Ja, aber warum weiß niemand, dass sie einen neuen Freund hat?«

Doug klopfte auf die Stelle neben sich. »Komm zu mir, du Fiedlerin.«

Ich setzte mich neben ihn, und er legte den Arm um meine Schultern.

»Geri und ich sind die Einzigen aus unserer Abschlussklasse, die auf die Uni gegangen sind«, sagte er. »Also dachten die Leute, wir würden ein Traumpaar abgeben …«

Er unterbrach sich kurz, dann fügte er hinzu: »Alle erwarteten irgendwie, dass wir zusammen wären, auch Mutter. Was ich dir über den Unfall erzählt habe, war noch nicht alles.«

Wieder schwieg er eine Weile, und diesmal dauerte es länger. Ich wartete darauf, dass er weitersprach.

»Geri war es, die Mutter nach dem Sturz unten am Strand gefunden hat. Sie hatte schlimme Verletzungen, hätte sterben können. Die Flut hatte eingesetzt, und Geri ist nicht von ihrer Seite gewichen, bis der Suchtrupp sie fand. Deswegen haben die beiden eine besondere Beziehung zueinander. Geri ist für Mutter wie eine Tochter. Wobei sie in letzter Zeit wohl eher eine verlorene Tochter ist, so selten, wie sie sich blicken lässt.«

»Aber warum hast du mir dann gesagt, dass sie deine Freundin ist?«, fragte ich.

»Das hab ich nie gesagt.«

Ich ließ kurz das vergangene Jahr Revue passieren, versuchte, den Moment auszumachen, als ich zu dem Schluss gekommen war, dass die beiden ein Paar waren. Dann fiel mir mein erster Abend bei Biddy ein, als Geri plötzlich auftauchte und Biddy meinte, sie sei Dougs Freundin. Und Geris Gesichtsausdruck, als Biddy das sagte.

»Hm«, sagte ich, »stimmt, das hast du nie.«

Ich rief mir das Wochenende in Erinnerung, an dem ich mich um Biddy kümmerte. Da hatte sie die Bemerkung, Doug und Geri passten nicht zusammen, fallen lassen. Hatte sie versucht, mir auf ihre gewohnt subtile Art einen Wink zu geben? Das war so ungefähr die Chronik der Missverständnisse, denen ich in meinem Jahr in Little Cove erlegen war. Bestimmt würde noch das ein oder andere hinzukommen.

Doug fuhr fort. »Geri hat gemeint, wir sollten die Leute nicht vor den Kopf stoßen, sondern es langsam angehen lassen. Also hat sie durchblicken lassen, sie müsste an den Wochenenden meistens arbeiten, und da ich bekanntlich die Stadt hasse, erwartet niemand, dass ich zu ihr nach St. John's fahre.«

Im Wohnzimmer wurde es allmählich dunkel, aber keiner von uns machte Anstalten, das Licht anzuknipsen.

»Aber vergangene Woche habe ich es Mutter gesagt.« Er lachte leise. »Ich hätte es längst tun sollen. Sie sei froh, dass wir es endlich eingesehen hätten, meinte sie. Wir hätten überhaupt nicht zusammengepasst. Und da habe ich ihr gesagt, ich hätte jemanden gefunden, der viel besser zu mir passt.«

»Wen?«

Er küsste mich auf die Nase. »Dich. Das war mir vom ersten Moment an klar, als ich dich an die Kreidetafel geklammert sah.«

»Also ehrlich gesagt hätte ich nichts dagegen, wenn du dieses Bild aus deinem Gedächtnis streichen könntest.«

»Und dass du so quirlig bist, gefällt mir auch.«

»Was – ich?«

»Ja, du!«, sagte er und zeigte mit dem Finger auf mich. »Ich liebe deine Schlagfertigkeit. Und deinen Enthusiasmus. Dass du die Dinge in die Hand nimmst.« Er zog mich zu sich heran, und endlich, endlich küsste er mich. Dann löste er sich von mir und flüsterte: »Du machst mich glücklich.«

Ich nahm seine Hand und führte ihn hinauf ins Schlafzimmer. Doch an der Tür zögerte er.

»Lass es uns langsam angehen«, sagte Doug. »Ich möchte, dass es etwas Besonderes ist.« Er hob mich hoch und trug mich zum Bett hinüber, legte sich neben mich und begann, mein Haar zu streicheln.

Ich dachte wieder daran, wie er mich zum Fischen mit hinausgenommen hatte, wie er mich mit seinen starken Händen gehalten hatte, während ich ins Boot sprang. Ich berührte seine Wange, spürte die Weichheit. Er führte meine Hand an die Lippen und küsste meine Finger.

»Alles okay?«, flüsterte er.

War es das? Ich dachte an das letzte Mal, als ich mit

Jake zusammen war, und an das, was danach geschehen war. Ziemlich lange antwortete ich nicht, sah Doug einfach nur an.

Doch dann nickte ich, lehnte mich zu ihm, und während wir uns küssten, knöpfte ich langsam sein Hemd auf. Ich fuhr mit den Händen über seinen Oberkörper, hielt kurz inne, um mir eine Ansammlung von Sommersprossen auf seiner Schulter anzusehen. Ich wollte jedes Detail an ihm aufnehmen. Ich zog mein T-Shirt aus, und Doug stützte sich auf den Ellbogen und fuhr mit dem Finger die Konturen meines BHs nach. Dann versanken wir ineinander, leidenschaftlich, ungestüm, von Kopf bis Fuß.

Hinterher lagen wir eng umschlungen da, müde und glücklich.

»Ich nehme an, du willst, wenn das Schuljahr vorbei ist, erst mal nach Toronto fahren«, sagte Doug. »Jetzt, wo ich dich endlich habe, verlässt du mich auch schon wieder.«

»Nicht gleich. Ich möchte meine Mutter besuchen, aber sie kommt erst im August zurück. Komm doch mit mir. Wir könnten ein bisschen mit dem Auto herumreisen.«

»Okay, aber nicht mit deinem Auto.« Doug küsste mich zärtlich auf die Schulter. »Es würde es nicht schaffen. Und davor nehme ich dich in meine Hütte mit. Es gibt keine Elektrizität und keine Menschenseele weit und breit.«

»Und wir fahren in unser Cottage«, sagte ich. »Mum und ich waren seit Dads Tod nicht mehr dort. Aber jetzt können wir neue, schöne Erinnerungen schaffen.«

»Es ist gut, dass wir beide Lehrer sind.« Doug zog mich näher heran. »Wir werden nämlich den ganzen Sommer brauchen, um all das unterzubringen, was wir vorhaben.«

39

Das Schuljahr war zu Ende, und das Sommerfest stand an. Als ich nach Little Cove fuhr, drang die Sonne kaum durch die dicken, grauen Wolken hindurch.

»Bitte, lass es nicht regnen«, wiederholte ich wie ein Mantra, bis ich auf den Parkplatz einbog. Im Schulhof herrschte aufgeregter Trubel. Eine Gruppe Jungen aus der Abschlussklasse trug unter Patricks Anleitung mehrere Tapeziertische und Stühle in die Sporthalle, wo es später Tee und Kuchen geben sollte, bereitgestellt von den Frauen von Little Cove. Vor dem Eingang zur Sporthalle standen Picknicktische und Stühle. In der Zwischenzeit bauten Eddie Churchill und Roy Sullivan eine behelfsmäßige Freilichtbühne für die Musikerinnen und Musiker auf: Phonse, Johnny's Crew und mich.

Ich fand Doug im Lehrerzimmer. Als ich meine Sorgen über das Wetter äußerte, lächelte er und meinte nur: »Es wäre kein Sommerfest, wenn es nicht wenigstens einen kurzen Schauer gäbe.«

Doug war für das Bingo eingeteilt und spurtete, nicht ohne sich zuvor einen verstohlenen Kuss von mir abzuholen, zur Sporthalle, um die Lautsprecheranlage einzurichten. Ich machte mich auf die Suche nach Mike. Er hatte mir eine Nachricht auf dem Anrufbeantworter hinterlassen, dass er und der Kameramann mich hier in der Schule treffen würden.

Ich ging wieder nach draußen, vorbei an einigen Dorfbewohnern, die Tische und Stände mit selbstgemachten Spezialitäten bestückten: Marmelade, Quilts und andere Handarbeiten. Und weiter hinten legten Schüler letzte Hand an ihre Schaubilder, die sie präsentieren wollten.

Nach ein paar Minuten ging ich wieder hinein und entdeckte Mike schließlich in der Turnhalle, wo er mit Doug plauderte. Ich umarmte ihn zur Begrüßung. Er machte mich mit dem Kameramann bekannt.

»Bist du für die Musik zuständig?«, fragte er. »Draußen ist es zu düster, da kriegen wir nichts in den Kasten.«

»Wenn euch das Wetter nicht gefällt, dann wartet eben kurz«, sagte ich, froh, das neufundländische Sprichwort verwenden zu können. Aber dann musste ich den Witz erklären, und schon war die Pointe dahin.

»Keine Sorge, mein Sohn«, sagte Patrick, der hereingekommen war und den letzten Teil unseres Gesprächs mitbekommen hatte. »Ehe Sie es sich versehen, wird die Sonne die Felsen spalten«, sagte er.

Um kurz vor zehn eilte ich zum Eingang des Parkplatzes, wo ich zur Kontrolle der Eintrittskarten eingeteilt war. Es gab kein Tor, und die Hälfte der Gemeinde war bereits drinnen und half beim Aufbauen, aber allmählich trudelten die Besucher ein und reichten mir ihre Eintrittskarten.

»Hallo, Miss O'Brine«, sagte Georgie, neben der Charlie den Kinderwagen mit ihrem Sohn darin schob. Mrs Piercey blieb stehen, um Hallo zu sagen, und ich vergaß, sie nach der Eintrittskarte zu fragen.

Zehn Minuten später strömten so viele Menschen auf einmal herein, dass ich die Ticketkontrolle aufgab und meinen Posten verließ. Georgie holte Alfie aus dem Kinderwagen; er wand sich in ihren Armen, und sie reichte ihn an Charlie weiter.

»Nimm du ihn, okay? Der macht mich ganz wahnsinnig mit seiner Zappelei.«

Charlie nahm ihn ihr ab und gab Georgie einen Kuss auf die Wange. Dann ging er die Stände anschauen, während er seinen Sohn fachmännisch auf dem Arm ruckelte.

»Hast du schon gehört, dass ich nächstes Jahr weiter hier unterrichte?«, fragte ich Georgie.

»Ja, alle freuen sich darüber.«

»Ich überlege, ob ich vielleicht einen Französisch-Abendkurs anbieten soll, für alle, die Zulassungspunkte fürs College sammeln wollen. Ich hoffe, du machst mit. Mr Donovan sagte mir, dass du gut in Französisch bist.«

Sie sah zu den Ständen hinüber. Ich folgte ihrem Blick zu der Stelle, wo sich Charlie mit Schwester Mary Catherine unterhielt. Die Nonne kitzelte Alfie unter dem Kinn, und der Kleine schlug mit der Faust gegen ihren Schleier.

»Ich weiß noch nicht«, sagte Georgie nach langem Zögern.

»Du kannst es dir ja noch überlegen. Es könnte dir helfen, wieder den Einstieg ins Lernen zu finden«, sagte ich.

Sie fummelte an ihrem Ohrring herum. »Also im Moment habe ich ehrlich gesagt keinen Kopf dafür.«

Ich nahm mir fest vor, im September nochmal bei ihr nachzuhaken, und eilte dann zum Schaubild unseres Französischtreffs, wo Sam und Darlene gerade ein Poster entrollten.

»Bonjours, mes amis!«, rief ich, und sie erwiderten

auf Französisch meinen Gruß. Ich sagte, wie sehr mir ihr sternenförmiges Display gefalle. Auf dem Tisch lagen eine Auswahl an Projektarbeiten sowie auf Französisch verfasste Broschüren der nationalen Polizei und anderer staatlicher Behörden. Auch Reiseflyer für Saint-Pierre et Miquelon gab es, das französische Überseegebiet vor der Küste von Neufundland. Ich hatte nicht einmal gewusst, dass es diese Inselgruppe gab, bevor Schwester Mary Catherine sie erwähnte. Sofort war ich zu Patrick gegangen, um ihm eine Klassenfahrt im nächsten Frühling vorzuschlagen. »Du liebe Güte, Sie sind wirklich nicht zu stoppen«, hatte er erwidert.

Cynthias Mutter ging vorbei, und ich berührte sie kurz am Arm. »Wie geht es Cynthia?«

Ihre Miene verdüsterte sich. »Ach, wenn sie doch nur hier wäre. Ich vermisse sie so sehr.«

»Ich auch, Mrs O'Leary. Ich würde mich sehr freuen, wenn sie im September wieder zur Schule käme.«

»Wenn sie je wieder zurückkommt. Sie wohnt jetzt bei ihrer Schwester in Halifax. Sie hat eine Festanstellung in einem Restaurant gefunden.«

»Oh, das ist …« Ich verstummte, unsicher, was ich sagen sollte.

»Sie sagt, es gefällt ihr, Geld zu verdienen.«

Mir wurde klar, dass es schwer wäre, gegen dieses Argument anzukommen. Nachdem sie weitergegangen war, ging ich zur Bühne, wo Beverley die Instrumente auspackte und einen Mikrofontest ausführte. »Miss«, sagte sie. »Wir haben den Namen unserer Band geändert. Sie heißt jetzt ›Forget Me Nots‹.«

»Süß«, sagte ich, und sie lachte.

Ich setzte meine Wanderung fort. Aus der Turnhalle hörte ich Doug die Bingonummern über Lautsprecher verkünden. Ich trat an den Tisch, wo Belinda Corrigan und ein paar weitere Schüler Wetten annahmen. Bill fiel die Aufgabe zu, das Glücksrad zu drehen.

»Und, willst du mal dein Glück versuchen, Rachel? Vielleicht gewinnst du ja?«

»Das habe ich doch schon, Bill.«

Eddie Churchill bot den kleineren Kindern eine Fahrt auf seinem Pferdewagen an. Sein Pferd ignorierte stoisch ihr aufgeregtes Kreischen.

Egal, wohin ich auch blickte, überall sah ich vertraute Gesichter. In Toronto konnte man den ganzen Tag herumlaufen, ohne jemandem zu begegnen, den man kannte. Ich war froh, nicht mehr in Little Cove zu wohnen, aber noch mehr freute ich mich, dass ich ab Oktober wieder hier unterrichten würde.

Ich stöberte durch die ausgestellten Kunsthandwerke, schlenderte von Tisch zu Tisch, bis ich zu einer Sammlung von Holzschnitzereien kam und, als ich aufsah, in Calvin Pierceys lächelndes Gesicht blickte.

»Calvin, du siehst so glücklich aus!«

»Tja, letzter Tag an der St. Jude's, stimmt's?« Er grinste. »Im September fang ich an der Berufsschule an.«

Auf Calvins Tisch waren verschiedene geschnitzte Vögel ausgestellt, und ich sah mir jeden einzelnen genau an, hielt ihn hoch und drehte ihn im Licht hin und her, ehe ich meine Wahl traf.

»Ich hätte gern den hier, ich will ihn meiner Mutter schenken.«

»Ja klar, nehmen Sie ihn, Miss.«

»Nein«, sagte ich. »Ich möchte ihn bezahlen. Du musst mich behandeln wie eine ganz normale Kundin.«

»Na gut, dann fünf Dollar bitte. Es ist ein Papageientaucher, Miss.«

Ich beschloss, wenn ich ihn Mum schenkte, zu sagen, es handle sich um einen selten gesichteten Kuckuck.

Hinter dem nächsten Tisch stand Biddy, und nachdem ich vier Läufer und drei Quilts ausgesucht hatte, wollte sie mir keine weiteren Stücke mehr verkaufen. »Sonst ist für die anderen nichts mehr da«, sagte sie in tadelndem Ton.

Zwei der älteren Schüler hatten für die jüngeren Kinder einen Spielbereich aufgebaut. Ich blieb stehen und sah dem Treiben an einem Angelstand zu, wo ein kleines Mädchen gerade ihre Stange zurückzog, um zu sehen, was sie gefangen hatte. Ein ungefähr vierjähriger Junge, der darauf wartete, an die Reihe zu kommen, zupfte mich am Ärmel und fragte: »Sind Sie diese französische Nonne?« Es gab durchaus noch einiges zu tun hier, so viel stand fest.

Ich hatte gar nicht mitgekriegt, dass Dougs Mutter eingetroffen war, aber jetzt entdeckte ich sie an einem der Tische, wo sie in eine angeregte Unterhaltung mit Mrs Piercey vertieft war. Als ich bei ihnen vorbeikam, winkten mir beide zu.

Mir blieb gerade noch so viel Zeit, meine Einkäufe im Kofferraum meines Wagens zu verstauen, bevor Patrick auch schon auf die Bühne stieg und die Band vorstellte.

Wir begannen unser Set mit *Four Strong Winds*. Anfangs fuhren die Menschen noch mit ihren jeweiligen Aktivitäten fort, doch nicht lange, und die meisten Anwesenden scharten sich vor der Bühne, um der Musik zu lauschen. Unser Repertoire wurde zunehmend lebhafter, und einige Paare begannen, auf der Grasfläche vor uns zu tanzen. Eddie Churchill walzte vorbei, eine erstaunlich wendige Lucille im Arm.

Beverley und Roseanne sonnten sich im Rampenlicht, kündigten abwechselnd das nächste Stück an und scherzten miteinander und mit der Menge. Jerome tat mir ein bisschen leid, aber es schien ihm nichts auszumachen, im Hintergrund zu bleiben. Phonse und ich mieden es, in die Kamera zu blicken. Wann immer sie über die Bühne zu uns schwenkte, drehten wir ihr lachend den Rücken zu.

»Du wirst sehen, Phonse, wir werden bestimmt rausgeschnitten«, sagte ich.

»So isses recht«, lautete seine Antwort.

Wir arbeiteten uns durch ein abgewandeltes Repertoire an traditionellen Balladen und Shantys. Als letztes Stück hatte Beverley *Sweet Forget Me Not* ausgewählt. Ich machte Doug in der Menge aus, er saß mit Judy und Bill an einem Tisch. Als er meinen Blick auf sich spürte, sah er auf und lächelte, und der Fiedelbogen fühlte sich ein bisschen leichter in meiner Hand an, während Beverley zu singen begann:

She's graceful and she's charming like the lilies in the pond
Time has passed so swiftly for of her I am so fond.
The roses and the daisies too, they bloom around the spot
There we parted and she whispered, »You'll forget me not.«

Während die letzten Noten noch in der Luft hingen, setzte ein langer Applaus ein, in den sich begeistertes Jubeln mischte. Wir stellten uns vorn auf der Bühne auf und verbeugten uns. Ich lächelte so sehr, dass es wehtat. Phonse bat mich, ihm meine Fiedel zu geben, dann begleitete Roseanne mich von der Bühne hinunter. Ich ging zu Dougs Tisch und setzte mich neben ihn. Er drückte unter dem Tisch meine Hand und sagte, ich sei wunderbar gewesen. Was irgendwie wunderbar war.

»Und nun, liebes Publikum« – das war Beverley, die wieder die Bühne betreten hatte –, »haben wir noch ein Stück für euch. Es ist Miss O'Brine gewidmet.«

Argwöhnisch hob ich den Kopf. Das war nicht im Drehbuch vorgesehen.

»Es ist ein französisches Lied, das sie uns beigebracht hat, und es heißt: *Je l'aime à mourir*, was ungefähr so viel heißt wie ›Ich würde für sie sterben‹.«

Jerome beugte sich zum Mikrofon vor. »Oder, wie wir hier sagen würden, Miss, wir können Sie gut leiden.«

Als Beverley zu singen begann, spürte ich, wie mir Tränen in die Augen stiegen. Ihre französische Aussprache war perfekt. Als die drei Musiker anschließend zu mir an den Tisch kamen, umarmte ich sie der Reihe nach. »Ich werde euch im nächsten Schuljahr schrecklich vermissen«, sagte ich.

»Wenn wir im Pub auftreten, spielen Sie dann mit uns?«, fragte Roseanne.

»Definitiv. Aber bis dahin spielt ihr vielleicht schon in einer ganz anderen Liga als ich.« Ich deutete auf Mike, der sich ihnen näherte, um mit ihnen zu reden.

Es war wärmer geworden, und statt Tee und Kuchen wurde nun Bier serviert. Patrick gesellte sich mit einem Glas zu uns an den Tisch.

»Das war ein gelungener Abschluss für dieses Schuljahr«, sagte er und stieß mit uns an. »Ich wüsste nicht, wie wir das je toppen könnten.«

»Keine Sorge, ich habe den ganzen Sommer Zeit, um mir was einfallen zu lassen«, witzelte ich.

Um fünf hatten sich die meisten Gäste zerstreut. Ein Trupp unermüdlicher Schüler sowie Eddie, Phonse, Patrick, Judy, Bill, Doug und ich räumten auf. Als wir fertig waren, war ich völlig erschöpft. Ich verabredete mich mit Doug zum Abendessen bei Tony's, ehe ich, den Kofferraum voller Beute, in Richtung Clayville fuhr.

Kurz nach dem Ortsausgangsschild von Little Cove fuhr ich aus einem Impuls heraus rechts ran. Ich überquerte die Straße und stellte mich genau dort hin, wo ich vor zehn Monaten schon einmal gestanden hatte. Sonnenstrahlen spielten zwischen den Wellen, Boote schaukelten auf dem Wasser, und ich sah ein paar Männer auf dem Steg sitzen. Unweit davon befand sich die Treppe, die ich hinuntergestiegen war, um Ruthie vor dem Ertrinken zu retten. Ich schaute vom Steg den Hang hinauf und fand Lucilles Haus; ich erinnerte mich an meine erste Nacht dort und an die vielen Abende, die ich mit ihr und den Putzengeln dort verbracht hatte. Es waren Frauen, die das Herz am rechten Fleck hatten. Schließlich blieb mein Blick auf dem Gebäude der St. Jude's hängen, der Schule, an der ich, obwohl ich dort Lehrerin war, so viel gelernt hatte.

Plötzlich hörte ich oben von der Straße ein Geräusch, und als ich über die Schulter sah, entdeckte ich oben am Straßenrand Phonse auf seinem Fahrrad.

»Hast du dich verirrt?«, rief er grinsend zu mir hinab.

»Nein«, erwiderte ich, und ein Glücksgefühl durchströmte mich, »ich hab mich gefunden.«

DANK

Vor fast zehn Jahren habe ich mich hingesetzt und ein paar Kapitel geschrieben, aus denen, wie sich herausstellen sollte, *Neuanfang in Little Cove* werden sollte. Nachdem ich zahllose Absagen von Verlagen eingesammelt hatte, legte ich das Manuskript in eine Schublade. Aber Rachel und die Bewohner von Little Cove ließen mir keine Ruhe, und so bewarb ich mich 2019 für den Caledonia Novel Award. Als das Anfangskapitel es auf die Longlist schaffte, blieben mir genau sechs Tage, um das Manuskript komplett zu überarbeiten. Dann schaffte es auch den Sprung auf die Shortlist, was mich davon überzeugte, nochmals einen Durchgang zu machen.

Little Cove hat 389 Einwohner; und so überraschte es mich nicht weiter, dass eine ebenso große Zahl an Menschen, auf beiden Seiten des Atlantiks, bereit waren, mich zur stolzen Autorin eines veröffentlichten Romans zu machen. Ich kann unmöglich alle namentlich nennen, aber ein herzliches Dankeschön geht an alle Kollegen und Freunde, die mich ermuntert haben, allen voran den Law Girls.

Einen Riesendank an meine Agentin Hilary McMahon. Als ich herausfand, dass sie neufundländische Eltern hat, wagte ich zu träumen. Bereits in unserem ersten Telefonat wurde klar, dass Hilary meine Figuren genauso mochte wie ich. Die Tatsache, dass wir den gleichen Büchergeschmack haben und uns seitdem gegenseitig Titel empfehlen, kommt als Sahnehäubchen obendrauf.

Ich danke der ganzen Crew von HarperCollins Canada. Vor allem stehe ich in der Schuld von Janice Zawerbny, die mein Buch eingekauft hat. Ihre weisen Kommentare und Ratschläge haben der Geschichte gutgetan. Danke auch an Natalie Meditsky, meine Herstellerin mit der Engelsgeduld, an Catherine Dorton und Sarah Wight für ihr weitsichtiges Korrektorat. Und natürlich an Susan Swinwood und dem Team von Graydon House Books.

Meine Brüder Barry und Sean haben hilfreiche Kommentare zu einer früheren Version des Romans beigesteuert und mich unermüdlich ermutigt. Meine Cousine Ann Martin hat mehrere Entwürfe gelesen und mir unschätzbare Ratschläge in Bezug auf den neufundländischen Dialekt, Ortsnamen und Folkmusik gegeben. Ann hat bei meiner Hochzeit die Gäste begeistert, als sie *Sweet Forget Me Not* sang, was der Grund dafür sein könnte, dass das Lied in meinem Buch vorkommt.

Drei Frauen verdienen eine besondere Erwähnung, man könnte sagen, sie sind meine persönlichen »Putzengel«: Bobbi French, Ellen Goldstein und meine Schwester Siobhan. Bobbi und Ellen habe ich über den Kommentarbereich auf Betsy Lerners Blog kennengelernt. In null Komma nichts tauschten wir Kapitel und unsere jeweiligen Sorgen aus. Beide waren ausgezeichnete Betaleserinnen und für mich eine konstante Quelle dringend benötigter Heiterkeit. Bobbis Feedback zu allem, was mit Neufundland zu tun hat, war überaus willkommen. Ich freue mich darauf, eines Tages ihren Roman in Händen halten zu können. Gut möglich, dass Ellen mehr Entwürfe dieses Buchs gelesen hat als ich. Ohne ihre konsequent in Großbuchstaben verfassten aufmunternden E-Mails während meiner Sechs-Tage-Caledonia-Krise (wie ich es insgeheim nenne) hätte ich den Abgabetermin für den Wettbewerb womöglich nicht einhalten können. Siobhan ist mein Resonanzboden, meine Therapeutin, deren Nummer ich immer zuerst wähle, und meine wichtigste Cheerleaderin. Auch sie hat über die Jahre zahlreiche Entwürfe gelesen, und ihr unermüdliches »Du musst einfach an dich glauben« hat mir in den harten Zeiten Auftrieb gegeben.

Liebe und Dank geht auch an meine Kinder Ben und Rebecca, die allem Anschein nach stolz auf mich sind und mir die nötige Zeit und den Raum gaben, um zu schreiben, vor allem während der Caledonia-Krise, als sie sich jeden Abend mit Sandwiches begnügen mussten. Und noch viel mehr Liebe und Dank gebührt meinem Mann Nigel, der mich auf jede erdenkliche Art beim Schreiben unterstützt, nicht zuletzt finanziell, und dessen konstanter Refrain lautet: »Gib nicht auf.« Ich bin so froh, dass ich es nicht getan habe.

Ich habe mich inspirieren lassen von den Handarbeiten und den Videoanleitungen von Deanne Fitzpatrick auf www.hookingrugs.com.

Der neue Roman der Bestsellerautorin

Gut versteckt in einem alten Bücherschrank findet Rebecka alte Briefe und ein Tagebuch ihrer Großmutter aus den vierziger Jahren. Welche Geheimnisse sind darin verborgen?
Rebecka lebt weit entfernt von ihrer Familie in Stockholm; zu ihrer Mutter hat sie schon lange keinen Kontakt mehr. Als ihre Großmutter Anna ins Krankenhaus kommt, beschließt Rebecka, die ohnehin eine Auszeit braucht, für ein paar Tage in die südschwedische Heimat zu fahren. Sie bezieht das alte Haus ihrer Großmutter, lernt den charmanten Nachbarn Arvid kennen und sieht sich plötzlich mit einer unbekannten Vergangenheit konfrontiert: Im Tagebuch liest Rebecka von Annas erster großer Liebe, Luca, der im Widerstand war und dänischen Juden bei der Flucht geholfen hat, bis er eines Tages spurlos verschwindet. Was ist mit ihm geschehen? Rebecka beginnt zu recherchieren und entdeckt Unglaubliches.
Frida Skybäcks neuer Roman erzählt zwei berührende und herzergreifende Liebesgeschichten: die der ersten unvergessenen Liebe, und die der Liebe zur eigenen Familie.

Frida Skybäck, Das Geheimnis des Bücherschranks. Roman. Aus dem Schwedischen von Hanna Granz. insel taschenbuch 4877. 345 Seiten. Auch als eBook erhältlich

NF 527/1/12.21

Für die hellen Tage am Meer

Für Juno Ryan bricht eine Welt zusammen, als sie erfährt, dass ihr Freund Brad bei einem tragischen Unglück ums Leben gekommen ist. Und als wäre das nicht schon schlimm genug, stellt sich heraus, dass der Mann, den sie liebte und mit dem sie von einer gemeinsamen Zukunft träumte, verheiratet war und einen Sohn hat. In ihrer Verzweiflung flüchtet sie nach Spanien in das Ferienhaus einer Freundin, in die idyllische Villa Naranja. Der blaue Himmel, ein streunender Kater und nicht zuletzt Pep, der attraktive Sohn des benachbarten Weinbauern, sind Balsam für ihre Seele.
Nach und nach scheint sie die Vergangenheit hinter sich lassen zu können, doch als eines Tages Max, der Bruder ihres Geliebten, in ihr kleines Refugium einbricht, muss Juno sich ihren Gefühlen stellen und herausfinden, was sie im Leben wirklich will …

Sheila O'Flanagan, Das Haus am Orangenhain. Roman. Aus dem Englischen von Susann Urban. insel taschenbuch 4774. 418 Seiten. Auch als eBook erhältlich

NF 526/1/12.21

Und plötzlich ist alles anders

Beste Freundinnen seit über dreißig Jahren: Ruth und Susanne haben alles miteinander geteilt, doch nun wird ihre Freundschaft nicht mehr dieselbe sein. Susanne zeigt erste Anzeichen einer Demenz, die Gedächtnislücken und Aussetzer häufen sich, und sie spürt, dass ihr Leben ihr immer mehr entgleitet. Während Ruth, unterstützt von ihrem Mann und ihren Freunden, alle Hebel in Bewegung setzt, damit es ihrer Freundin auch in Zukunft an nichts fehlen wird, quält die noch eine ganz andere Sorge: Es ist höchste Zeit, Ruth ein gut gehütetes Geheimnis zu offenbaren, das ihrer beider Leben seit langem schicksalhaft miteinander verknüpft. Doch dieses Geständnis könnte die Freundschaft für immer zerstören …
Ein berührender Roman über die Kraft der Freundschaft und zwei starke Frauen, die dem Schicksal mutig die Stirn bieten.

Hermien Stellmacher, Was bleibt, wenn alles verschwindet. Roman. insel taschenbuch 4852. 367 Seiten. Auch als eBook erhältlich

NF 525/1/12.21